순례의 카나리아

천승세

순례의 카나리아
천승세

2023년 5월 10일 초판 1쇄 발행

지 은 이 천승세
발 행 인 조동욱
편 집 인 조기수
기   획 천의경
펴 낸 곳 출판회사 헥사곤 Hexagon Publishing Co.
등   록 제2018-000011호 (등록일: 2010. 7. 13)
주   소 경기도 성남시 분당구 성남대로 51, 270
전   화 070-7743-8000
팩   스 0303-3444-0089
이 메 일 joy@hexagonbook.com
웹사이트 www.hexagonbook.com

ISBN 979-11-92756-15-8 03810

순례의 카나리아

천승세

HEXAGON

'순례의 카나리아'를 발간하며

 선친의 미완의 유작 '선창 1.2', '빙등'에 이어 세 번째 작품 '순례의 카나리아'를 발간하게 되었습니다. 이 작품은 〈주간여성〉에 1990년 6월부터 1991년 5월까지 주1회, 총43회 연재되었던 소설입니다. 연재기간을 조금 더 연장하려 했지만 잡지사의 사정상 급히 끝맺어야 했습니다. 소설의 화급한 결말이 선친께서도 못내 마음에 걸리셨던지 나중에 수정, 보완하여 단행본으로 내겠다 하셨던 작품입니다. 그러나 그후 수정, 보완한 개작이 없었기에 연재됐던 그대로 발간하였습니다.

 1980년대 땅 투기와 부동산 투기로 부유층 1천9백20명 중의 하나로 일약 신흥졸부의 위치에 오른 부모, 구만장천을 뚫는 부모님의 돈탑에 분수를 아는 졸부가 되라며 불화하는 할아버지, 일부러 미친 척하여 비정상적인 집안을 떠나 스스로 없는 자식이 되어 버린 이복 오빠, 27세 외동딸 공인엽은 이곳에서 탈출하기 위해 다짐합니다.

 '질릴 정도의 남아도는 풍요 속에 고뇌만 키워 주는 이 울안을 탈출하자. 나는 무조건 부를 증오하진 않는다. 자본주의 사회에서는 풍요가 목적이요, 꿈이요, 평화일진대 풍요가 싫다면 비정상 아닐까? 다만 용전의 윤리성, 도덕성을 생각해 보고 소비의 실용성보다 활용의 가치에 대해 숙고하는 부자, 가질수록 멋있게 나눌 수 있는 멋있는 부자, 그런 부자가 세상에 넘쳐나길 소원하며, 그리고 일상의 빽빽한 일정 속에서 실행되는 맞선을 볼 때마다 실망하게 되는 사내들, 남성에 대한 혐오감이 절대 아닌 가진 만큼 멋있는 사내, 못 가진 만큼 정의로운 남성을 만나고 싶다.'

공인엽은 결국 가출하여 직업을 갖고, 불같은 여러 사내들을 만나며 이 세상을 당당하게 살아가기 위해 애씁니다. '일단 껍질을 벗어야 한 마리의 매미가 될 수 있을 것이라는 믿음, 혹독한 가뭄을 견뎌내며 혹은 지겨운 장마철을 이겨내며, 내가 스스로 살아갈 숲과 만나기 위해서는 무엇보다도 먼저 껍질을 벗어야 한다.'는 간절한 각성으로 탈피하려고 노력합니다.

　연재소설은 매회 마다 다음 회의 구독을 기대하게 만드는 재미가 우선일 텐데 이 작품은 그런 기대를 충분하게 채워주리라 생각합니다.

　빈부의 차가 더욱 심해지고 갈수록 기득권의 세습이 공고해지는, 그리고 물질의 풍요를 위해 거의 모두가 매진하는 요즈음의 세태에 주인공 공인엽의 노력은 이 정도라도 얼마나 기특한가라는 격려를 보내게 됩니다.

　발간 준비를 하며 소설을 다시 읽다 보니 생전 선친께서 자주 하셨던 말씀이 떠오릅니다.

　"나는 부의 폭력보다 빈자의 비열한 근성, 근천스러움을 더 경멸한다. 없을수록 당당해야 한다. 주눅 들지 말고, 가난이 긍지일 필요는 없겠지만 그렇다고 비굴할 필요도 없다. 그리고 가질수록 멋있게 나눌 수 있어야 한다."

　떠올릴 때마다 코끝이 시리고 부끄럽기만 합니다.

　'순례의 카나리아' 출간에 애써주신 출판회사 헥사곤에 감사드립니다.

2023년 5월

河童 千勝世 기념사업회 천의경

〈작가소개〉

천 승 세 (1939.2.23~2020.11.27)

1939년 전남 목포에서 소설가 박화성의 아들로 태어나 목포고등학교를 졸업하고, 1961년 성균관대학교 국문과를 졸업했다. 1958년 동아일보 신춘문예에 단편소설 '점례와 소'가 당선되어 등단하였고 1964년 경향신문 신춘문예에 희곡 '물꼬'가 입선하고 같은 해 3월 국립극장 장막극 현상 모집에 '만선(3막 6장)'이 당선되었다. 1989년 창작과 비평(가을호)에 시 '축시춘란' 외 9편을 발표하며 시인으로 등단했다.

주요 작품으로 소설 '포대령' '황구의 비명' '낙월도' '이차도 복순전' '혜자의 눈꽃' '신궁' 등이 있으며, 60여 편의 중·단편, 5편의 장편소설과 미완의 장편 3편, 희곡 '만선' 등과 〈몸굿〉, 〈산당화〉 2권의 시집, 4권의 수필집, 3권의 꽁뜨집 외 다수가 있다.

신태양사 기자, MBC 전속작가, 한국일보 기자로 활동했고, 한국문인협회 소설분과 이사, 자유실천문인협의회 고문, 민족문학작가회의 자유실천위원회 위원장과 회장단 상임 고문을 역임했다.

1965년 제1회 한국연극영화예술상 희곡상, 1975년 제2회 만해문학상, 1982년 제4회 성옥문화상 예술부문 대상, 1989년 제1회 자유문학상 본상을 수상하였다.

암으로 투병 중 전신으로 암세포가 전이되어 약 2개월 와병 후 2020년 11월 27일 자정을 막 넘긴 시각 영면했다.

차례

환무(幻舞)의 장

1

'매킨토시 앰프'와 '듀알 턴테이블'로 조립한 전축 속에서 타르티니의 〈악마의 트릴〉이 흘러나오고 있습니다.

내가 이 음악을 듣고 있다는 사실은 바로 내 심신이 무척 불편해 있다는 상태의 입증이기도 합니다.

못 볼 것을 봤다든가 못 먹을 것을 먹었다든가, 혹은 돼지털 저모립을 쓰고 물구나무 서는 식의 아찔한 부조화를 경험했을 때나, 아니면 한 가닥 남은 자존심마저 역학적으로 '산지박운세'를 만났을 때-그러니까 시쳇말로, 아니꼽고 매스꺼웁다 하면 이 음악을 치료제 삼아왔던 것입니다.

실의가 짙어지면 세상 막장이다싶은 환멸이 검은 그늘을 덮씌우고, 그 환멸이 익을 대로 익으면 반드시 진보랏빛 비감(悲感)이 끝도 없는 수평선을 펼치데요. 언제부터인가 (사실은 요즘 들어 더욱 선명하게 깨달았지만) 비감을 이겨내는 그중 적실한 외통수처방은, 비감을 얄팍하게 벗어나려는 몸짓보다 차라리 비감의 혼수 속으로 깊이깊이 가라앉아 비감의 전신을 치열하게 경험해버리는 편이 낫다는 생각을 다졌습니다.

아딸딸한 정신으로 '이게 슬픔이구나' '이게 허탈이구나' 어쩌구 하면서 의도적인 생각을 쫓고 있을 때, 꼭 그때 타르티니는 곧바로 나를 싸안고 비감의 심연 속으로 떨어져줍니다. 구원의 악마가 밟아가는 스텝을 따라 환무의 진땀 나는 시역을 치르는 것이지요. 타르티니 음악속의 악마는 16세기 루마니아 산(産) 귀족을 닮았습니다. 은회색 피부에다 에메랄드빛 눈망울, 그리고 상처의 괴사 조직을 비집으며 새롭게 돋는 육아(肉芽)처럼 선홍색으로 말씬거리는 입술…. 이윽고 곤청색 망토의 눈부신 포용이 나의 비감을 깊숙이 싸덮고 그의 습윤한 입술이 내 목덜미를 애무하기 시작합니다. 곧바로 외경동맥의 탄성조직 깊숙이 투창이 꽂히고 나는 황홀한 통증과 함께 일단 죽습니다. 한 방울의 피도 남김없이 거둬가는 그의 뒷모습이 축복의 무진한 아름다움으로 채색될 때, 그때에야 선백의 흔적으로만 남아 있던 나는 다시 이어질 비감의 비늘들을 낱낱이 챙기며 전신에다 피를 채우기 시작합니다.

"악마의 트릴은 곧 부활의 의미요. …저 만년설 속의 에델바이스!"

악보가 구천의 구강천을 저어가며 그의 목소리를 돛 폭 삼을 때면 유일무이한 아름다움의 형용에 놀란 내가 노래를 읊습니다. 환무 속에서는 노래요 선땀 엎은 기억 속에서는 빠락빠락 악을 쓴다는 게 더 걸맞을 겁니다.

"데려가! 데려갓!"

꼭 이 대목쯤에서, 나는 박하수를 넘긴 듯 경기 들다가, 이내 풍요의 나른한 권태 속으로 돌아오게 됩니다.

희붐한 여명 앞의 회색 그림자처럼 시야 속으로 잠기는 아버지와 어머니가 똑 부러지게 정확한 판별력을 행사합니다.

"이거 완전히 돌았어, 돌아! 아니 무슨 몹쓸 피를 받았기에 이 따위 병을 얻어? 내일 당장 정신병원에 데려가봐야 되겠어."

"병은 무슨?… 지가 무슨 청대라구 똥고집만 부려 쌓더니 이제사 철나는 거예요!"

"… 아니 저 짓이 병이 아니면?"

"글쎄, 병이라면 이제라도 돋치는 게 천만다행 아니에요… 빠락빠락 악쓰는 걸 봐요. 못 들었수? 데려 가라구 생난리 치는 걸… 걱정 말아요. 시집 갈 맘이 동해서 저러니깐!"

"의사의 정확한 진단 없이 어떻게 우리 멋대로 단정하나?… 몽상도 몽상 나름이지 드라큘라 몽상이 예사병인가!"

"괜히 드라큘라 어쩌구 딴청 부리는 거예요. 쟤가 얼마나 영민한 앤데?… 사내가 제 목덜미께로 키스 마크 새겨가는 꿈을 꾼 거예요!… 움머, 지금 생각 해도 너무나 또렷한 걸!… 나두 자기하고 연애할 때 저런 꿈 숱하게 꿨어, 뭐얼-"

"상류층 숙녀가 꼭 유행가 가사만 읊어. 키스마크 키스마크 하지 말라고 했잖아!"

"…차암!"

"키스 봐이트!"

"그래, 키스 봐이트!"

"…그럼 하루만 더 기다려봐?"

"글쎄 염려 놓으시라니까 그러네. 알짜사내만 동여주면 금세 가실 증세야."

"쟤 침대를 바꿔주면 어떨까? 잠자리가 불편하면 반드시 악몽에 시달리는 거야."

"아직도 쓸 만한데 뭐얼."

"5년 전 시세로 겨우 돈 백짜리야. 금장식도 낡았구 쿠션도 많이 꺼졌어. 그적 모렉스침대가 요즘 세상에 어디다가 명함을 내밀어?"

"…하긴!…"

대강 이런 말을 주고받고 난 다음, 아버지는 내 볼따귀를 유독 가늘고 긴 검지로 꾹 꾸욱 눌러대며 기특한 질문을 던집니다. "또 드라큘라 꿈 꿨니-." 나는 가능한 한 더욱 경기 들린 목소리로 "네, 네에! 드라큘라가 제 목을 물고 안 놔 줬어요!"하며 전신을 부르르 떠는 시늉마저 지어 보입니다. 그때 어김없이 어머니의 힐난이 칼끝을 세웁니다.

"사랑병도 드럽게 앓아, 저 계집애! 허튼 판소리 사랑가 읊지 말구 냉큼 일어나 만미쌀롱으로 못 가?"

아버지의 '드라큘라 악몽'이나 어머니의 '허튼 판소리 사랑가'는 섬뜩하게도 내 의중을 찌르는 것이었습니다.

먼저 아버지의 판단에 동의합니다. 왜냐하면 저는 분명히 중증의 정신병환자를 가장하고 있기 때문입니다.

다음으로 어머니의 경험철학에 동의합니다. 해삼은 해삼끼리, 피조개들은 피조개들끼리 모여 사는 삶의 지혜를 이제야 터득했다고나 할까요. 피조개들의 침묵 속에서 흐르는 혈류의 관맥을 어머니는 어쩌면 그렇게도 꼭 짚고 나섰을까요. 맞습니다. 나는 지금 마지막 남은 피 한 방울까지 헌혈하고 싶은 알짜남자를 만나기 위해 가사 상태의 환무를 계속하고 있기 때문입니다.

애당초의 목적은 가출이었습니다. '나가자, 나가버리자! 올곧음을 싸바르는 목질섬유질부터 찢어발기고 보자. 그래서 권태와 속박의 고치를 벗고 원색의 청산을 누비는 꽃나비가 돼보자!'그러나 나의 작심은 번번이 무너지고 말았습니다. '벤츠 SL 800'에 실려 "유명병원의 특실에 갇히고, 한 사나흘 특제영양의 수액을 받고 나선, 말짱한 정신으로 귀가하면 그뿐이었습니다.

그런 때면 아버지와 어머니의 자상스러운 심문이 꼭 계속됐습니다.

먼저 아버지의 심문입니다.

"이제 괜찮니?"

"…네에."

"그러니까 불만이 뭐야?"

"…너무 많은 게 싫나봐요!"

"뭐어?… 아니, 뭐가 그렇게 많다는 거야?"

"…돈이요!"

"그래에?… 그래서 애비의 금력 때문에 뭘 손해봤어?

"손해는 안 봤지만 너무 피곤한 것 같아요."

"같아요오?… 딱 집어서 말할 순 없어?"

"일종의 비감입니다!"

"비감이라아- 슬플 비 자에다 느낄 감 자 쓰나?"

"그렇습니다."

"왜 풍요함이 슬픔으로 둔갑되나?"

"…그걸 자알 모르겠어요!"

"그렇다면 정반대의 경험이 필요하겠군, 그치이?"

"…네에."

"나쁜 따아식! …그래 네 멋대로 놀아봐! 송향의 단즙만 빨고 살았던 귀족
송충이가 닭사료 먹구 잘두 살겠어. 심인광고도 내기 전에 날렵하게 들어올
생각 말앗! 나쁜 따아식! …나쁜 계집애!"

다음은 어머니의 심문입니다.

"그래, 동여주는 사내는 다 싫구 어떤 인간파철이 좋다는 거니?"

"…무얼?"

"내나 사내얘기 아니야?"

"…사내면 사내지 왜 쇳덩이는 갖다 대? 누가 쇳덩이 껴안구 살고 싶댔어?"

"움머, 움머, 요 벨아먹을 주둥이… 고따위 맞장단 노라구 대학 사년 가르쳤어?… 아휴 후회막심이야! 그때 정외과에다나 박을 걸 하필이면 귀신 씨나락만 깎아대는 심리학과에단 왜 박았담!"

"언제 박았어? 내가 꽂혔지!"

"근데 얘가 왜 갈수록 상스럽게만 변할까아? 아니 좋은 말 쌔고 쌨는데 왜 박구 꽂구 고따위 천박한 표현만 쓰니?"

"박았다 빼구 꽂았다 빼구, 누가 먼저 최음제 단어만 구사했게?"

"쉬잇- 요 벨아먹을 계집애! 아버지 들으시면 또 무슨 몹쓸 피를 받아서 저 꼴이냐구 생난리 쳐… 따악 까놓구 말해보자. 너 돈 많은 게 싫다는 소리 정말이야?"

"많아야 할 운명의 돈이라면, 싫든 좋든 있는 게 정상이겠죠."

"계집애 말하는 것 좀 봐아? 아니 그런 말장난이 어디 있어? 팔자에 따라 붙구, 노력에 따라 쌓이구, 간수에 따라 불어나구, 사람 능력에 얹히는 게 돈인데, 조폐공사에서부터 나는 누구 몫이요 하면서 찍혀나와? 운명의 도온? 아니 이렇게 철딱서니 없는 걸 어쩌면 좋아!"

"돈의 속성을 말하는 게 아니에요. 황금의 생명에 대해 말하는 거야."

"움머, 얘가 근데 우쩜 갈수록 배냇병신 잠투새만 앙잘거려! 조폐공사 떠나면 사천만의 돈이구 세상 바닥에 깔리면 고냥 갈 곳으로 뭉치는 게 돈인데, 아니 돈에 무슨 목숨이 있어?"

"누가 돈에 목숨 있다구 했나? 돈을 부리는 사람 목숨을 이야기하는 거지.… 즈윽 - 용전의 윤리성, 도덕성, 뭐 이런 거 있잖아."

"계집애, 꼭 말문 막히면 즈윽 즈윽 하구 외상투만 꽈! 그래, 즈윽 용전의 윤리성인지 도덕성인지, 고것들은 어떻게 생겼어?"

"움머, 내가 못 견뎌!"

"못 견딜 소릴 해놓구 견딜 맘을 갖니?"

"못 견딜 소린 한 적 없어. 소비의 실용성보다 활용의 가치에 대해 얘기한 거야."

"뚜욱 그치지 못해? 뭐어? 소비의 실용성보다 활용의 가치이?··· 솔직히 까발려 볼까? ···너 무슨 덕으로 남보다 편케 살았었니?"

"솔직히 까발리면 돈 덕에 살았지!"

"···실용의 탄성이 편테 활용의 가치가 편테?"

"솔직히 까발려서 실용적 탄성이 편킨 했나봐요."

"솔직히 까발린다구 엄마 말에 일일이 콩고앵무 입장단 치구선 했나봐요가 뭐람? ···편케, 좀더 편케 살겠다는 건 동굴사고니 문명사고니?"

"······?"

"아 심리학과 학사증 탄 지가 언젠데 병추 오줌재린 표정이야? 어려울 거 하나두 없어. 문명 이전의 동굴속에서 살 길 원해, 아니면 개명인류의 시대 속에서 살길 원해?"

"··· 많이 늘었수!"

"망할놈의 계집애 말투 좀 봐··· 그래, 이게 다아 물질에 의한 여가선용의 활용 덕택이다! 여유 없이 현상유지에 시달리는 건 삶의 본능이구 생활의 여유 속에서 하나 하나 배워가는 건 삶의 진보가 될 것 같은데, 과연, 과여 언- 네 생각은 으떼?"

"···첨가할 양념이 없수!"

"그래두 유식한 혓바닥 춤사위만 치지. 금세 있는데 쓰면 바닥 나구, 바닥 겨우 채우면 금세 쓸 게 없구, 이 빠듯한 실용이 편테, 오늘 있고 내일은 더 있는 활용이 펀테?"

"…그걸 자알 모르겠수!"

"망할놈의 계집애얏! 그러니깐 정신 똑바로 채리란 엄마 충고 아니야! …너 증말 바른대로 대답해야 해? …너 요즘 인간파철 놈 하나 사귀지? 민족, 민중, 노동, 통일, 어쩌구 악다구리 쓰다가 목 타면 캔맥주 벌컥벌컥 들이키구, 재생산 활용가치가 있는 알루미늄 캔은 작신작신 밟아설랑 하필이면 똥통에다 처박구 하는 녀석!"

"죄받을 소리 하지 말아. 난 아직 최루탄냄새 맡아본 적두 없어!"

"자알 들어 둬어? 느 아버지가 할아버지 재산만 갖구 활용철학만 익혔다면 벌써 묵은초 됐어! 쥐뿔만한 선대재산 갖고 뭘 해? 미제 캔맥주 장사로 이만큼 불린 거야!"

"……"

"씨가 먹히면 말문이 막히겠지! 지금 같은 네 표정 증마알 첨 본다… 마지막으로 한 마디만 더 하겠어. 일천오백육십만원짜리 수중안마장치 욕조가 펀테 아니면 대중목욕탕 땟물이 펀테? …하다못해 방귀 한 곡조를 꿔두 오만원짜리 물물교환 응접세트가 펀테 아니면 한 세트 칠백오십만원짜리 치팬탈이 펀테?"

어머니는 이때를 놓칠세라 와락 나를 껴안기 일쑤였습니다. "너 증말 엄마 죽는 꼴 볼 테야? 왜 그래, 아니 왜 그래? 넌 태생부터 계란 노른자위에다 들깨만 쪼아먹던 카나리아야 카나리아!"

나의 환무는 '귀족송충이 닭사료' '계란 노른자위에다 들깨만 쪼아먹던 카나리아'라는 부모님들의 충고로부터 시작됐을 것입니다.

아니 그보다는 더욱 절실한 충격이 있었습니다.

환무(幻舞)의 장

2

정확하게 열흘 전 오전 11시였었습니다. 아버지께옵서는 10시 30분 약속의 골프게임이 파토났고, 어머니는 어머니대로 꽃꽂이 모임의 '묵시 90'회동이 오후로 연기됐었습니다. 새벽 4시에 경기도 고양군 동산리에 있는 '서오릉'에 조깅 나가셨던 조부께서도 마침 돌아와 계셨습니다. 늦은 아침식사 시간이 시작됐었고 나는 막 아침 일정의 기본 과정을 끝낸 참이었습니다. 일어나는 길로 야채즙 복용, 간단한 전신 체조, '만미살롱'의 스케줄 예약전화, '새들 승마클럽' 황기사에게 '마장'(馬場) 일정 문의, 애견 '릴리캡'에 대한 드레싱, 샤워, 조간신문 속독… 대충 이런 과정을 거칠라치면 두 시간 정도 소요되는 게 관례였습니다.

내가 밉기도 했을 겁니다. 그 날 따라 나는 간밤에 복용한 수면도입제 영향으로 보통 때보다 한 시간쯤 뒤 늦게 잠자리에서 일어났고 아침식사가 시작된 후 30분쯤 지각해서 식탁에 마주 앉았던 것입니다.

찹쌀과 쑥을 메추리알 크기로 빚어 석청 꿀을 얹고, 미리 끓여놓은 우둔대살 맑은 장국을 한소끔 덥히다가 퐁퐁 쑥단자를 띄운 - 쑥향과 꿀향기가 콧방울을 베적이는 애탕국이었습니다.

조부께서 숟갈을 드시기도 전에 국물부터 꼬르륵 꿀렁 서너 모금 넘긴 부친은

'이런 죽일 놈들, 도대체 뭘루다 활성 증시를 만들겠다는 거야!' 하며 경제신문 증권시세란만 훑어보고 있었고, 마침 걸려 온 전화에 몹시 기분이 상한 모친께옵서는 '누가 뭐래?… 깨지면 그뿐이지 뭐얼… 그러게 말야, 친목회 명칭부터 어째 기력이 처지더라구… 내 말이 그 말이야! 기민하구 날렵한 시대적 센스도 쌔구 쌨는데 하필이면 묵시 90이 뭐야아? 아니, 묵묵히 생각만 한다구 기획이 다아 앞서가는 세상이야?… 움머머어 그런 말 하지 말아, 괜히 오해만 사! 내가 회장을 어떻게 맡아? 경제력으로만 따져두 내가 5등급이라면 문 여사는 2등급인데 뭐얼… 허긴? 회원 대다수의 중의라면 또 모르지… 일단 끊어, 오늘 아침은 기분이 별루야' 하며 보일러 꺼지는 듯한 한숨을 내쉬었습니다.

조부께서 말씀하셨습니다.

"어여 들잖구 뭘 해?"

나는 무작정 송구스러웠습니다. 부친께서는 이미 서너 모금 목젖께의 미각을 즐기신 뒤요, 모친께서도 동동 뜬 쑥경단 두어 낱을 오삼오삼 시식한 뒤였기 때문입니다.

"할아버지가 먼저 드셔야지요. 제가 떠넣어 드려요?"

"무스은?… 할애비는 우리 인엽이 먹는 걸 보구 먹을 거야. 잘못 허다간 쑥경단 동나겠다. 아아… 아아 해."

나는 밉상스럽게도 입을 아아 벌리고 굶은 제비새끼처럼 할아버지가 주시는 쑥경단 한 톨을 받아먹었습니다.

할아버지와 내가 서로 장단을 맞바꿔가며 '아아-' '아아 하세요' 하자, 부모님들은 아마 그 때부터 심사가 불편했던가봐요. 아니 까발리고 시쳇말로 읊으면 횟간이 뒤집힌 듯한 표정들이었습니다.

부친께옵서 신문을 패대치며 말했습니다.

"서오릉 조깅 어떠셨나요?"

"좋은 것두 때잡아 만드니? 거 뭐여, 맨날 그거지 뭘…. 한 잔에 사백원짜리 인삼차 마시구선, 은행나무 두 그루 밑을 스무번씩 돌구, 그리구 나선 체조박사 신가눔 구령에 맞춰 서오릉맨손체조 허구 나선, 막걸리 한 사발 덤으로 얹히는 일천이백원짜리 해장국 먹구우…. 그리구 나선 친우 박 사장 차로 방배동으로 왔지."

"…친우 박 사장이라니요? 하천부지에다 캐비지밭 일궈 먹고사는 그 영감 말입니까?"

"그 영가암? 근데 이 눔 말버릇이 날로 개씨 족보 말투야아? 영감이라니? 당년 칠십일곱이얏! 느 아비 보다 두 살 위인 어른을 그렇게 불러?"

"아버지께서 오해하시는 겁니다. 영감은 원래 존대어입니다. 나이가 많은 부부끼리, 그 아내가 남편을 존칭해서 부르는 호칭이 영감이요, 남자 어른을 밑사람들이 높여 부르는 칭호가 영감이요, 옛날 옛적에는 대감님 다음 가는 존칭이 영감이었습니다!"

산초가루 털다가 재채기하는 병추 본새로, 콧방울을 발씸발씸 입꼬리를 하르르 하르르 떨고 있던 모친께서, 한 장단 거들고 나섰습니다.

"아범은 일찍이 명문대 국문과 학사증을 필한 걸 아버님께서 제일 명확히 인지하고 계실 겁니다! … 저두 박 사장인가 뭔가 하는 영감, 아니 영감님에 대해서는 좀 알고 있습니다만, 그 영감님 그거 고철상 했던 박씨 아니던가요? 강남 개발의 필연적 시대가 도래했을 때, 감정가 매수를 결사적으로 반대하며 기필코 시세가 보상을 요구하며 단식투쟁했던 그 늙은이 말입니다! …결국 차도도 만들 수 없는 맹지를 시세보상관철 투쟁하는 통에 행정관서의 일보 양보로 어찌어찌 해결은 됐습니다만, 결구욱 그 영감 똥고집

하나 때문에 방배동 개발이 5개월이나 지연됐었던 사실을 기억하고 계셔요? 그 박씨 영감을 문법적으로 하등 하자가 없는 영감으로 호칭하는 게 뭐 잘못이란 말입니까?"

아버지의 말 끝에는 화덕장군의 불씨처럼 이글이글 화를 끓이던 조부께서 어머니의 반론에 맞닥뜨려 여들없이 힘이 빠지는 걸 목격했습니다. 그래서 나도 한 마디 읊었던 것입니다.

"너무 하신다들?… 원래 언어는 표현의 감동에 앞서 음성적 억양의 심리적 견제를 받는 거예요. 영감이라는 뜻의 관행이 문제가 되는 게 아니구요. 이런 경우에선 발성학적 억양의 의미추구가 문제가 됩니다. 즈윽 아버지께 여쭤보겠습니다. 어느날 밤에 만취의 귀가길에 오르셨습니다! 아버지는 '3만원에 방배동! '하시는데 웬 형편없이 젊은녀석이 '이거 왜 이래 '하며 '방배동까지 미터요금이 정확하게 4천원이야' 했다 쳐보시지요. '뭐어? 이거 왜 이래? 이 호로 자식!' 하셨겠지요. 새파랗게 젊은녀석이 '이 양반아 돈이면 다야?' 했을 때 아버지는 양반이란 말에 유독 화가 끓으셨을 겁니다. '뭐? 이 양반아?' 하시면서 길길이 날뛰셨겠지요! 양반이란 말의 국문학적 풀이는 어떨까요? 멀게는 고려, 좀더 가깝게는 조선 시대, 그 때부터 양반은 지체 높은 귀족 신분이나 그 계급에 딸린 권속들의 총칭이었습니다. 최고존칭인 양반이란 말이 왜 그렇게 싫으셨을까요?… 심리적 변이 내지는 심리적 이해의 이완은 이렇게 무서운 겁니다!"

할아버지께서는 내가 당신이 지핀 화톳불에 철딱서니 없이 덤비는 음생충(陰生蟲)으로 보였던 모양이었습니다. '아서, 아섯!' 하시면서 내 허벅지를 꾹 꾸욱 눌러주셨지만, 이미 부모님들의 결정적인 공략이 가차 없이 시작된 뒤였습니다. 뜻의 한 묶음, 그리고 한 생각에 따라 '부모님들'이라고 속 편하게 타래묶음 했습니다만, 결정적인 순간에 남성과 여성은 판이하게 구별되지요. 가령 산불을 예로 들어보지요. 운명의 흉벽까지 다 태우고 말 기세의 불길을 보며 여자들은 화난의 시뻘건 화염에다 무조건 전신을 맡깁니다. 다가오는 불길의 진화에 산화해야 할 운명이 곧 불이 됩니다. 그래서 불의 목숨으로 맞불이 되어 타죽고 맙니다. 그러나 남성은 다릅니다. 하나의 불을 진정시키기 위해 다른 하나의 맹목적인 불을 선택합니다. 이질적 원인들로 타오르는 발화, 그 완충의 적절한 곳에 진화(鎭火)와 소화(消火)의 임무를 띤, 거룩한 불씨를 묻습니다. 그리고 기다리는 것이지요. 왜들 보셨을 텐데요. 산불의 확산을 막기 위해 출동한 역전의 빛나는 '민방위대' 아저씨들이 '맞불'을 지펴놓고 관망하는 과학적 휴식을.

부친께옵서 할아버지를 향해 정중히 맞불을 지폈습니다.

"아버지, 요즘 너무 수준이 급하락 하세요! 이젠 품위를 지키실 만합니다. 학은 학끼리, 까마귀들은 까마귀들끼리, 서로 놀 자리가 따로 있지 않겠습니까?"

"누가 학이구 누가 까마귀인데?"

"아무려면 고물상 했던 박씨 영감이 학 족보를 대겠습니까?"

"그렇담 내가 학일세?"

"아셨으니 천만다행입니다…. 벤츠 에스 엘 팔백이 시동 걸어놓구 대기하는데 박씨의 맵시 엑스큐 고물차로 바꿔 타시다니요? 제 체면이 뭐가 되겠습니까, 네에?… 저 그렇게 불효 아닙니다! 브라질의 미스터 지에게 코르데이라씨를 수배 청원했을 정도는 되는 자식입니다."

"…무신 소리여?"

"5천달러짜리 최첨단 관을 말씀드리는 겁니다. 브라질의 코르데이라가 전세계의 효자들을 위해서 내놓은 신개발 상품인데 스테레오 헤드폰, 마이크

경보 장치, 그리고 부활할 때를 대비한 경보신호기와 부활 즉시 절친했던 친구와 통화할 수 있는 전화코드까지 미리 갖춰놓은 관이랍니다."

"…멀쩡하게 살아 있는 애비헌테 별 못헐 소릴 다 하는구먼. 녀석아, 죽으면 일과초보다 못헌 인생이여! 명춘삼월 기약허구 겨울에 한 번 죽는 일과초는 그래서 수명이 억만세지만, 사람 팔십천수 한평생은 기껏 여섯 자 반 땅속이 경각유처 고향이야. 어휴, 죽을 때까지 고생만두 이가 갈리는데 못헌다구 또 깨어나서 너 같은 자식 낳구 또 사누?"

"그래요. 저 같은 자식 뭣한다고 또 보시겠습니까?…. 전 단지 신개발상품 전시장에서 밝힌 코르데이라씨의 즉흥소감에 너무 감명을 받았던 것뿐입니다. 그는 이렇게 말했습니다. …생전에 부와 안락의 풍요 속에서 살던 사람이 죽었다고 해서 싸구려 나무관 속의 비장품 신세가 되어서야 되겠습니까? 나는 이런 통념에 동의하지 않습니다! 나는 장사꾼이라기보다 먼저 효자이기 때문입니다…. 아버지는 코르데이라의 진심이 무조건 싫습니까?"

"싫다마다! 돈 주고 사는 효라면 누가 못해? 늙은 애비 면전이라구 아무 소리나 생각나는 대루 지껄이는 게 아냐! 난 아직 죽을 맘 없어!"

"…언젠가는 돌아가시지 않겠습니까? 유한인생이기 때문에 효라는 형식도 필요했을 겁니다."

"네 이 누움, 네 이 누움, 어린 인엽이 앞에서 그따위 개씨 족보 말대꾸나 깡깡 허구!… 네눔이 언제부터 이렇게 변했니, 어엉?"

결론적으로 산 사람 데려다가 수의 맞추는 꼴이 아니겠습니까. 여느 때와는 달리 유독 가쁘게 짜드는 할아버지의 허파 숨량 소리가 너무나 가슴 아팠습니다. 그래서 못된 버릇대로 빠락 소리를 내질렀던 것이지요.

"아빠! 애탕국은 술로 끓여요?"

"…근데 저 따아식이?…"

"제가 생각하긴 코르데이라라는 사내가 알짜 미친 녀석인데요… 효란, 살아 있는 부모더러 일단 죽었다 가정하고 제 효심의 무게를 재어보십사하는 앙탈은 아니잖겠어요? 술도 안 드셨는데 할아버지 관 걱정은 왜 하시는 겁니까? 상식이 진리요, 길이요, 생명 입니다! 할아버지께서는 일단 하루라도 더 사시고 싶은 상식을 평화로 삼으실 수밖에요!"

"네가 뭐얼 안다구, 어엉?"

나의 볼따귀에서 순간 불벼락이 일었습니다. 사면팔방의 수직으로 뻗치는 통증, 그것은 얼룩말의 무늬처럼 나의 전신을 재량껏 수놓았던가 싶습니다.

아버지의 '맞불'을 따라 어머니의 '불'이 시뻘겋게 널름거렸습니다. 무조건 전신을 맡겨 화난의 심근에다 불씨를 던졌습니다.

"너 만미살롱 갔었어? 안 갔었지?"

"언제말얏?"

"어제말얏!"

"…갔다온 거 본 사람은 누구야?"

"앙큼한 애 허구운. 코스메틱숍 미스 양이 다 까발렸어! 너 마사아지 푸울 코스는 아예 사절하구 에어로빅룸에 얼굴만 비쳤다가 사라졌대며?"

"……"

"어디 갔었어?"

"지긋지긋해서 더는 못 견디겠는 걸! …새들 승마 클럽에 나가 맑은 공기 좀 마시다 말았어."

"움머, 이 계집애 고짓말 좀 봐! …그래? …워킹, 트로팅, 갤럽핑이 많이 좋아졌데?"

"…알게 뭐얏!"

"아니, 마술의 초보단계만 일년 허송한 너 아냐아? …하라는 일과는 네 멋
대로 빼먹구, 부모 허가도 안받구선 모를 곳만 드나들구… 아니, 네가 도대
체 무슨 염치로 아빠 말씀을 공박하는 거야?"

사실 말이지 그 때까지 나는 후끈거리는 볼을 감싼 채 제 정신이 아니었습니
다. 꿈인지 생시인지 분간 못 할 아득한 어질머리 속에 갇혀 있었을 겁니다. 하
다못해 유행가도 〈피리 불던 모녀고개〉를 읊었거늘, 그래도 딸자식 편을 들
어줘야 할 어머니가 아버지의 포악성과 끈을 잡는 데는 허무의 벼랑 끝에 매달
린 설움마저 느껴야 했습니다. 그래서 또 빠락 악을 썼습니다.

"이 집이 싫어! 나갈테얏!"

그 때였습니다. "이게 어따 대구 큰소리야?" 하는 말과 어머니가 또 따귀를
올려붙였던 것입니다. 실로 27년 만에 겪음하는, 쌍수겹장의 엄청난 충격이었
습니다.

환무(幻舞)의 장

3

 드디어 올 날이 온 모양입니다. 밀탐과 탐색의 숨가쁜 시소게임—무게와 무게들의 철저한 균형이 동작의 기민한 유연성 하나에다 명분을 거는 순간입니다. 쉽게 말하죠. 환무의 끝장 말입니다.

 부모님들의 엄절한 관심이 볼록렌즈처럼 화광의 초점을 모으고, 닥터 심의 문진(問診)이 바야흐로 시작될 순간입니다.

 "얘야, 제발 사실 대로, 사실 대로 으응? 너도 알지? 엄만 너 없이는 살 필요가 없는 사람이야!"

 "아빠는 너의 지혜를 믿고 있어! 마지막 순간까지 가능하면 명철한 판별력을 갖는 거야. 그치이?… 됐어, 자알 해봐!"

 부모님들의 격려들이 귀바퀴에서 속살거렸습니다. 닥터 심이 '저의 문진 도중, 가능하면 부모님들께선 함구해 주실 것을 부탁드리겠습니다. 예컨대 환자의 응답이 전혀 생소하더라도 첨가설명·보충설명 따위는 절제해달라는 말씀입니다' 해놓고는 나의 눈동자를 똑바로 쳐다봤습니다.

 "먼저 이 문진에 대한 사회적·도의적·윤리적 성격을 말씀드리고자 합니다. 본 문진은 정신감정을 위한 정신의학적 판단에 핵심이 있습니다. 정신감정은 형법상의 정신감정, 민법상의 정신감정, 정신위생법상의 정신감정—이렇게 3대별할 수 있는 바, 지금의 경우는 정신위생법상의 정신감정을 하고자 하는 것입니다…. 참고로 말씀드린다면, 형법상의 정신감정은 형사사건의 재판관으로부터 피고인에 대한 정신감정을 의뢰받는 경우입니다. 따라서 본 문진은 형법상의 정신감정과 무관합니다. 민법상의 정신감정은 금치산·한정치산의 선고 사건에 연루한 심신 상실 내지는 심신박약을 의학적 감정으로 입증하는 수단으로서 문진 대상자는 당연히 피고 입장이 아닌고로 그것 또한 민법상의 정신감정과 무관합니다. 정신위생법상의 감정—금일의 문진은 바로 이 경우에 해당된다고 할 수 있으며, 본인은 정신장애의 의혹이 있다는 친고의 촉탁을 받고 정신장애의 유무, 치료, 보호에 대한 의학적 판별을 실행하여 입원 내지는 가택치료에 관한 의학적 처방을 내릴 수 있는 입장임을 말씀드립니다. …좀 쉬고 싶으십니까?"

나는 너무나 쫀쫀한 배려에 순간 아딸딸했습니다. 그래서 이쯤 무식하게 반문했었습니다.

"가도 좋다는 말씀이신지요?"

"그게 아니지요. 심신의 안정을 위해서 정신 내지는 사고의 이완… 압박논리에 대처하는 상식논리의 우선권을 인정하겠다 이 말입니다!"

"거역한다면 옐로카드?"

"경우에 따라서는 레드카드가 될 수도 있습니다."

"쉴 맘 없습니다! 시작합시다!",

닥터 심은 뒷좌석의 부모님들을 향해 지극히 형식적인 목례를 하고나서 읊조리기 시작했습니다.

"수면은 정상적으로 취하십니까?"

"별루요… 악몽에 시달리다 보면 정상수면이 어려운 편입니다!"

"그럴 때는 어떻게 대응하시나요?"

"수면도입제를 복용합니다."

"일종의 습관이라는 걸 자신도 알고 계십니까?"

"물론이지요! 위기에 대처하는 비방, 아니 요샛말로 극약처방쯤 되겠는데, 정부시책 내지는 대민평탕책으로도 습관성 주입이 원처방이 되는데 습관성을 전제하지 않고 어떻게 불면의 밤을 다스립니까?"

"…국문과를 졸업하셨습니까?"

"천만에요! 공해산업의 일종인 명문 여대 심리학과를 졸업했습니다."

"상황의 비교논리가 너무나 정확해서 물어본 말일 뿐입니다. 이걸 좀 보시지요. 이게 뭡니까?"

"별루다 싶은 손가락 아닌가요?"

"몇 개입니까?"

"검지 중지 인지, 이렇게 세 개가 볼쇼이 발레단의 환무를 추고 있는 것 같습니다."

"좋습니다. …불면의 밤엔 주로 어떤 악몽에 시달리나요?"

"타르티니의 악마와 맺지 못할 사랑을 나눕니다!"

"타르티니의 악마?…… 드라큘라 말입니까?"

"닥터 시임!"

"……?"

"정신과 전문의의 질문이 그렇게 강공 일변도로 나가도 되는 건가요? 분명히 말씀드렸잖아요. 맺지 못할 사랑의 남자라고! …닥터 심 목전의 환자는 일단 흡혈귀와의 사랑만 가능하다고 상상하세요?"

"처, 천만에요! 사전 지식을 참고 삼았을 뿐입니다…. 그래, 맺지 못할 비운의 사랑은 시공적으로 얼마 만큼 됐습니까?"

"그러니까―제가 한 생명으로 태어난 지 27년만에 처음으로 경험한 충격, 바로 그 충격의 그날밤부터였습니다.

"대강 어떤 사랑을 주고받습니까?"

"그는 먼저 나에게 다가와서… 망각의 변주로 반주하는 악보의 음자리표가 됩니다. …벙커C유의 폐유처럼 궁헐궁헐 뭉치는 나의 피를 완강한 흡반으로 거둬갑니다…"

"가만, 가마안―완강한 흡반이 흡혈하는 곳은 대개 어딘가요?"

"목 좌우의 외경동맥입니다!"

"…흡혈 그 자체에 대한 환희입니까? 아니면 정서적 연계상황으로 인한 필연적인 본능적 희열입니까?"

"닥터 심의 질문요지를 대강 짐작하겠군요…. 며칠 동안은 통증 그 자체에 대한 경이적 식별로 만족했었습니다. 그런데 날이 갈수록 아니 밤이 더해갈수록 구체적 파괴가 몰고 오는 전체의 붕괴에 정신을 잃었습니다! 어젯밤엔, 어젯밤엔 심지어는…."

"…심지어는?"

"오랫동안 미뤄왔던 사랑을 천상의 희열로 이룩하고 말았습니다!"

바로 이때였습니다. '움머 시상에에! 쟤가 저렇게 되도록 난 뭘 했담? 에미라는 게 과년한 딸애 속두 몰라주구 뭐얼 했어? 움머, 움머! 내가 먼저 죽어야 해!' 하는 어머니의 탄식과 '아하아― 말을, 아니 표현을 절제하라구! 욕구대로 표현하자는 게 말인 줄 아나? 하고 싶은 말이라구 때와 장소를 가림없이 쏟아놓고 보는게 표현인 줄 아나? 아하아― 이거 왜 이래?'하는 아버지의 침착한 지청구를 한꺼번에 듣기세포로 터득했었습니다.

"성취는 일단 만족입니다. 그렇다면 철저한 만족을 얻어내셨어야 옳겠죠. 어때? 그랬습니까?"

"물론입니다!"

"…상대 남성의 성함은 기억하실 수 있겠습니까?"

"이름의 명기 뒤의 만족과, 만족 이후의 이름에 대한 숙명적 기억! 이 둘 중에 어떤 것이 값나가나요?"

"…상황에 따라 다릅니다."

"…일단 이름은 기억할 수 없습니다."

"그래요오? 그렇다면 의미추구의 논리적 질서를 위해 한 가지 묻겠습니다. 기분이 언짢으시더라도 결과에 도달하기 위한 필연적인 과정이라고 생각하시고 순순히 응답해주시길 바랍니다."

"네에. 지순한 양이 되겠습니다!"

"좋습니다…. 자신의 이름은 기억하십니까?"

"성은 성씨 공, '공'에 대한 뜻풀이는 상식적으로 구멍을 상징하데요…. 어질 인자에다 잎사귀 엽자, 이렇게 해서 공인엽올습니다."

"좋습니다. 공인엽씨에게 묻겠습니다. 어진 잎사귀 라아— 혹시 평소부터 자신의 이름에 대한 거부감 같은 거, 그런 거 느껴보신 적이 있었나요?"

"그렇습니다!"

"아니, 왜 그랬을까요? 대단히 문명비평적인, 다시 말해서 상당히 시대적으로 세련된 이름인데요?"

"구멍으로 태생한 것도 다소 찜찜한 바 있는데, 거기다가 잎사귀마저 어질 거라 한다면, 과연 저는 어떤 나무로 한평생을 살아야 합니까? …예컨대 어느 날 갑자기 딱다구리도 메추라기도 아닌 것이 제 몸뚱이에 구멍 뚫어주겠다 한다면 저는 딱다구리를 받아들여야 합니까? 아니면 알량한 머리깃털 한 개 심은 메추라기를 받아들여야 합니까?"

"그야 물론 천연보호조 딱다구리를 받아들여야겠지요!"

"바로 그렇습니다! …그들의 포용을 위해 저는 무성한 잎새를 펴왔다 할 수 있겠죠?"

"…그렇겠습니다."

"딱다구리는 몰라도 항문 주위의 모근이 거의 초토화된 메추라기를 위해서까지 잎새를 펴야 합니까?"

"…무지무지 어렵군요…."

"무조건 잎새만 어질 거라 했을 때, 저는 메추라기 사내도 그늘 속에다 숨겨줘야 할 운명을 타고났어야 논리적으로 타당하지 않겠나요?"

"…더욱 어려워지는데요…. 아, 그렇다면 정상적인 식별을 위해서 이런 질문이 가능하겠습니다…. 제가 딱다구리로 보입니까? 메추라기로 보입니까?"

"혈기왕성한 청년기의 메추라기로 보입니다."

"홧따메에 슬프다아— 좋습니다. 그렇다면 왜 이름이 그쯤 아슬아슬하게 지어졌다고 생각합니까?"

"현재 무남독녀 외동딸이기 때문 아닐까요?"

"…현재? 아니, 그 나이에 전생의 과거를 경험하신 적이 있다는 말씀입니까?"

"무슨 말씀을요! …저는 제 나이보다 두 살 위인 오빠를 둔 적이 있었거든요!"

이 대목에서 어머니의 숨닳는 신음이 샜습니다. 그렇습니다. 그것은 말이라기보다 신음이었습니다. '움머머, 저 계집애 쓸데없는 고깃말 하는 걸 봐아! 여보, 여보 우리가 언제 아들을 뒀었수? 움머어 저 계집애!—'.

"부탁드렸지 않습니까. 첨가설명 내지는 보충설명적인 위해를 주지 말라고!

재삼 재사 부탁드리는 바올습니다!"

닥터 심은 기분 잡쳤다는 듯이 가능한 한 큰 소리로 쓥 쓥스옵— 혀를 찼고 그 위세에 몰린 부모님들은 다시 꽃병 깨고 불려 나온 유치원 원아처럼 다소곳해졌습니다.

"오빠께서는 현재 어디 계십니까?"

"용인에 계십니다!"

"경기도 용인?"

"그렇습니다!"

"자주 만나뵙습니까?"

"어딜요!…. 울음이 나올려고 하는데 울어도 되겠습니까? 네에?"

"울음은 조금만 미릅시다…. 오빠와 울음에 관한 심인적 충격을 듣고 싶습니다. 아니, 아니 왜 오빠를 생각하면 울음이 앞설까요?"

"그게 이렇습니다. 네에— 오빠는 한때 대단히 촉망받는 철학도였습니다. 그런데 완전히 미쳐버렸답니다!"

"미쳐버렸답니다아? 아니 본인의 기억으로도 진위의 판별이 가능하지 않겠습니까. 그런데 전화의 신빙성에다 실상의 기억을 위탁할 수 있겠나요?"

"전화? 전쟁으로 인한 제화를 말합니까, 문명이기인 텔레폰을 의미하는 것입니까?"

"아 그거어? 이곳에서 저곳, 이 사람에게서 저 사람으로 전해지면서 본질내용이 질적으로 바뀌는 상태 그런 의미의 전화를 의미합니다."

"어련하시겠어요. 그런 뜻으로 말씀하신 줄로 믿겠습니다!… 오 년 전 어느날 그때 오빠는 별안간 자취를 감췄고 나는 부모님들로부터 오빠가 완전히 돌아버렸다는 말씀을 듣게 되었거든요…. 솔직히 말해서 저는 오빠처럼 정상적인 사람이 없다고 믿어 왔기 때문에 그 충격 또한 말로선 표현할 수 없었습니다.”

“오빠의 돌연한 변이가 귀양의 심신상실에 어느 정도 영향을 미친 것 같습니다…. 단도직입적으로 묻겠습니다. 오빠는 정말 미쳤습니까?”

“안 미쳤습니다!”

“그걸 어떻게 단정하십니까?”

“오빠는 언제나 이렇게 말했었습니다…. ‘정상적인 인간이 살아가기에 얼마나 난험한 세상인가? 정상값의 떨이 도산매값을 더는 보고 있을 수 없어. 차라리 내가 미친 척 할까?’ …이런 오빠가 어떻게 완전히 돌 수 있겠나요?”

“어떻든 결과는 정신질환자요, 그러니까 용인요양소에 계시는 거 아니겠습니까?”

“세상이 싫어서 말씀한 대로 미친 척하고 있는 겁니다!”

“… 아까 이런 말을 했었지요? 울음이 나오려구 하는데 울어도 되겠냐고! … 오빠는 연민, 혹은 증애의 대상을 넘어 흠모의 대상으로까지 확대돼 있는 건 아닐까요?”

“닥터 심의 추리에 어느 정도 동감입니다.”

닥터 심은 허여번듯 잘생긴 이마를 손수건으로 쓰윽 훔치고 나서 말했습니다.

“삼십분만 쉬십시다…. 나를 문진하려드는 환자는 처음이라서….”

환무(幻舞)의 장

4

　닥터 심은 대단한 장미 애호가인 듯싶었습니다. L자형의 베란다를 눈부신 장미의 화엽들이 가득 채우고 있었습니다. 나는 신열에 보채는 장미들을 내려다보고 선 채 어서 닥터 심이 나타나주길 바랐습니다. '불필요한 말로써 환자를 동요시키지 마십시오'했던 닥터 심의 충고를 비교적 잘 지킨다 싶던 부모님들이 차츰 밀탐의 촉각들을 세워가고 있었기 때문입니다. 닥터 심은 아마 대변을 보고 있을 것입니다. 그렇지 않고서야 10분 넘게 화장실 신세를 질 필요가 있겠나요. 하필이면 이런 때, 격조도 없이-.

　아니나다를까 화장실께를 할기족족 정탐하고 있던 부모님들이 내 곁으로 다가 왔습니다. 먼저 아버지가 말했습니다.

　"…혼났지?"

　"전혀 그렇지 않습니다!"

　"근데 말야, 우리 이런 걸 한번 생각해볼 필요가 있지 않을까?… 보다 절실한 현실적 평화를 위해서 필요 없는 과거쯤 덮어두는 거! … 네 말대로 건우가 정신요양소에 있는 건 부인할 수 없는 사실이야. 허지만 그 애가 문제의 핵심으로 대두돼서 우리들의 현실에 무슨 이득이 될 것인가?… 이런 거 생각 못 해봤어?

"그런 걸 생각할 능력이 없으니까 정신과 전문의의 진찰을 받고 있잖아요. 전 사실을 사실대로 말하고 있는 것뿐이에요."

"알아, 다아 알고 있어. …그러나 지금 우리집은 날로 상승하는 리듬을 타고 있잖나! 건우에 대해선 그 정도로 끝내! 건우는 지금 이 시점에서 불필요한 존재야. 집안의 명예로 보나 뭘로 보나. 그러나 이것만큼은 약속하마. 때가 되면 반드시 건우를 집으로 데려오겠다!"

"그러시길 빌겠어요!"

아버지는 실소로 봉긋거리는 내 표정을 살피고 나서 쓸쓸하게 돌아섰습니다. 어머니가 껴들었습니다.

"움머 이런 희귀종들을 어떻게 구했담? 아르페지의 저 핑크칼러 좀 봐! 발렌시아, 골드 퀸, 도리스 베르슈렌 움머 순금으로 만들었다 해도 곧이듣겠다 얘… 레드 퀸, 몽빠르나스, 모닝 글로우, 레드 데블-. 세상에 피빛이다 얘… 피이스나 스펙타큘러 같은 덩굴장미로 난간의 사선을 강조했으면 더 좋았을 걸."

어머니는 꽃꽂이계의 전문가답게 엉절거리고 나서 고대 정색을 했습니다.

"너 증말 그럴 거야? 너두 주지하다시피 난 건우를 낳은 적이 없다! 내 말 틀렸어?"

"아빠께서 먼저 만드셨습니다!"

조금 전까지 장미품종을 일별하던 그 격조 높은 입으로 금세 상말을 거침없이 앙잘거렸습니다.

"움머 요 죽일 년! 그런 소리 하지 말래는데 왜 그래?… 그래 그랬다 치구, 느 아빠가 건우를 의도적으로 생산했어?"

"피이- 어떤 부모들이 자식을 의도적으로 생산한답니까?"

"움머 요 죽일 년! 가문의 대들보를 창조하는데 구체적인 의도가 왜 없어?…
그렇다 치구, 엄만 건우를 내 친아들처럼 키웠어. 생각해보렴. 네가 피치 못
할 운명으로 한 남자의 후처로 들어박힌다면 말야…."

"뻘소리 치워요! 공인엽이가 왜 하필이면 후처로 들어박혀요? 난 그런 상황
을 상상할 수도 없어!"

"움머 요 계집애 증말 미쳤담?"

"그래 미쳤어!"

"내가 건우 생모한테서 느 아빠를 빼앗았어? 아빠가 진실한 사랑을 선택하
신 거지! 대답해봐, 요 죽일년."

어머니의 낮은 투정이 살기담성 밑불을 지피는데 닥터 심이 구세주처럼 나
타났습니다.

닥터 심과 나는 다시 마주 앉았습니다. 아버지는 두 손바닥으로 얼굴을 감싼
채 골똘한 사념에 빠져 있었고 어머니는 아직도 분이 안 풀린 표정으로 가쁜 숨
자락을 앙가슴 위에 얹고 있었습니다.

"대체로 습관성불면은 일상의 압박감에 의한 강박신경증에서 비롯되고 이
강박신경증이 전환반응에 연계됨으로써 변화합니다. 일상에 대한 압박감
을 느끼는 편입니까?"

"느끼는 정도가 아니라 몸서리치게 절감하고 있습니다."

"일상을 대충 설명해보십시오. 예컨대 하루를 어떻게 보냅니까? 통상적인
일과를 묻고 있는 것입니다."

"대강 오전 7시에 기상, 야채즙 마시구, 애견 릴리캡의 정조대 이상유무 판
단, 맨손체조, 여성으로서의 필수적 세척, 조간신문 보기, 아침식사, 그리고
나서 곧장 만미살롱으로 달리게 돼있습니다. 만미살롱에 입실하는 순간부

터 오전 일과는 쫑이 나게 돼 있습니다."

"가만, 가마안- 다른 것은 다 인지하는 바입니다만 애견에 대한 정조대 이상유무 판단이라니? 그게 무슨 말입니까?"

"제 애견은 견치로 따져 방년 2년생의 말테즈로서 목하 발정중입니다. 빨빠알 외출을 무단으로 실행하는 편이어서 골목길의 치한, 아니 치견으로부터 신성한 정조를 보호하고자 정조대를 착용시켰지요. 으뜸신랑을 만날 때까지 릴리캡은 제 보호하에 있으며 따라서 저는 돌연한 변화에 대한 이상유무를 판별해야 할 임무를 지녔습니다."

"그러니까 치견의 급습을 예방한다? …그 임무는 순전한 자의입니까?"

"천만에요! 제 어머니의 엄명이기도 합니다!"

"좋습니다아- 그리고 만미살롱에 입실하는 순간부터 오전 일과는 끝이 나게 돼 있다는 말, 그것은 뭘 의미합니까?"

"그럴 수밖에요! 만미살롱의 스케줄은 너무 벅찹니다."

"만미살롱이라면, 이른바 미용실의 고유명사가 되겠습니까?"

"고유명사임은 분명하나 상식적인 미용실의 고유명사는 아닙니다. 그러니까 즈윽 통념적인 미용실이 아니구 물질만능 사회의 최고급 뷰티살롱이 되겠습니다."

"만미살롱에서의 스케줄을 간략해보십시오."

"오전 10시쯤 해서 만미살롱에 도착합니다. 곧바로 에어로빅룸에서 레슨프로그램을 이행합니다… '퍼웝 업' '플렉시빌리티 앤드 시텁' '웜 업 댄스' '에어로빅 댄스' '쿨 다운 댄스' '포스트 쿨 다운'등 대체로 이 여섯단계의 프로그램을 이행하는 데 45분에서 한 시간이 소요됩니다. 잠시 휴식 후 사우나에 들락거리며 몸을 풉니다. 그러구나서 코스메틱숍으로 들어가 전신마사지를 받습니다. 머리에서 발톱까지 풀코스를 마치고 일금 15만원을 팁으로 건네면 스케줄이 끝납니다."

"…언제나 만족하셨습니까?"

"천만에요."

"아니 왜 그럴까요? 흥청망청 얼마나 좋습니까?"

"타락도 순전한 자의일 때는 값질 수도 있겠죠. 그러나 완전무결한 타의의 통제하에서 실행되는 선행은 타락보다 못하다고 느끼기 때문입니다."

"강제성을 띠는 스케줄이라?"

"네에. 어머니의 엄명에 굴종했을 따름입니다."

"만미살롱의 고객들을 어떻게 생각하십니까? 가려엉 그들과는 잘 어울렸나요 아니면 불화했었나요?"

"싫고 좋고가 어디 있겠어요. 애당초 관심 밖이었는데요… 굳이 따진다면 불화했던 편입니다."

"…팁 15만원이 좀 아깝다고 느껴봤나요?"

"물론입니다! 치아가 떨릴 지경이었습니다!"

"치아가 떨린다?"

"이른바 경악이란 낱말- 어떻게 턱주가리가 놀란다고, 그런 상스러운 표현을 할 수 있겠어요. 그래서 그렇게 표현해본 겁니다."

"…그처럼 지성이 불허할 정도였다면 임의로 지출을 포기할 수도 있었을 텐데요."

"불가능했습니다. 어머니께선 팁 지출에 대한 확인을 일일이 전화로 문의했으니깐요."

"…이차 문진의 모두에서 본인은 일상에 대한 압박감을 느끼느냐고 질문한 바 있습니다. 이 질문에 대해 공인엽씨는 느끼는 정도가 아니라 몸서리치게 절감한다고 답변했습니다. …지금까지의 대화만으로도 공인엽씨의 강박신경증이 어떤 원인에서 비롯됐는가는 대충 밝혀진 것 같습니다…. 이제부터는 속문속답의 형식을 취하기로 합시다. 본인의 질문에 의미추구의 논리를 숙고하려고 애쓸 필요는 없습니다. 생각나는 대로 그냥 대답해야 합니다. 까놓고 말하자면, 근사한 답변을 위해 지식을 활용하지 말아 달라는 부탁입니다. …묻겠습니다. 한마디로 불만이 많지요?"

"그렇습니다."

"사회에 대한 불만입니까, 가정에 대한 불만입니까?"

"둘 다 포함시키고자 합니다!"

"아니이– 불만의 강도가 어느 쪽에 더 절실하게 작용합니까?"

"가정입니다."

"왜 그럴까요? 풍요한 가정 아니겠습니까?"

"그렇다고 생각합니다."

"자본주의 사회에서는 풍요가 곧 목적이요 꿈이요 평화입니다. 풍요가 싫다면 비정상 아닐까요?"

"본인 스스로도 자신이 다소 비정상적 사고를 가지고 있다고 시인합니까."

"비정상적인 사고의 소유자라기보다는 제가 유별스럽게 깐깐하다는 점, 이점은 언제나 느껴왔습니다."

"예를 들면?"

"예를 들기 전에 양해를 구하고 싶습니다. …속문속답이 좀 불편스럽군요. 제 깐깐함을 구체적으로 밝히기 위해 속문지답의 입장을 택해도 되겠는지요?"

"좋습니다. 그 대신 성의 있는 답변을 해야 합니다."

"제가 어느 정도 깐깐한가? ···이것을 밝히기 위해 오늘의 풍요에 대한 개괄적 소견을 피력하고자 합니다. ···현재 우리집은 서울지역의 1천9백20명 소집단에 속해 있습니다. 무슨 말인가 하면, 다섯채 이상 가옥을 소유하고 있는 부유층 1천9백20명 중의 하나라는 말입니다. 우리집의 풍요는 정확하게 86년도부터 시작됐었나봐요. 조부님의 땅을 물려받은 아버지께서 일약 신흥졸부의 위치를 굳히셨는데, 이것은 이른바 '땅투기'에 관한 한 신묘한 능력을 타고나신 어머니의 내조가 큰 공을 세웠었습니다. 당시의 통계를 보면, 시외에서 서울특별시로 전입해 오는 전입자가 하루 평균 2천44명, 하루평균 1만4천6백30명이 이삿짐을 꾸리는 실정이었습니다. '땅투기'가 '부동산투기'로 발전하면서 부모님들의 수완은 진가를 발휘했었지요. 어쨌든지 그 86년도 가을에 부모님들께선 살 만한 집으로 거처를 옮겼습니다. 살 만한 집이란 표현은 부모님들의 그 적 소감을 그대로 빌어다 썼을 뿐입니다. 이태리제 '필립 오닉소' 욕조를 앉히고, 대만산 '천연치옥석'으로 굽도리 굽도리 싸바르고, 프랑스제 '듀발보일러' 불끔 세운- 이른바 '라돈온천수가 퐁퐁 솟는' 1억9천6백만원짜리 82평형 빌라였습니다. 지금은 별거 아니지만 그 적만 해도 대단한 부의 과시였습니다. 그쯤 해서 끝났다면 얼마나 좋았겠습니까. 부모님들은 부의 축적에 날로 혈안이셨고 우리들은 완벽한 정물로 길들여지기 시작했습니다. 여기서 말하는 우리들이란 건우 오빠와 저를 가리킵니다. 덴마크제 '루르팍버터' 프랑스제 '로키포트치즈' 사르르 바르고 쫀쫀하게 박아 식빵을 씹어야 했고, 프랑스제 '파일렉스' 커피포트가 끓어대면 영국제 '본 차이나' 찻잔에다 스위스제 '알 커피'를 태국제 '티스푼'으로 저어 마셨었습니다. ···어느 날이었습니다. 건우오빠가 독일제 '졸링겐' 과도로 참외를 깎다 말고는 '쓰바알- 이거 미치겠네! 이거 못 배겨나겠네!'하고 바락 악을 써댔었습니다. 어머니는 '쟤가 드디어 돌았군 돌았어!' 하시면서 사색이 됐고 아버지는 넋나간 표정으로 그런 오빠를 관망하고 계셨습니다. 그 날로부터 한 일주일 동안 건우오빠는 이상한 짓을 하기 시작했었습니다. 반라의 몸에다 치장을 하기 시작했는데, 이를테면 '노먼허드넬' 넥타이를 느슨히 매고 '테스토니' 구두를 신고, '에구론' 벨트로 팬티를 묶고 '파틱필립' 손목시계를 찼습니다. 그리고는 프랑스제 '존슨' 손수건을 나풀거리면서 야릇한 환무를 추기 시작했던 것이지요. 누가 봐도 미친 모습이었습니다. 정신과 전문의가 왕진해서 '세파민'을 주사하면 곤한 잠 속으로 빠져들었습니다. 그런데 참으로 이상한 일이었습니다. 건우오빠는 깨어나면 꼭 저에게 속삭였던 것입니다. '나 어땠니? 완벽했었어? 탈정물과 탈규격을 위한 환무야! 너도 언젠가는 추게 될 걸? 빠져나가려면 이 수밖에 없어!" …그런데, 그런데 어느 날이었습니다. 오빠는 지극히 평온한 모습으로 승용차 뒷좌석에 앉았습니다. 좌우로 건장한 사내들의 호위를 받으며…."

"가만, 잠시만요!"

닥터 심은 송알지는 땀을 이마에 얹고 식별할 수 없는 속기체 글씨를 써갈기고 있었습니다.

환무(幻舞)의 장

5

한바탕 요란스러운 목운동을 곁들이며 뜻 모를 한숨을 자쳐 내쉬던 닥터 심이 부모님들을 향해 '답답하지 않으십니까, 뭐 좀 드실까요?' 했습니다. 어머니는 '사절하겠습니다!' 똑 부러지게 거절하며 눈초리를 모들뗬고 '아버지는 '그랬으면 좋겠소' 해놓고는 지그시 눈을 감았습니다. 간호원이 주스 석 잔을 갖다 놓고 돌아갔습니다.

주스 한 잔을 벌컥벌컥 단숨에 들이키고 난 닥터 심이 우리부리한 눈을 뒹굴리며 아까보다 더 신이 난 듯 물었습니다.

"오후 일과를 간략해보십시다. 오전 일과는 거의 타의에 의한 굴종이었다
고까지 표현했었는데?"

"…오전 일과가 굴종이었다면 오후 일과는 맹종에 가깝다고 할 수 있습니다."

"호오오- 그 맹종의 내역을 말씀해보시지요."

"대학 졸업후의 만 3년 동안을 일관해온 것이라면 시시콜콜 다 기억할 자신
이 없습니다. 근래에 해당되는 것이라면 몰라도….'

"물론이지요! 근래의 기억만 더듬으면 됩니다."

"새들승마클럽에 스케줄이 잡히면 마장술의 수련을 쌓습니다."

"실력은 어느 정도인가요?"

"천부적으로 소질이 없는 모양인지 겨우 기본 3요소를 떼는 데도 무척 힘이 들었습니다. 고삐의 조작, 다리의 조작, 기좌체중의 평형유지 정도를 익히고 마술의 초보단계인 워킹, 트로팅, 갤러핑도 아직 제대로 못합니다. 황기사로부터 그만두는 게 어떠냐는 권유를 수차 받은 적이 있으며 어머니도 부진한 실력을 질책하시느라 지쳤을 줄 압니다."

"마상에 웅좌한다는 건 대단한 기분전환일 것 같은데, 이를테면 세상에 더 바랄 것이 없다는 식의 보람과 평온과 풍요의 포만감을 느꼈을 법합니다.… 그랬습니까?"

"참담한 비애를 느꼈을 뿐입니다."

"이해가 안 가는 바 다대합니다만은, 그렇다면 그만두면 되는 일 아닙니까?"

"자의로 선택한 취미가 아니라 명령에 따랐을 뿐이므로….."

"아 그랬었지요. 맹종?"

"그렇습니다!"

"…그 다음엔 뭘 하나요?"

"특별한 스케줄이 없는 날은 집에 돌아와 몸을 씻은 다음, 해먹 위에 누워 두 시간 정도 잡니다. 아버지께서 중동 여행중 수단에서 구입하신 고가의 해먹입니다.… 그런데 한 주일에 두세번씩은 특별한 스케줄이 있게 마련입니다."

"…특별한 스케줄이라면?"

"맞선을 보는 겁니다."

"그거 좋은 일이군요. 그런데 일주일에 두세 번이라면 좀 난해한데… 예컨대, 삼 주만 치더라도 최소한 여섯 번 파토가 나지 않겠습니까!"

"그렇겠군요!"

"주로 당하는 입장입니까, 아니면 스스로 파토 내는 입장입니까?"

"후자에 속합니다!"

"어째서 그렇습니까? 가정의 재력으로 보나 부모님들의 현세적인 지위로 보나, 적어도 공인엽씨의 신랑감 후보라면 현세적 자격을 완비한 남성이라고 믿는데요."

이 대목에서 '글쎄 누가 아니랍니까!' 하는 어머니의 갈급스러운 탄식이 샜습니다.

"현세적이라는 말을 자주 쓰십니까?"

"…자주 쓰는 편은 아닙니다."

"현세적이라는 단어의 이미지가 요상야릇한 바 있습니다! …현세적 지위, 현세적 자격– 어쨌거나 현세적 지위가 윤리 도덕 사회의 정명한 지위하고는 무관할 듯싶고, 현세적 자격이 지성과 능력의 본질 과도 무관할 듯싶은데, 그렇게 생각해도 되겠습니까?"

"…그야 뭐어– 편리할 대로 생각하십쇼!"

닥터 심은 순간 황졸한 놀라움을 느끼는 듯싶었습니다. '가만, 가만! …이거 환자의 질문에 내가 일일이 대답하고 있잖아 이거어? …주객이 전도돼서는 이거 안돼요 이거어!' 하고 정색을 했습니다.

"왜 자꾸 보이콧만 하느냐고 물었었던가요?"

"그렇습니다."

"어쩌면 그렇게도 한결같을 수 있겠던가요? 일확천금의 호재에 혼도된 사람들, 아니면 기상천외의 묘책 한수로 보다 더 높은 부의 탑을 쌓고자 혈안인 청년들!… 그들은 쉽게 말해, '그랜저'가 신물나서 '포드 콘티넨털'을,

'로열슈퍼살롱' 대신 '샤브900 컨버터블'을, 국산중형차 대신에 '폴크스바겐 골프GL'을 타는 남성들이었습니다. 도대체 사람냄새를 맡을 수 없는 걸 어떡합니까?"

"사람냄새라아- 상대적인 개념에서는 남자냄새라는 해석도 가능합니다만…."

"꼭 짚으셨습니다!"

"어떤 게 남자냄새입니까?"

"글쎄 그걸 아직 맡아본 적이 없습니다. 설마 땀냄새 비듬냄새 발고린내 따위의 형이하학적 체취를 의미하실 분은 아니고…."

"물론이지요. …이를테면 공인엽씨의 지성으로서 가능한 추리, 그 의미적인 냄새를 말하는 겁니다.… 냄새 냄새 하니까 되게 이상해지는데, 아예 남자다움! 이렇게 표현하기로 합시다. 어때 괜찮습니까?"

"그건 조금 이상한데요? 남자다움과 남자냄새는 별개의 것이 아니라는 생각이 듭니다. 즈윽 애당초 남자답지 않은 사람에게 무슨 남자냄새가 있겠어요!"

"그러니까 공인엽씨가 맞선봤던 남성들은 일단 남자다움이 결여된 상대들이었다?"

"그렇죠."

"그렇다면 그분들이 '포드 콘티넨털' '샤브900컨버터블' '폴크스바겐 골프GL'을 타지 않고 좌석버스나 시내버스를 타는 남성들이었다면 남자냄새가 폭 포옥 풍길 뻔했습니까?"

"이거 왜 이러십니까? 수준 이하의 청문회 같은 질문을 계속하실 각오라면 차라리 정신병동에 갇히겠습니다!

"실례했습니다. 진정하세요 네에 …남성혐오감이라기보다 부에 대한 거부감이 중증에 이른 것 같아 던져본 질문입니다."

"전 무조건 부를 증오하진 않습니다! 더구나 남성에 대해 혐오감을 갖다니요?… 가진 만큼 멋있는 사내, 그리고 못 가진 만큼 정의로운 남성이면 싫을 리가 없습니다!"

"그 문제에 대해선 그쯤 해둡시다. …특수한 스케줄은 맞선보는 일뿐이었나요?"

"말씀드린 바와 같이 그건 주 2, 3회에 그쳤습니다만, 요즘 들어 빼먹었다가는 날벼락 칠 일이 또 하나 늘었습니다."

"…말씀해보시지요."

"그러니까 오후 5시부터 7시까지 꼬박 두 시간을 '페트 뷰티살롱'에서 보내야 합니다."

"…페트 뷰티살롱? 뭘 하는 곳입니까?"

"직역해서 애완동물 미용실쯤 안될까요?"

"…하아- 네에. 두 시간 동안의 주임무는 뭔가요?"

"개사돈 맺을 사람을 기다리는 일입니다!"

"…개사돈?"

"이를테면 개들끼리의 사랑을 사람들이 운명적으로 보증 서는 관행입니다. …예컨대 심 선생께서는 어느 날 느닷없이 사랑하는 사모님과 결혼을 했고, 그런 경우의 심 선생 부모님과 사모님 부모님들 간의 인적 관계는 엄연히 사돈간의 인연을 갖게 됩니다."

"…아, 알겠습니다. 그러나 명확히 부정해야 할 전제사항이 있습니다. 저는 아직 미혼입니다. …그렇다 치고 말입니다. 그거 자알 납득이 안 가는데요?

개들의 사라앙— 방관해도 어차피 자구능력의 무지성적 합일 아니겠습니까! 그럼에도 불구하고 인간의 입회 내지는 확인이 필요하단 말입니까?"

"뭘 모르셔도 한참 모르시는군요! …그건 어디까지나 순종 똥개들에 관한 사항입니다. 적게는 기백만원원대에서 많게는 기천만원대의 견가를 호가하는 희귀견들의 사랑은 이제 인간의 엄밀한 허락과 통제하에서만 이루어질 수 있는 세상입니다! …두 시간 동안의 임무를 간략하고자 합니다. 요즈음 동계혈통의 암컷에 비해 수컷들의 수가 현격히 감소된 실정 입니다. 닷돈짜리 순금쌍방울, 밍크 견의, 그리고 개 사돈을 상징하는 금은박 페넌트를 준비해놓고도 약혼식을 거행하기란 하늘의 별 따기만큼 어렵습니다."

"아니 약혼식이라니요? 순수 본능에 따라 서로 붙으면, 아니 실례했습니다! 서로 교합하면 될텐데, 무슨 약혼식이 개들에게 필요하단 말입니까? 홧다 메에— 미치겠다!"

"뭘 모르셔도 너무 모르시는군요. …일급호텔의 특실룸에서 약혼식을 거행하고 나서야 결혼을 하게 됩니다. 저의 릴리캡은 이미 1백만원의 지참금을 페티 뷰티살롱 최 사장에게 위탁하고 나서도 약혼식은커녕 신혼초야를 맞이하지 못하고 있는 실정인 걸요. …그동안 '제라트' '세드민' 등속의 일만원짜리 외제약용샴푸로 목욕 재개한 것만도 네 차례였었지만 두 번이나 다른 사람에게 날치기 당한 바, 이제는 최 사장의 전화를 더는 기다리고 있을 수만은 없는 비상사태에 이르러, 어쩔 수 없이 내가 대기상태의 상황에 놓이게 된 것입니다!"

"…임무를 수행하고 있는 동안 즐거웠습니까, 슬펐습니까?"

"그것 또한 말로 표현할 수 없는 비감의 정점을 경험했었습니다. 최 사장으로부터 듣는 장황한 애견논리는 차치하고라도 글쎄, 글쎄 제 앞에서 자행되는…"

"…자행되는?"

"개들의 사랑이 평균 2, 3회는 됐을 겁니다. …생각해 보세요! 저는 아직 인
간들의 개결한 사랑도 지식의 논리에만 의존하는 입장입니다! 바꿔 말해서
아직까지 사람다운 사랑을 경험해본 적이 없는바아 그것도 없는바아… 그
낯뜨거운 수모와 수치감을 뭘루 다아…."

　닥터 심은 실소하며 지치다가, 혹은 홍소끝에 기진하며, 끝내는 감숭거리는
구레나룻을 쓸며 홀로 허갈증에 목 타다가, 결국 막장에는 석고단두상처럼 세
상의 온갖 비극을 홀로 떠맡고 죽어가는 듯한 표정을 지었습니다.

　"그 임무 역시 자의에 의한 선별이 불가능했겠지요? 타의에 의한 맹종이
었으니까!"

　"…그렇습니다!"

　"페트 뷰티살롱의 임무수행 후 곧바로 타르티니의 악마와 상면합니까?"

　"천만에요! 성과 없는 귀가를 대충 8시로 잡을 때, 저는 그때부터 약 세 시간
에 걸쳐 일기를 씁니다. 그러니까 타르티니와는 자정쯤 해서 만났었지요!"

　"아니, 그만한 식별력! …아니 그 눈부신 지성의 감별력을 그 오랜 세월동안
버려둘 수 있을까요? 도대체 어떻게 이해해야 합니까?"

　"아니 느닷없이 무슨 호통이세요?"

　"예를 들면 이렇지요. …가령 내키지 않는 일에서의 탈출, 그리고 의미 없는
소모성 지식을 의미 있는 활성의 지식으로 대체하는 일! …더욱 쉬운 보기
를 들어봅시다. 공인엽씨는 그같은 맹종과 굴종의 사슬을 스스로 끊고 얼마
든지 활성의 상황을 선택할 수 있었을 거 아닙니까?"

　"무얼 스스로 선택합니까?"

"직장! 직장을 가질 수도 없었단 말입니까?"

"뭘 모르셔도 너무 까마득히 모르십니다. …대학 졸업후부터 하루에도 몇 차례씩 불길처럼 치솟는 소원이었었죠. 그러나 저는 유아시절, 소녀시절, 성년시절 그리고 이 과년시절에 즈음하기까지 부모님들의 철저한 감호 안에 있어야만 했습니다. 뭐가 부족해서 생지옥 난리인 직장을 갖느냐는 아버지의 말씀과, 너는 상류층의 무남독녀답게 지체 높은 시대적 매너를 익히면 된다는 어머니의 말씀은 곧 쇠사슬이었습니다! …어떻게 그 감호의 은혜로부터 벗어날 수 있었겠습니까? 숫제 자의는 묵살되는 상황속에서요! 네에?"

"…대강 마무리합시다! …마지막으로 묻겠습니다. 진지한 답변을 기대합니다. …소원이 있습니까?"

"네에!"

"뭐가 소원입니까?"

"남자냄새 나는 남자를 만나 시집가고 싶습니다!"

"…그 남자는 일단 가난해야 합니까?"

"천만에요! 일부러 쪼들려야 하는 작위성은 싫습니다!"

"그 소원이 이루어졌을 때, 어떤 삶을 바랍니까?"

"물질의 정연한 질서, 그 끝도 없는 융통성이 아닌, 그러니까 좀 요란한 삶을 살고 싶습니다!"

"감사합니다. 오랜 동안의 문진에 응해주셔서 고마웠습니다!"

닥터 심이 담배를 태워 물었습니다.

불의 장

1

통념적으로 말한다면, 나는 일단 해방됐습니다. 통제의 막강한 속박에서 풀려나 내 나름대로의 자유를 찾았으니깐요.

그런데 그 해방의 실감이라는 게 무척 야릇했었습니다. 생각 같아서는 겨드랑이 사이를 비집고 날개라도 돋아줄 줄 알았는데 오히려 녹작지근한 권태가 전신을 덮쳤습니다. 그러니까 그날 이후 사흘 동안을 나는 방속에만 처박혀 줄곧 잠만 퍼잤나 봅니다. 파출부 홍씨 아줌마가 갖다주는 세 끼니 식단을 짭 짜압 축내면서 흡사 중병 든 제정 러시아의 귀부인처럼 염치불고 소일했었으니깐요.

그 날만 생각하면 지금도 오싹 소름이 돋습니다. 참으로 아슬아슬했었거든요.

아버지와 닥터 심은 예사스러운 동작 하나에 이르기까지 서로 꼬투리 잡으며 토시작거렸고, 닥터 심의 이른바 '문진소견'은 의학적 소견이라기보다 형법상의 준엄한 논고(論告)에 버금갔던 것입니다.

문진을 끝낸 닥터 심이 둥글의자를 뱅그르 돌려 앉으며 담배를 물었습니다. 아버지께서 던힐 라이터를 때깍 부시치며 불을 붙여줬습니다. 닥터 심은 담뱃불을 붙이면서도 아버지의 얼굴 구석구석을 탐조등처럼 훑고 있었습니다. 무심코 불을 붙여주고 있던 아버지께서 깜짝 놀라셨습니다.

"아니 나를 보고 있었나요? 언제 담뱃불은 정확히 붙이고, 내 관상은 또 그렇게도 수고스럽게 봐주십니까? …두 가지 일을 하면서 시선을 한 곳으로 모으는 광경은 처음 경험하는 일이라서….”

“…결과에 도달하기 전, 황졸간에 방황하는 인간의 시선이라고 어여삐 봐주시지요.”

“누가 밉게 봤습니까?”

“언제 미운 눈으로 봤다고 불평했습니까!”

“저 역시 그런 불평을 들은 적이 없구만요. …아직 듣기세포의 기능이 저하된 상태는 아니니까. …전문의로서의 소견을 말해주시지요. 저 애를 어떡하면 되겠습니까?”

닥터 심은 다짜고짜 덤턱스럽게 나왔습니다.

“헤겔은 일찍이 이렇게 말했습니다! ‘본질적으로 사유란 우리 눈앞에 직접적으로 주어진 것에 대한 부정이다’라고.”

“변증법의 기초군요. …그래서요?”

“귀하의 무남독녀 공인엽씨는 눈앞의 직접적인 모순마저 부정하고 거부해야 할 지성을 박탈당한 채, 만 27년을 살아왔습니다.”

“이거 봐요, 일방적인 말만 듣고 그렇게 단정 짓는다는 것도 경솔한 거야. 만 스물 일곱살 먹도록 저 앨 저 정도로 안전하게 양육한 사람들은 바로 우리 두 사람이오! 닥터께서는 의학적 소견만 피력하시면 되에─”

“좋습니다. 자알 들으시고 모쪼록 공인엽씨의 미래를 빛나는 보람으로 가꿔주시길 빕니다. …정신병의 증세는 대략 다음 몇 가지로 함축할 수 있습니다.

첫째, 지각장애입니다. 실제로 존재하지 않는 것에 대한 환각(幻覺)·환청(幻聽)·환시(幻視)와 더불어 누가 자신을 독살하려고 비치한 물질에 현상적으로 냄새를 맡는 환후(幻嗅), 누군가 자신의 몸에 손을 대고 있는 것 같은 환촉(幻觸), 그리고 다중의견의 납득할 만한 설명이 있음에도 불·구하고 자기 생각만이 옳다는 망상(忘想)에 사로잡히게 됩니다. 이 망상에는 누군가 자신을 해치고자 한다는 '피해망상', 누군가 자신의 뒤를 쫓으며 위해를 계획하고 있다는 '추적망상', 자신의 주위를 형성하는 이웃들의 눈길과 관심 등이 자신과의 필연적인 관계에서 비롯될 것이라는 '관계망상', 백만장자격 부의 과시가 종내는 신격화되는 '과대망상', 자신이 도저히 용서받을 수 없는 죄를 짓고 있다는 '죄업망상', 스스로 불치의 병에 걸려 결국은 소생 못하고 죽고 말 것이라는 '심기성망상', 자신이 마귀 · 악녀 따위의 저주로부터 예속되고 자신의 삶 자체가 그들의 주술에 의해 지배되고 있다는 '영향망상 '등이 있습니다.

본 문진을 통해 실증할 수 있는 바 공인엽씨는 지각장애의 징조를 하나도 발견할 수 없었습니다. 현실에 대한 정확한 식별력과 첨예한 판별력은 지극히 정상적인 까닭입니다.

둘째, 사고장애입니다. 사고의 진행이 요점과는 거리가 먼 의미를 추구하고 결론적인 확신에 이르기까지 엄청난 시간을 소비하는 '우원성사고', 사고의 흐름이 갑자기 중절되어 한동안 무의식 상태를 배회하는 '사고중절', 했던 말을 또 하고, 다시 했던 말의 원점에 머물며 사고진행이 두절되는 '사고보속증', 잡다한 연상 때문에 사고의 진행이 처음 목적했던 점과는 전혀 다른 방향으로 흐르고 마는 '사고분일', 사고의 과정에 논리적 통일성이 전혀 없는 쉽게 말해, 이 사람이 도대체 무슨 말을 하고 있는지 전혀 짐작도 할 수 없는 이른바 '지리멸렬' 등이 사고장애의 요인인 것입니다.

두 분께서 '논의'와 '답술'에 대한 문진을 시종일관 지켜보셨을 줄 믿고, 도대체 어떤 면에서 공인엽씨의 사고장애를 감지할 수 있었습니까? 주지하시는 바, 공인엽씨의 정확한 논리전개에 주객이 전도되는 이변을 오히려 목도하셨잖습니까!

셋째, 감정장애입니다. 삶에 대한 회의로 차라리 죽고 말자는 자살충동 내지는 무조건의 열등감에 빠지는 우울상태와 벌여놓은 일 열 가지 중 한 가지도 이룩할 수 없을 정도로 낙관적인 기고만장에 혼도되는 이른바 '조울증'이 그것입니다. 문진의 결과로 충분히 입증된바, 만약 공인엽씨가 감정장애가 역력한 조울증환자였었다면 굴종과 맹종의 참담한 시역을 그렇게 흔연히 감당해낼 수 있었겠습니까? 어떤 날은 하수도 복개천 밑에서 침식하는 광녀로서, 어떤 날은 반라의 몸으로 명동을 활보하는 팔등신이 됐었을 겁니다. 과연 어땠습니까? 싫든 좋든 간에 하루 일과를 명령대로 이행하며 굴종과 맹종의 효를 다했었습니다.

넷째, 의욕과 행동의 장애입니다. 외부로부터의 요구나 명령에 기계적으로 반항하고 타동적인 임무에 우선 거절하고 보는 '거절증', 침묵으로써 일관하는 '침묵증', 무의미한 동작을 기계적으로 되풀이하는 '상동증'(常同症), 의도적인 흥분이나 타의적인 충동에도 전혀 자극되지 않는 '혼미상태'가 그것입니다.

부모님들께 묻겠습니다. 본인의 질문에 우선적으로 침묵하는 공인엽씨의 태도를 목격하셨습니까? …그 동안 부모님들의 명령에 일단 거절감으로 맞섰던 공인엽씨의 불효를 입증할 자신이 있으십니까? …질문과는 전혀 다른 답변으로 무의미한 반사작용만 되풀이하던 공인엽씨의 기계적인 동작을 실감하셨습니까? …의도적인 자극에 그대로 혼도되는 무기력적 혼미를 봤습니까? …아니, 아니 왜 말이 없습니까, 네에?"

아버지께서 이엉 낡은 초가지붕 본새의 주름을 겹겹이 없으며 노골적으로 힐난했습니다.

"허어 그 냥반 성질 한번 되게 급하시네에? ……아니 이것 보세요. 방금 물어봤으면 답변을 기다려야 될거 아뇨?"

닥터 심은 덩덕새머리를 북 부욱 긁어대고 나선 그제야 차분해졌었나 봅니다.

"…그랬던가요? 제가 먼저 흥분했던 것 같습니다. 총망 중에 그마안ㅡ."

"정신과 전문의가 먼저 흥분하면 도대체 두서가 없어도 유분수지! …알았다니깐 됐소! …질문에 응답하겠소. 적어도 우리 인엽이는 심선생의 우려에 합당하는 증세를 나타낸 적이 없소! 그 점 시인하오."

"불행 중 다행이라고 생각합니다. …그러면 지금부터 저의 미천한 소견을 피력하고자 합니다."

어머니께서 조용히 지나가실 수 있나요. 영락없이 깡알거리셨습니다.

"근데 이 선생님은 사사건건 물고늘어지시네에? 체에ㅡ 아니 누가 온전하다고 했나 미천하다고 했나아? 팔자소관이겠지 뭐어, 흐응ㅡ."

닥터 심은 어머니를 좌르르 훑고 나선 다시 담배를 태워 물었습니다.

"거듭 말씀드리거니와 지금부터 저의 미천한 소견을 피력하고자 합니다. 저는 소견의 모두에서 헤겔의 금언을 인용한 바 있습니다. 즉 본질적인 사유란 우리 눈앞에 직접적으로 주어진 것에 대한 부정이다 라고 말입니다. …공인엽씨의 재세 생애를 관찰해보십시다. 귀하의 무남독녀 공인엽씨는 목전의 직접적인 불편에 대해 단 한 번도 무작위로 항거해본 적이 없었습니다. 오전일과와 오후일과, 그리고 취침 직전의 일기를 쓰기까지, 오로지 굴종과 맹종의 참담한 시역을 자의로 이행했습니다. …내 말이 틀렸습니까? 아니 왜 대답이 없으십니까?"

"그런데 이 냥반이? 아니 이거 보시라구! 질문한 시간 간격이 기껏 영점 일 초밖에 더 됩니까? 제발 그러지 말아요. 나 성질났다 하면 뿔 돋아!"

"일견 미남이신데 구태여 뿔난 도깨비를 소원하십니까아?"

"제발 그만둡시다! 솔직히 말해서, 나 갈 데 없어 당신 찾은 거 아냐! 당신 할 애비 뻘 되는 박사들을 영광굴비단처럼 주욱 꿰고 있어! 정말 이거 왜 이러시나아? 당신은 의학적 소견만 피력하면 되는 거야, 그치이?"

"그래—."

"아니이?"

"귀하께서 그치이 하고 물었으니까 저도 그래 하고 대답했을 뿐입니다. 저도 심기 불편해요! 박사 박사아 하시는데, 똘만이들 풀어 일당 일만이천원 주구 아무놈이나 싸악 쓸어다가 정신병자 만드는, 그런 박사는 사절하겠소!"

눈치끝발 하나로 덤턱스러운 오늘의 부를 쌓은 아버지이십니다. 어련할까요. 아버지는 닥터 심의 부릅 뜬 눈에 그만 기가 질렸고, 다만 끈질긴 어머니께서 '움머 징그러워! 사내들끼리 무슨, 그치이 하구, 그래에 한담?'했을 뿐입니다.

닥터 심이 말했습니다.

"거듭 말씀드리거니와, 미천한 저의 소견을 피력하겠습니다. …정신장애의 기본은 불만 · 불평·공포 · 고민 · 적개심 · 죄악감 · 심적갈등의 복잡성이 일단 참여하기는 하지만, 무엇보다도 중요한 것은 그런 감동을 감지할 때까지의 개인적 소질과 심적이완이 문제가 되는 것입니다. 본인의 소견인즉, 공인엽씨는 교정이 곤란한 이상성격의 소유자가 결코 아니올시다! …다만 경미한 증세가 다소 우려되는 바 있습니다."

"…그러니까 그걸 묻고 있는 거 아닙니까! 저 앨 어떻게 하면 정상인으로 환원시킬 수 있겠느냐아 이거지요!"

"언제 비정상이라고 속단했었나요? 그런 적은 없습니다! 그게 뭐어 화학적
등식이라고 본질환원 어쩌구 한다는 말입니까?"

어머니께서 또 못 참으셨습니다. '하여간에 유유상종이라던가아? 계집애가
깐깐하니깐 의사두 되게 깐깐해! 광음인생이 왜 이렇게 괴롭구 벅찰꾸우?'하
며 탄식했었지요.

아버지께서 그래도 미련이 더 하셨었나봐요. 바짝 마른 침줄을 할쭉할쭉 입술
에다 발라가며 갈급스럽게 물어봤습니다.

"다만 경미한 증세를 감지한다는, 그 소견 말입니다. 그게 어떤 겁니까?"

"자폐증(自閉症)으로 발전할 소지가 있습니다!" …자폐증?"

"외계의 영향을 무조건 자의적으로 차단하고 자신의 사고 안에서만 판별력
이 속박되는 상태이지요. 이를테면, 자기자신 이외의 모든 주위에 대해 철
저히 무관심하며 자신이 구축한 세계 속에서만 망상·환상·백일몽 등에
함몰되는 상태이지요."

"그러니까, 우리 인엽이가 자폐증에 걸렸다 이 말입니까?"

"걸린 게 아니라 걸릴 가능성이 있더라아 이런 말입니다!"

"어떻게 하면 예방치유할 수 있겠나요?"

"공인엽씨의 자구능력을 우선 보호하고 장려하는 일입니다."

"…예를 들면?"

"직장을 스스로 구하도록 해방시켜주는 것입니다. 문진에서 입증된 바 공
인엽씨는 27년 동안 단 한번도 자기세계와 자기소원을 희구할 수 없었습
니다. 순전히 풍요한 부의 게임에서 선수로 뛰었을 뿐! …일단 백넘버를 떼
어주십시오!"

"…아니, 가출 같은 극한상황도 허락하란 말입니까?"

"그런 뜻이 아닙니다. 예컨대 그동안의 관습을 서서히 진보적으로 개혁시켜줘야 한다는 이런 말입니다. …생소한 실상, 즉 생소하되 어디까지나 삶의 진실인 외계를 개방함으로써 진실의 경이적 실상을 스스로 체득케 하는 일입니다!"

닥터 심은 말을 끝내고 나서 느닷없이 저의 탐스러운 귓불에다 속삭였던 것입니다.

"멀쩡한 사람이 자꾸 깐깐하게 굴면, 그땐 정말 정신병동에다 가둘 테야? 알았소?"

불의 장

2

철저한 변화가 당연히 따르리라고 믿었었습니다. 그러나 저의 이런 바람은 보기좋게 빗퉁그러졌습니다. 변화에 날름 업혀 민첩하게 현상을 옮겨 앉고자 했던 소망은, 그래서 원상을 다른 내 처지에 걸맞도록 스스로 바꾸는 생각의 전환 쪽으로 기울었습니다. 바꿔 말하면, 상태의 호전을 기대하느니보다 차라리 속 편하게 생각을 고쳐먹기로 작심했다는, 그런 뜻입니다.

'건방진 따아식, 주제에 어따 대구 흰소리야?'로 시작된 아버지의 불만은, '…허기인- 내가 따아식보다 유능한 것은 용전술뿐이지!'하다가 '…아냐. 따아식 말이 맞아. 정직한 말로, 우리 인엽이가 답답하게 갇혀 있었던 건 사실이니까!' 하면서 끝이 났습니다.

어머니의 경우는 조금 달랐습니다. '독헌 계집애! …그래, 너 이제부턴 살맛 나겠다아?'하는 비아냥으로 시작된 불만은 '증말 증마알 난 널 그렇게 독종으로 키운 적 없어!'하며 눈두덩 보슴보슴 살찌도록 울다가, '뭐가 어때 얘에? 굴종과 맹종? …움머 세상에! 그래 엄만 몹쓸년이야! …유년시절, 성년시절, 과년시절 싹쓸이로 감호처분 내렸었다구? 움머 독한 계집애, 피도 눈물도 없는 독한 계집애!… 그래에 누가 뭐래니? 네 맘껏 자유를 구가하렴!'하면서 다분히 막심한 자숙의 비장함마저 보여줬던 것입니다.

그랬었는데 그게 아니었습니다. 만 하룻동안 늠연히 위풍 재보던 부모님들께선 걸려 온 전화 한 통으로 두수 없이 본색을 드러냈습니다.

마침 부모님과 저는 커피를 마시고 있었습니다. 30분이 넘도록 야릇한 침묵이 계속됐을 것입니다.

아버지께서 의미심장하게 말했었나봐요.

"…방 속에 처박혀 있으면 내나 그게 그거 아니겠어? …직장도 네 스스로 구해보구 해! 바람도 좀 쐬 구… 최대한 너의 변화를 위해 동조하겠다."

그때 한 통의 전화가 걸려 왔고, 어머니께서 수화기를 들었습니다. '묵시 90꽃꽂이회' 문 여사의 전화인 듯싶었는데, '여보 메모지! 빨리'하며 상달철의 쥐불기세로 헐씨근거리는 어머니가 참으로 장황하고 긴 통화를 시작했습니다. 아버지께서 달필을 달리며 일일이 통화내용을 메모하고 있었습니다.

다음은 어머니의 통화내용입니다.

"정보는 확실하겠죠? …에이- 불신감이라니? 문 회장 말씀을 의심할 리가 있나요, 부동산 중개사들의 정보가 백프로 믿을 게 못 된다는 그런 말이죠! …아니에요, 준비됐어요. 인엽이 아빠께서 지금 메모 중이에요…. 자아 말씀하세요..

첫째 수도권 정보오… 6차선 도로확장공사가 진행중인 인천직할시 서구 일원… 공단개발과 중소규모 택지개발 사업이 추진되고 있는 송탄과 평택 외곽지대?… 그러니까 향후 지가상승의 기대심리가 작용된다 이거죠? 둘째 중부권- 청주시 가경2지구 용지보상에 따른 대토매입이라…. 그러니까 개발예상의 인근 녹지지역을 말씀하시는 겁니까?… 목행동 공업단지 조성사업지구, 연수동 택지개발 사업 지구의 인근지역? 그거 한물 쓸구간 건지 어떻게 알아아?…또, 또 그러신다아! 제가 왜 문 회장을 못 믿어요?… 군 단위

지역엔 별 거 없대요?… 으응, 음성군 무극?… 진천군 만승… 매물부족이라면 가 봤자죠. 뭐얼. 천안? 천안삼거리 흥 흐응 그 천안 말씀이죠? … 천안시 쌍용동과 성정동 일원의 인근 녹지대?… 그거 입맛 당기네요. 구획정리사업과 대단위 주택건설사업이 미구에 추진중이라.

셋째 서남권- 전북지역을 별 거 없을 걸요? 토지 공개념 확대도입, 정부의 부동산투기억제 대책 영향으로 기껏 보합세라던데? …서해안 고속도로 통과예정지… 대전 전주간 고속도로 통과예정지… 용담댐 및 이리 제3공단 주변 나지… 군산 일월동 개발지역과 개발예정지역 인근? …전남 지역은 어때요?… 광주시 쌍촌동 일원?…군부대 이전계획? 그거 확실하데요? … 그리구요? …광양권개발? 여천군 율촌공단, 광양 콘테이너부두 건설, 광양 제2연관 단지 건설계획이 광양권 개발에 속한다 이 말씀이죠? …목포 대불 공단개발이 가시화되면서 사업지구에 편입되는 농경지의 대토구입? 그러니까 그 대상 지역이 어디란 말씀이에요? …영암군 미암면과 학산면, 해남군 산이면 일원의 농경지? …아 글쎄 염려 마시라니깐. 아빠가 한 자 안 놓치고 그냥 찍구 있어요.

넷째 동남권- 고령군청 예정지로 알려진 고령읍 고아리 일대. 제2보문관광 단지 조성계획 대상지인 경주군 감포읍 대본리와 나정리… 부산? 아휴 거긴 접두 안 나요! 녹산산업기지 개발구역 인근의 농지하구 임야를 쑤셔봤었는데, 글쎄 벌써 다 말뚝 박았드래니깐. 경남 지역에서 첫손 볼 데가 어딨어? …있어요? 거기가 어딘데? …마산 충무간, 진주 삼천포간 4차선 확장공사로 교통여건의 개선이 기대된다구요? … 그러니까 그 공사구간 내의 접도 구역 인근지역이 되겠군요? …그리구? …밀양? 아니 밀양에 무슨 부동산 아리랑이 붑니까?… 도시기본계획 변경에 따라 용도지역이 변경되고 소형아

파트 건설상황이 활기를 띤다? …그거 괜찮네요! 괜히 정보만 믿구 덤턱스럽게 대들었다간 물 쓴 자리에다 주추 세우기라니깐! 야곰야곰 쏠쏠하게 파먹는 게 땡이에요 땡! 또 있어요? …어디? 영동권? …아휴 거긴 덩어리가 너무 커서 엄두도 안 나! 콘도, 연수원, 관광휴양시설— 뭐 그런 데는 문 회장님 비늘쯤 돼야 심으면 금과 열리지 우리 같은 게 뭐어? …거기가 어딘데요? 고성 지역? 국토이용계획이 시행될 예정? …그거 확실하데요? …그중에서도 관광 휴양지역 지정 소지가 막강한 삼포…백도…송지호 일원? …그리구 91세계 잼버리대회개최 예정지인 신평리? 난 문 회장님에다 비하면 아마추어 얼뚱아기지만 그런대루 신평리 고거 쏠쏠하네요. …좌우 당간에 고맙구 고맙습니다! 언제나 신경 써주시구 무슨 말씀을요? 요즘 신간 편칠 못하답니다. 아뇨. 별 거 아니구요, 애미노릇도 못하나봐요! 그럼 안녕히 계셔요."

어머니는 애미노릇도 못하나 봐요!'하는 말에다 유독 모악스럽게 정날을 박으면서 저를 흘겼습니다.

아버지와 어머니는 미꾸라지 보고 대드는 홍학처럼 메모지를 향해 머리를 모았습니다.

"당신 생각은 으떴수?"

"…당신이 '자알 짚는데 뭘."

"제가 뭘 짚었게?"

"동남권 밀양하구 영동권 신평리 말야."

"당신 생각도 그래요?"

"바다를 보자면 들물을 봐야지 지나간 썰물 봐서 뭘 하겠나? …들물이다 싶은 데는 밀양하구 신평리야!"

"각자 어딜 맡죠?"

"당신이 먼저 정해."

이렇게 해서 아버지와 어머니는 부랴 부랴 불야 여정에 나서버린 것입니다. 아버지는 '밀양'으로 어머니는 '신평리'로.

'싸앙— 누군 발 없나? 아예 가출해버려?' 하는 짜증이 쫀쫀하게 익고 있을 때였습니다. 무선전화기의 파상신호음이 이런 울화를 잠시 잊게 했습니다.

"여보세요."

"사모님 저올습니다."

"저라니요?"

"패트 뷰티살롱의 최입니다."

"사모님께선 땅 정탐 뜨셨는데요."

"…사모님이 안 계신다구요?"

"사모님께선 방금 말씀드린 바와 여히 부재중이시고, 저는 아직 사모님이 돼본 적이 없습니다."

"그럼… 아! 미스 공이시군요?"

"그렇습니다."

"우아따아— 되게 크게 나가시네! 난 또 누군가 했죠. 기쁜 소식 올릴까 합니다."

"올려주옵소서!"

"아니, 오늘 따라 왜 이러실까? 사사건건 물고흔드시네? …그건그렇구요, 지금 곧 나와주셔서 되겠어요!"

"…왜요?"

"왜요는 뭐가 왜요 입니까? 드디어 개사돈께서 "나타나셨습니다."

"벅찬 가슴을 뭐라 형용키 어렵군요! 일단 가보도록 하겠습니다."

저는 전화를 끊고 잠시 생각했습니다. 굴종이었든지 맹종이었든지 어쨌거나 부모님의 감호로 하여금 더넘차게 안락을 누렸었던 대가— 즉 그 은혜에 대한 보은의 뜻으로 마지막 시달려보자 하는 다짐 말입니다.

제가 '패트 뷰티살롱'에 도착했을 때 최 사장은 자리에 없었습니다. 욱시끌득 시끌 복작복작 끓던 실내가 그 어느 때보다 조용했습니다.

미남형의 사내 하나가 소파에 등을 묻고는 원색의 견공사진첩을 훑어보고 있었습니다. 연회색 프린트 셔츠에다 다양한 혼합 색상의 체크무늬 쇼트 팬츠를 입은 꽤나 세련된 사내였습니다. 기껏 서른살쯤 먹었을까요?

바로 옆자리에 무뢰할 정도로 털썩 엉덩이를 붙이는 저를 건성으로 흘끔 살피더니 이내 견공사진첩을 넘겨갔습니다.

"최 사장님은 어디 가셨나요?"

내가 물어봤습니다.

"그걸 알면 여기서 월급 타먹게?"

사내가 멋대가리없게 대꾸했습니다.

그런데 잠시 뒤였습니다. 사내가 제 혼자 '푸 푸웃' '아갸가악 까갸가악' 해대면서 연신 웃고 있었습니다. 도대체 뭘 보고 저러나 싶어 슬쩍 사내의 목덜미 너머로 훔쳐봤습니다. '다크스 훈트'의 사진이었습니다.

"이런 부조화가 어디 있어? 푸우 푸웃- 나 껌뻑 죽겠네 이거어 …이런 부조화의 징글맞은 꼴로 애완견 행세를 어떻게 해? 끼 끼 끼이—"

영문이나 알고 보자 하는 작심으로 속창아리 빠진 계집애처럼 또 물어봤었지요.

"다크스 훈트 아닌가요? …뭐가 부조화의 극치를 달리나요?"

"몸뚱이는 턱없이 길구 다리는 땅딸보로 턱없이 짧구… 그런데 이게 뭐난 말야? 다리보다 길잖아?"

그가 '이게 뭐냐 말야?' 하며 검지 끝으로 꾸욱 눌러대는 곳은, 그곳은 바로 성기 부위였던가 싶습니다. 시치미 떼곤 앵토라져도 모자랄 판에 저는 하마터면 쿡 쿠욱 웃음을 터뜨릴 뻔했습니다. 그의 표현이 비교적 절실했기 때문입니다.

견공사진첩을 팽개치며 그가 불쑥 질문했습니다.

"이곳 단골이요?"

"글쎄요? …단골이었었다고 말할 수 있겠네요. …왜요?"

"죄책감 비슷한 거 안 느꼈어요?"

"구태여 죄책감을 마련하면서까지 드나들 필요가 있을까요?"

"허긴 나두 부모님 심부름으로 겁없이 들러봤으니깐!"

"그 죄책감의 내역 좀 말씀해주시겠어요?"

"아 그거어? …언젠가 이런 기록을 읽은 적이 있소. 미국에는 5천만 마리의 견공들이 살고 있는데, 가난한 나라에서 생존하는 10억의 인구보다 잘먹고 자알산다는 거야. 잘먹고 잘사는 정도가 아니고 의료혜택까지 보장받는 입장이라지 뭡니까? …미국에서 큰 개 한 마리를 기르는 데 드는 비용은 병원비를 제외하고 최저 5백달러인데, 이 추산액은 전세계 인구의 3분의 1이 사는 빈곤국 55개 국가의 개인당 국민소득을 앞지른다는 거야! 86년도 개의 먹이 매상고가 자그마치 31억달러였다지 뭐람? 한화로 따져 2조5천1백억원이라— 화이고 겁나라! 당시 우리나라 1년 예산의 7분의 1에 해당되는 액수 아닌가 말이오! …86년도에 또 웃기지 못할 사건이 터졌었어. 고위급 정치인들의 비호 아래 일약 재벌예술가가 된 무용가 '야스코'라는 자 말입니다…. 하필이면 5월16일자 아사히신문 사회면에다가 2단5센티미터짜리 개 부고를 실었었지. '생애의 반려였던 애견 피피가 17년의 천수를 다하고 제 곁을 떠났습니다. 생전의 후의에 감사드리면서 아울러 피피의 장례식에 틈을 내주시길 감히 바라나이다' 하는 부음 광고였었단 말요. 하차암 드러워서! 그 피피인가 뭔가 하는 개새끼 장례식엔 정계·재계·학계·문화예술계의 인사들이 물경 일천여명 가깝게 모여들어 조문했다는 겁니다. 아무리 인격이 견격 되고 견격이 인격 되는 세상이라고 하지만, 이거 뭐가 잘못돼가도 보통 잘못돼가는 게 아니라는 생각 안 들어요?"

그는 '근데 이 뭐꼴은 주인은 왜 안 오는 거야? 곧 온다더니!' 엉두덜거리면서 드디어 제 탄성의 육체 구석구석을 훑어내렸습니다.

그의 눈길을 피할 양으로 물어봤습니다.

"…여긴 어떤 용무로 오셨어요?"

"장가도 못 간 말테즈 주인 된 죄지 뭡니까?… 뭐 우리 개의 신부감이 나타났데나?"

등허리께로 오싹 찬소름이 돋았습니다.

불의 장

3

　최 사장의 말대로라면 이 사내가 바로 우리집과 개사돈을 맺을 사람일 것이라
는 확신이 섰기 때문이었습니다.

　그런데 여늬 개사돈 후보와는 다른 점이 많았습니다. 그동안 경험했었던 개
사돈 후보들은 다음과 같은 몇 가지의 공통점을 지녔었거든요. 첫째, 시력과
는 무관하게 백동태안경을 잡줬다. 둘째, 낯간지러울 정도로 첨단유행의 패션
을 추종했다. 이를테면 '에콜로지' 색상의 '코디네이션'으로 중후한 멋거리를
내려고 아둥바둥거렸는데, 가령 바지가 카키색이라면 동일색상의 스카프를 목
에 매는 짓거리 따위. 셋째, 이런 노력과는 상반된 체격들을 갖췄었다. 이를테
면 스카프를 맨 모가지가 유독 굵고 짧다던가, 혹은 상반신에 비해서 복부 일대
가 터무니없이 비대한 속칭 '배불뚝이'들. 넷째, 땀냄새와 적절히 혼합된 이른
바 '시프레 아로마틱'계의 남성화장품 향취를 풍겼다. 다섯째, 그들은 어쨌거
나 예외 없이 유창한 화술을 앞세운 '페미니스트'들이었었다.

　그는 한마디로 이런 부류와 정반대의 남자였습니다. 부리부리한 눈망울, 의도
없이 걸친 듯 싶은데도 야릇하게 세련돼 보이는 입성과 체격, 향취는커녕 콧망
울이 쩌르르 경기 들 정도로 역하게 풍기는 땀냄새, 그리고 무례할 정도의 말투
와 아귀 맞게 초면의 숙녀를 차악 발 아래 깔고 보는 당돌함 등등.

통념적인 '개사돈'으로는 너무나 무자격자다 싶어 조심스럽게 떠봤습니다.

"여기 단골이세요?"

그가 별 시답잖은 소리 치우라는 듯 우퉁맞게 쏘아붙였습니다.

"어어? 내가 물어봤던 말을 거기서 되쏘면 으떡허나?"

"…으떡허나?…… 말투가 상당히 불공스럽군요!"

"불고옹? 무슨 잡소리를 그렇게 하시오이까? 불공스럽다 함은 곧 공손치 못하다는 그런 뜻이렷다! ……아니, 내가 무슨 악연으로 당신께 공손히 굴어야 한단 말요?"

"듣고 보니 그 사설도 일리는 있네요. …그렇다면 나도 공손 일관으로 매진할 필요는 없죠?"

"거 차암 말 많네. 막말로 거지 같은 놈이라고 해도 상관 없어! 말할 수 있는 자유란 곧 욕할 수 있는 자유 아니겠어?"

내가 무르춤히 입을 다물자 그는 태도를 바꿔 별안간 숙부드럽게 굴었습니다.

"금방 울 것 같군. 뭐 그 정도를 가지고 노여움을 타나? ……가만 있자, 좀 전에 뭐라구 물으셨더라?"

"여기 단골이냐고 물었었습니다."

"아 그거어– 기왕이면 한번 맞춰보시지."

"……글쎄요…… 개주인같지는 않고…"

"……그럼?"

"기사분이신가?"

"우아따 또깍 부러집니다요! 맞아요. 난 기사요 기사…… 그런데 당신은? 아까 한때 단골이었었다 하는 투로 대답하던데."

가슴 속에서 야릇한 장난기가 동했습니다.

"기왕이면 한번 맞춰보시지."

"그 여자 되게 깐깐하네. 내가 했던 말을 또 되쏘는군…… 좋수…… 개주인 집 가정부구먼?"

"우쩌엄. 또깍 부러집니다요!"

"그렇다 치고 말입니다. 그쪽 용무는 뭐요?"

"시집도 못 간 말테즈 때문이지 뭐겠어요. 뭐 우리 릴리캡의 신랑감이 나타났대나?"

"…어어?"

그가 밑불씨 훔친 화덕장군 본새로 놀랐을 때 최 사장이 마침 도어를 밀고 들어섰습니다. 최 사장은 품에 안고 온 애완견을 진찰대 위에다 내려놓고 나를 향해 껌뻑 죽는 시늉을 했습니다.

"아휴 많이 기다리셨지? 뭐든지 명령만 허셔! 이 한 몸 진토 될 때까지 다 해드릴께, 이잉?"

그가 빠드득 어금니를 갈아대며 '어휴 징그런 짜아식!'하는 웅얼거림을 들었습니다.

최 사장이 그제야 생각난 듯이 그를 향해 물었습니다.

"기 회장님댁에서 오셨나?"

"그렇습니다만."

"……기 회장님 자제분?"

"글쎄요?…… 나는 그냥 기기사라고 부릅니다."

"기기사? 아니 무슨 말씀이셔? 기는 성씨구 기사는 이름?"

"성씨가 기가인 것만은 틀림없구, 기사가 이름이란 건 말도 안 돼요. 기사 아— 운전기사 몰라요?"

"끼 끼 끼이 기기사아…… 기기사아…… 기기사께서도 성씨가 기씨인 걸 보니 기회장님과 같은 기씨 족보인갑다!"

"내 차암- 말씀 한 소절에 기자만 아홉번을 써먹네! … 난 신랑측 들러리요. 내 옆에 이 여자, 신부측 들러리 맞아요?"

"아차암 서로들 인사 나누셔. 개사돈 대리인들이셔!"

그가 '자아 소온!'하고나서 다짜고짜 내 손을 '주물럭등심' 무치듯 주물럭거렸다 놨습니다.

최 사장이 진찰대 위의 개를 싸안고 별쭝맞은 요살을 다 떨었습니다.

"콧등 아파아?…… 그래 그래 아파아?…… 세상에 이런 희귀견을 이렇게 무지막지로 대우할 수 있담! 콧등 화상은 별 거 아니다, 얘에, 근본적인 점검이 급선무야, 애. …… 옴머, 하치가 거의 사각 아냐? 적어도 한달 잡아야 치열교정이 가능하겠어…… 아이고 한심해라. 그래서 너 같은 존견식사메뉴는 도그 푸드에다 치즈와 야채를 믹스한 연식이래야 한단다, 얘애. ……옴머, 발톱 각질이 이게 뭐야? 트림커트 날이 다 닳아야 각질제거 겨우 하겠어…… 도대체 브러싱은 언제 했게 모발상태가 이래? 가만 있어봐! 화상도 이거 그게 아니잖니?…… 어어? 수포 발생기를 이미 경과해서 피하조직의 괴사와 탄화가 진행중이잖아! 아이고오- 아저씨 못 살란 다아-"

곶감 먹고 직장 막힌 변비환자처럼 우그렁쭈그렁 별의 별 인상을 다 쓰고 있던 칭왈 '기기사'가 씁쓰레 한 실소를 물며 물었습니다.

"아까 존견이라고 하시던데, 그러니까 개새끼 견자 위에다 높일 존자 얹는 겁니까?"

"물론이지요! 견공 견자이지!…… 이 존견이 바로 '포매라니언'이에요. 제대로 주인 만났다 하면 3천만원까지 호가합니다. 이 존견에 대한 일화를 알고 계셔?"

"배워서 남주나요? 그것 좀 배웁시다."

"영국의 빅토리아 여왕 아시지?"

"……뭐 그런 여자가 있었었다고 합디다!"

"그런 여자아?…… 말투가 너무 상스럽잖아요? 자동차 운전만 가로수 늪게 자알 하시면 뭘 해? 말씀 운전부터 혓바닥 늪게 자알 하셔야지! 그쵸오?"

"우아따아— 알았수!"

"그러니깐 일천팔백팔십팔년의 겨울로 되돌아갑니다아- 그해 따라 추위가 무지무지 심해서 빅토리아 여왕께옵선 피한의 방편으로 플로렌스에 머무셨었답니다. 그런데 그 곳에서 너무 너무 예쁜 개를 발견하셨다 이거예요. 눈으로 보는 것만으로는 도무지 양이 안 차 그 높은 존체로 밤마다 끌어안고 주무셨었답니다. 바로, 바로 빅토리아 여왕의 지체 높은 유방을 핥팅하며 여왕과 함께 잔 존견이 이 '포매라니언'이라는 사시일! 이제 아셨나?"

"…핥팅은 뭡니까?"

"별 걸 시시콜콜 다 묻네! 아, 쪽 쪼옥 빠는 거지 뭐야?"

"세운상가 암실극장은 주욱 꿰시겠구먼?"

"움머, 그게 무슨 소리야?"

"진정 모르시겠다면 할 수 없수."

두 사람은 한동안 비 오는 날의 천둥과 번개처럼 아슬아슬 어울렀습니다. 최 사장이 눈망울을 지릅뜨며 번쩍 불을 밝히면 그가 이내 눈꼬리를 모들뜨고는 꾸당꾸당 숨을 헐씨근댔습니다.

최 사장이 나를 향해 입을 열었습니다.

"미스 공, 근데 '릴리캡'은 왜 동행하지 않았나요?"

"하도 여러 차례 바람만 맞은 까닭으로, 확인 뒤의 실행- 이런 전술을 택한 겁니다."

"끼끼끼이 하여튼 깐깐하신 데는 뭐 있어!"

이번에는 '기기사'를 가늠하고 입을 열었습니다.

"신랑견의 품종확인을 하고 싶은데?"

"근데 이 냥반이 해도해도 너무 하네에? 여보! 신부 들러리한테는 앙글방글 아양 떨구 신랑견 들러리한테는 맘놓고 반말 놔도 되는 거야?"

"…그러게 먼저 기 회장님 자제분이냐구 물었었잖아?"

"……?"

"호칭이나 언사는 어디까지나 지위·품격에 따라 가변성을 갖는 거 아니요?"

"할말 없구먼!"

눈깜짝할 사이였습니다. 최 사장이 '포매라니언'의 주둥이를 열고 그 속을 들여다보고 있는 짬을 이용해서 '기기사'가 숨가쁘게 속삭였던 것입니다. '나중에 다 이실직고 할 테니 일단 내 말에 함구해주시압! 부탁이요!'.

그는 천연덕스럽게 목소리를 가다듬었습니다.

"최 사장님!"

"……?"

"신부견의 지참금이 위탁됐다고 들었습니다!"

"…… 그래서?"

"위탁 지참금이 얼만가요?"

"백만원이요! 왜에?"

"엄명을 받았소!"

"… 무슨 엄명?"

"중개수수료 일할을 제하고 기필 받아 오라는 명령이었소."

"아니, 이게 무슨 논설이야?"

"돈 달라는 논설이요!"

"기 회장님께서 내린 명령이라구?"

"하늘을 우러러 한 점 부끄러움이 없소!"

"좋아요…… 그런데 이건 도무지 앞뒤가 안 맞아."

"앞뒤가 맞게 해봅시다!"

"지참금이란, 일단 성스러운 초야를 이룬 대가가 전제되는 거 아닌가?"

"여부 있겠소이까!"

"자알 아시는구만…… 그런데 신랑 신부 입장도 없이 혼례가 성사되는 법도 있나?"

"혼례?…… 뭘 의미하는 겁니까?"

"이런 쓰바알- 참다 참다 못하니깐 지성인의 입에 서도 불가항력적 막말이 나오네!…… 뭐긴 뭐야? 합궁이지!"

"……교미 말씀이신가?"

"그렇닷! 어쩔 테야?"

"이미 끝났소이다!"

"……뭐어?"

"당신이 너무 늦게 온 죄지 뭘…… 천생연분 찰궁합 이었던지 초대견 하자마자 거시기 해버렸어. 그것도 두 차례나…"

"……그런 불벼락이 있나?"

"있나가 아니라 있어버렸다니깐 그러시네. ……불, 불이라고 그랬소? 그게 바로 불벼락이지 뭐얼, 불이라는 게 붙기 어려워서 그렇지 붙었다 하면 재만 남구 화지직 아닙니까?…… 벌써 모셔다 놓고 왔습니다."

"……?"

"우선 신부댁에다가!"

최 사장이 저를 원망스러운 표정으로 건너다 봤습니다.

"미스 고옹! 참으로 섭섭합니다. 어쨌거나 결과는 경하스러운 것인데, 아니 구태여 왜 거짓말씀을 하셨습니까?…… 뭐예요? 너무 바람만 맞은 탓으로 '확인 뒤의 실행 전술'을 썼다구요?"

나는 고개를 떨군 채 문자 그대로 함구하고 말았습니다. '기기사'의 부탁을 들어주었다기보다 정신을 가늠할 수 없도록 어지러웠었기 때문입니다.

최 사장은 짐짓 흔연스럽게 목소리를 가라앉혔습니다.

"좋아요오- 그런데 중개수수료 어쩌구 하는 표현은 절제하는 게 좋겠어. 나는 어디까지나 선의의 성의를 거절치 못하는 입장일 뿐이고… 따라서 일할 어쩌구 하는 규약도 없어! …단지 신 여사 수고비가 문제 되겠는데……"

"신여사 수고비라뇨?"

"개 '마담뚜' 신 여사지 누군 누가야?"

"개 '마담 뚜'우? ……그러니깐 중매장이 말씀이군?"

"알았으면 화다닥 끝내자구! 아까 일할 어쩌구 했는데, 일할 중개료는 신 여사에게 해당사항이구 난 그런 대우 받은 적 없어. ……말한 대로 성의를 거절치 못하는 입장일 뿐!…… 이거 어떡허나? 위탁 당시의 일백만원권 자기앞수표인데!"

"기 회장님의 지체와 위신을 두루 감안해서 이렇게 하겠오. …… '마담 뚜' 신 여사 몫으로 일할, 그리고 성의를 거절할 순 없는 입장의 사장님 앞으로 약소하나마 삼할- 이렇게 제하고 일금 60만원만 현찰로 바꿔주시지 뭘….
기 회장님을 워낙 오래 모시다 보니까 그 어른 생리도 거진 두루 익혔지. 아
마 잘 했다싶소."

'기기사'가 60만원 현찰을 뒷주머니에다 쑤셔넣고는 제 손목을 무도막심 끌
어당겼습니다.

불의 장

4

'기기사'가 허름한 잡화상 앞의 비치파라솔 밑으로 기어들며 말했습니다.

"목이 타는데, 여기가 해운대라고 생각하면서 음료수나 한 잔 하지."

나는 잠시 망설였습니다. 빛나는 선진조국 서울특별시의 번화가를 비집고 이쯤 늙음늙음한 잡화상이 앉아 있다는 사실도 생소했지만, 무엇보다도 무경험의 의외성에 잠시 흔들렸다는 표현이 더 걸맞을 듯싶습니다. 무경험의 의외성이라는 게 별 건 아닙니다. 최소한 무궁화 네다섯 개짜리 호텔의 커피숍이나 강남 주택가 한복판의 은밀한 고급 카페에는 앉아봤어도 이쯤 불결한 곳엔 앉아봤던 기억이 없었거든요.

체중의 역학에 따라서 제멋대로 놀아대는 둥글의자에다 일단 엉덩이를 붙였습니다.

그는 나의 의사와 무관하게 캔커피 둘을 시켰습니다. 꼬르르 꼬골- 단숨에 캔을 비운 그가 사뭇 엄절한 표정으로 나를 건너다봤습니다.

"근데 너무 호락호락 말려드는 바가 있어. …생활철학이요?"

"……?"

"함구명령 내리니깐 그대로 실행하구, 음료수 한 잔 하자니깐 겁도 없이 기어들구…… 바야흐로 종말론적 난세에 즈음하여 그렇게 무방비일 수 있어?

인신매매단 눈으로 보면 당신은 밥이야 바압—"

너무나 기가 막혀 톡 쏘아봤습니다.

"그래서 날 어떻게 말아드시고 싶으세요?"

"우아따 뜨거라! 내가 왜 당신을 물에 말아? 당신 이 쉰밥이라면 또 모르거니와!"

"목전의 실체를 파악했으면 말씀을 절제하세요! 인신매매단의 밥이라뇨? 오백원짜리 캔커피 하나가 그렇게 위풍당당할 건 뭐람."

"에엥— 금세 또 토라진다. 무지한 남성의 불사스러운 어투라고 접어주면 될 걸…… 그건 그렇고, 우리 퀴즈풀이나 해봅시다."

"……"

"패트 뷰티살롱 최가 말야. 그자 눈에 우리 둘이는 어떤 종류의 개로 비쳤을까?"

"논리의 비약이 불길 같군요. 아무려면 개로 봤을까요!"

"그 여성 되게 머리 나쁘네! 가정, 가정하자는 말이지 우리가 왜 개야? 마셨던 커피가 넘어올 지경이 야, 이거어—"

"……퀴즈풀이나 하기로 하죠."

"절절한 반성의 표현이라고 하해 같은 아량을 베풀겠소…… 퀴즈라는 게 유별난 건 아니구— 일천팔백 이십사년에 창립된 '세계동물애호협회'의 명언에 다음과 같은 게 있소. 〈런던에는 세 가지 종류의 개가 있다. 하나는 자유는 가졌으되 법률은 못 가진 개. 이 부류의 개는 주인도 집도 없이 제 맘껏 자유를 구가한다. 그러나 자유의 최후는 처참하다. 경찰관에게 발견되는 즉시 사살당하기 때문이다. 두번째 부류의 개는, 법률은 가졌으나 자유는 못 가진 개들이다. 죽을 때까지 주인의 쇠사슬에 얽매여 자유를 속박당해야 한다. 세번째는 법률과 자유를 다 가진 개. 이 부류 개는 영국의 보호를 받으며 공기처럼 자유를 생애 동안 누린다. 그러나 이 자유는 쇠사슬보다 더 튼튼한 투명한 속박 속에 갇혀 있다. 바로 주인의 과보호가 자유의 전과정을 뒤따르고 있는 것이다. 그들이 영국땅 어느 곳이든 마음 먹은 대로 여행할지라도.〉 …우리는 이 세 가지 중 어느 부류의 개에 속할까?"

"……먼저 기기사께서 말해보세요. 기기사는 어느 부류의 개에 속할 것 같아요?"

"난 아무래도 세 번째 부류의 개새끼야! ……당신은?"

"그거 기적이군요. 저 역시 세 번째 부류에 속한다고 생각합니다."

그는 체신에 걸맞지 않을 정도로 낯가죽을 붉으뎅뎅 붉히며 흥분했습니다.

"야아- 이거 미치겠네! 아이고-이러다가 심장 터지겠네!"

담배 한 개비를 태워 문 그가 내 얼굴을 향해 푸우 연기를 내뿜고 나서 목소리를 낮췄습니다.

"우리 원위치로 돌아갑시다. 개로부터 사람으로오 -개새끼는 끝끝내 개새끼일 뿐이지! 오죽하면 볼테르가 이렇게 탄식했겠어?…… 〈유럽에서 가장 신장된 권리가 있다면 그것은 아마 견권(犬權)일 것이다. 인권을 지키자고 투쟁하는 우리들의 안목으로는 목불인견의 참상이 아닐 수 없다. 불과 백년 전만 하더라도 개에게 입마개를 씌우고 다니지 않으면 경찰관이 개 주인을 체포했었는데 이제는 개에게 입마개를 씌웠다간 동물학대죄로 사람이 잡혀간다. 동물의 역사도 승패의 점철이지, 하긴!〉……우리는 끝끝내 사람일 뿐!"

"비단 볼테르 뿐인가요? 약소 대한의 천재시인 이 상 선생께옵서도 일찍이 이렇게 대갈하셨었습니다. 〈개 닮은 사람과 개답지 않은 사람은 구리와 은,

그리고 무명과 비단을 놓고 구별하라!)고 말입니다.”

“어어? 별 걸 다 아네? 신흥졸부댁 가정부가 말야!

“참으로 경악을 금치 못하는 바올습니다. 신흥졸부댁 기사가 어떻게 이쯤 유식할 수 있겠는지!”

참으로 멋없는 승부였습니다. 그는 ‘푸우 푸웃 끼 끼이’ 웃고 말았고 나 역시 ‘포 포오 포옷 꺄각’ 장단 치고 말았습니다.

캔커피 값을 치른 그가 하전한 표정으로 물었습니다.

“우리 어디서 무엇이 되어 다시 만날까?”

“그걸 안다면 하느님이 됐겠죠.”

“내가 제안 하나 할까 하는데 썽낼 테야? 성내기 없기!”

“무슨 제안을 해도 성 안냅니다.”

“나와 동행합시다!”

“……어디 가시는데요?”

“낚시질!”

“…… 지금이 오후 다섯시가 다 돼가는데 언제 갔다 언제 집에 돌아갑니까?”

“솔직히 까발리지. 어쩌면 오늘밤 못 돌아갈지 몰라. 왜냐하면 오랜만에 짬을 냈거든…… 밤낚시하고 나서 새벽 여섯시에 귀가해야 돼! 곧장 출근해서 최소한 열 시간을 허리뼈다귀 휘도록 일해야 하니까.”

나는 생각했습니다. 이만큼 정직한 남성도 꽤나 드물 것이라고……. ‘용기여! …… 믿음이여! 오라, 오라!’ 속으로 되씹던 나는 황졸간에 ‘좋아요’ 해버렸습니다.

그는 어린애처럼 좋아 날뛰었습니다. 그가 앞장서 걸었습니다. 폐차 직전의 몹시 낡은 포니2 도어를 때깍 열면서 ‘돛 달아라아 돛 달아라아- 순풍에 기름바

다아 돛 달아아라아ー' 하는 콧노래를 흥얼거렸습니다.

"이게 회장님 차입니까?"

나는 하도 어이가 없어 우두망찰 혼쭐이 빠질 지경이었습니다.

"아까 그랬었지? 말을 절제하라고… 회장 차면 어떻고 기사놈 차면 어쩔꺼야? 말씀을 절제하셔!… 이차 이거 보통 탱크 아냐. 83년도에 출고된 거니까 일곱살 먹었는데도 가자는 대로 그냐앙 미끄러져. 타아!"

"문을 열어줘야죠."

"문 열었잖아?… 화이고 그 여성 가정부 주제에 버릇 한번 드럽게 들었네. 승용차는 조수석 뒷좌석이 상석이란 걸 또 언제 익혔담! 군소리 말구 내 옆으로 걸치시라구. 내가 뭐 그대 전용기사라고 당신을 뒷좌석에다 모셔어?"

내가 조수석에 쿠웅 엉덩이를 붙였을 때 그는 시동을 걸었습니다. '끄르르 끄르르 꿀렁꿀렁' 몸살을 앓던 차는 무려 네 차례의 시도 끝에 시동이 걸렸는데, 그 엔진 소리는 과시 프로펠러식 전투기의 굉음을 뜸떠먹고도 남을 지경이었습니다.

-부웅 부르릉 푸타타타 탕 타앙-

"미구에 자체 분해 될 것 같군요. 이게 무슨 소리예요?"

"으응 그거어? 찜빠되는 소리야. 사람 소리로 예를 든다며언- 노인장이 기동하실 때 '아이고 허리야 무릎이야!' 하는 그런 비명이지 뭘. 안타깝고 측은한 일이지…."

차가 삼일고가도로에 진입했을 때 그는 엉뚱하게 질문했습니다.

"자동차 엔진은 사행정 과정에서 불이 튕기게 돼 있어. 그치?"

"……"

"흡입·압축·폭발·배기- 이 4행정을 인간의 거룩한 행위에 비교하면? 과연 무엇이 될까?"

"…?"

"흡입은 뭔가? 곧 빨아들인다는 말이겠지?"

"…그렇겠네요."

"압축은 뭔가? 곧 꾹 꾸욱 누르고 조여 가능한 한 부피를 줄이는 것이겠지?"

"…그렇기도 하겠네요."

"폭발은 뭘 의미하나? 곧 숨가쁜 전신경련! 이쯤 될까?"

"…그럴 것 같네요."

"배기는 뭔가? 곧 연소의 막장- 분출의 한숨인가, 희열의 눈물일까?"

내가 아무 말 없이 앞만 내다보고 있자 그는 실웃음을 물며 중얼거렸습니다.

"좌우당간에 무슨 조화야? 생명체든 생명이 없는 쇳덩이든 어째서 움직이려면 원초적 동작이 필요할까? 고거 차암 신비하단 말씀이야!"

"뭔지는 잘 몰라도, 하여튼 상당한 불량끼를 가진 남성이군요―."

"우하하핫- 결국은 알아차렸군."

나는 금상돌기 부분의 야릇한 압통을 느끼고 있었습니다. 만약, 만약 오늘의 모험이 철야로 이어진다면, 수학여행 빼놓고 처음 시도되는 무단가출이 된다는 그런 두려움이었습니다. 벌근거리는 앙가슴 위로 불씨가 떨어진 듯싶었습니다.

그때 그가 말했습니다.

"그 여성 배짱 한번 크네. 행선지도 안 물어?"

나는 가능한 한 태연함을 가장하며 대수롭지 않게 맞받았습니다.

"어디가 됐든지 열세 시간 정도 보내면 쫑날텐데요. 문제는 어떤 곳이 아니고 열세 시간의 과정 아닐까요?"

"…똑 소리나게 영민하네, 그 처녀어! … 지금 우리는 퇴계원을 지나고 있소.”

“……”

“행선지는 광릉 내에 있는 유료낚시터야.”

“어련할까요, 낚시질이 목적인데.”

실미적지근 굳어 있는 내 얼굴을 흘낏 살피며 그가 쓴입맛을 쩝 쩝 쩝 다셔댔습니다. 한동안 말이 없던 그가 별안간 목청을 높였습니다.

“이런 제에길 내 정신 좀 봐! 하마터면 잊을 뻔 했어… 나는 왼쪽을 살필 테니 당신은 오른쪽을 살피슈. 꼭 찾아내야 해.”

“무슨 뚱딴지 같은 소리예요?”

“문방구! 문방구를 찾으란 말요.”

“…그건 왜요?”

“군소리 말고 시키는 대로 해요.”

얼마쯤 달렸을 때 그가 ‘아 저기 있군’ 하며 보도 가까이 차를 세웠습니다. ‘양면괘지 한장 사서 뭐 좀 끄적거릴 일이 있어. 다소 지루하더라도 참아주슈’ 하고 나서 그가 문방구 안으로 모습을 감췄습니다.

10여분이 지나서야 그는 차로 돌아왔습니다.

“이거 정독하고 나서 사인 하라구. 아냐 사인으로는 안 되겠군. 립스틱을 인주 삼아 지장을 누르도록!”

그는 양면괘지 한 장을 나에게 건넸습니다. 그는 담배를 태워 물곤 지긋이 눈을 감았고, 나는 양면패지에 박힌 사연을 읽기 시작했습니다.

≪각서.

생면부지의 기기사와 더불어 약 13시간 동락함에 있어 다음 사항을 절대 엄수 할 것을 맹서합니다.

무한천공의 음양전류도 접합의 여지가 성숙되면 천둥으로 울고 벼락으로 불꽃을 일구는 일. 이는 만유생성의 자연발생적 원리라고 생각하는 바이나, 나는 지성과 교양을 어느 정도 겸비한 가정부로서 부지불식간의 충동적 욕구를 이성으로 극복하고자 합니다. 이에 다음 사항을 준수할 것입니다.

① 어떠한 주체 못할 욕정도 혀를 깨물며 참는다.
② 유혹의 흑심이 생길 때마다 내 따귀를 스스로 올려붙이며 동요하는 지성을 일깨운다.
③ 만천하 남성들이 거의 늑대의 야수성을 간직한 바, 오직 순수성으로 도배한 최후의 순결남 기기사를 보호하는 차원에서, 절대 건드리지 않고 무사귀가 시킨다.

위의 사항을 위반할 때는 어떤 처벌도 달게 받을 것을 각오하며 이에 각서를 쓰나이다.〉〉

나는 미친 여자처럼 한없이 킥킥거렸습니다.

"어어? 웃어어?… 문장구성이 엉망일꺼야. 작문이라면 국민학교 때부터 빵점이었으니까!… 그만 웃구 지장 눌러!"

"지장을 필히 누르겠습니다. 그 전에 한 가지 궁금한 게 있는데요."

"…뭔데?"

"만에 하나, 약속사항, 아니 준수사항을 위반했을 때 받는 처벌 말예요! 그

처벌은 어떤 것입니까? 요상야릇 아리송송한데요?"

"···혼내주는 거지 뭘!"

'기기사'가 어리삥삥한 표정으로 몇 번 도리질을 해댔습니다.

5

   우리들이 유료 낚시터에 도착했을 때 군청색 러닝셔츠에다 수박색 반바지를 입은 시꺼먼 사내가 낡은 슬리퍼를 끌며 마중나왔습니다. 그 사내는 '기기사'를 보더니 되레 난감한 표정을 지었습니다.

   "어어? 불고데 너 일 않구 왜 또 기어나왔어?"

   "지랄하지 마 짜샤. 오늘은 그냥 푸욱 곯을거야."

   "또 외상낚시질 하려구?"

   "주접떨지 마. 나 오늘 돈 많아… 그건 그렇구 57번 좌대 비었지?"

   "뻔뻔한 따시익! 돈 먼저 낸 사람이 임자지 일곱시 다 돼서 기어든 놈도 할
    말 있냐? 벌써 세 놈이 점령 했어."

   군청색 러닝셔츠의 사내가 군소리 않고 술상을 차렸습니다. 네홉들이 소주 한 병과 눅진눅진 썩어가는 땅콩안주 한 접시였습니다.

   그제야 '기기사'가 인사를 시켰습니다.

   "인사드려 임마. 졸부댁 가정부 공씨야."

   낯색이 검은 탓이었을 겁니다. 유독 하얀 이빨을 내 보이면서 그가 미꾸라지를 본 왜가리처럼 고개를 숙였습니다.

   "황선건이라 합니다. 불고데하고는 고교·대학·군대 싹쓸이로 동창입니

다. 만나서 기쁩니다."

나도 답례하는 국가원수처럼 정중히 인사를 닦았습니다.

"기기사께서 소개해 올린 졸부댁 가정부 공인엽이에요. 앞으로 많이 도와주세요."

사내가 '기기사'를 모질게 흘겨댔습니다.

"엉큼한 쨔아식. 언제 이런 미인을 낚았어?"

'기기사'가 천연덕스럽게 대꾸했습니다.

"모르는 소리 치워 임마. 내가 이 여성한테 낚였어 쨔샤!"

"푸웃- 작작 웃겨. 내 배꼽 한 벌이야."

둘이 주거니받거니 술잔돌림질을 시작했고 나는 주위의 정경을 눈안에 담았습니다. 낚시터는 참으로 오밀조밀하게 조형돼 있었습니다. 대략 8백평쯤 될 성 부른 반원형의 낚시터로 1백20번까지의 좌대가 촘촘이 앉아 있었고, 알루미늄 지주의 흔들다리가 호수 한 가운데의 섬으로 연결돼 있었습니다. 그 섬 사이로 앙증맞은 방갈로가 다섯채 앉아 있었습니다.

57번 좌대를 지나쳐 60번좌대에다 자리를 잡았습니다.

57번 좌대의 사내들이 앙짜삼고 중떨거렸습니다.

"크으 주타아- 어떤 조사는 한양 명기 대동하고 뜨는데 말씀이지 우린 강화도 순무우 통장딴지 각선미 하나 못 세우구 이게 뭐냐아?"

"어어? 저거 어디서 많이 익힌 얼굴인데? 저 조리봉 혹시 탤런트 아냐?"

"탤런트는 아니구… 맞아. 저거 패션모델이야." "쟤 이름이 뭐드라아? 아이쿠 좃도 까먹구 말았네."

나는 당연한 통념 하나를 믿었습니다. 제아무리 개백정 족보 항렬이라 해도 이럴 때는 쨔장 늠연하게 위풍 재보는 것이 사내들의 상식이었습니다. 그런 거 왜 있죠. 꿰찬 여자로 하여금 느닷없이 바닥세의 주가가 천장으로 치솟았을 때 헛기침 한번으로 꾸욱 참고 보는 자위 용도의 허세 말입니다. 이른바 '일회용 아량' 이라던가.

그래서 '기기사'는 당연히 헙신헙신 국으로 썩어주며 '나 몰라라' 할 줄 알았습니다. 그런데 '기기사'는 나의 믿음을 '오지그릇점에 돌팔매질'격으로 단숨에 깨부쉈습니다.

"어떤 놈이야? 뭐어? 한양명기? 탤런트? 패션모델? 당신들 입질 없다구 막 대들기야?…… 보라구 들. 나 멀쩡한 사람이야! 무슨 전생업보로 한양 명기 뿔대서방 노릇 한단 말야?… 무슨 죄를 지었다구 모지방 하나로 먹고사는 탤런트 기둥서방이 될거야? …해까닥 돌아도 유분수지 할 짓이 없어 패션 모델 원단서방 노릇해?… 이거 왜들 이래? 나 뿌다귀 돋는다 하면 이 길로 곧장 밤낚시 사절이야! 당신들 밤낚시를 하겠어 아니면 아녀자 희롱죄로 유 치장에서 캐미라이트 띄우겠어?"

참으로 절묘한(?) 침묵도 다봤습니다. '기기사'의 용골때질에 압점눌린 패거리가 '난 아닌데 누가 그랬어?' '덤터기 씌우기 없기이- 난 혓바닥 놀린 적두 없어'하며, 이내 쥐죽은듯 고요해졌던 것입니다.

'기기사'가 능숙한 솜씨로 낚시대를 폈습니다. 지단은 다 해져버리고 부챗살만 남은 합죽선 본새로 낚시대들을 가지런히 눕힌 그가 밤톨만한 '어분'을 채워 퐁 포옹 낚시를 드리웠습니다.

나는 그의 옆자리, 정확하게 1미터 50센티 정도의 간격을 두고 얌전히 앉았습니다. 연초록빛을 머리 위에 얹은 찌들이 원무를 추다가 별안간 굳어버린 '발레 슈즈'들처럼 미동 않고 잠겨 있었습니다. 모두 다섯 개- 그것들은 마치 하늘이 싫어 물속으로 내려앉은 별들처럼 아름다웠습니다. 나는 그의 침묵 속으로 이렇게 껴들었습니다.

　　"정체를 밝히세요. 순 깡패군요."

　　"…저 따아식드을?"

　　"천만에요."

　　"그럼 누가?"

　　"기기사이지 누구예요?"

　　"원래 손재주는 있어도 머리가 나쁜 게 가정부로고! 어째서 그렇게 생각했지?"

　　"무지스러운 어투며 대뜸 시비 걸고 나서는 행태가 그렇습니다."

　　"푸웃- 바른 말로 하자면 저 친구들이 깡패구 난 밥 이야 밥! 주먹밥 말야… 똥배짱 점쾌가 천만다행으로 먹혀들었을 뿐. 저 친구들, 밤낚시만 자알 되면 오늘밤에 죽어도 여한이 없을 사람들이지. 그런 데 내가 단방에 '밤낚시를 할 거야 아니면 유치장에서 캐미라이트를 띄울 테야' 하니깐 촌각을 지체 않구 손들고 말았어. 만약에 말씀이지, 저 친구들이 '주웃타아! 너 죽이고 유치장에서 캐미라이트 띄우지'했었다면 난 아마 그 즉시 송장 됐을걸?… 운명의 기로라는 게 이 정도로 오묘한 거야, 알았어?"

　짝을 찾는 접동새가 피가래를 끓이며 울어댔습니다. '기기사'의 낚시질 솜씨는 대단찮아 보였습니다. 무려 네 시간에 단 한 마리의 고기도 낚아올리지 못했으니깐요..

　　모기가 나의 볼따귀를 두 번 공격했었나봐요. 나는 그 때마다 내 따귀를 올려붙였습니다.

　　"조옷겉은 향어들이 금식기도회를 벌였나? 뭐 이래에-"

　하며 낮게 투덜거리던 '기기사'가 나를 건너다 봤습니다. 그러더니 사뭇 심각하게 말했습니다.

"이거 불안해서 어디 견뎌나겠나! 벌써 두 번이야?"

"…?"

"각서 2항의 흑심이 발동하는군?"

"…?"

"유혹의 흑심이 생길 때마다 내 따귀를 스스로 올려 붙이며 동요하는 지성을 일깨운다아- 세 번 따악 소리 났다 하면 고냐앙 덮치겠군. 그치이?"

나는 너무나 어이가 없어 오줌 재린 병추 본으로 한동안 실없이 웃었습니다. 웃음을 갈무리 하고 나니까 이번에는 장난기가 동했습니다. 부러 새들새들 간지럽게 미소 지으며 말했습니다.

"어쩌면 그렇게 딱 짚고 나서죠? 그렇잖아도 전신의 감각세포에 총 출동령이 내린 참이에요."

"아서 제바알! 신뢰는 아름다운 거야. 아름다움 앞에서 그렇게 비지성적 야욕을 발동하면 어떡해?"

"가능한 한 혀를 깨물며 참아내겠습니다!"

"그럼 그래야지. 아이구우 이뻐라 우리 공 가정부!"

그가 전지를 켜며 시계를 봤습니다.

"어이쿠우 벌써 다섯시 돼가네… 우리 시급한 안건부터 해결하자구… 첫째에 개사돈 건인데 말씀이지, 우리 어떻게 말을 맞출까?"

"어제 오후에 자알 하시던데 무얼요. 기왕 엎질러진 물, 그렇게 해야지 별수 있어요?"

"맞선 보자마자 붙어버렸다구?"

"…그 상스러운 표현, 이젠 지칠 때도 됐잖아요?

호락호락 따라나섰다구 줄기차게 천대하면 못 참습니다!"

"제발 참아. 이제부턴 점잖아질 테니… 그런데 석 달 후가 영 캥겨."

"붙었으면… 아이쿠 실례에 사랑했으면 새끼를 낳아야 응당지사라!"

"사랑했다고 꼭 아기를 났나요?"

"뭐어? 경험론적 해석인가?"

"맘대로 삭히세요."

"허긴 적어도 기십차례 맹폭해야 아기가 태어날 걸? …우리 형수는 말야, 결혼 삼주년을 맞도록 임신한 적이 없어. 그럼 첫째 안건은 해결됐구 둘째 안건. 지참금 60만원을 어떻게 하나?"

"…그게 좀 억울합니다. 사랑을 전제로 위탁한 건데 사랑도 않고…"

"어차피 사기극이었잖아. 아주 이렇게 하기로 하면 어떨까? 민주적으로 30만원씩 가르기로!"

"그렇잖아도 용돈이 궁했는데 느므느므 기특한 발상이십니다."

"좋아. 자아 받아."

'기기사가 돈다발을 꺼내 세어보지도 않고 반 뚝 잘라 건넸습니다.

"……그리구 이건… 이건 안건이라기보다 토의사항에 속하는데- 당신 가정부 때려치우고 취직하지 그래?"

"…줄 좀 대주시겠어요?"

"학력은 어느 정도야?"

"…고졸!"

"푸웃- 어쨌거나아… 그대 말야, 머리는 다소 나쁘더라도 후레임이 썩 잘 빠졌거든. …비서직 어때?"

"줄만 걸쳐주신다면 사생결단 나서겠습니다."

"근데 걱정이 하나 있군. 용모는 일단 합격인데 필기시험·면접시험에 낙방할 소지가 있어. 그치이?"

"…우려되는 바올습니다!"

"기억력은 믿어도 될까?"

"……?"

"자알 암기하라구! …서울특별시 중구 소공동에 '한조상사'라구 있어. 찾아가봐."

"이런 세상에! 그 넓은 소공동에서 한조상사를 어떻게 찾습니까?"

"가정부 주제에 버릇 한번 드럽게 들었군. 스스로 개척하라구! 다리에 쥐나도록 찾아봐!"

"그렇다 치구요… 기껏 기사 주제의 줄을 믿어도 될 까요?"

"그거야 확률은 반반이지."

"줄의 내역을 설명해보세요."

"연줄연줄로 좀 아는 회사야. 비서직을 뽑는데 벌써 30여통의 이력서가 접수됐다는 정보를 입수했어."

"……30대1이라 응시자격에서부터 날새네요! 대학 출신 아니면 안 될 게 아녜요?"

"그러니까 모험 아닌가!

"어떤 줄을 넣겠습니까?"

"한조상사 인사부장을 각별히 알고 있지. 그 친구한테 당신 이름 주지시키겠어. ……어떡헐테야?"

"대들어보겠습니다!"

"기죽지 말구 또깍 부러지게 똑똑해 봐. 특히 면접에 당당무쌍으로 대들어야 해."

"필기시험에 떨어질 걸 뭐어."

"겁주려구 해본 말이었어. 고졸 학력을 인지한 입장에서 다행스럽게도 면
접시험뿐이라는 거야."

"……어떻든간에 고마워요."

"이러다간 밥줄 끊기겠어. 서둘러 뜨자구."

'기기사'는 허겁지겁 낚시대들을 거뒀습니다. 그는 흔연스럽게 몇 발짝 걸어가
더니 소변을 봤습니다. 소변을 보면서 혼자 꿍얼거렸습니다.

"온통 부조화의 말세징조여! 나 같은 놈은 대학 학사증 고이 챙기고도 기껏
운전기사 팔자인데 고졸 학력의 그대는 감히 회장 비서직을 넘보는군. 아
이 고 내 팔자야—"

물안개가 호수를 덮었습니다. 희붐한 여명이 츱츱한 물안개와 살을 섞었습니
다. 나는 그의 뒤를 종종걸음으로 따랐습니다. 도무지 꿈일까요 생시일까요. 공
인엽이가 무례하기 비길 데 없는 사내 뒤를 조강지처처럼 따르고 있다니.

운전석에 쿵 둔부를 붙인 그가 손을 내밀었습니다.

"자아 악수우-."

"아니 혼자만 가겠다는 거예요?"

"두말 하면 잔소리지!"

"태우고 왔으면 태워다 줘야지 이런 무지막지가 어디 있어요?"

"여기 있잖아!"

"어서 차 문 열어요!"

"불로소득 30만원을 생각허셔! 조금 있으면 새벽낚시 손님 태우고 오는 택
시가 지천이야."

"싫어! 어서 문 열라니깐!"

"글쎄 안 된다니깐. 방향이 정반대라구. 그럼 안녀엉-."

"까짓거 그렇다치구요, 영 다시 못 봐요?"

"화이고 나 죽겠네! 열녀춘향이 오리정 정별 씨인 이야……서로 안 죽으면 기적적으로 다시 보겠지!"

시꺼먼 배기가스를 뿜으며 차가 멀어져갔습니다.

불의 장

6

집안 분위기는 그야말로 칠석물 질 때의 가을장마처럼 음충스럽고 음울했습니다. '양중이가 선장단을 잘 잡아야 무당도 신명난다'는 속담도 있듯이, 나의 새로운 출발을 격려하는 뜻의, 어떤 변화나 징조가 있어야 했을 것입니다. 그러나 축재의 묘리를 놓고 조부와 아버지는 한치 양보 없이 불화했으며, 부모님들은 여전히 황금에 걸신든 사람으로 일관했습니다.

여행에서 돌아온 아버지께서 '이젠 부동산투기도 막장 만났어'하며 사뭇 실의에 절인 표정을 지었을 때였습니다.

할아버지가 여늬 때와 달리 진노하셨습니다.

"벼락맞는다! 내 오죽하면 자식 앞에다 놓구 이따위 소리를 하겠누. 애비 땅뙈기로 일확천금 했으면 분수를 아는 졸부가 될 법도 하거늘, 네눔은 어떻게 된 게 돈탐만 구만장천을 뚫는고? 어엉?"

"아니, 졸부라고 하셨습니까?"

"그랬다!"

"제가 왜 졸부입니까?"

"아니면?"

"기껏 땅 1천3백평 물려주셨습니다. 말이 강남개발 어쩌구 주절대지만, 당시 시세로 몇 푼이나 됐습니까? 그 알량한 돈을 불리고 불려서 오늘의 기반을 이룩했다 이겁니다. 그 동안 얼마나 신산각고의 노력을 경주했는지 아십니까? 제가 왜 졸부입니까? 네에?"

"애비 땅이 없었으면 네가 무슨 자금으로 신산각고 했을 것이야? 네 말대로 부동산투기 전문업으로다 가만히 앉아서 돈 쌓았지 피땀 졸이며 남부끄럽지 않게 돈 쌓았어? 남부끄러운 술수로 남은 죽든말든 제 배만 채우는 자들이 바로 졸부들일터! 네가 졸부가 아니라면?"

"말씀을 삼가십쇼! 전 졸부가 아닙니다."

"그렇다구 치지이— 그렇담 애비 충고 들어라. 지금이라도 늦지 않았으니 뻗대지르는 돈탐, 그거 이젠 꾸욱 참아!"

"재산의 축적과 막말로 돈탐은 서로 엄청나게 다릅니다. 꾸욱 참을 돈탐은 없습니다."

"아무렴. 금수작태가 아닌 다음에야 인간이 그럼 쓰나아!"

"말씀 자알 하셨습니다. 인간이기 때문에 잘살고 싶은, 아니 더욱 잘살고 싶은 행복권을 추구하는 것입니다. 행복권의 추구야말로 인간의 의무이자 자존이자 긍지입니다."

"그만 잘살아두 돼! … 행복권의 추구도 이젠 쉴 때 됐구!…"

"쌓지 않구 허물면 바닥나는 게 돈입니다!"

"좋게 허물면 바닥을 되려 튼튼허게도 한다!"

"그 말씀도 아닌 말씀을 상세히 일러주시죠."

"예를 들어보지이— 고아원 같은 데, 양로원 같은 데, 뭐 그런 곳의 후원회장 같은 걸 맡아가지구설랑 네 자산의 기십만분의 일만 좋게 허물면 얼마나 의행이겠누?…부동산투기에만 미치지 말구, 가령 집 없는 사람들을 위한 서민임대주택 같은 걸 지어설 랑 적정임대 허는 일도 의행에 속하지. 밑바닥이 튼튼해지구 밑바닥생활에 웃음이 도는 사회를 만들고자 네 자산을 써라 이 말이야!"

"사회는 유기적 관계의 역학 속에서 발전하고 평온을 유지하는 것입니다. 아버지께서 말씀하시는 그런 의행을 위해서 '구호단체' 라든가 정부차원의 '주택공사' 같은 게 소임을 맡고 일하고 있습니다. 저는 아버지를 위시한 제 가정의 행복을 위해서 맡은 바 소임이 따로 있습니다!"

"졸부녀석들의 인생관이 꼭 너와 같을 게다."

"참으로 견디기 어렵습니다!"

"무슨 뜻이야?"

"인내력에 한계가 왔다 이 말씀입니다!"

"나두 그렇다!'

"…어쩌면 좋겠습니까?"

"양로원에라두 가랴?"

"…그것이 아버지의 소원이시라면 전들 어떻게 하겠습니까?"

"배운 도적놈 사설이라 달라, 죽일 노옴! …그 때 시세가로 내 땅값만 돌려줬! 당장 나갈테닷!"

"그렇게는 못 합니다. 배운 도적놈이 그런 짓을 어떻게 하겠습니까?"

이럴 때야말로 어머니가 불화의 근원을 수습해야 옳습니다. 시쳇말로, 속은 어쩔갑세 겉으로라도 할아버지를 나긋나긋 위로해주는 부덕을 바랬던 것입니다.

그러나 어머니는 곁다리를 꼰 불경스러운 자세로 태연히 말했습니다. 위로는커녕 오히려 할아버지의 부아를 돋구며 비아냥거렸습니다.

"근데 여보, 아버님 말씀이 옳긴 옳아요. 부동산으로 재미보던 세월도 이젠 날 샜어요. 꾸욱 참아야 할 때가 된 거얼?… 그만 잘살기로 합시다. 행복권 추구도 잠시 쉬구. …그런 것보다두 작은 걸 야곰야곰 파는 게 나을 듯싶어요. 예를 들면 '한산모시'나 '매실밭' 같은 거 말예요. 시대는 바야흐로 복고풍이 불고 이기적 소비선호가 기승하지 않습니까? 아 옛날 같으면 북·꽹과리·장고·초랭이 들구 노는 것들 모두 떼거지밖에 더 됐수? 그런데 요즘세상은 으떴수? 민족·민중·통일 어쩌구 하는 것들 꺼떡했다 하면 사물장단으로 망국작태 자행해도 되려 구경꾼이 몰리는 세상 아니우? 그게 다 복고풍에 사기당한거라구.

그래서 이번 여행길에 생각해봤는데에 거 왜 한산모시 있지? 모시장날에 유심히 보니깐 유통구조도 엉망이구 생산시스템도 너무 세분돼 있더라구요. 아예 쌈직한 땅뙈기 수만평 사서 모시를 대량경작하면 으떨까 하는 생각이 들어. 모시처럼 건강한 식물이 없데는구면? 안 보살펴두 잘만 자라구… 우선 대량경작으로 인한 원사자원을 독점하구 생산과정은 농민들에게 도급을 준다 이거야. 품삯 그거 몇 푼 되겠어요?… 모시가 아무리 까다롭구 비생활적 내지는 비활동적이라 해도 시대는 바야흐로 복고풍 맵게 부는 때라이거야. 글쎄 당신 여름옷 한벌 하려니깐 별것도 아닌 게 60만원 먹혀요. 부유층 주부들의 구매선호를 공급이 못 따른다는 거예요.

그리구 매실밭 얘기인데, 요즘은 보약이다 하면 비상도 먹겠다는 세상 아니우? 우선 당신만 봐도 중공제 미약들을 기백만원씩 던지구 사먹잖아요. 매실이 좋대니깐 너두나두 매실주에다 매실엑기스에다 혈안들인데 말예요. 그게 값은 또 얼마나 비싸냐 이거예요. 내년 봄 매실을 아주 밭떼기로 도리하면 어떨까 하는 생각이 들어. 초가을쯤 해서 전국 유람한다는 생각으로 슬스을 떠봅시다. 선금지불로 물량을 독점하면 결과는 뻐언하잖아요! … 아

버님 말씀대로 부동산 막장에서 벌버얼 길게 아니라 행복추구의 패턴을 스
리살짝 바꿔보자 이거야."

나는 빠락 악을 썼습니다

"엄마! 정말, 정말 이럴 수도 있어?"

어머니가 입꼬리께에로 야릇한 웃음을 얹고 맞받아쳤습니다.

"뭘, 뭐어? 이 계집애 환무 멈추더니 성깔은 더 더러워져어?"

"앉혀놓고 병신 만드는 불공도 참 여러 가지군요!"

"정말, 정마알 저 계집애 날로 주체적으로만 노네에? 뚜욱 못 그치겠어?"

아버지께서 '아 그만들 해! 왜들 이러는 거야?' 하셨습니다.

"정말, 정마알 왜들 이러십니까!"

할아버지가 휑 밖으로 나가시면서 말씀하셨습니다.

"인엽아 아서!… 그나저나 네 애비 참말로 큰일났다!"

공연히 문치적거리고 서 있는데 천만다행으로 전화 파상신호음이 울었습니
다. 무선전화기를 날름 들고 제 방을 향해 걸음을 옮겼습니다.

"여보세요."

"억양으로 봐서 감정이 흥분상태인 것 같습니다."

"아 네에. 난 또 누구시라구."

정신과 전문의 심한백이었습니다.

"이러다간 전화통에 불나겠어요. 지금 이 순간까지 물경 열 여섯번 전화질
을 하신 걸 알고 계시나요?"

"전화질이 아니라 불질입니다."

"불질?"

"불을 일구기 위한 풀무질! 그걸 간단하게 표현해 봤습니다."

"간단한 게 아니라 오히려 대단히 난해합니다. 제가 왜 불질, 아니 풀무질의 대상이 돼야 하나요?"

"영혼의 불꽃을 일궈 만들어야 하니까!"

"만들어요? 뭐얼?"

"내 인생의 이랑을 메고 갈 호미를 만들고자 합니다."

"미치겠네요!"

"표현이 다소 비지성적입니다."

"전화통화를 불질이라고 표현하는 닥터 심은 어느 정도 지성적이십니까."

"이거 미치겠습니다."

"둘 다 미쳐버리면 안되지요… 그건 그렇구요, 오늘도 전화문진을 하실 작정이세요?"

"내 의무입니다!"

"저는 분명히 기억하고 있습니다. 제가 귀하와 첫 대면, 아니 첫 문진을 마감했을 때, 그때 닥터 심께서는 저의 귓불에다 뜨거운 불처럼 속삭였습니다."

"뜨거운 불처럼 속삭였다라- 화이고 표현 한번 뜨겁다!"

"…자신도 기억하시나요?"

"물로운! 그때 나는 이렇게 말했었습니다. 아니 뜨거운 불처럼 속삭였습니다. …멀쩡한 사람이 깐깐하게 굴면 그땐 정말 정신병원에다 가둘테닷!"

"스토옵— 바로 그 대목입니다. 멀쩡하다는 단서, 다시 말해서 멀쩡하다는 실상이 정신과전문의의 입장에서는 어떻게 판별돼야 하나요?"

"미친 사람을 대상으로 하는, 참으로 불행스럽고 유감스러운 직업을 나는 택했습니다. 따라서 내 학문적 판별력이 확신하는바, 멀쩡하다는 말은 곧

정상의 의미를 갖습니다."

"그러니깐 이런 결론을 내릴 수 있겠습니다. 즈윽— 비정상적 인간, 다시 말해서 정상적 인간은 당신의 고객이 아니고 어디까지나 헤까닥 돈 비정상적 인간만이 귀하의 고객이다 라고…. 제 말에 하자 있나요?"

"하자는 눈시깔을 까뒤집고 봐도 없군요. 차암— 이게 지금 무형의 전화통화지이?… 다시 말씀드리겠습니다. 귀때기 듣기세포를 총동원해도 하자는 없습니다!"

"눈시깔, 귀때기, 뭐 용어들이 그렇게 상스럽나요?"

"모쪼록 상스럽지 않게 봐주십쇼."

"서로의 기억을 되살려 입증한 결론은 이렇습니다. 즈윽- 나는 지극히 정상적인 인간이란 것입니다. 따라서 닥터 심의 고객으론 애시당초 자격을 상실한 바 있습니다. 고로 거듭 따라서 귀하의 전화문진에 응할 수 없음을 통보하는 바입니다."

"뗴엑 시끄럿-"

"……움머?"

"난 불이요 불!… 오늘만 응해주시길. 불응하면 녹여버릴 테요!"

"그럼 딱 오늘 한 번이에요?"

"문진, 어디까지나 문진에 국한한다는 단서를 붙이겠소."

"간단히 끝나길 바라겠습니다. 시작하세요."

"아까 감정이 흥분상태인 것 같던데 원인은 뭡니까?"

"순전히 부모님들 탓입니다. 아버지께선 매물이 없어 별무소득으로 귀가, 곧 탈진하셨고, 어머니께옵서는 한산모시와 매실밭을 싹쓸이 하겠다는 기상천외의 아이디어를 들고 나왔던 것입니다."

"커어- 환장할 일이군!… 수면은 제대로 취합니까?"

"꿀 먹은 듯 달게 자알 잡니다."

"초대면 문진에서 그대는 어떤 소원을 가지고 있느냐는 나의 물음에, 그대는 똑부러지게 대답했었습니다. 부의 질식할 듯한 정체가 아닌 삶의 요란한 과정을 살고 싶다고. 어때? 요즘은 좀 요란하게 삽니까?"

"그렇게 될 징조가 보입니다."

"간단히 말씀해보세요."

"징조가 보인다고 말씀드리지 않았습니까! 어디까지나 예감일 뿐!"

"좋습니다… 부모님들과의 불화를 감내할 자신이 있습니까?"

"없습니다."

"전문의의 의무를 실행하고자 합니다. …가출을 명령합니다!"

"당장은 곤란합니다. 난 내일 소공동 소재의 한조상사에 면접시험을 치르게 돼 있거든요. 직장이 확보돼야 가출을 단행할 것 아니에요? 고맙습니다. 끊겠습니다."

'한조상사'를 파출소에서 수소문하여 부리나케 달렸습니다. 아니 그 '불고데'의 무뢰한 말대로 다리에 쥐나도록 뛰었습니다. 이력서가 접수된 상태여서 느긋이 마음 먹었지만 그게 아니었습니다. 내가 허겁지겁 '한조상사'에 도착했을 땐 막 면접시험이 끝나는 참이었습니다.

나는 아랑곳않고 들이닥쳤습니다. 세 사람의 시험관 앞에 오똑 앉았습니다. 그들이 놀란 토끼들처럼 나를 건너다봤습니다.

시험관들일 성싶은 세 남자는 배석순위의 정연함에서 계급의 때깔을 덧뵈주고 있었습니다. 갓 40초반의 두 사람이 50대중반의 초로반백 사내를 가운데 두고 횡렬로 앉아 있었는데, 그 두 사람들은 필경 50대 초로반백의 수하들일 것이라는 짐작이 갔습니다. 왜냐하면 불쑥 들이닥친 나로 하여금 그들의 눈동자는 잔물살 일구는 방개처럼 요목조목 겉돌면서 가운데 앉은 50대의 눈치를 살폈는데, 그 표정들은 마치 '이 난리를 어떻게 처리하면 옳겠나이까?' 하는 의중을 그리고 있었던 것입니다.

50대 중반의 초로반백이 콧구멍을 오비작거리더니 말씬거리는 코딱지 한 개를 후벼 새끼손가락으로 타악 튕겼습니다. 곧바로 아래턱을 까딱 떨었습니다. '밑져야 본전, 어디 한번 건드려봐'하는 의미였을 것입니다.

"아가씨는 무슨 용무?"

"면접은 이미 끝났는데."

40대초반의 두 사내가 신이 나서 목젖에다 기름을 먹였습니다.

"접수넘버 32번의 응시자인데요. 늦어서 죄송합니다."

40대초반의 한 사내가 내 말끝을 날렵하게 챘습니다.

"아가씨는 우선 자격이 없어. 아가씨의 접수번호가 32번이라고 했었나요?"

"그렇습니다."

"총 응시자가 62명이었습니다. 그렇다면 아가씨 뒤로도 무려 30명의 응시자가 있었다는 말인데, 최소한 한 사람의 면접시간을 10분으로 잡으면 총계 3백 분이라. 시간으로 따지면 5시간이 되지요? 어때요, 내 계산이 틀립니까?"

"정확하십니다!"

"촌각을 지체할 수 없는 경쟁시대에서 무려 5시간의 유휴여유를 갖는다아?… 어떻게 생각해요? 이런 사람이 회장님을 보필한다면 그 기업의 장래는 어떻게 될까?"

"그런 비극을 상상해본 적이 없어서 현재로는 잘 모르겠습니다."

"푸웃- 이거야 원!"

사내가 기가 막혀 할 말이 없다는 듯이 계란망울이를 가들가들 떨며 실소했습니다.

40대 초반의 또 한 사내가 입을 열었습니다.

"한조상사에 취직하고 싶었습니까?"

"취직하고 싶은 생각이 불 같았습니다."

"그런데 5시간이나 지각해요?"

"이유가 있었습니다."

"그 이유를 말씀해 보세요."

"저는 우연히, 참으로 우연한 기회에 한조상사의 비서직 채용건을 접했습니다. 그런데 그 정보를 제공해준 자는 약도 한 장 그려주지 않고 다리에 쥐나도록 찾아보라는, 실로 경악을 금치 못할 비지성적 명령을 내렸습니다."

"생존경쟁에서 승리하는 일반철학 아닙니까. 급한 자가 뛰어야지요! 급하게 뭔 시간이 5시간입니까?"

"그렇습니다."

"파출소에 문의했으면 어땠을까요?"

"그 생각을 먼저 했어야 옳았습니다. 그런데 저는 식품점·다방·빙과점 따위만 기십군데씩 쏴다니다가 네 시간 정도를 깨끗이 허비했거든요."

"센스가 무딘 편이시군요?"

"취직을 안해봐서 취직센스는 일단 무뎠음을 통감 하고 있습니다."

"…정보제공자 그 사람도 너무했군요. 약도 한 장쯤 그려줄 법한데… 어쨌거나 면접은 이미 끝났습니다. 한조상사를 위해 각별히 관심을 가져주셨던 노고에 감사드립니다."

"…그만 물러가란 뜻입니까?"

"그렇게 생각해주시면 고맙겠습니다."

〈몹쓸녀석! '불고데' 그 녀석!〉

이런 생각을 하자 왈칵 설움이 솟았습니다. 그 순간 번뜩 떠오르는 게 있었습니다. '기기사' 인지 '불고데' 인지 그 사내가 의미심장하게 해줬던 격려 말입니다. '기죽지 말구 또깍 부러지게 똑똑해봐. 당당무쌍으로 면접에 대들어야해.'

"제가 죽이라고만 생각하시는 모양인데 밥이 될 줄 어떻게 아십니까? 일찍 끓는 게 죽이라면 늦게 끓어도 밥밖에 더 될까요? 마지막으로 간청 드립니다. 일단, 제가 죽 재료인지 밥 재료인지 성의껏 판별해 주시길 바라겠어요."

40대초반의 둘 중 다분히 나에게 동정적이었던 사내가 내 말에 신이 난 듯 얼굴을 불콰하게 달궜습니다. 나는 짐작했습니다. '푸웃 이거야 원!' 했던 사내는 '전무'쯤 될 거고 …정보제공자 그 사람도 너무 했군요…'하며 야릇한 관심을 가졌던 사내는 바로 '불고데' 그 사람과 각별한 사이의 '인사부장'일 것이라는 믿음 말입니다.

'인사부장'일 성싶은 사내가 뱃구레를 들먹이며 위풍재고 앉은 50대중반의 초로반백을 향해 정중히 입을 열었습니다.

"회장님 어떻게 할까요."

회장께서 '어디 줘봐!'하며 손을 내밀었고, 그가 이력서를 그에게 건넸습니다. 회장께서는 받아 든 이력서를 타악 책상 위에다 올려놓고 대뜸 말했습니다.

"내가 이력서를 보기 전에 아가씨가 자기소개 겸사해서 말해보시오. 장황하게 늘어놓으면 안 돼. 어디까지나 요점만! 그 요점이란 게 총체적 의미의 함축이어야 되겠지."

나는 혓바닥 서는 대로 그냥 말을 굴렸습니다.

"올해 나이 만으로 스물일곱살입니다. 단군기원 4천2백9십6년 5월18일에 세상에 태어났습니다." 회장께서 '가만!'하며 말문을 막았습니다.

"단군기원?… 서기로는?"

"1천9백63년이 됩니다."

"호오?… 기억력이 비상하군. 현대교육을 받은 사람이 굳이 단군력을 거론하는 별다른 이유라도 있소?"

"별다른 이유는 없습니다. 서력기원에 비해 단군기원이 덜 메스꺼워 그러나 봐요."

"…별종이군! … 계속 읊어봐요."

"수많은 여성들의 관습을 따라 저도 대학교 학사증을 고이 챙겼습니다. 저의 부모님들은 이른바 부유층으로서, 아버지께옵서는 기백억대의 돈줄을 조몰락거리시는 언필칭 신흥졸부이옵고, 어머니 역시 땅 엎어치기를 위시해서 고추밭 · 마늘밭 · 영광굴비 가리지않고 물타작 했던 복부인 이력이

혁혁하십니다. 통념적으로 무남독녀로 태생한 저는 이런 자산의 풍요한 가호를 받으며 자랐습니다. 신장은 1m69센티미터, 체중은 56킬로그램, 얼굴은 '에바 가드너' 면상을 다소 도용했으며 각선은 '시드 챠릿시'의 각선미를 눈치껏 따랐나봐요. 그래서 남성 분들이 저를 칭하되 '팔등신 미인'이라는 과분한 배려를 베풀었습니다. 저의 단점은 다소 깐깐하고 되바라진 일종의 자만심이라고 할까, 이런 단점은 물질의 풍요속에서 버릇없이 길들여진 후천적 습성이라고 할 수 있겠으며, 장점으로는 '아빠 안녕' '피리불던 모녀고개' 따위의 국산영화감상 프로만 봤다 하면 시쳇말로 닭똥 같은 눈물을 똥알똥알 떨구는 그 무구한 천진성의 포로라는 사실입니다. 환언하여 겉만 얄뚱치매랍지 속은 귀여움과 보호를 받을 소지가 농후한 철부지올습니다. 이상입니다."

"가진 자에 대한 거부반응이 심하군…. 그러니까 환경이 인간을 지배한다는 금언의 당위성인가?"

"환경이 인간을 지배한다는 합리적 당위성은 너무 점잖구요. 까놓고 말씀드리자면, 전 별수없이 환경에게 먹혔다는 이런 자기변호가 되겠습니다."

회장께서 돋보기 안경을 쓰고는 이력서를 유심히 들여다봤습니다.

"명문대학 심리학과 출신이군… 그런데 어떻게 생각하오?"

"…?"

"나이가 너무 많다고 생각지 않소?"

"취직원서 낼 나이로는 많이 늙었다고 생각합니다."

"솔직해서 좋아요. 까놓고 말해서 늙은 건 사실이야."

"부디 젊게 봐주시길 바랍니다!"

"일천구백육십삼년생이라아- 가만… 그럼 계묘생 인가?"

"그렇습니다."

"…토끼띠구면?"

"네에."

"첩첩난관이군."

"…?"

"부디 오해 않길 바라겠소. 아니 오해 말라는 부탁보다 가능한 한 이해를 해
달라는 청원이 그럴싸할 것 같은데… 토끼라는 짐승이 다소 방정맞아 경망
함의 상징으로 인식돼왔지. 그런 미신 내지는 통설을 꼭 믿고 따른다기보
다. 사업이란 게 미신과 등을 돌릴 수는 없단 말씀이야?… 기업을 경영하
다 보면 괜히 쓸쓸하구 불안하구 해서 더러는 점쟁이를 찾아가 문복도 하
는 거란 말씀―"

"미천한 지식이지만 활용할 기회를 주시겠어요?"

"…?"

"토끼가 그처럼 불경스럽고 잔망스럽지만은 않은, 오히려 경사와 행운의 상
징도 될 수 있는 이면을 역사적으로 고찰해볼까 합니다."

"커어― 역사적 고찰… 어디 그거 한번 구경시켜 주시오."

"원래 토끼는 동북아의 '에피리미루스'를 그 시원으로 삼고 있지만 이것은
어디까지나 과학적 견해일 뿐, 유구한 한자문화권에선 '해는 가마귀고 달
은 토끼다. 즉 해 속에는 가마귀가 살고 달 속에는 토끼가 산다'고 믿어왔습
니다. 미신을 쫓는다면 불길한 가마귀가 사는 해가 달보다 나을 것두 없겠
는데요. 더불어 토끼 토 자에다 가마귀 오 자를 쓴 '토오'라는 한자어는 곧
달과 해를 뜻했으며, 이 토오는 바로 '광음' 즉 세월을 의미하기도 합니다."

회장께서 열심히 메모를 하며 경이의 눈빛으로 나를 응시했습니다. 나는 더

욱 신이 났습니다.

"기원후 77년의 고구려 6대왕 태조 25년에는 부여국 사신이 꼬리가 긴 토끼를 헌물했는데 태조왕께옵서는 대단히 상서로운 징조라 하여 죄수들을 풀어주는 대사면령을 내렸습니다.… 뿐인가요? 토끼해에 이룩된 문화예술적 업적은 가위 경탄을 금할 수 없습니다. 굵직한 것들만 몇 가지 거론해보겠습니다… 고려 현종 18년의 토끼해에 '혜일사'와 '중광사'가 창건됐으며, 선종4년에는 민족문화의 정수인 '팔만대장경'이 완성됐습니다."

'좀 천천히, 천천히! '회장께옵서' 볼펜을 달리며 통사정했습니다. 나는 더욱 신이 났습니다.

"조선조 세종29년 7월에는 '석보상절' '월인천강지곡'이 완성됐으며 같은 해 9월에는 '동국정운'을 편찬했습니다.

숙종 13년의 '탕평책' 실시, 영조23년에는 '송강가사' 성주본이 간행됐었습니다. 근세에 이르러는 고종4년의 경복궁 '근정전' '경회루' 중창공사 완공을 들 수 있으며, 1927년에는 자주독립의 기치를 높이 든 '신간회'가 결성됐습니다. 이 모든 경사와 쾌거와 웅혼한 업적들이 한결같이 토끼해에 이룩됐다는 역사적 사실을 감안하신다면 토끼에 대한 맹목적인 혐오감을 버리실 수 있으리라 믿고 있습니다."

"대단한 지식이야! 놀라워요. … 그런데 말씀이지. 토끼해엔 모두 좋은 일만 있었나?"

"큼직한 걸로 한 가지 유감스러운 역사를 들 수 있겠습니다."

"그거 말해봐요."

"인조5년의 '정묘호란'! 토끼해에 일어난 국난이었습니다."

40대 초반의 두 사람은 입술 한번 벙긋 못 해보고 숨 죽일 뿐, 야릇한 흥분감으로 달뜬 회장계옵서만 좌중을 주도해나갔습니다.

청강생처럼 일방적으로 직수긋할 수만은 없다는 위신치레 같았습니다. 회장께옵서 느근느근 집적거렸습니다.

"토끼가 재주 많고 지혜로운 짐승이라는 걸 모를 리 있나. 그러나 제 재주와 지혜를 과신해설랑 되레 낭패를 부르니까 딱하지."

"가르쳐주시면 지식으로 삼겠습니다."

"똑 부러지게 똑똑하군.… 예컨대 말씀이야. 거 왜 '별주부전' 있잖어?… 아슬아슬한 위기를 기상천외의 지략으로 빠져나오긴 했지. 오죽하면 김춘추가 이런 토끼의 지략을 자신의 출사에 이용했다는 설화가 전해오겠나. 그런데에— 가령 '토끼와 거북이'의 경주에서 시사하는 바, 제 능력의 과신으로 하여 다 이긴 경주를 진다든지, 또 급하다 하면 밑으로 달릴 줄은 모르고 오름길만 뱅뱅 돌다가 몰이꾼에게 잡히는, 이런 자만과 경망함이 문제란 말이지."

"토끼나름이라고 생각합니다."

"…그런 토끼는 아니겠지?"

"…?"

나는 벌근거리는 가슴을 쓸며 꼬옥 눈을 감았습니다.

"왜 대답을 않소?… 다시 한 번 물어보겠어. …잔꾀나 부리다가 낭패 부르는 그런 토끼는 안 되겠지?"

"맹서하겠습니다!"

"돌아가도록 하세요. 인연이 있으면 다시 만나겠지."

다리가 후들거려 걸음이 헛갈렸습니다. 62대1의 바늘구멍을 빠져나가는 내 모습이 환시가 됐던 까닭입니다.

불의 장

8

'배운 만큼의 앎을 철저히 익힌다'하는 나의 고집 또는 오기 때문이었을 겁니다. 무용도의 지식을 체계도 없이 이것 저것 기분 내키는 대로 눈동냥·귀동냥 하는 것 보다는 적실하게 써먹을 한 가지의 뼈대, 신실한 앎을 익혀 꼭 써야 할 곳에서 쓰는, 그 의지를 연마했던 탓이라고 생각합니다.

글쎄, 이거야말로 글쎄, 62대1의 바늘구멍을 기적적으로 통과한 나는 급기야 '한조상사'의 비서직에 합격하고 말았군요. 평소 갈고닦은 지식의 '기술집약적 실효' 인지 아니면 그 형편없는 '기기사'란 사내의 충고와 격려 때문이었는지는 몰라도 어쨌든 나는 '한조상사'의 한 식구로 불명예스러운 합격을 하고만 것입니다.

서울특별시 중구 소공동의 오전 9시를 경험해 본 적이 있나요. 그 거리를 그냥, 그 때, 하릴없이 활보하셨어도 좋고, 혹은 그 시간쯤에 실연의 비감 같은 커피 한잔을 할짝할짝 빨고 계셨다 해도 상관 없습니다. 어쨌거나 '소공동의 오전 9시'는 날계란처럼 섬뜩한 생기로 늘축거립니다.

우리들은 그 '소공동'과의 약속된 시간-다시 말해서 하루 9시간의 근로를 실행하기 위해 완강한 씨눈들로 흰자위와 노른자위의 '알끈' 몫을 착실히 이행하고 있습니다. 겉으로 봐서는 들물 같은 욕망과 활성들이 줄무늬 토기처럼 의연한가 하면, 다른 한편으로는 날물 같은 비애와 허망함들이 이 약속된 속박 속에서 죽어가기도 합니다.

이 '소공동' 한복판에 공인엽이가 앉아 있습니다. 바로 오늘 아침부터 나는 '소공동의 씨눈'이 돼본 것입니다. 아니 되었다기보다 '돼봤다'고 표현하는 게 더 걸맞을 겁니다. 이런 이유가 퍽 떨떠름하고 다소 슬픈 까닭이 있습니다.

그것은 나의 속셈에 비해서 '한조상사' 기동순 회장의 살냄새가 너무 진했고 지순했었기 때문입니다.

"구웃- 겪어보진 않았지만 한눈에 쏘옥 드는군. 좋아아- 나를 도와주시게. 나는 미스 공을 한조상사의 중견간부로 대우하고 싶어. 편제상의 직책이야 비서이지만 미스 공은 내용적으로 회장을 보필해야 하는 막중한 임무를 가지고 있지. 시대는 바야 흐로 기업의 '참모경영'시대라아- 참모경영의 개념을 세분해서 설명하기로 할까?…… 첫째는 경영참모, 둘째는 정보참모, 셋째 작전참모오- 직책의 효과적 능률에 따라 이렇게 세분할 수 있겠소. 그렇다면 미스 공은 어디에 속하는가?…… 내 생각으로는 경영참모에 속하지 않을까 싶네.

넓은 의미의 참모란 경영자를 보좌한다는 의미에서 모두 같아. 그러나 활동의 근원을 경영자 절대권한에다 둘 때 참모의 임무란 '지휘권한'이 아닌 '보좌권한'임을 숙지할 필요가 있어.

그러니까 미스 공의 임무는 '결정권'과 '조언권'과 '협의권'에 있다고 할까…… 달성, 목표달성의 가능성, 그리고 목표의 합리성, 이런 문제를 놓고 자네와 내가 친화하잔 말일세. 친화의 절대 필요성은 또 무엇인가…… 예를 들면 이런 경우겠지.

첫째, 지금 당장 실행해야 할 문제가 신규(新規)인 경우, 둘째 문제의 구조가 퍽 다양해서 구조 내지는 핵심이 불투명한 경우, 셋째 문제의 성격이 일단 복잡성을 띠어 타 매뉴얼과의 유기적 조화가 불투명한 경우, 넷째 그 기획을 실행하기로 결정했으되 그 결정이 또 다른 기획에 중대한 영향을 끼치는 경우, 다섯째 문제가 체계적인 것이 못 돼서 미리 협의된 실행방법을 써먹을 수 없는 경우…… 내가 미스 공 을 선택한 이유를 말해줄까.

미스 공의 자립심과 창조성, 그리고 의기를 사랑한 탓일세. 미스 공은 자본주의 시대의 하나도 부족할 게 없는 가정에서 태어났어. 왜 말하지 않았나? 부모님들에 대한 솔직하고도 꾸밈없었던 설명 말일세! 물질의 풍요함을 그렇게 응징할 수 있다면 미스 공은 물질의 풍요함과는 전연 상관 없이 스스로 자립할 수 있는 능력을 갖추었다고 믿었네.

창조성에 대한 나의 소견은 이렇네. 익힌 지식을 필요의 적합성에 따라 지체 않고 활용하는 센스의 기민성! …… 예를 들면 토끼띠에 대한 써억 드문 미스 공의 지식, 그리고 그 지식을 외통수로 써먹는 창조적 능력을 샀지.

무엇보다도 내가 홀딱 반했던 이유를 들어볼까? 바로 미스 공의 거침없는 의기야! 사내들도 주빗주빗 주눅 드는 세상에서 미스 공의 완강한 의기는 뻔뻔할 정도로 당당했었지. 바로 지각면접 말이야. 대다수의 응시자들 같으면 자그마치 5시간의 지각 응시에 당면하여 스스로 목적을 포기했을 것이야. 그런데 미스 공은 '죽이 될지 밥이 될지 어떻게 아느냐'며 오히려 대들었어. 대단한 의기야!

참모로서의 자격, 이것은 우선 불굴관철 하는 의기야! 쉽게 말해서 배짱이라고 할까…… 경영자를 보좌하는 참모의 권한은 어떤 것일까? 두말 하면 잔소리야. 참모의 자립적 권한, 그리고 문제 해결의 키포인트가 되는 창조적 권한! 이 두 가지 권한을 월권하지 않고 충분히 이행할 수 있는 사람이 바로 미스공이라는 결론에 도달했어. 부디 잘 해주시게!"

이런 기동수 회장님의 상식적 신뢰와 기대에 비해 나의 속셈은 너무나 짬짤하고 저속했던 것입니다.

못된 말버릇으로 까발려 보겠습니다. 기동수 회장님의 격려사를 새기면 그럴수록, 솟노니 땀방울이오 짜드노니 간땡이올습니다.

생각해보시옵소서. 솔직하게 말해 이번 취직사건은 통째로 '위장취업'에 해당 됩니다. 그거 발상 자체부터 몹쓸 짓이라구요? 섣부른 얼치기 지식으로 속단치 마시길. 생각해보자구요. 막말로 밸꼴리고 수틀렸다 하면 '위장폐업'이 번연한 오늘날에 즈음하여, 보다 진보적인 각성으로 실행한 '위장취업'이 무슨 죄이겠나이까.

시집가고 싶어라. 시집 가련다. 하는 쫀쫀한 작심으로 취직문을 두드린 나의 저의에 비해서 기동수도 회장님의 신뢰는 사뭇 허점투성이었다는 이런 말씀올습니다.

그러나 오늘 나는 후회하지 않기로 생각을 고쳐먹었습니다. 다소 침울한 편. 그러나 모진 매질로 스스로를 질책하진 않겠습니다.

생각해보세요. 진정한 바람의 핵심을 정탐하며 주밋거리는 빛나는 침울- 그러나 원시적·기본적 욕구일수록 노출도가 선명하고, 문명적인 음모일수록 알짜원인은 뒤로 숨는 게 아니겠습니까.

발상이야 어쨌든지 나는 '소공동'에서 절대필요한 '원인' 하나를 기어코 건지겠습니다. 지켜봐주시옵소서.

기동수 회장님의 얼굴을 대할 면목이 없습니다. 취직 첫날째부터 전화질이 불길 같았습니다. 최소한 한 달 정도는 애인이 있어도 없는체, 자잘모름한 사건이 있어도 없는체, 그쯤 녹록하게 굴어야 하는 게 상식입니다.

그런데 나는 그것과 정반대였습니다. '이거 잘못 짚은 거 아냐?'하는 표정으로 기동수 회장님께서 그적 마다 충고하셨습니다.

"급한 일 아니면 가능한 한 전화를 삼가라고 하세요. 비서실의 전화는 문명의 이기에 앞서 예민한 촉각이야, 더듬이 뽑힌 풀여치가 어디로 갈까? 풀더미 속이라고 행진한 게 결국은 거미줄이었겠지!⋯⋯ 근무 첫날부터 불처럼 걸려오는 전화, 그거 못써!"

비서직인 이상, 어떤 전화인가를 뻔히 예감하면서도 그 때마다 나 몰라라 할 수 있나요. 만에 하나, 기업의 사활에 관한 전화인지도 알 수 없는 것이기에, 어쩔 수 없이 '네에. 한조상사 회장실입니다'하며 은단먹은 꾀꼬리 소리로 읊을 수 밖에요.

근무 첫날부터 불길 기세로 걸려 온 전화- 교대로 반복되는 두 통화의 내역을 구경시켜드리고자 합니다.

"네에 한조상사 회장 비서실입니다."

"어쭈우? 첫날부터 자알 나가는데? 왔다구면 왔다아! 백번 죽었다 살아나도 비서감이야."

"⋯⋯전화 잘못 거셨습니다."

"어어? 이거 왜 이러나? 날 몰라?"

"글쎄 전화 잘못 거셨다는데요!"

"이런 씨부라알- 고거 어째 첫 대면부터 또깍 부러진다 싶더니 결사적으로 본때 재네⋯⋯ 또 보자고, 다시 만날 수 없냐고, 댕기 풀고 맹세한 님아아- 날 몰라?"

"⋯⋯짐작도 안 갑니다."

"떼엑! 정신차렷! 나 기기사야! 다섯 시간 만에 이혼해버린 님아."

"……아 네에. 여전하시군요. 그러나 공과 사를 판별할 줄 알아야 지성인입니다."

"이거 보라구. 내가 그대 앞에서 언제 지성인이라고 했었나? 분별없이 미쳐 날뛰는 불상것이라고 했지."

"……끊겠습니다."

"좋아. 끊어. 대신 이 억울한 심사를 달랠 위자료를 청구할까 하오. 영등포 남부지원 법정에 서기 싫다면 필히 이행하도록!"

"……?"

"개사돈 지참금에서 30만원, 차용증서도 없이 먹었지?"

"그거 뱉아네! 폐차 직전의 내차 링구를 갈아야겠어. 다찌보링 값이 그쯤 되네. 알았어?"

"모르겠습니다!"

"주웃타아- 당신 나 알지? 불고데야! 화지직 지져버리겠음!"

"……맘대로!"

"고거 끊겠다구 엄포 놓더니 끈질기게 대꾸하네? 끊어 빨리! 기동수 회장님의 칼날응징이 훤히 보여."

때깍 전화가 끊깁니다. 5분쯤 후에 다시 파상신호 가옵니다.

"네에 한조상사 회장비서실입니다."

"발성의 음악적 측면으로 미루어 일단 기분의 호전을 예감합니다."

"전화 잘못 거셨습니다."

"어허허- 소공동 한조상사의 비서 공인엽씨 아니겠습니까."

"……그건 맞습니다만."

"나를 모르십니까?"

"……육성이 생소해서요!"

"떼엑一"

"……옴머?"

"나는 심한백!"

"……"

"회장의 맹목적 질투가 훤히 보입니다. 백동테 안경 속에서 지글지글 타는 밀탐의 시선! 내 끝말과 동시에 회장님의 표정을 살펴보십쇼. 빨리!"

"살피지 않아도 그만한 그림을 능히 익혔습니다."

"언제 시간을 내주시겠습니까?"

"전혀 시간이 없습니다."

"멀쩡한 사람이 또 그러신다아!……시간을 필요에 의해 만들 줄 알아야 정상인 입니다."

"그러니까, 구태여 만들고 싶은 충동을 못 느낀다는 말입니다."

"그렇게 의도적인 치밀성에 집착하면 정말 미치는 겁니다. 치밀한 계획과 욕구가 찰나적으로 와르르 무너지는 세상의 끝을 상상해보십쇼. 그럴 때 아딸딸 헤까닥 안 돌 사람이 어디 있겠습니까?"

"그런 세상의 끝을 상상해본 적이 없습니다. 그것에 앞서 치밀한 계획과 욕구가 왜 무너진단 말인가요? 실천을 전제로 출발한 의지일 텐데요"

"왜 무너지겠습니까! 바로 이렇습니다!…… 공인엽씨는 당분간 나를 모른 체 하겠다는 치밀한 계획으로 전화를 받고 있습니다. 그러나 이 심한백이가 어느 날 불쑥 그대 앞에 섰을 때, 바로 그 찰나 공인엽씨는 건드려버린 해골 표본처럼 와르르 무너지고 쏟아져 내립니다."

"……그건 왜요?"

"까놓고 말씀드리자며언- 심한백이야말로 최후의 신랑감이기 때문입니다. 이 말을 부정할 자신이 있습니까?"

"난해한 형이하학이군요. 부디 생각해보시길 빌겠어요. 난해하려면 최소한 형이상학이어야지, 형이하학이 난해하다? 얼마나 크나큰 불행이겠습니까!"

"조옿습니다…… 그 난해한 형이하학을 위해, 그 수준 이하의 개나발을 입증하기 위해 시간을 내보십쇼."

"시간을 낸다 치구요- 그 자비로운 시간 속에서 뭘할까요?"

"불을 지핍시다!"

"땡여름에 불을?"

"바로 미스 공의 그런 상식이 문제가 되는 것입니다. 불은 겨울에만 필요합니까?"

"…… 여름에도 필요하긴 합니다!"

"바로 그 보편적인 타당성에 순응해야 미치지 않고 배겨납니다. 차단의식의 개별성을 끝없이 강조하고 싶을 때 멀쩡한 사람들이 헤까다악-"

"귀하의 박식에 일단 경복하면서, 따라서 일단 전화를 끊겠습니다."

아 억울하고 절통해라. 기동수 회장님께선 안할 말로, 나를 일단 '불잡년'으로 봤을 것입니다.

불의 장

9

'한조상사'의 비서 자리를 차고 앉은 지도 여들없이 2주일이 지났습니다. 그 토록 염원했던 취직이었는데 왜 여들없다는 말을 쓰는지 알 수 없습니다. '여들 없다'는 말—이 말의 뜻은 대충 '행동이 멋이 없고 우퉁스럽다' 하는 의미쯤으 로 익혔습니다. 바꿔 말하면 가랑이로 가래톳 돋게 짜장 땀을 흘려보지만 매사 가 공도 보람도 없어 멋없이 실죽는다는, 그런 뜻이겠지요.

이건 정말 뜻밖이지요. 62대1의 바늘구멍을 배짱 하나로 쏘옥 통과한 내가 하필이면 이쯤 힘살없는 말을 써야 하는지, 이건 도무지 실감이 안 간다는 이 런 말입니다.

간단히 말해서 그 속사정은 이렇습니다. 물론 겉으로야 무척 바빴습니다. 기 동수 회장님의 피끓는 격려사에 힘입어 한조상사의 경영참모가 돼보고자 암팡 스럽게 노력했다는 말이 아닙니다. 더 쉽게 까발리자면 이런 진보적인 측면과 는 애시당초 족보부터 틀린, 욕지기 꼬약꼬약 치받치는 메스꺼움을 피할 양으 로 되게 바빴었다는, 이런 뜻입니다.

나 공인엽이는 2주일 동안을 완전무결하게 '상무' '전무'방을 들락대며 타의적 인 '비품'이 됐어야 했는데, 이를테면 이렇습니다.

상무께옵서 급무로 출타하시면 제까닥 전무께서 화덕장군의 불씨 기세로 부르셨습니다.

"상무 정말 출타하셨나?"

"그렇습니다."

"……그래?……근데 요즘 너무 상무실을 자주 드나드는 것 같더군. 도대체 무슨 급선무가 그렇게 많을까?"

"전무님께서도 능히 주지하시는 바, 저는 회장님보다 오히려 상무님과 전무님을 보좌해 왔다 해도 과언은 아닐 것입니다. 급선무라니요?…… 느낌 그대로 말씀드려도 될는지요!"

"물로온!"

"……저는 상무님과 전무님의 폭폭심사를 달래주는, 환언하여 두 분 여가선용의 대상 그뿐이었습니다."

"에엥―과하시지! 차후론 그러지 않기로 노력하겠네."

등나무벌레처럼 두툼뭉실한 입술을 한일 자로 굳게 다물며 옹골찬 결의를 다지지만, 그 순간 지났다 하면 오로지 하나뿐인 끈기의 레퍼토리가 시작됩니다.

"상무는 신경 쓰지 마. 그 사람 오늘은 안 들어올거야."

"신경 안 씁니다. …… 왜 부르셨습니까?"

"그거야 입이 있으니까 불러봤지."

"저도 귀가 있어서 부르심을 받잡고 즉시 달려왔습니다.

"크으-센스 빠르다!"

"무딘 편은 아닙니다."

"……운전할 줄 알아요?"

"그쯤이야 현대여성의 기본동작 아닐까요?"

"크으―기본동작이라! 표현 좋고. ……드라이브 어쩐가?"

"답답할 땐 살맛 나지요!"

"뜰까? 이번주 일요일에……"

"전혀 시간이 없습니다."

"……천안삼거리 흥 흐흥 지나, 온양 예산 두루 달려, 삽교천 해감내 코뱅이 얼얼하게 마시고오- 윤봉길 의사의 사당에 들러 구국충정 애국혼에 불타다가, 덕산온천 유황수에 포옹 잠겨 속세누진을 씻고오-"

"물러가겠습니다!"

"벌써어?"

"입실한 지 벌써 10분 지났습니다. "

"아 조금만 더 앉아 있어요."

"많이 쉬었습니다."

전무님은 상무님보다 훨씬 느긋한 게 특징입니다.

상무님의 화급스러움을 잠깐 구경해보실까요.

"저 왔습니다. 왜 부르셨나요.

"미시 공이 워치끼 보고잡은지 고냥 혼절 직전이여 잉!"

"미시 공은 요런 시조 아능감?"

"님 그린 상사몽이 실솔의 넋이 되야, 추야장 깊은 밤에 님의 방에 들었다가, 날 잊구 깊이 든 잠을 깨워볼까 하노라아―"

"처음 듣습니다만 정말 기막히군요."

"어엉? 미시 공두 아넘?"

"그 애절한 사모! 그리고 귀뚜라미라도 돼서 님의 잠곁에 있으리라는 그 불굴의 열정! 그냥 벌린 입을 다물 수 없는 순간입니다!"

"함메에 좌우당간에 미색에다가 식견까지 겸비한 요런 사람이 워찐 전생

연분으루다 내 곁으루 왔는지 몰러! …… 우덜 막간을 이용혀서 퀴즈놀이
나 혀부아?"

"날 잊구서 잠만 깊이 자는 사람은 누군감?"

"글쎄요."

"글씨유는 머시 글씨유여? 바로, 바로 미시 공이지!"

"옴머!"

"귀뚜래미는 누군감?"

"……글쎄요."

"아휴 글씨유는 머시 글씨유랑가? 바로, 바로 요 강수남 상무지!"

"옴머머!"

"오늘 지냑에두 또 밤잠을 설칠랑가아?…… 아휴 못견뎌!"

이때쯤 해서 나는 상습적인 즉효처방을 써먹습니다. '옴머, 회장님께서 엄명
하신 일을 깜빡 잊었네요 불벼락을 내리실 텐데!' 하면 금세 '머시여? 후딱 가부
아! 그리구 행여나 상무실에 들어갔었다구 고자질허면 못써잉? 대답혔지? 암
먼 그래사지. 남아일언 중천금이면 여아일언두 중천은은 될 테니까!' 하기 일
쑤입니다. 한마디로 회장님 말 하나면 상무님에게 있어선 극약처방이 됩니다.

전무님은 상무님과 딴판입니다. 나의 얼굴, 가슴, 허리, 다리를 만귀 잠든 밤
의 민달팽이처럼 슬 스을 훑으며 타내리다가, 주눅이 들어 꼼지락 꼼지락 몸살
떠는 발가락께쯤에 이르러서야 겨우 눈길을 멎습니다. 그리고 '무작정 앉혀놓
고 무작정 읊는' 예의 '식보타령'을 추근추근 읊습니다.

"아 조금만 더 앉아 있어요…… 보면 볼수록 육체미가 기막혀! ……쓰읍 꺼
억-"

"엽차 올릴까요?"

"엽차는 왜?"

"마른침을 삼키시는 것 같아서요."

"……그랬던가?……뭐니 뭐니 해도 건강이 우선이요 건강해야 사랑도 명예도 누리는 법! 건강하자면 먹어서 피가 되고 살이 되는, 즈욱-식보가 으뜸이란 말이지. 자아 우선 식보유람을 떠나볼까?…… 속초 오징어 물회, 임원땅 오징어순대, 양양 막국수, 강릉 초당두부, 춘성 향어회, 강촌 칡국수, 의정부 떡갈비, 인천 동막 동주조개회, 여주 용봉타앙-그거 외우려니깐 숨이 차는 걸? 어디 미스 공의 섬섬옥수로 엽차 한 잔 올려봐. 크으 시원하다아- 어디까지 읊었더라?"

"여주 용봉탕까지 드셨습니다."

"무슨 소릴? 어디 내가 먹겠다구 그랬나. 미스 공의 식보를 위해서 쌓고쌓은 지식일 뿐!…… 옥천땅 도리뱅뱅이, 청주 세뱅이탕, 속리산 산채백반, 영동 염소구이, 예산 어죽, 대전 토장국, 금산의 인삼어죽, 전주 오모고리탕, 남원 추어 숙회, 군산 아구찜, 고창땅 풍천 장어구이, 광주 오리탕, 목포 갈낙전골, 여수 놀래기탕, 청송 옻닭이요, 영덕 대게찜, 마산 탱수국이면 진주 자라탕이요, 울산 고래로스에다 산천 백합죽, 산청 꺽지회를 먹고 나니 제주땅 도새키구이라아―"

"……엽차 다시 올릴까요?"

"아냐 됐어요 됐어…… 그건 그렇구 모두 몇 코오스 였지?"

"대충 서른 한 코오스로 외우고 있습니다"

"서른 한 코오스라아……이 코오스가 시사하는 바를 알고 있어요?"

"……"

"적어도 서른 한번의 동행 스케줄이 확정돼 있다는 사시일!"

"…액면 그대로라면 그렇겠습니다"

"액면이 아니라 심면일세! 마음 심자를 유의해야지. 끄 끄 끄으ㅡ"

이상에서 주의 깊게 살펴본 바 상무님과 전무님은 전술·전략면에서부터 서로 어긋남을 간파하셨을 겁니다. 아니 좀더 쉽게 풀면, 목적을 향한 충동질의 심리적 차이라 할까 아니면 기술의 상이점이라고 할까ㅡ 어쨌거나 전무님은 상무님에 비해 훨씬 기본기가 튼튼하다는 사실 아닐는지요. 안 그렇겠습니까. 쫄쫄 배를 곯려놓고 혼자만 읊는 사랑타령보다는 일단 뱃구레 봉봉하게 먹여놓고 느긋이 떠보는 술수가 더욱 강점을 지니게 돼 있데요.

'아 이 신세 되려고 그토록 애닲았던가!' 하는, 사뭇 통속적인 허탈을 짓씹으면서도 청각에 설익은 대한민국의 '향토요리'가 하나 하나 들춰질 때마다 식도는 찌르르 경련하고 입 안으로는 군침이 골막하게 고이는, 그 근천스러운 식탐을 어떻게 저버릴 수 있겠던가요.

전무님은 '이제 가보세요. 그러나 부를 때는 내 명령을 사뿐이 즈려밟고 오세요!' 하며 그 날의 숙지사항을 용이주도하게 심어줬습니다. 한 덩이의 고기쪽을 가늠하며 길길이 뛰는, 사흘 굶은 '말테즈'를 희롱 하듯이.

나의 입사 2주일이 '여들없었다'고 표현해야 마땅할 이유를 대강 말씀드렸습니다. 비단 상무님과 전무님의 집요한 공략뿐이던가요. 시간차 공격으로 진행되는 그 '불고데' 녀석과 정신과전문의 심한백의 전화질, 더불어 '당상에 마파람 부니 뜰 밖에도 운무더라'하는 속담 본새로 별의별 것들마저 나를 못살게 굴었습니다.

그러니까, 위아래로 작신작신 당해야 했으니, 물질만능사회의 정상급 인사들에게 시달려야 했던 우회공략은 그렇다치구요, 글쎄 물질사회의 절벽 아래나 다름없는 청년으로부터까지 엉뚱한 수모를 받아야 했던 것입니다.

입사 첫날째부터 아주 객살스럽게 놀던, 이른바 최 상모라는 청년이 있었습니다. 그는 총무과의 새파란 말석이었습니다.

화장실에서 서너 번 마주쳤는데요, 그자는 필시 의도적으로 화장실 출입을 했던 것 같았습니다. 내가 소변을 보고 막 양변기의 세척버튼을 누를 때쯤 해서 그는 '그토록 사랑한 내 님을 보내고오 어이해 나 홀로 외로워 우는가' 하는 유행가를 읊조리며 화장실로 들어서는 것이었습니다.

-퀄 퀄 쏴아 찌르륵-찔끔찔끔- 소리로 미루어 소변의 갈무리 상황이다 싶어 잽싸게 그의 등뒤로 내달으면, 그는 쓰윽 지퍼를 올리며 내 앞에 떠억 버텨 섰습니다.

"소변은 편안히 보셨임니꺼."

"……"

"덕분에 내도 자알 봤다 아이요."

"비키세요!"

"오매야 무시라!…… 비서실 미스 공 맞제예?"

"그래서요?"

"인엽이라카데…… 무신 인 자에다 무신 엽자쓰요"

"어질 인, 잎사귀 엽!"

"디게 까불제."

"……?"

"이름이 머 고레? 내매꼬로 이름은 구체적 감동이어사 쓰는 기요. 내는 상모라카요. 서로 상자 털 모자라아-고마 서로 삐쭉비쭉 털로 세운 극단적 상황을 상상해보거로! 인생의 시발이자 곧 결과 아이겠나. ……숫체니라꼬오?"

"그렇다면?"

"시집가 안쓰겠소!"

"시대는 바야흐로 댁 같은 파락호들이 남성의 군집을 형성하고 있습니다. 차라리 시집 안 가고 늙어죽을까 합니다."

"디게 까불제!……낼로 우쩨 알고 깐닥까닥 노노 말이다!……내는 문학도라꼬요. 전문적인 장르로 구분한다치모 미래의 시인이라!"

"부디 좋은 시 쓰시길 바라면서 이만 퇴족을 서두를까 합니다. 그만 비키세요!"

"내도 퍼뜩 드갈 참이요. ……시간 좀 내도고."

"……내도고?"

"……그래. 와아?"

"내가 왜 댁 같은 사람을 위해 시간을 냅니까?"

"사랑하이까네 시간을 내돌라 안카요? 와아? 불만 있으예?"

"불만도, 미련도, 연민도 환멸도, 다아 전무한 상태입니다."

"고마 치아삐리랏! …… 그라지 말고 오, 상모씨 카보소. "

"이런 미친사람이 있담?"

"상모씨 하기 싫다모 요레 불러주모 우짜꼬? …… 낼로 털!

"이런 몹쓸 남성! 그만 못 비키겠어?"

"요레 못된 여성! 고마 대답 안할낀강?"

"이성적 충고에 끝내 불응하겠다면 시 대신 한 장의 사직서를 써야 할 겁니다!"

"고레 되모 얼매나 좋겠노. 아조 가슬에 결혼식 올리고보꾸마!'

"저리 비켰!"

"내캉 한세상 살아보소. 내 24시간 고마 직이주께!"

불과 취직 2주 만의 고난이 이렇습니다.

불의 장

10

애당초 삶이란 것이 상상할 수도 없는 불벼락질 사단과 끊임없이 조우하며 예기치 않은 마디들을 연계하는 과정이겠지만 나의 경우는 너무나 가혹했습니다.

나의 주위에서 철딱서니없이 충천하는 불길들을 속담 한 줄에 비길 수 없을까 하고 무척 고민해봤는데, 그런대로 정황의 맛깔에 비슷하게 먹혀드는 속담을 찾아냈습니다.

'동자에게 저모립 씌워줬더니 모립끈도 매기 전에 물구나무 선다'

그럴싸하군요. 별로 어려운 뜻은 아닐 성싶습니다. 눈치 끗발이라면 망통잡고 족보상좌 말아먹는 '영민한 엘리트'나 엉거능축 문치적거리며 제 분수도 못챙기는 '배운 반편이'를 막론하고간에, 어느 날 어느 때 쓸 만한 호기를 만나 결과는 아랑곳없이 무도막심 눈앞의 뾰족수만 찌르는 자들을 통틀어 빗금 긋는 뜻일 겁니다.

'개사돈 지참금' 30만원을 당장 뺏아내라며 불벼락질 놓는 '기기사', 나를 불로녹여 '호미'를 만들겠다는 정신과전문의 심한백, 귀뚜라미의 무서리철 노래를 읊으며 쑥뜸처럼 노긋노긋 밑불로 타는 '상무님', 무작정 식보타령 읊으며 화덕장군 기세로 대드는 '전무님', 그리고 '화장실 속의 불' 최상모-.

시급하게 끄고 봐야 할 불은 '화장실 속의 불' 최상모라고 점찍었습니다. 이 불을 끄지 않고서는 '한조상사'를 영원히 퇴근해야 하니깐요.

맞불작전으로 나갔습니다.

그가 또 화장실 속에서,

"내는 이미 5단계작전을 세워논 참이라. 작전개시만 남았거로! 만나줄끼제?"

했을 때

"좋고말고요. 오늘 퇴근 후 만납시다. 저도 초전박살작전을 이미 세워놓은 참입니다!"

하고 똑부러지게 맞고함쳤던 것입니다.

불은 기세로 평가됩니다. 검불단을 먹는 불길이 화지직 기세 잰다면 봉쇠를 녹이는 풀무질 불길은 여름하게 엎드려 탑니다. 내가 한번 엎드렸다고 해서 '화지직 기세'보다 못하란 법 있나요.

무드 좋은 카페에 최상모와 마주 앉았습니다. 연신 '커어엄' 하는 헛기침을 뱉고 있는 그를 향해 말했습니다.

"사람을 불렀으면 말을 해야지요. 기침만 내뱉는다고 뭐가 됩니까? 5단계 작전이 나와야 초전박살 작전도 나가지요!"

그가 손마디를 우두둑 꺾어대며 비장한 각오를 하는 낌새였습니다.

"제 일단계 작전! …임전무퇴!"

"싸움에 즈음하여 결코 물러서지 않는다는 뜻 같습니다."

"잘또 아시제, 임전무퇴, 무슨 뜻이고하이까네… 깐죽깐죽 비비작댔다카모 선표만 남고 배는 벌써 떠났다아이요. 사랑도 전투! 미스 공을 굴복시키기 위해가 고마 초장에 뿌리로 뽑아뿌겠다 이기요!"

"말씀이 다소 두서가 없습니다. 그건 내 초전박살 작전인데!"

"그라이까네 일단계작전이라 안카요. 이단계작 전은 지피지기! …바로 내로 알고 나가 미스 공을 안다 이기요! 무슨 뜻인고 하이까네, 미스 공의 나에게 대한 사랑의 증세로 파악한 연후 나의 적절 대응이 시작된다 이기요! 바꽈 말하모 상대를 알고 내로 알따, 요런 뜻이라."

"임전무퇴 하고 지피지기 해보니 별무소득이면?"

"시끄랍소! … 고레 삼단계작전이 안나가나. …삼단계작전! 속전속결이라! 상대방 증세로 파악만 했다케보제. 고마 시급처방으로 눈깜짝할 여유도 몬 준다!"

"낌새만 잡았다 하면 단칼에 요절내겠다. 이런 뜻 같습니다."

"우째 내 쏙을 저레 자알 알꼬! …사단계작전! 이기 디게 무섭다 아잉가베. 바로 미스 공의 초전 박살작전이 내한테는 네번차 작전이 되능긴데에- 사 단계 초전박살작전! 처방이 멕히든다카모 고마 집중공략을 감행해가 뿌사 삐릴끼라. 묘방의 실효라꼬 할까아…"

"… 갈수록 두서 없습니다만…"

"후웅- 맘대로 심어보제! …제오단계작전! …네번차까지는 쪼매 시끄랍고 어지러웠다마는 이자는 덜 시끄럽고 덜 어지럽게- 제 오단계, 고진감래작 전이라!"

"고진감래작전? 고진감래란, 보람에 대한 장엄한 경복을 뜻하는 고사성어 아닌가요? 고진감래는 어디까지나 결과의 상황인데 무슨 실행작전? …뚫린 귓구멍이 죄송스럽습니다! 그만 두서 있게 노시길!"

"그란해도 두서 있고 싶다! …고진감래란 말을 우짠 뜻으로 썼능고 하이까 네, 고진감래를 위해가 사단계작전이 필요했다 이기라! …남성들이 뜻을 포 기했다카모 꼭 걸레쪽 신세 되두마는! …예로 들어보꾸마 내사 몬 묵을 떡,

고마 일찌감치 디비지고 말란다, 하는 정신 때미로 실연이 있는기라. 난치병일수록 꾸준한 처방이 필요한긴데 요레 쎄 빼물고 디비지모 머가 될꺼야? 내는 고레 몬해요! 미스 공과의 사랑, 그 보람의 인생을 위해가 억쑤 길게 물고늘어질끼요. 고레사 고진감래 아닌가?"

자기가 무슨 모주성씨 시조라고 들어온 길로부터 '쥬니퍼' 한 병을 꼬골꼬골 부어 넣더니 시쳇말로 헤까닥 된 상태 아닐까요?

그가 잦바듬히 등짝을 소파 등받이에다 묻으며 '88 골드' 한 개비를 태워 물었습니다.

'이 원수를 어떻게 달래야 하나!' 하는 생각을 하다말고 나는 번뜻 제정신이 들었습니다.

최상모의 '5단계작전' 속으로 심심잖게 등장했던 느닷없는 단어들이 바로 각성제 몫을 했습니다. 아니 '느닷없다'기 보다 전연 '조화될 수 없는' 생경한 단어들이었었다는 편이 더 옳겠습니다. 어쨌거나 명색이 '구애'의 상황 아니었겠습니까. 그런데 사랑과는 거리가 멀어도 한참 먼, 다음과 같은 단어들은 무엇을 의미할까요.

'증세' '적절대응' '시급처방' '꾸준한 처방'.

아슴아슴 몽연한 의혹으로 확대되던 탐색과 기억력의 추적이 기어코 실마리를 짚었습니다.

'아가갹! 바로, 바로 그거다!' 하는 신음이 가슴 속에다 불을 질렀습니다. 이럴 때일수록 흥분을 가라 앉혀야 지성인이라고 스스로 속다짐했습니다.

부러 흔연스럽게 웃어줬습니다. 그리고 차분한 목소리로 입을 열었습니다.

"맥빠지는 질문 하나 던지겠습니다. …미스터 최께서는 정신감정을 해 보셨었나요?"

"…우짜다가 한번 해봤었지 싶다… 그것은 와아?"

"감정 결과는?"

"다소 정서불안이라캤던 강! 내 한나도 안 쏙인다."

"고맙습니다… 그건 그렇구요. 맥빠지는 질문 하나만 더 던지겠습니다…. 미스터 최의 눈에 내가 뭐로 뵈던가요?"

"무신 질문을 고레 무식하게 하요? 오매불망 내 사랑으로 뵈제 머로 따로 뵐끼고?"

"혹시… 항문으로 보이지 않았던가요?"

"머, 머시라?"

"놀라시긴! …부디 쾌유하시길 빕니다!"

"도체비 무시떡 묵는 소리도 유분수닷! 항문이 우짜고 쾌유가 우짜고, 와 요레쌓소?"

"정확한 기억력으로 결론을 내릴까 합니다. …미스터 최의 5단계작전- 그거 바로 '치질치료 5단계 작전'이라는 광고문임을 아셨겠지요?"

"……?"

"대답하세욧!"

"……불베락질로 마조 앉고 보이 삼삼한 말이 안 떠올라가, 어데까지나 선의로 사알 써묵었임더!"

"그 냄새 나는 불벼락질 오늘로서 마감하세요! 하늘을 우러러 한 점 부끄럼 없이 맹세하겠어요. 한번만 더 집적거리면 회장님께 낱낱이 고해바치겠습니다!"

"미스 공!"

"항문은 물러갑니다. 안녕히 계세요, 휴지씨!"

'화장실 속의 불'은 이렇게 일단 껐습니다. 기껏 사흘 동안 평온해봤을까요. 여태까지의 '불'들과는 전혀 속성이 다른 또 하나의 '불'이 화염을 널름거리기 시작했습니다.

바로 구만식 전무올습니다. 사업관계상 '한조상사' 회장실을 다문다문 찾던 자였었는데, 과연 '물질' '지성' '매력'을 겸비한 남성임에 어김없었습니다. 한 가지 씁쓸한 점이 있다면 33세의 나이에 걸맞지 않게 너무너무 세련됐다는 사실쯤 되겠네요.

구만식 전무가 회장님이 출타한 짬을 이용해서 예고 없이 내 책상 앞으로 들이닥쳤습니다.

"정식인사를 드릴까 합니다."

"…거부할 이유가 없습니다."

"구만식이라고들 불러줍니다. 금년 9월 현재 서른 세살 꽈악 찼습니다. 여러가지로 난감한 세사앙- 꽤 오래 살아서 죄송합니다."

어투가 얄미워 나도 비아냥거렸습니다.

"저는 공인엽이라 합니다. 세상사람들이 그렇게 불러줍니다. 금년 9월 현재 스물일곱살 꽈악 여물었습니다. 여러가지로 할 일이 많은 세사앙— 하는 일 없이 너무 짧게 살아서 죄송합니다."

"미스 공을 줄곧 봐뒀습니다."

"…왜 하필 저를 봐두셨습니까? 시시처처에 꽃망울 영계들이 지천인 세상에서요."

"종합성적 순위라고 할까… 미스 공을 보는 순간, 아 이거였구나 했습니다!"

"…이거라아— 뭐 다 좋습니다. 관심을 자유에 맡길 때, 관심의 상대는 일단 물건일 수도 있겠습니다. 그런데 말씀이죠, 기왕이면 봐두시는 것보다 정확히 찍으실 걸 그랬어요!"

"…찍는다아- 사랑의 날인! … 시급한 서류의 결재!…… 찍는 건 일단 조옷
치요. 그러나 시급한 서류일수록 경영자는 상승세보다 추세치를 감안해서
결재해야 한다고 믿고 있습니다. 봐뒀다는 나의 관심을 대강 이런 맥락에서
이해하기로 하면 어떨까요?"

"그 맥락에서 이해하도록 노력하겠습니다.…저한테 있는 시간이 기껏 10
분정도여서 요점만 간단히 말씀드리고싶네요… 상승세와 추세치는 도대체
무엇이며, 따라서 공인엽이는 상승세와 추세치의 어느 쪽에 해당됩니까?"

"청문회 같습니다그려!"

"관심도 따지고 보면 갈등이지요. 갈등의 원인분석과 지양해야 할 문제의
발본색원적 측면에서, 관심의 대화는 일단 청문회일 필요가 있다고 생각
합니다."

"그렇기도 하겠습니다… 상승세란 기업경영의 측면에서 볼 때 한시적인 호
황입니다. 즉 경제여건의 한시적인 상승은 곧 경제여건이 불리할 때의 하강
국면을 의미하기도 합니다. 따라서 기업은 상승세 보다는 꾸준히 지속되는
추세에 민감할 필요가 있겠습니다."

"관심의 핵심이 기업에 있는 줄 몰랐군요. 어쨌거나 저는 어느 쪽에 해당
합니까?"

"일단은 상승세의 호재라고 생각합니다."

"…어째서요?"

"좀 딱딱하게 얘기하자면, 급격한 상승세에 대한 추세치의 밀탐이라고 할
까… 관심의 세월이 아직은 미미한 편, 미스 공은 물론 이 구만식이도 은인
자중할 시점입니다. …우리들의 관계, 즉 이 갑작스런운 호재가 과연 꾸준

히 이어질 추세치로 연계될 수 있겠는가— 하는 문제에 대해서 신중할 필요가 있다는, 이런 말입니다."

"말끝마다 우리 우리 하시는데, 그 과분한 용기를 이해하기로 하겠습니다… 상승세를 연애라고 표현한다면 추세치는 결혼과 연계될 것 같은데, 제 이런 말 되게 무식한 표현에 속할까요?"

"정말로 미모와 지식을 겸비한 여성이십니다. 정확한 판단이십니다! … 좌우당간에 구만식이는 행운아!"

"…저 역시 행운녀!"

부모 덕분으로 고생 모르고 자라서, 돈땜질로 대학 가고, 체면에 필요한 만큼의 상식과 매너를 익힌– 이른바 '덜 떨어진 반편 엘리트'의 전형이 아닐는지요.

"사실 저의 천성은 불입니다. 대단히 뜨겁고 급하지요."

"…무슨 뜻인가요?"

"입술을 훔쳐버리고 싶은 욕망을 자제하고 있습니다!"

"어떻게 그런 흉악한 음모를 하실 수 있을까요?"

"음모라니요? 욕망을 자제하고 있다고 말씀드렸잖습니까!"

"훔쳐버리고 싶다는 표현이 너무 극악무도합니다!"

"…눈앞의 호재에 대한 경영철학적 본능쯤으로 이해해주시길."

'뻘소리 치워!' 하는 소리가 목젖까지 차 올랐으나 꾸욱 참았습니다.

불의 장

11

나는 한동안 당황했습니다. 구만식 전무에 대해서만큼은 정확한 식별력을 발휘할 수 없었기 때문입니 다.

'추세치'와 '상승세' 따위의 비정한 경영방법론으로 인간가치의 존엄성을 평가절하하는 객기랄지, 스스로 '대단히 뜨겁고 급한 불'임을 자처하며 호기만발 남성적 의기를 생색내보는 설데친 용기 따위로 봐서는 그는 어김없이 '덜 떨어진 반편엘리트' 같기도 했습니다.

그러나 이런 속단을 거부하는 막강한 여유와 혼연함이 그에겐 또 있었습니다. 이를테면 구조적 충격쯤 싹 깔아뭉개는 통 큰 배짱이라고 할까. 생각해보세요. 나는 대화의 초장부터 얼마나 그를 깐깐하게 찌르고, 느지럭느지럭 주물렀던가요. '덜 떨어진 반편엘리트' 같았으면 '아이고 뜨거라' 하며 '전략적 후퇴'를 했든지 아니면 '나도 못 참을란다' 하며 무모한 돌격을 감행하여 자멸하고 말았을 것입니다. 전법으로 말한다면 '국지전의 전략'이 아닌 '총력전의 전술'이라고 말할 수 있을른지요. 어쨌거나 그는, 일단 붙고보는 싸움보다 싸우기 위해 엉뚱한 곳부터 때리고 있는 것입니다.

그리고 또 하나는 그의 차림새입니다. 30대초의 전무쯤 되면 너나없이 첨단유행을 종작없이 따르기 마련인데 구만식 전무께옵서는 한사코 시대의 뒷전만 비슬대는 것 같았습니다. 곤청색 싱글에 꽃자주색 넥타이, 그리고 오늘날엔 이미 쓸모없는 액세서리로 거진 폐품화돼버린 '카오스 버튼'이 와이셔츠 소매끝을 절끙 악물었군요. 그뿐인가요. 군데군데 금도장이 벗겨진 싸구려 회중시계는 또 뭔가요. 최첨단 유행만 막무가내 좇는 짓이 반지빠른 치기라면 한사코 구태의연한 복고풍을 가장하는 짓 또한 우자스러운 악취미일 것 같은데, 어쨌거나 구만식 전무의 유별스러움은 이 두 가지 중 어느 것에도 해당되지 않는 – 이를테면 '나 좋아서 하는데 무슨 참견이람'하는 식의 흔민스러운 오기가 끈적끈적 묻어났습니다.

그래서 나는 '이 흉물을 10분 안에서 순지름 하리라!' 했던 다짐을 맥없이 무너뜨리고 말았습니다.

그가 회중시계를 들여다보며 칠순노인처럼 남우세스럽게 굴었습니다.

"어이쿠 벌써 다섯점 지났군!" 나는 포오 포오 웃어버렸습니다.

"뭐가 그렇게 즐거우십니까?"

"즐겁다기보다는 희한한 부조화에 대한 경탄에 가깝습니다."

"희한한 부조화요? …아 알 것 같습니다. 전무 치고는 꽤나 외형이 서툴고 치졸스럽지요?"

"서툴고 치졸스럽다 하는 느낌과는 거리가 멉니다… 다만 시대적인 의외성에 조금 아딸딸했었습니다."

"유행을 모르는 반편이는 아닙니다…. 라펠 위치, 어깨의 선, 흉부의 드레이프성과 같은 엄격한 규칙을 견지하되 신체적 곡선을 대부분 생략해서 부담감 없는 활동성을 높인 '내추럴 룩'이라든가, 의미 없는 장식성을 배제하고 최소한의 디테일을 강조한 '노 넥타이 룩' 혹은 경쾌한 프랑스풍의 '이지 웨어 룩'따위… 그런 것쯤 다 알죠. 그런데 그런 시대적 예각을 좇는다는 것이 꼭 병신들 액막이굿 같아서….”

“대단한 식견이신데요? 의상메이커의 경영참모이신가요?”

“의상메이커의 경영참모라.. 천만에 말씀입니다!”

“그럼요?”

“…조그만 사업체 하나를 꾸려가고 있는데, 덩치에 비해서 실속이 없어요.”

아무렴 조그만 사업체 하나 꾸리는 형편에 ‘한조상사’ 문턱을 넘나들겠니? 징글맞은 남성 같으니!’ 하는 부아가 치밀었습니다. 그래서 부러 울골질로 나섰습니다.

“조그만 사업체라. 더구나 운영한다거나 경영한다거나 하는 경제적 통상구를 사절하시고 굳이 꾸려간다는 비극적 표현을 하셨는데 - 그렇다면 분식집? …조금 더 발전해서 슈퍼마켓쯤 되겠네요?”

“…조금만 더 격상시켜주실 수 없을까요?”

“…스스로 격상시켜보시지요.”

“그렇게 하겠습니다. …사실은 강남땅에서 실속 없는 여인숙 하나를 꾸려가고 있습니다.”

“강남땅의 여인숙?… 실속 없게도 됐네요.”

“여인숙을 조금만 더 격상시켜주실 순 없겠습니까?”

“…여관?”

“조금만 더!”

“그럼 호텔?”

“맞았습니다!”

“선척적으로 꼬집고 비트는 데 특기가 있으신 것 같습니다.”

“왜 그렇게 생각하십니까?”

"여인숙이 뭡니까!"

"그거야말로 공인엽씨의 판단부족이지요. 강남땅의 호텔이 실속 없으면 영등포의 여인숙보다 나을 게 없죠."

"듣고보니 그렇네요…. 그러니까 구선생님께선 호텔 매니저이시군요.'

"사장이자 따라서 고용인 신세이니까 그렇게 생각해도 되겠습니다."

"그만 비트세요."

"오 노우! … 사업실적을 위해 섭외용 매니저를 고임금으로 써봤습니다. 그런데 도무지 실속이 없어요. 그래서 제가 직접 섭외용으로 나섰다 이겁니다."

나는 순간, 아찔한 기대 하나를 만들고 있었습니다. '이만한 미남, 이만한 지성 그리고 사장체면 불고하고 몸소 섭외용으로 뛰는 이만한 근로정신이 어디 그렇게 흔할쏘냐! 찍어봐? 이 남자를?'

정직하게 표현해보겠습니다. 거두절미하고 말입니다. 따지고 보면, 첫눈에 홀딱 반하고 땡기는 이성관계야말로 사랑의 그중 정상적인 시발이 아닐까요 '이성간의 사랑이 결코 논리일 수는 없다. 오로지 불이 붙어 타올라야 할 뿐!'이라는 평소의 신념이 불변할뿐더러 '짧은 오늘이 길고 긴 내일을 만드느니라!' 하는 내 나름대로의 금언을 소중히 여기는 까닭입니다. 더 쉽게 말해버리지요. 정 못들 사람끼리 10년을 사귄다고 사랑이 싹틀까요.

내가 이런 생각을 하고 있는데 그가 직사각형의 잘 포장된 물건 하나를 책상 위로 올려놨습니다.

"약소하지만 성의로 받아주시면 고맙겠습니다."

"이게 뭔가요?"

"선물입니다."

"…네에?"

"자수정 목걸이입니다."

"아니, 아니 제가 무슨 이유로 구선생님의 선물을 받습니까?"

"…받아야 할 이유를 만듭시다!"

"결코 못 받습니다!"

"인간관계란 성의껏 이유를 만들어가는 과정입니다. 거듭 말씀드리지만, 받아야 할 원인 하나를 성의껏 만들어봅시다!"

구만식 전무, 아니 '섭외용 호텔사장'께서 나의 입장을 가량 않고 자리에서 일어났습니다.

"생일을 축하합니다!"

그는 이 말을 끝내기 무섭게 도어를 밀고 밖으로 사라졌습니다.

아- 이처럼 불 같은 난리가 있겠습니까.

그때 마침 전화 파상신호음이 울렸습니다. 수화기 속에서 심한백의 불 같은 소원이 탔습니다. 오늘은 꼭 만나야겠다. 부디 거절치 말아 달라 -.

나는 당연히 거절하리라 했던 마음을 고쳐먹었습니다. 그를 만나야 할 이유가 불현듯 생각났습니다. 이 다양한 '불'들의 정확한 진단이 절실해서였습니다. 심한백이야말로 광염의 산광속에 갇힌 나를 구원해줄 적임자라고 믿었기 때문입니다.

심한백과 나는 아늑한 카페에 앉아 모닥불 대신 촛불을 켰습니다. 나는 그동안의 불길만 같았던 일들을 조근조근 읊어줬습니다. 그는 내 말을 듣는 동안 앙증맞은 선홍빛 삿갓 속에서 타는 촛불을 내려다보고 있었습니다.

"인간은 불에 의해서, 비로소 불에 의해서, 자연의 엄격한 제약과 통제에서 벗어나 오늘날의 빛나는 문명사회를 이룩할 수 있었습니다!"

그는 이처럼 덤턱스럽게 운을 뗀 다음, 한동안 담배만 태웠습니다. 모두 일곱 개비의 담배가 필터만 남기고 재가 됐었나봅니다.

"일찍이 그리스의 자연철학자 헤라클레이토스는 만물의 근원을 불이라는, 즉 불의 '만물유전사상'을 피력한 바 있습니다."

그는 이 말을 마치고 나서 또 세개비의 담배를 더 태웠습니다.

"불의 근원이라 할까, 역사학적인 고찰이라고 할까, 그런 것보다는 인간 불들에 대한 종류 혹은 증세 · 대응방안 · 소화처방이 시급한 상황입니다. 나는 그 점에 대한 닥터 심의 고견을 듣고자 이 자리에 앉아 있습니다."

"나도 미천한 고견을 피력하고자 이렇게 앉아 있습니다. 그럼 시작하겠습니다."

이번에는 담배를 거꾸로 물고 불을 붙였습니다.

"필터에 불이 붙었습니다."

"이런 제길! 그러니까 모두 다섯개의 전연 필요없는, 아니 백해무익한 불이 인엽씨의 주위에서 타고 있군요. 맞지요?"

"틀렸습니다. 불들은 모두 여섯 개입니다."

"아니 왜 그렇습니까?… 기기사라고 하는 불고데의 불, 비록 껐으되 언제 어떻게 화염충천할지도 모를 최상모의 치질불, 한조상사 상무 · 전무 이 두 불 그리고 강남여인숙 구씨의 불! 이렇게 현재 다섯 아닙니까."

"닥터 심의 기세도 불길임에 어김없습니다."

"이런 세상에! 심한백이를 그렇게 매도하다니요?"

"불로 녹여 호미를 만들겠다고 경고하셨을텐데요. 어떻게 보면 그중 무섭고 두려운 불이 아닐는지요!"

"…내 설명, 아니 확실한 진단결과를 보면 전연 다르다는 것을 숙지하게 될 겁니다."

"단서가 붙습니다. … '불은 불이로되' 하는 단서!"

"좋습니다!… 불은 불이로되— 첫째, 증세가 상식적인 것부터 말해봅시다. 즉 상무. 전무 이 두 불은 염려 않으셔도 될 것 같습니다. 흡사 소진 직전의 불씨가 건들바람 한 줄에 반짝 화광을 내보는 것 같은, 다시 말해서 이래뵈도 나도 불이다. 하는 자긍의 일시적 연소에 해당합니다. 둘째, 이것도 별거 아닙니다만, 다소 비정상으로 연동될 잠복성을 갖고 있군요. 즉 불고데와 치질불입니다. 문자 그대로 불고데의 불은 지직지직 인화의 소지가 있을 때마다 잠정연소를 꾀할 것이며, 문자 그대로 최 상모의 치질불은 불결하고 또 그만큼 지저분합니다. 그러나 별로 염려할 것 없습니다. 인화의 철저한 차단, 인화가능성에 대한 철저한 예방이 앞선다면 소진할 줄 믿습니다. 그런데 세번째 강남여인숙의 구씨 불이 큰 문제이군요! 육아종으로 치면 불치의 악성육아종이요, 불로 치면 널름널름 기둥뿌리에서부터 발화하여 동량·서까래까지 회진시키고 말 화마에 해당됩니다! 발화의 기미만 잡았다 하면 초장에 완전무결한 소화를 단행해야 합니다."

"온통 불꽃천지군요."

"불행한 사태 올습니다!… 그런데 한 가지 의문점이 생깁니다. 모름지기 불이라 하는 것은 인화의 소지가 있음으로써 드디어 발화한다는 사시일! … 도대체 어떻게 처신했기에 백해무익한 불길들이 미스 공을 휘발유 드럼통으로 봤다는 말입니까?"

"…옴머어?"

"왜 놀라십니까?"

"닥터 심의 말씀대로라면, 내가 그런 인화성을 띠었단 말입니까?"

"유추논리로만 따진다면 그런 결론도 가능하지 뭐얼… 어쨌거나 강남여인숙의 구씨 불을 경계하시오! 구씨 불의 발화를 느꼈다 하면 초장에 극약처방을 해야 합니다."

"… 예를 들면?"

"정신분열증의 중증환자에 대한 이런 요법이 있습니다. 전기충격요법'과 '저혈당혼수요법'! 앞의 것은 아시리라 믿고 '저혈당혼수요법'을 말씀 드리자면, 환자의 혈당치를 최하치로 끌어내려 인위적 혼절상태를 유도하는 것입니다. 쉽게 말하면 반쯤 녹초 되게 만들어서 그저 잠재우는 겁니다!"

"잠을 재워야 하겠군요."

그가 한숨을 내뿜으며 몹시 서글픈 표정을 지었습니다.

"백해무익한 불 말고 백익무해한 불을 가르쳐주세요."

"궁극적으로 불의 가치는, 그리고 불의 양성적 기능은, 생성력과 정화력에 있습니다! 불을 남성의 존귀하고 장엄한 생식력에 근거하는 '베다'나 '브라마니즘'이 전자요, 불은 모든 부정한 것과 죄악을 정화시킨다고 믿는 남아프리카 '반트족' 문화가 후자에 속합니다. 불은 불이로되, 내가 만약 불이라면, 나의 불은 공인엽씨를 위한 양대 기능의 소임에서만 탈 것입니다!"

불을 *끄려다*가 알짜 지독스러운 불을 만난 꼴 아닌가요.

불의 장

12

닥터 심이 줄담배를 태우고 있는 동안, 나는 줄곧 '…… 널름널름 기둥뿌리에 서부터 발화하여 동량, 서까래까지 회진시키고야 말 화마' 구만식 전무만 생각하고 있었습니다.

덕터 심의 준엄한 충고에도 불구하고 그를 생각해야 하는 속사정은, 다음 두 가지였습니다.

첫째는 그가 지닌 의외성입니다. 황금만능의 위력에 끌리고 그 물질전능의 다별한 활용을 숭앙하며, 오늘보다는 내일을 더욱 잘 살기 위해 선땀 솟는 사투를 벌이는 '부'의 무리들―이들이 더구나 30대 초반의 새파란 사람들일 때, 그들의 동질적 속성은 족보속의 항렬처럼 예외 없이 질서정연했던 것입니다. 인생철학이 어차피 판박이인데 별 수 있을까요. 잘 살아서 미안하다는 식의 '의전적 오만'은 고사하고, 심지어는 하품하는 모습까지도 끼리끼리 닮았구요. 그래서 남의 부아를 돋궈놓고 목울대 죄는 떨떠름한 권위주의 역시 머릿말부터 끝말까지 일맥상통하는 논리들로 외출복을 삼고 있었습니다.

그런데 구만식 전무의 행태는 이런 내림사슬의 법통을 한사코 끊으려는 독자적 오기가 다글다글 끓고 있었습니다.

둘째는 나의 생일을 밀탐했던 비상한 집중력과 갸륵한 성의입니다아-나는 부모님들로부터 받았던, 작년 내 생일의 융숭한 대접을 기억하고 있습니다.

"호텔? 그건 졸부들이나 놀 자리야 따샤!"

아버지의 명령에 경기도 '가평'의 녹취빛 강물을 거슬러 홍수무역 조 사장님 별장에 이르렀습니다. 부모님들께선 내 신랑감으로 조 사장님의 서른한살 짜리 맏아들을 찍어두셨었기에 부러 그곳을 내 생일의 잔치마당으로 삼으셨던 모양이었습니다. 황금빛 금잔디 위에서 나는 소 한 마리를 생일음식으로 먹어치웠습니다.

소 한 마리의 내역은 어머니의 자상한 설명에 기준 합니다.

"쬐끔쬐끔하니깐 우습게 봐두, 이게 완전무결한 소 한 마리야! 이 스테이크는 '안심'이구, 이 야채섞어구이 속의 고기는 '등심'이구, 기름기 하나 없는 이 편접구이는 '채끝'이구, 이 참깨알 송알송알 박힌 육포는 '우둔', 이 육회는 '사태', 이 보섭살산적은 '설도'구, 이 장조림이 '목심'인데 컬러가 얼마나 고상하니? 옐로에다 유백색의 신비스러운 하모니가 고기라기보다는 보석 같잖니?…… 이 탕이 바로 '양지', '갈비찜'…… '앞다리' '불고기'…… 쇠고기 10대별 부위를 다 맛보는데 거저 소 한마리지 뭘."

어머니의 수다스러움을 조 사장님의 사모님께옵서 부추겼었나 봐요.

"그것두 '논산 한우'라우. 한우 하면 연질의 풍미가 으뜸인 논산 한우 아니던가요?…… 해산물도 특별 주문한 겁니다. '서산 꽃게'로 담근 게장, 구이는 '제주도 옥도미', 조개국은 '포항 민들조개', 김은 '부안 김'…… 야채류도 특별입니다. '성남 상추' '오산 오이' '무주 호박'…… 과일도 특입니다. '함안 수박'에다 '성주 참외' '안강 토마토' ……곽류화채도 신경 좀 썼어요. '기장 곽'에다 '충무 앵도', 그리고 화채수는 '정선 토종꿀'로 단맛을 냈걸랑!"

소 한 마리를 부위별로 골고루 먹고, 반주는 한 병에 1백50만원짜리 '레이 마틴 루이 13세'로 걸치고 '함안 수박' '성주 참외' '안강 토마토'도 모자라 '아보카도'와 '자몽'으로 입가심했었던, 아- 그 과분했던 생일축하연 말입니다.

그러나 올해의 생일은 상달철의 소소리 바람 뜯떠먹게 쓸쓸했군요. 미역국이라도 한 그릇 있겠거니 했었는데 부모님들께선 내가 눈을 뜨기도 전에 '한산모시밭'으로 내달으셨으니 말입니다.

그러니까 '값진 인생!' 어쩌구 하는 피로회복제 드링크 한 병 끄르륵 넘기고 한창 쓸쓸해 있을 때, 그 때맞춰 구만식 전무가 나타났던 것입니다. 건성으로 주고받는 말동무 하나도 위로가 되려든, 그는 자수정 목걸이를 알알이 꿰어 피빛 성의를 다하지 않았겠습니까.

결코 쉽게 떨쳐버릴 수 없는 충격이지요. "어쭈우? 콩고앵무처럼 술 수울 잘도 옳지! 그래, 마귀 마자 붙은 구 전무의 '불'과 당신의 기능적 '불'은 어떻게 달라?" 하는 울화가 치밀어서 이렇게 다그쳤습니다.

"내가 시급히 판별해야 할 불은 백익무해한 불입니다! 닥터 심의 불이 백해무익하지 않고 백익무해함을 증명해 보이세요!"

그가 차분한 목소리로 말했습니다.

"불은 불이로되 에…… 불에 앞서 제 취미를 먼저 말씀드리고자 합니다!"

"……?"

"저는 수석에 대한 일종의 신앙적 취미를 갖고 있습니다."

"장미가꾸기가 취미 아니든가요?"

"천만에요. ……저는 돌을 고를 때 다음 다섯가지 요소를 기준으로 삼습니다. 첫째, 돌의 '질'입니다. 석질의 견고함!… 석질이 무른 것은 수석의 가치가 없습니다. 조금만 부딪쳐도 흠집이 생기고, 몇 해만 흘러도 색상이 변하지요. 돌을 여성에다 비유해봅시다. 이성과 지성의 견고함이 결여된 여자! 이런 여자의 말로가 어떻겠습니까? 구태여 재론의 필요가 없겠지요. 미스 공을 돌로 치면 '모오스 경도계'로 최소한 5도의 견고함을 예측할 수 있습니다.

둘째, 돌의 '모양'입니다. 석형의 심미감! … 명석은 일단 미의 조화를 이룩해야 합니다. 제아무리 석질이 견고하다 할지라도 심미감의 조화가 없다면 몽돌 내지는 버림돌에 불과합니다. 모양의 심미감이 결여된 여자! 이런 여자가 일단 여자였겠습니까? 미스 공은 한마디로 석형이 뛰어납니다.

셋째, 돌의 '색깔'입니다. 아무리 석질이 견고하고 모양이 좋다 할지라도 돌의 내부에서 우러나는 오묘한 빛깔의 조화가 없다면 그게 어디 수석이겠습니까? 차돌이나 시멘트지! 미스 공은 내부로부터 방사하는 진하고 깊은 청·녹색을 띠고 있습니다.

넷째, 자연미의 유무입니다. 돌의 '자연미!' …제 아무리 석질이 좋고 모양이 좋고 색깔이 뛰어나면 뭐합니까? 감상자로 하여금 순수한 자연미를 느끼게 하는 그 부담감 없는 아름다움! 순수한 자연미가 결여된 여자! 이런 여자가 어떻게 사랑의 대상이 되겠습니까? 미스 공은 우선적으로 순수미가 뛰어납니다. 순수미라아- 이 순수미는 물론 두 가지 의미를 유추할 수 있습니다. 하나는 '산' '폭포' 따위의 자연적 실경에 맞아떨어지는 것, 또 하나는 시대의 미적 감각에도 아무런 저항 없이 먹혀들어야 하는, 이 두가지의 순수미입니다. 미스 공은 이 두 가지의 자연적 시대적 순수미를 공유하고 있습니다.

다섯째, 예스러움-즉 의구한 '고태'입니다. 바꿔 말하면 천성적 의연함이라고 할까. 제아무리 돌의 석질이 뛰어나고 모양이 좋고 색깔이 오묘하고 자연적 순수미가 압권이면 뭐합니까? 늠연한 '고태'가 풍기지 않는 여자도 여자입니까? 순전히 도랑에서 막 건져들인 짱돌이지!"

닥터 심은 숫제 부싯돌로 불꽃을 치고 있었습니다.

"참으로 기구합니다! '상승세'와 '추세치'로 경제적 타락을 하더니 이젠 '돌'의 성향으로 취미적 나락에 떨어지는군요…… 뭐 그런대로 견딜 만합니다. 서둘러 닥터 심의 백익무해한 불을 피력하시지요. 이러다간 내가 먼저 분수 없이 타오르는 광염이 되겠습니다!"

그는 더욱 차분하게 조근조근 읊었습니다.

"일언이 폐지하고 공인엽씨의 곁으로 바짝 파고드는 다섯 개의 불, 아니 타봐야 기껏 쥐불 팔자밖에 더 될 게 없는 불들은, 전법으로 따져 '화공법'의 초보전략입니다. 불꽃으로 치면 '목탄'이나 '코오크스'의 표면연소쯤 되겠죠."

"화공법의 초보전략을 구체적으로 설명해주시면 막강한 도움이 되겠습니다."

"일천팔백육십육년의 7월을 기억하실 수 있겠습니까?"

"이런 제에길—입니다. 아니, 그 까마득한 세월을 내가 어떻게 기억한단 말입니까?"

"성내진 마십쇼. 단지 나의 화법일 뿐!…… 대원군의 쇄국정치가 막 기승을 떨칠 때였습니다. 대동강 삼화에 이양선이 나타났군요. 이른바 '제너럴 셔먼호'라는 미국 군함이었습니다. 당시 평양감사 박규수는 썰물 때를 이용해서 기발한 전법을 구사 했습니다. 즉 수십 척의 낚시배에다 장작을 잔뜩 싣고 기름을 부어 불을 질렀습니다. 그 배들을 상류로 부터 띄워 '제너럴 셔먼호'의 선복에 이르게 하였으니, 과연 '제너럴 셔먼호'의 선체는 물론 선원 모두가 문자 그대로 재로 변했습니다. 대포 2문과 쇠 닻줄을 전리품으로 노획하여 대포는 선화당에다, 쇠닻줄은 대동문의 네 기둥에다 걸어놓고 척화공적을 기렸습니다."

"오랜 만에 시원한 말씀 듣습니다!"

"좀 있다가 시원해야 될 겁니다!"

"……?"

"그 화공의 결과는 어땠습니까?"

"…아 이제야 감이 잡힙니다."

"일순간의 쾌감이 감당할 수 없는 외침의 시발이었다는 사실…… 무분별한 화공법은 결국 수난과 망국의 통한을 자초하지 않았습니까?…… 다섯개의 불들은 그때의 다섯 척 낚시배와 다름없을 것입니다!"

"이른바 백해무익한 불들이겠군요."

"일러 무삼하리오 하는 고시조풍으로 대답을 대신 하겠습니다."

"생성력과 정화력, 이 양대기능의 불을 구경시켜 주세요!

닥터 심이 평시조 읊는 선비처럼 지그시 눈을 감았습니다.

"먼저 결혼식날의 촛불입니다! 요즘 예식장의 첫 순서는 신랑·신부의 어머니들이 단상의 청·홍색 촛대에다 점화함으로써 시작됩니다. 우리나라 전통혼례의 '교배상 촛불 붙이기'와 똑같은 풍습 아니겠습니까? 그런 의미에서 나의 열정은, 불은 불이로되, '교배상의 촛불'이란 말입니다!"

"… 밤은 성스러운 시간! 속된 시간을 정화하는 장엄한 불꽃……."

"하하-절로 눈이 감깁니다! ……뿐입니까. 나는 신랑의 가마꾼들을 위해서 타는 '충청도 불'일 겁니다."

"……?"

"충청도지방에서는 신부집 대문 양편에다 짚불을 지펴놓습니다. 신랑의 가마꾼들은 이 짚불을 경건한 마음으로 끄면서 들어갑니다. 도대체 어떤 관행일까요?…… 두말 할 필요도 없이 사랑의 영원을 기원하는 충정!"

"꼴딱 숨이 멎는 것 같습니다!"

"나는 불은 불이로되-따라서 '장수지방 불'이기도 합니다. 장수지방에서는 일진이 별로 탐탁지 않거나 살이 꼈을 경우에 신랑의 좌우로 횃불꾼이 들러리를 섭니다. ……도대체 무슨 뜻일까요? ……두 말 하면 잔소리! …… 신랑의 몸과 그 날의 운세에 접목되는, 모든 사악함과 부정한 것을 스스로 정화하는 종교적 차원의 자기구제인 것입니다."

"아-어지러워요!"

"불은 불이로되, 나는 이만한 열기로 만족하지 않는 '함양지방의 불'이기도 합니다. ……사랑의 결과적 소유! 그 행복감의 도취를 위해 팔짝팔짝 재주를 넘습니다. ……순수정명한 감격의 발로! ……함양지방에서는 신랑의 심성을 알아보기 위해 짚단에 붙인 불을 차례로 뛰어넘게 합니다!"

"살이 불에 덴 것처럼 욱씬욱씬 달아오릅니다!"

"……공인엽씨!"

"네에!"

"부탁이 있습니다!"

"…듣기도 전에 미리부터 퉁개퉁개 가슴이 뜁니다!"

"'진양지방 불'이 돼주실 수 없겠습니까?"

"……?"

"진양지방에서는 신랑집 앞에다 짚불을 피웁니다. 정신과 몸과 마음을 오로지 그 남자에게 맡긴다는 징표로 신부가 팔짝팔짝 그 불을 뛰어넘습니다! ……현대적 사고로는 어디까지나 무속적 주술 내지는 인습 같습니다만, 이 얼마나 아름다운 불꽃잔치 이겠습니까!"

"문자 그대로 폭죽의 밤하늘입니다!"

"……이 선홍빛 삿갓 너머로 포르르 날려 보내주시면 어떨까요?"

"…뭘 말인가요?"

"그대의 입술!"

"나비라면 포르르 날아갈까, 제 입술엔 불행스럽게도 날개가 없습니다. …… 입술에 날개가 돋는 종말론적 기적이 있다면, 그 때 불을 넘어 포르르 날아가겠습니다."

느닷없이 눈이 부셨습니다. 불꽃들의 어지러운 산광-나는 '진 칵테일'을 두 잔이나 거푸 시켜 마셨습니다.

택남(擇男)의 장

1

예감의 불안속에서만 자라던 우려 하나가, 드디어 오늘 아침, 현실로 다가들었습니다.

나의 당찬 자유를 좀더 실속 있게 일어세우기 위해서는, 언젠가— 그 언젠가는 쓸쓸한 가출을 어쩔 수 없이 실행해야 할 것이라는 생각 말입니다.

멀쩡한 정신으로 멀쩡하게 살아계시는 부모님 곁을 일시적이나마 떠나 살아야 한다는 것- 이것이 다행일 수는 결코 없습니다. 그렇지요. 그것은 어쨌거나 불행스러운 일입니다.

그러나 이런 불행을 예감하면서는 늘상 내 스스로 자위했었던 편안함이 한가지 있었습니다.

다행과 불행을 재는 저울 하나가 있다고 가정해 보시지요. 그것들의 무게는 어차피 저울 추의 이동에 따라 경중의 결과에 도달할 것입니다.

나에게 주어지는 결과가 다행스러움이든 불행함이든 간에, 나는 하나의 저울 추로서 그 아찔한 저울 눈금의 한가운데에 오똑 앉아 있을 것이라는 다짐이 바로 편안한 자위 몫을 했더랍니다. 배운 풍월- 즉 심리학적 주석을 살짜꿍 곁들이자면 끝내는 이런 뜻이 되겠습니다. 터무니없는, 그래서 끝끝내 억울할 수밖에 없는 죽음의 살 한 점, 혹은 죽은 채로 살아 버티는 여섯 근의 심장- 이런 것들의 철저한 등가성을 발견하기 위한 심리적 평화 말입니다.

오늘 아침, 입성의 치장에서부터 여늬 때와는 판이 다른 할아버지께옵서 오랜만에 조찬을 함께 하셨습니다. 할아버지의 입성에서는 전에 맡아보지 못했던 야릇한 악취마저 풍겼습니다.

아버지께서 말했습니다.

"어딜 가셨었기에 이렇게 절묘한 냄새를 묻혀 오셨습니까?"

어머니께서 집었던 숟갈을 슬밋 밀어놓으며 말했습니다.

"아버님 양치질 하셨어요?"

할아버지께서 '그래 맡아봐라. 카아카아아- 으때? 입쿠린내니?' 하시며 어머니를 향해 입김을 날리셨습니다.

어머니는 아예 밥상을 사절하며 따봉 어쩌구 하는 과일주스로 아침을 대신했고, 그래도 아버지께서는 '큼 크음' 콧망울을 발씬거리면서도 숟갈은 놓지 않았습니다.

할아버지가 아버지를 건너다보시면서 말씀하셨습니다.

"……왜 더 안 묻니?"

"……뭘 말씀입니까?"

"거 뭐시냐아— 절묘한 냄새 말씀이야."

"……아 네에— 소원이시라면 물어보겠습니다. 도대체 무슨 일을 하셨습니까?"

"서오능 하천부지에다 김장배차밭 하나 일궜어."

"그건 왜요?"

"씨 뿌려서 싹 안돋는 거 봤남?"

"…자실려구요?"

"먹긴?"

"그럼요?"

"철 만나면 내다 팔 거야!"

"출하물량이 얼마나 될까요?"

"어이쿠우 크게도 논다! 출하물량은 무신? 내 용돈이나 스스로 벌겠다는 거다."

"친우 박 사장이 동업주입니까?"

"…박 사장?"

"캐비지밭 일궈먹고 고물 팔아 생계 꾸리는 그 사람 말입니다."

"근데 이 녀석이 날이 갈수록 오사리 불상놈이 돼가네? 뭐야? 박 사장이? 캐비지밭 고물장사로 먹구사는 그 사람?"

"… 제 말이 어디 한군데 틀린 게 있습니까?"

"네에라 이 불상눔! 박 사장 나이가 당년 몇인데 그 흔한 님자 하나 못 붙이구, 증손이 장가들 나이의 치장을 보구 그 사람이라니? … 아니, 어떻게 이런 상눔이 공씨손 족보에 올랐어? 어엉?"

"……누가 오르고 싶어 올랐겠습니까. 악인도 선인도, 천민도 귀족도, 어쩔 수 없이 족보항렬은 따르게 돼 있습니다!"

"이런 못된 눔!"

"제발 그만두세요!"

"그래. 이젠 나두 제발 그만두구 싶어. …너 같은 자식눔 없다구 치면 심간 편치! … 네눔은 네눔 멋대루 살구 나는 내 분수로 살다 갈테니 아주 따악 떼어 줘!"

"쓸데없는 말씀 작작 하세요."

"아니 이런 놈 봤나?"

"보고 계시지 않습니까. 도대체 뭘 따악 떼 달라는 겁니까?"

"재산분배 말씀이야!"

"몇 번 말씀드렸습니까. …그렇게는 못합니다!"

"왜 못 허누? 내 몫만 달라는데?"

"일 이천 정도면 드리지요."

"……뭐어?"

"당연하지 않습니까."

"아니, 아비재산으로다 몇 천배 돈탑을 쌓았거늘, 못 주는 게 당연지사라 아?"

"돈탑이라구요? 이거야말로 경악을 금치 못하겠습니다. 아버님 눈에는 이 아들이 돈탑 위에 올라 별의 별 영화를 다 누리고 있는 것 같지만, 기껏해야 40만대 1의 졸짜에 불과합니다."

"……"

"다른 뜻이 아니에요. 나 정도 살고 있는 사람이 줄잡아 40만 정도밖에 안 되구, 따라서 우리나라 전체인구비례로 따져 일프로밖에 안 된다는 사실 을 아십니까?"

"어이쿠 이런, 이런 죽일놈!"

"마음대로 욕하세요. …… 어쨌거나 지금은 드릴 돈이 없습니다. 죄다 증 권에 묻혀 있구, 사채시장에 깔려 있구, 빌딩 올라가고 있는 게 두 채입니 다…… 게다가 압구정동 '로데오거리'에 인엽이에미 가게를 내야 합니다. 외 제상품 구색만 갖추는데도 10억 정도 깨져야 할 판이에요."

"허허- 말세로고!"

"조금만 더 기다려주세요. 아버님 모시고 살면서 좋은 꿈이나 한 번 꾸고 싶습니다."

"…좋은 꿈?"

"그저 못잡아 잡쉬 날이 날마다 화덕장군 불칼만 휘두르시니 꿈자락도 맨날 망할 망조만 듭니다. ……아버님 시신을 부둥켜안고 목구멍에서 피가 솟도록 통곡하는 꿈을 꾸고 싶습니다!"

"어이쿠 영화로워라아- 대효 났군 대효 났어!"

"그렇게 비꼬실 일이 아닙니다. ……영국의 심령연구소 권위있는 연구결과에 의하면 꿈은 미래를 60퍼센트 정도 예고한다고 하더군요. 예컨대, 아버님의 시신을 부둥켜안고 피가 솟도록 통곡하는 꿈을 꾸면 재산이 수만배로 늘어날 징조라더군요. ……그런데 전 한 번도 그런 꿈을 꿔본 적이 없습니다. 이게 다 아버님께서 저를 못 잡어잡쉬 안달복달 하는 탓입니다!"

그것은 파국의 전조였습니다. 아버지의 살인적인 물욕과 할아버지의 전혀 때깔 다른 물욕의 초연함이 더러더러 상충하며 부딪치는 일은 있었지만, 이렇게 어이없는 불화로 발전되어 본 적은 이번이 아마 처음이었을 겁니다.

"네 이놈! 이 개종자 정수낭에서 빠진놈!"

할아버지께서는 금세 혼절하실 기세로 진노하면서 밥그릇을 풀 스윙 하듯 아버지를 향해 던지셨고, 아버지의 이마를 통한 밥그릇은 낭자한 선혈을 만들어내며 깨졌습니다.

"아니, 아니 어떻게 이럴 수가 있어? 개종자 정수낭은 누가 먼저 달았어? …… 내가 미우면 차라리 나부터 조지는 게 순서 아닌가요? 왜, 아니 왜 좀더 잘 살아보겠다는 아범을 이 꼴 만들어? 왜, 아니 왜 나한테 할 화풀이를 아범한테 합니까? 네에?"

어머니가 반말과 존대어를 섞어찌개로 끓이며 급기야 게거품을 물었습니다.

이럴 때 나는 어떻게 대처했었어야 했을까요. 아버지의 이마를 싸잡고 '아빠, 아빠! 괜찮아?'하든지 아니면 게거품을 문 어머니를 싸안으며 '엄마! 차라리 날 죽여!'하는 따위의 절망적 응석을 부렸어야 했을 것입니다.

그러나 나는 참으로 뻔뻔스럽게 이쯤 느글느글 놀아봤던 것입니다.

"영국 심령연구소의 권위있는 연구결과에서 한 가지 해몽법을 빼잡수셨습니다! 재산의 팽대를 예시하는 꿈은 그것뿐이 아닙니다. 예컨대에— 부모의 죽음이 선혈낭자한 참경일 때 그 낭자한 선혈을 손으로 움켜쥐며 몸부림치는 꿈을 꾸면 막대한 황금의 횡재를 만나게 돼 있습니다! …… 그런 꿈을 바라지 않는 것만으로도 난 일단 효녀라는 사실을 알아주세요."

아버지의 대응책은 의외로 천연했습니다. 나의 비양질에는 아랑곳 않고 '황기사 차! 차를 대기해!' 하면서 오히려 어머니를 향해 손사래를 쳐댔습니다.

"여보 참아! 노인성 치매야! 쉽게 말해서 망녕, 망녕 말이야!!"

그러나 어머니는 뾰쪽한 젖니로 어미의 꼬리를 물고 흔드는 갓난 돼지새끼 기세였습니다.

다짜고짜 내 머리채를 움켜쥐고 맷돌질을 감행했습니다.

"요년, 요녀언! 뭐라구? 효녀가 어째? ……내 그 동안 암소리 않구 배겨냈지만, 벌써 다아 알구 있어? 너 '릴리캡' 지참금 일백만원 서산 오사리 잡놈허구 분빠이 해서 낼름 먹었지?"

"이 머리 놔!"

"못 놔 요년! '릴리캡' 신방혼야까지 낼름 파토 놓구, 그 돈으로 그 잡놈하구 밤샘낚시질 했어?"

"……누가 그래? 앞뒤로 끌며 밀어주며 잘만 사랑 했는 걸! 이 머리칼 노세욧!"

"요런 요물 좀 봐아? 요년아 내 이래뵈두 처억 하면 삼천리야! 네년 꼬랑지
뒤에다 벌서 미행자 붙여뒀어. 이래두 고짓말 할꺼야! 어엉?"

이번에는 할아버지께서 게거품을 물으셨습니다.

"이런 못된 것! 어떤 면전인데 상것 족보 행세하누? 이 손 못 치우겠니?"

할아버지의 우악스러운 손길이 어머니의 손목을 앙틀어 되었습니다.

"흐응- 노인장 근력이 어쩜 이렇게 세담? 미친개도 때려잡겠네!"

"오냐아! 앞으로두 10년 넘게 더 살꺼다!"

어머니의 완력에서 풀려나긴 했지만 이상스럽게도 부아가 끓지 않았습니다.
색바랜 곤색 등산모를 삐뚬히 얹고 도어 밖으로 사라지는 할아버지를 그저 하
염없이 바라다보고 서 있었을 뿐—.

황 기사가 허겁지겁 부모님들을 모시고 사라졌습니다.

나는 18세기 프랑스의 '조르쥬 상드'가 입었음 직한 우아한 실루엣의 바지 주
머니 속으로 손을 넣었습니다. 89년 미국의 저명한 디자이너 '돈나 카린'이 〈뉴
욕 컬렉션〉에서 발표한 실크 아이템의 고급바지였습니다. 식탁에서나 '헤먹' 위
에서 뒹굴뒹굴 평상복으로 굴리던 바지주머니 속에서 휴지처럼 구겨진 손수건
을 꺼내 패앵- 콧물을 풀었습니다.

세면대의 거울 앞에서 나의 모습을 유심히 살펴봤습니다. 도대체 무슨 행운
으로 하여금 나는 그토록 더넘찬 안락을 누렸던 것일까요. 화장기 하나 없는
내 얼굴은 시쳇말로 별거 아니었습니다. 안면골상은 삶은 말대가리요, 부승거
리는 눈꺼풀은 먹다 버린 개살구의 씨앗 뿐이었습니다.

수중안마기가 부착된 미국산 '브릭스' 욕조에 몸을 담궈야 할 차례였습니다.
욕조의 저울눈금이 물경 1천5백만원을 호가하는데, 오늘 따라 그런 고급욕조

에다 '트리코모나스' '칸디다'가 버글거릴 질을 담근다는 게 너무나 죄스러웠습니다.

오늘은 그냥 양변기에 앉아 잉여영양분이 농축된 대변이나 보고 티슈로 항문 설겆이를 할 마음이었습니다.

새삼스럽게 울음이 터졌습니다. 명치 끝에서부터 하복부로 이어지는 자연스러운 압박감 탓이었을 겁니다. 대변이 시원스럽게 뽀르륵 뽀르륵 가래떡을 짜댔습니다.

슬픔이란 초라한 몰골을 구체적으로 실감할 때 더욱 기세를 재나 봅니다. 양변기 위에서의 울음이 이렇게 끈질길 수 있습니까? '비데'로 질과 항문을 세척하고 나서 그냥 바지를 다시 꿰입었습니다.

또 울음이 복받쳐 손수건으로 패앵 콧물을 닦았습니다. 휴지통에다 콧물 눈물로 물컹 젖은 손수건을 미련 없이 버렸습니다.

손수건 한 장에 30만원 하는 '바티스토니 '제품이었습니다.

헝클어진 머리칼을 수건으로 싸 말았습니다. 한 장에 10만원짜리 '프라테시' 타월입니다.

슬픔이랄 것도 없지만, 어쨌거나 허망한 기분 하나 달래는 데 40만원의 약식 비용이 든 셈입니다.

"공인엽! 약속한다 으응?"

거울 속의 내가 대답 대신 나의 물음을 그대로 읊고 있었습니다.

"집을 나가는 거야! 약속한다 으응?"

거울 속의 내가 울고 있었습니다.

택남(擇男)의 장

2

〈엄마 제발 행복하세요. 그동안 엄마 덕 너무너무 많이 봤어. 거짓말 아냐. 모진년, 독한년 하면서 내 머리칼 한 줌이나 뽑았지? 그나마 은혜라고 생각해. 비양질 아냐, 결코 아냐! 인엽이는 제일 외로울 때 항상 엄마를 그리워할 거야. 그리움의 징표로 뽑힌 머리칼에다 새빨간 자수사로 댕기 달아놨어. 나 보구 싶으면 봐. 엄마! 한 가지만 부탁할께. '한산모시밭' 원사 싹쓸이 건 있잖아? 그것만큼은 제발 관둬!…… 엄마 보고 싶으면 다시 들어올께.

아빠 미안해요, 죄송스러워요. 이 쪽지 보시면서 '나쁜 따아식, 윤리 도덕적으로 따져두 아비가 상좌인데 이 따위 글 서두도 엄마부터 생각해? 나쁜 따아식!' 하시리라 믿어요. 그러나 인엽이 마음은 그게 아니에요. 뭐라고 할까…… 그냥 아빠보다는 엄마가 조금 더 가엾구 측은해서 엄마 소리부터 먼저 나왔을 뿐이에요. 차암 야릇해요. 아빠는 이리 떼 버글거리는 삭연한 광야에 버려져도 반드시 살아나실 것 같은데, 엄마는 아빠사랑, 돈, 풍요한 환경, 이런 것들의 보호 내지는 보장이 차단되면 며칠 못 살고 죽어버릴 것 같아요! 저 없어도 엄마를 바른 길로, 진지한 관심으로 인도하고 사랑해주세요.

아빠! 부탁 한 가지 올릴게요. 제 그림자 밟으라고 미행자 고용한 거 순전히 아빠 전술이었죠? 제발 현전선에서 철수시키세요. 제 눈에 발각됐다고만 하면 아예 육탄공격으로 물간 낙지를 만들어버릴 거야. 아빠의 사랑하는 딸이 그따위 따아식한테 타의적으로 먹혀도 괜찮아요? 증마알?…… 아빠, 믿어주세요. 인엽이가 아무리 못된 버르장머리부터 익힌 부잣집 외동딸이지만, 이 인엽이년 피서철의 비닐공 아냐! 아무나 던지구, 차구, 물속에서 가지고 노는 비닐공 아냐! 조금이라도, 단 몇 센티미터라도 성숙되어 돌아올 거예요.

아빠! 할아버지가 너무너무 가엾어요. 과분한 효도 하시라는 부탁은 아니구요, 능력껏 최소한의 천륜으로 모셔주세요.

아빠 사랑해요! 건강하시구요. 그리고 이젠 제발 '마이더스'의 황금술에서 벗어나세요. 제발 적정수위의 평화로운 안락을 누리세요.〉

할아버지께옵서 봉놋방의 고자 본새로 당하시고, 나는 삼복염천의 똥개처럼 머리칼 뽑히며 이리 저리 끌려 다녔고, 손수건·타월 두 개 합쳐 40만원짜리 설움을 갈무리 짓고 나서, 나는 앞과 같은 〈부모님께 올 리는 글월〉을 배짱좋게 남겼던 것입니다.

내가 이 집을 나가 이사를 한다? 이런 상황을 여러 번 상상해본 적이 있었습니다. 공인엽이라는 존체에 딸리는 필수적 비품만도 '복서' 두 대 분량, 그리고 사역을 실행함으로써 남성 된 희열을 맛볼 건장한 사내 대여섯 명, 게다가 '빨주노초파남보'의 찬란한 무지개를 밟고 온 칠선녀들의 자상한 수발을 받으며, 아아— 이 공인엽이는 눈부신 거동을 행사하겠지—했던 꿈 말입니다.

그런데 오늘 아침의 내 가출은 복개 전의 '청계천 묵은초' 이사보다 더 초라했습니다. 부모님들은 찾아 볼 길 바이 없었고, 가정부 홍씨 아줌마는 '아가씨 꼭 이래야 돼요? 나두 딸만 줄줄이 다섯을 뽑았지만서두우…… 사내자식들은 몰라도 계집애들은 이러면 못 쓰는데! 딸자식들 호락호락 한다는 게 다 뭔구? 에미 앞에서 양잿물 먹으라면 그냥 마시구 죽구……딸자식들이 양잿물 먹구 죽을 죄를 어떻게 짓누? 그래두 부모들이 죽으라면 죽잖아! 난 아가씨보단 너무 무식 무학이니깐드루 잘은 몰라. 그렇지만 금지옥엽 외동딸이 집을 나갔는데 엄마가 으떻게 살아?……막말루다 아빤 젊은 계집 껴안구 술자리 벌이면 그만이지만, 엄만…… 엄만 딸 집 나갔다구 서방질을 할 거야 술김에 악을 쓸 거야?' 하면서 흠찔흠찔 눈물콧물 질팍하게 닦았습니다.

　나는 아무 말 없이 짐만 챙겼습니다. 꼭 필요한 것. 이른바 필수품들만 챙기고 나니 '색'하나가 금세 배가 불렀습니다.

　'세면도구' '엘리자베스 아덴' 메이크업 세트, 가을 패션의 '트랜트' 세 가지 의상 — 지구의 생태학적 파괴와 오손을 인간 본질선의 내추럴한 질감과 색상으로 대응하는 '에콜로지' 분위기의 신축성 높은 자카드바지와 보디라인의 디테일이 강도 높게 표현된 재킷, 소련의 고르바초프 '페레스트로이카' 이미지를 범세계적 '포크 러브' 스타일로 함축한 테마 의상, 그리고 인간의 능력을 초과학적 첨단기능에까지 접목. 표현해보는 자극적 컬러, 금속성 질감의 '뉴 패션 트랜드' 두어 벌 이렇게 가을과 겨울을 무난히 배겨 낼 수 있는 옷가지들을 쑤셔박고 나니 그중 중요한 품목이 곁에서 울고 있었습니다. '피에르 가르뎅'의 3색 팬티세트군요. 꽃자주색·연회색·황금색의 대담한 색상들이 매끄럽게 반질거리는 그것을 챙길까 말까 망설이고 있었습니다.

　"아가씨— 털속옷을 껴입어두 열감병 붙잡을 겨울이 문턱인데… 이것들은 뭐헐려구?"

"······왜에?"

"어휴 망측스러워······숭 수웅 구멍들 천진데, 여름이면 몰라두 한동철에 이걸 어떻게······ 다아 상추잎 돋듯 헐 게 아닌구? 아니 상추잎은 쬐끔 넓구우- 거 뭐야, 그래 부추잎ㅡ."

"······부추 싹이 왜 겨울에 돋아?"

"······에구우 말귀도 팍팍하셔······음모 말이지 무얼?"

"아줌마 그건 창끝처럼 서나봐. 난 난 이쁘게 눕는 편이야."

"그래말이야. 서는 털 팔자 사납구 눕는 털 복단지 '라는 옛말두 있걸랑······. 그래서 아가씨가 이렇게 복만 단지로 먹구 호강허는 거지!"

"······그러구보니깐 아줌마 말이 옳은 것 같다아- 아줌마! 거기두 감기 들어?"

"······어디?"

"뭐어, 복단지라며?"

"푸 푸 푸웃ㅡ낱낱이 생긴 것들이 이름이 이쁘잖어? 에구우- 복단지는커녕 제길헐 남생이 집이지 무얼."

"···남생이 집?"

"어휴 그런 거 몰라두 돼······ 아까 거기두 감기 드느냐구 했어요?"

"그랬다니깐."

"······왜에?"

"······뭐가 흐르는 것 같구우······ 생선구이 냄새 같은게 나는 것두 같구."

"냉병이야! 대하증 있잖아요."

"······난 그런 거 자알 몰라요. '포비돈 아이오다인' 청결제로 매일 씻으니깐 뭐얼······"

"비지처럼 끈적끈적해?"

"……비지가 뭐야?"

"두부 뒷밥 말예요."

"옴머 징그럽구 추잡스러워…… 그런거 몰라!"

"내 그래서 아까 했던 소리예요. 밑이 왼통 레이스루다 숭 수웅 뚫렸는데 몸이 냉하면 거기두 감기 들어. 아서요. 이거 순면 칠부 반짜리 속것으로 바꿔요."

"……안입어 봤는 걸…… 거기 감기엔 특효약 없어?"

"먼저 약속하면 가르쳐주지…… 나헌테만 있는 곳을 가르쳐주겠수?"

"아빠 엄마한테 꼬셔바칠려구?"

"웬걸 그런 소릴…… 홍씨아줌마가 언제 고런 드런 짓 했다구.… 마른 피문어에다 백도라지를 섞어 팍 파악 끓이고 끓이면 고가 나오는데 내 그걸 해가지구설랑 갈께."

어쨌거나 홍씨아줌마 덕분으로 난 흔치 않은 용기를 얻었습니다. 용기라기보다는 퍽 다행스러운 위로를 받았었다는 표현이 절실하겠네요.

내가 이른아침, 그러니까 오전 6시를 대서 집을 나섰을 때 홍씨아줌마는 내 모습이 사라질 때까지 눈두덩을 훔치고 있었습니다.

나는 예의 〈부모님들께 올리는 글월〉 초벌을 막 복사를 해서 읽고있는 참이었습니다. 그것 참 별스럽데요. 끄적거릴 때는 홧김에다 장난기마저 섞여 신이 났었는데, 글세 '팩시밀리'를 통해 빠져나오는 복사문은 설움의 맹렬한 통증을 시작부터 끝까지 권유하고 있었습니다.

오늘 아침따라 일찍 출근하신 기동수 회장님을 정중히 맞이할 짬도 없이 나는 깨적거리는 눈물을 훔치느라 안절부절 못했습니다.

"어어? 역시 한조상사 복단지야 복단지! 지금이 몇시인데 출근이람? 엘리베이터걸 인사는커녕 경비부 말졸헌테서두 인사 한자리 못 받았었거든…… 도무지 웬 변고인가?"

"…… 출근에 대한 의무감에서라기보다 일찍 집을 나서야 할 피치못할 이유 때문에 그렇게 됐습니다."

"…… 디스코테크에서 밤샘을 했나?"

"별 말씀을 다 하십니다. 회장님. 전 아직 디스코테크 나들이를 해본 적이 없는걸요."

"…… 믿기 어렵군."

"믿어주셔야 제가 덜 억울합니다. ……회장님께서야말로 어떻게 되신 거예요?"

"…… 아들 녀석허구 밤새 술타령하며 싸웠어! ……사우나 할 맘도 없구, 그냥 나 혼자 멍청하게 앉아 있고 싶어서 조기출근을 감행한 거지."

"회장님, 정말 너무너무 멋 있으세요!"

"이거 누굴 놀리나? 멋있는 작자가 아들놈하고 밤새 싸워?"

"세상의 모든 아버지들, 특히 부의 풍요로움을 자식에게 베풀고 있는 아버지가 왜 밤새 논쟁을 벌이고 있겠습니까! 더구나 아들하구요."

"……내 인생 제눔 인생이 틀린데 안 싸우면 으떡허나?"

"독선적인 명령, 그리고 권위 일변도의 감호조처로 충분하지 않겠습니까?"

"……다시 할 말이 뭐 있담! 아까 말했듯이 인생관의 엄연한 상위가 있을진대, 명령이 어디 있고 복종이 어디 있어?…… 나 커피 한 잔 줘."

"네에 회장님!"

모처럼의 진지한 분위기는 얼마 못갔습니다. 하필이면 이럴 때, 녀석의 무뢰하고도 철딱서니 없는 전화질이 시작될 것은 뭐였겠습니까. 수화기를 들고 상대가 '불고데' 녀석이라는 걸 대뜸 알아채렸습니다.

"어쭈우? 이 시간에 출근이라? 당신 하여튼지 쓸 만한 여성이구먼. 예감이라는 거어— 그 거 차암 절묘하군! 어째 그대가 내 목소리를 듣고자 제 정신이 아닐 것 같더라구. 그래서 또 또 또옥 찍어봤더니, 고거 영낙없네, 고거어?"

"인내에도 한계가 있습니다! 여기 현장상황을 말씀드리죠. 한조상사 회장님께서 이 시간에 출근하셨음은 물론 제 서툰 솜씨로 끓여올린 커피를 아무 불평말씀 없이 마시고 계십니다!"

"이 사라암아아- 나라도 그러겠다. 소공동 복판에다 제 빌딩 올리고 그 탄성의 황금연사를 시시각각 짜대는 왕초거미로서, 그러면 자신이 몸소 부의 철저관리를 안하며언?⋯⋯ 그게 뭐 큰 괴변이라구 떠드나? 나 같으면 아주 회장실에서 자!"

"⋯⋯ 댁의 말씀도 일리는 있습니다만, 맘놓구 까불지 마세요!"

"안 까불지! 그래, 맹서하자구. 그럼 이 부탁만 들어줘. 오늘 퇴근때 만나세.

"싫네요!"

"이런 형편없는 공해산업 학사하고는!⋯⋯ 이거 보라구. 축배 한 잔 하자는데 뭘 그래?"

"축배를 올릴 만한 일이 전혀 없습니다."

"아이고 미치겠다! 이거 봐요! 독일이 통일됐잖나?"

"충심으로 경하하는 바입니다만, 독일의 통일 때문에 약소대한의 평범한 근로자가 근로의 현장을 무단이탈해야 합니까?"

"약소대한? 이거 50년 전에 태생했어? 약소대한이라는 양아치구걸 썩 거둬! 약소대한이 아니구 분단조국이야!"

"조국통일을 원하기 때문에 감상적 충동에 이끌려 근무현장을 못 이탈하겠다 이거얏! 독일이 야바위 산통에서 행운의 잭포트를 뽑아 통일했어? 그랬어?"

"어어? 반말했니?"

"그런 것 같다!"

"좋아, 다아 좋아아– 내 여펜내라면 혀를 경기들게 뽑겠다만, 내 뭐 그럴 자격이 현시점에선 전무하구…… 이거 보쇼. 그러지 말구 축배 한 번 같이 올리자. 나 지금 무지무지 행복하다구!"

"부디 행복하시길!"

내가 전화를 끊자 기동수 회장께서 별안간 목청을 높였습니다.

"지금 몇 시인가?"

"오전 여덟시 사십분입니다. 회장님!"

"오전 아홉시 정각에 총무과장 인사부장 대깍 불러!
앞으로 20분 동안은 일체 함구키로!"

"……"

"이 벌레만도 못한 작자들 같으니!".

기동수 회장님이 한탄했습니다.

택남(擇男)의 장

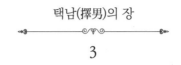

3

앞으로 20분 동안 함구하자던 맹세를 기동수 회장님께서 먼저 깨부셨습니다.

"그 카피 이리 줘봐."

"…저는 회장님의 명령에 20분 동안은 침묵하고 싶었습니다!"

"말이 많지. 주라면 줘!"

"…네 회장님."

기동수 회장님께서 내 〈부모님께 남기는 글월〉 복사지를 받아들고 묵묵히 읽어내려갔습니다. 그동안 '테스토니' 구두 속에서 열 개의 발가락이 꼼지락 꼼지락 몸살을 앓았습니다. 어떤 날벼락이 떨어질까. 이 길로 '한조상사'에서 해고되는 것은 아닐까 하구요.

기동수 회장님은 그 복사지 속의 사연을 다 읽고나서 한동안 관자놀이께를 꾹꾸욱 누르고만 계셨습니다. 5분쯤 지났습니다.

"아홉시야. 아까 지시한 사항 이행하세요."

"네 회장님."

불행하게도 '총무과장' '인사부장' 두 사람 다 출근 전이었습니다. 또 30분이 흘러갔습니다. 그 30분이 흐르는 동안 기동수 회장님은 '무려 다섯번이나 내〈부모님께 남기는 글월〉을 다시 읽으셨던 것 같습니 다.

"아홉시 반이야. 지시사항 이행하세요."

"네 회장님."

내가 두 사람을 호출하는 사이에 기동수 회장님은 〈금연 일주일째〉의 철벽 같은 맹세를 와르르 무너뜨렸습니다. 그의 검지와 장지 새에 낀 '하얀 솔' 한 개 비가 완전히 재로 변했습니다.

똑 똑 또옥– 어지간히 주눅 든 노크소리에 이어 '인사부장' 김동구씨와 '총무과장' 한소명씨가 들어섰습니다.

"부르셨습니까!"

길 잘 들인 콩고앵무처럼 두 사람이 말했습니다.

기동수 회장님이 손가락을 까딱하며 먼저 '인사부장' 김동우씨를 불러세웠습니다.

"당신부터… 적성테스트 다시 한 번 할 생각 없나?"

"…회장님의 명령이라면 어느 때, 어느 곳, 어떤 상황 속에서라도 이행하겠습니다. 회장님!"

"뭘 말야?"

"…글쎄올습니다!"

"글쎄올습니다? …여봐 김동구씨. 당신 이름 두 자 어떻게 쓰나? 마을 동 자에다 입 구자?"

"회장님의 비상하신 기억력에는 오로지, 아니 애오라지 감탄성만 발할 뿐입니다!"

"…그래, 고마워요. …당신 김상진이 부르는 노래 좋아해?"

"싫어합니다!"

"…왜?"

"우선 카수의 외모부터가 남성답지 않굽쇼. 그 다음으로는 주체성 없는 남성의 방황이 싫습니다."

"그대의 이름이 시사하는 바와 기적적으로 맞아떨어지는 것 같은데?"

"…?"

"당신 외모가 김상진이보다 다분히 남성적이라고 자위하는가?"

"…다소는…다소는…"

"뻘소리 치우세욧! 다소라는 정도의 대위법으로 어물쩡 넘어가려구 하지 말아."

"…네에!"

"뭐가 네에야? … 당신 스스로 미남이라구 되게 재는 모양인데, 이 기동수가 만약에 여자라면, 만에 하나 여자라며언― 난 김동구보다는 김상진에게 먼저 반하겠어! …부서별 회식 때 더러더러 내 노래 들어봤죠오?"

"네에!"

"내 한 소절만 뽑기로 할까아… 이리 갈까아, 저어리 갈까아아, 차라리 도올아 갈까아아― 세 가알래 기일 삼거어리에, 비이가아아 내린다아아― 이거 좋아 나빠?"

"…좋습니다!"

"알겠다니 얼마나 다행인가! … 인사부장 김동구!"

"네에 회장님!"

"똑똑히 햇! 앞으로는!"

"…"

"당신 이름이 동구 아닌가. 따라서 동구앞길! 이 건 바로 버리고 떠났던 고향마을 문턱 아냐?"

"…네에 회장님!"

"인사관리 철저히 해! …토끼띠의 역사적 고찰 때문에, 그 당시의 나도 다소 훼까닥 했었겠지만— 이런 여성을 비서 적격자로 뽑자고 그렇게 졸라 댔었나?"

"…?"

"조기출근의 의도가 오로지 애사정신의 성혈 탓인 줄만 믿었어! 그런데 그게 아냐. 간밤을 어떻게, 어디서 어떤 상황으로 보낸 줄 알 길 없는 내 비서 미스 공은, 말도 아니요 따라서 김포약주·포천막걸리도 아닌, 요상한 낙서를 '한조상사' 회장실의 팩시에다 뻔뻔하게 복사를 하고 있었어! …적성테스트 다시 햇!"

"네에 회장님!"

다음엔 '총무과장' 한소명씨가 앞으로 잰걸음을 딛다 멈춰 섰습니다.

"당신 이름은 뭐야?"

"…한소명올습니다. 회장님!"

"모슨 소자에다 무슨 명 자 쓰더라?"

"휠 소 자에다 목숨 명 자 씁니다. 회장님!"

"이거 봐 총무과장. 당신, 단 한 장의 복사, 그리고 복사에 대한 제반 실리를 계산해 봤나?"

"네 회장님! 단 한 건의 문건, 그리고 단 한 장의 복사지에 이르기까지 항상 각별한 신경을 쓰고 있습니다!"

"…그래? …그러면 더도 말고 일곱가지 문답만 계속하기로 하세…. 첫째에- 카피본 배부를 군이 않고서도 중요사안·토의안건을 게시방법으로 대치 할 수는 없을까 하는 애사정신을 발휘해 봤었나?"

"둘째— 어쩔 수 없이 복사본이 필요했었다 치지. …개인 앞 배부, 즉 부서장·차장급에게만 전용으로 띄울 문서를 부서별 전사원이 공히 인지할 수 있는 회람형식의 복사본 한 장을, 그 목적의 실용으로 회람형식을 써봤었나?"

"…"

"설령 절대 필요의 부서용 복사라 치지! 배부처를 절대 필요의 적정성에 제한 해봤었나? 예컨대, 그 복사본이 실효를 거둘, 꼭 필요한 부서의 필독서라는 신뢰를 줘왔었던가 말야?"

"…"

"넷째에— 예비 복사 부수를 당신 맘대로 잡아, 남아도는 복사본을 폐기처분 했었지?"

"맹세코 그런 적은 없습니다.'

"양면 복사를 활용해 봤나? 종이도 절약되고 부피도 줄어 일거양득일 것 같은데."

"…오늘부터 당장 실천하겠습니다."

"중대막급한 자료가 아닐 때, 복사상태가 다소 나쁘더라도 그대로 쓰고 있어?"

"…대개 다시 복사했습니다만, 오늘부터 시정하겠습니다!"

"이거 봐, 이름값 좀 해! 내 주욱 체크해 왔지만 이면지 복사를 이용하는 경우를 한 번도 못 봤어. 단 한 장의 종이도 회사 자산이라는 그 근검절약정신을 소명으로 하라는 말씀이야, 알았어?"

"네 회장님!"

"됐어… 인사부장 당신, 아까 내 기억력에는 애오라지 감탄성만 터진다고 했었지?"

"네, 그랬었습니다!"

"오로지는 무슨 뜻이고 애오라지는 무슨 뜻이야?"

"…애오라지라는 말은 오로지라는 말의 강조적 의미입니다!"

"그러니까아– 예컨대, 한조상사의 발전을 위해 몸과 마음을 바치려면, 애오라지 바쳐야지 오로지 바치면 그거 되게 싱겁겠지?"

"네, 그렇습니다!

"총무과장 당신도 인사부장의 말에 동감인가?"

"물론입니다. 회장님!"

기동수 회장님이 주먹에 멍이 들도록 책상을 내려쳤습니다.

"이거들 보라구! 말장난들 좀 그만해! 제 나라 말 하나도 똑똑히 모르면서 중책들을 맡고 있으니 탈이야. 오로지라는 말은 '오직 한 곬으로'라는 뜻의 부사고, 애오라지라는 말은 '부족한 대로 쓸 만하다'하는 뜻의 부사로 알고 있어. 이런 제길헐, 뭐가 어째? 한조상사의 발전을 위해 애오라지 몸과 마음을 바쳐? 몸과 마음을 바치려면 오로지 바쳐야지, 애오라지 바치려구 하니깐 애사정신들이 그 따위야! 오로지와 애오라지는 의미에 있어 사돈네 팔촌도 아닌 상위성을 갖고 있어. …공부들 좀 해. 알았어들?"

기동수 회장께서 벌근거리는 숨을 내쉬고 있었습니다. 두 사람을 향해 말했습니다.

"나 담배 태우고 싶네. 각자 담배 한 개비씩 적선해 봐."

'인사부장' 김동구씨가 망설임 끝에 '입센 로랑' 한 개비를 바쳤고 '총무과장' 한소명씨는 '88 디럭스 마일드' 한 개비를 뽑아 올렸습니다.

기동수 회장께서 두 개비의 담배를 차례로 태웠습니다.

"난 하얀 솔을 피우는데, 한 사람은 아예 외제담배'만 빨구 또 한 사람은 순

하디 순한 국산담배를 즐겨 하시는구먼. … 취향들이니깐 할 수 없다 치고— 내 문제를 낼 테니 두 사람 다 암산해봐. …예컨대, 육 백원짜리 '88 담배'를 매일 한 갑씩 태우는 사람이 말씀이야, 어느 날 금연을 단행했다 치지. 이 자가 담배값을 은행 자유저축에 50년간 계속 붓는다고 가정하면? 도대체 얼마를 탈 수 있겠나?"

두 사람들은 꿀먹은 벙어리 본새로 아무 말이 없었습니다.

"자그마치 5억5천7백만원이야! 어때? 실감할 수 있어?? 당신 인사부장! 외제담배 태우는 버릇, 그 거 당장 고쳐. 그리고 총무과장 당신, 말이 좋아 과장이지 봉급이 얼마라구 7백원짜리 담배를 피워?"

기동수 회장님이 절래절래 고개를 흔들어댔습니다.

"미스 공."

"네, 회장님."

"하루 24시간이 몇 초인가?"

나는 한참 걸려 계산을 해냈습니다.

"8만6천4백초입니다."

"자알 했어. 분으로 따지면?"

"…1천4백40분인가요?"

"그래. 암산실력이 보통 아니군. 심심해서 계산해 봤는데, 인간의 일생을 70년으로 잡고 모두 몇 초야? 이번엔 인사부장 총무과장 당신들이 계산해봐."

두 사람들은 연신 눈꺼풀만 떨어댈 뿐 차라리 죽고 싶다는 표정이었습니다.

"그런 머리들로 중견간부라? 미스 공 발바닥이나 빨아줘!"

두 사람들은 손바닥만 비비적대며 '죄송합니다! 하는 소리만 거푸 내뱉았습니다.

"사죄할 것까지는 없어. 이런 제에길, 양지쪽에 나온 파리들이군. 왜들 손 바닥은 부벼대? …사람 한 평생을 70년으로 잡을 때에— 초로 환산하면 22억7백52만초! 기껏해야 1원짜리 동전을 22억개 정도 쌓으면 70년도 끝장나! …하루 8시간 근로를 한다고 가정해보지. 초로 환산하면 4억2천48만초, 이걸 분으로 환산하면 7백만 8천분, 시간으로 환산하면 11만6천8백시간, 날짜로 환산하면 기껏 1만4천6백 일이야. … 당신들 나이가 지금 몇 살들인가? 인생 70세 중에서 3, 40년을 벌써 까먹었지? 도대체 맡은 바 소임에 충실하며 제아무리 일을 하고자 한다 해도 기껏 초·분·시간. 날짜로 따져 얼마나 남았나 생각들 해봐! 지금 상황만 가지고 생각해 보기로 하지. 당신들이 회장 지청구 듣는 데만 소비한 시간을 10분으로 가정할 때, 물경 6백초가 흘러가버렸어! 이거 아찔하잖나? 능률적 창의에다 6백초를 썼어도 못내 아까우려든, 이거 이러고도 인생 아깝지 않아?"

"…그저 죄송할 따름입니다! 앞으로는 능률적 창의에다 혼신의 정열을 바치겠습니다!"

'인사부장' 김동구씨가 농약 먹은 백로 본새로 머리통을 조아렸습니다.

"나가서 일들 해요."

"물러가겠습니다!"

두 사람이 물러가자 기동수 회장께옵서 또 나의 〈부모님께 남기는 글월〉을 읽기 시작했습니다.

이제 내 차례인 듯싶었습니다. 권고사직 따위의 아뜩한 허무의 벼랑이 올려다 보이는 듯도 했습니다. 그러나 기동수 회장님은 야릇한 웃음기를 띄우며 말했습니다.

"김포약주도 아니요 포천막걸리도 아닌 야릇요상한 낙서를 복사했다는 말은 어디까지나 화풀이었었구. …어쨌거나 미스 공은 흔치않은 여자야. …
대단해!"

"…과분한 말씀이십니다!"

"…거처는 정했나?"

"…생각중입니다, 회장님."

"돈이 필요하면 지체없이 말해. …돕고 싶군."

나는 철딱서니 없이 흠찔거렸습니다.

택남(擇男)의 장

4

"차나 한 잔 하실까?"

하는 인사부장 김동구씨의 말은 나에게 있어 삼엄한 계엄령의 포고문에 버금갔습니다.

"…목젖은 준비됐습니다만…"

"목젖?"

"목젖이 과학적 운동을 함으로써 식도의 쾌감도 마련됐으리라 믿습니다."

"…그러니까아— 목젖이 넘겨줘야 물 한 방울이라도 넘어간다?"

"그렇습니다!"

"따라와요."

마침 오늘이 봉급날이군요. 나는 일금 50만 7천원의 월급봉투를 또 하나의 심장인 양 소중히 앙가슴 속에 묻고 따라나섰습니다.

그의 그랜저 승용차가 한강의 해감내를 가르며 땅과 물을 세 번이나 넘나들었습니다.

승용차가 멈출 때까지 나는 김동구씨와는 전혀 다른 생각만 풀무질하고 있었던가봐요.

이런 생각이었었던가봐요.

〈이자의 안가는 그래도 나의 후천적 단련에 어느 정도 맞아들거야. 이를테면 편안함! …불편한 게 불화구 편안하면 평화지 뭐얼. 나의 평화는 삶의 현장이 실습이 아닌 마당─ 즉 길들여진 대로의 일상을 우선 재현해봄으로써 그 상황 속에서 현재의 나를 발견하는 예사스러움 말이다. 예를 들어보지. 어느 날 어떤 밤에, 나는 자의반 타의반으로 생면부지의 사내와 함께 밀실에 들었어. 그 밀실이 여인숙의 한칸 방인가 아니면 무궁화 네댓개가 활짝 핀 고급호텔인가에 따라서, 나의 평화는 불안과 안도의 두 갈래 길중 한 길을 선택할 것은 자명한데… 예컨대 여인숙에 갇혔다 치자. 오줌 한번 누려고 해도 낡은 슬리퍼 짜그락 짜그락 끌며 공동화장실을 주눅 들어 들락거려야 할 것이고, 소변을 마감했다고 쳤을 때 나의 질을 충신처럼 떠받들던 비데의 분수를 찾아 나는 나도 모르게 오리걸음을 어그적거리겠지만 비데가 어디에 있겠어?…비데 대신 두루말이 화장지를 촤르르 풀어 꼭 꼬옥 소변의 잔흔을 뒷설거지 한다손 치더라도 그 뒷맛 떨떠름함을 어떻게 감당할 것인가. 생각만 같다면 오줌 한 방울의 습윤함을 지린내와 더불어 끈질기게 간직하는 팬티 하나쯤 홀랑 벗어 휴지통에 버리고, 말씬말씬 차악 감겨드는 새 팬티에다 생동하는 굴곡부를 감추면, 아아 날아갈 듯 가뿐할 것을… 여인숙의 낡은 거울과 마주섰을 때, 그럴 때, 나는 엄마를 찾지 않아야 할 터인즉, 아마도 나는 여인숙의 낡은 거울과 맞대면 하면서부터 '엄마! 엄마!'하고 목멘 절규를 토혈할 거다.

왜 처량할 때 꼭 엄마가 그리웠을까. 이런 기억이 있어. 고3 때였었지. 친구 넷이 수학여행비 미납으로 방구석 비품으로 푸욱 곯고 있다는 소식을 접했었고, 그해 가을은 유난히 붉었어. 강물은 등푸른 고기 떼를 띄우며 약수처럼 시렸고 산이란 산은 모두들 단풍을 익히며 오로지 탔어. 붉게 붉게….

내장산 불더미 속으로 우리들은 휘말렸었지 아마…. 오징어 네 마리에다 캔

맥주 세 개, 그리고 사과 두 개 와 밤고구마튀김 두 봉지를 별 탈 없이 먹어치운 죄과는 실로 엄청났었어.

새벽 2시부터 뽀글작 뽀글작 끓어대던 아랫배가 드디어 계엄령을 맞이했어. 가을 산사의 야외변소 앞엔 포고령 위반자들의 긴 긴 행렬이 아마존의 '아나콘다'처럼 얌전했었어.

"누구야?"

"…나아!"

"내가 누군데?"

"공인엽이!"

"조금만 기다려."

"얘, 나 조금만 더 기다리다간 그냥 싸아!"

"싸렴? 그냥 싸려엄."

"못 비켜?"

"못 비키는 게 아니구 안 비킨다."

"…너 누구야?"

"보초다."

"변소에 보초라구?"

"서열이 있잖아, 서여얼! 내 백넘버가 29번이야. 너만 급하냐? 나두 이분만 더 간다하면 그냥 싸!"

"간단한 건 꼭 변소가 아니더라도 얼마든지 있잖아!"

"나두 간단하지 않아서 탈!"

"…복잡해?"

"그러엄!"

백넘버 29번처럼 나도 복잡성을 해결하고 나서 30번째의 보초를 섰었나봐. 복잡함을 해결했으면 그뿐이지 무얼 구시렁 구시렁 잔소리냐구 할 거야. 그러나 '그때 그사람'을 몰라서 그래.

내장산의 야외변소는 우선 무서웠었어. 컴컴한 공간을 유영하며, 가을모기가 가차 없이 침을 박았었지. 복숭아뼈, 장딴지, 벗어제낀 엉덩이, 그리고 예쁘디 예쁜 내 거기까지…그런 것쯤은 참았었어. 그런데 참으로 화급스러운 순간을 맞이하면서부터 나는 '엄마!'를 절규했었어. 끄응 힘을 주면 적어도 10초 뒤에 풍당 하면서 그게 낙하했었던가봐. 그게 뭐 별건가, 똥이었지 똥…. 하필이면 손님들 무더기로 받고 나서 화장실 청소를 할 게 뭐람. …화장실을 친다면 건데기 보다는 국물이 많은 그런 상태…때글때글 영근, 내 대변이 포옹 빠졌다 하면 그때마다 어김없이 국물이 튀어오르며, 나의 예쁜 거기와 엉덩이까지 츱츱한 물기를 발라줬었어. 정확하게 다섯번- 포옹 했다 하면 '엄마야!'를 다섯 번 절규했지. 그거 참말로 야릇하더군. 왜, 아니 왜 꼭 불편스럽고 처량했다 하면 어머니를 찾았을까. 쉽게 말해서 그 적의 나는 알끈이 떨어진 상태의 곯아빠진 계란이었을 거야. 알끈이 뭐겠느냐구? 바로 어머니… 궂으나 바싹 마르나 진 자리 마른 자리 갈아 뉘시며 오직 하나뿐인 딸을 목숨 걸고 보호해주셨던 어머니 말이다.

"왜 그래 인엽아."

"싸앙- 튀었어!"

"…뭐가?"

"똥물이! 몰라, 난 몰라! 그냥 죽을 거야."

"저런 벼락맞아 재 될 놈의 똥물! 아니 어디라구 가림없이 튀어?… 인엽아 이리 온! 내가 씻어줄께.

그래 따악 벌려. 앤 왜 이래? 엄마인데 뭐가 부끄러워? 아서, 아서! 자꾸 조
이면 으떡해? …. 옳지 그래야지! 더, 더어- 그래 따악 벌려 따악—"

아아- 가출까지 한 마당에 불편함의 시시콜콜, 드러움의 골골샅샅을 또다시
어머니에게 맡긴다면 안 돼, 절대 안 돼, 이젠 웬만한 불편스러움과 불결한 것
쯤 내 의지로 내 손으로 해결할 줄 알아야지! 하느니 임- 제발 김동구의 안가가
불결하지 않기를 불결하지 않기를 손 모아 비나이다! '엄마!'하는 비명 없이도
내 스스로 타개책을 강구할, 아니 그런 노력 없이도 불편함이 애당초 없을, 그
런 시역의 자리를 마련 해 주시옵소서〉

김동구씨의 그랜저가 강남땅의 모진 골목에 멈춰섰을 때까지 나는 예의 기도
와 생각을 어리반죽 쳤을 겁니다. 강남땅이야말로 이 공인엽이의 고향입니다.

"뭘 해? 내리지 않구."

하는 인사부장 김동구씨의 호령에 길들인 애완견처럼 쪼르르 내려 사방을 살
펴봤습니다. 기껏해야 강남땅 역삼동이군요.

김동구씨를 따라 자박자박 얌전히 걸음을 옮겼습니다.

허위대 한번 훤칠한 30대 중반의 사내가 '안 오시는가 했습니다. 많이 늦으셨
군요' 하면서 45도 각도로 정중히 절을 올렸습니다.

"아직 초저녁인데 뭐얼."

"초저녁이라뇨? 새벽 2시입니다."

그 소리에 나는 순간적으로 경기 들었습니다.

〈꼼짝없이 김동구와 함께 달을 밝히는구나! 기껏 첫 번 봉급날, 월급봉투를 통
째 들고 외박이라? 아아- 엄마아!〉

이런 화난이 없겠군요. 그렇게 벼르고 다졌던 맹세는 다 어딜 갔을까요. 위난
의 예감 앞에서 나는 부지중에 어머니를 또 절규하고 말았습니다.

정신을 가다듬고 밤하늘을 올려다봤습니다. 그렇다. 표본실 안의 암컷 개구리가 될지언정 삐익 소리라도 읊고 보자 하는 용기가 솟았습니다.

"김동구씨 잠깐만요….."

"…뭐어? 김동구씨?…"

"아쿠쿠우! 이젠 문자 그대로 저의 실수였습니다. 정정하겠습니다. 김 부장님!"

"그러면 못써어…고럼, 고러엄!"

"한 가지 궁금한 게 있습니다."

"……"

"대한민국은 바야흐로 선진의 문턱에서 몸살감기를 앓고 있습니다. 모든 모순을 척결한다는 의지가 칼날을 세운 현실입니다."

"…그런데?"

"새벽 2시에 우리들을 반갑게 맞이해줄 곳이 있어서야 되겠습니까?"

"새벽 2시면 집에도 못 가나?"

"…네에?"

"왜 놀라?"

"그러면 …그렇다면 이곳이 바로 김 부장님의 자택입니까?"

"도대체 무슨 말이야? 술집 아닌가, 술집."

"내 집이라면서요?"

"이런 답답한 사람 좀 보게나. 미스 고옹!"

"네에!"

"맘 놓고 술 퍼마실 자리이면 그곳이 바로 집이지 뭘얼."

"…지금이 몇 시인데요?"

"새벽 2시!"

"일찍이 사회모순의 척결의지로 정부는 심야영업을 강력히 단속하고 나섰습니다!"

"허허허– 그래서어?"

"한조상사 회장님의 말씀대로 김포약주도 포천막걸리도 아닌 현실 아닌가요."

"현실이란 쉽게 말해서 눈앞의 사실이야! 그치이?"

"…그렇습니다."

"알았으면 됐어. 그만 먹물타령 하구 고분고분 말려들자구. 눈앞의 사실! 따라서 현시일!…이제 됐어?"

내가 할 말을 잊고 우두망찰 아뜩해 있을 때, 그동안 연신 푸스스 푸스스 웃음을 흘리고 섰던 허위대 훤칠한 30대 중반의 사내가 오만불손하게도 내 등짝을 도닥거렸습니다.

"모든 것을 책임 지기 위해서 내가 이렇게 서 있습니다. …양희은의 노래 속에도 왜 있지 않습니까? …한 사람 여기이–또오 그 곁에에– 우리 셋이 마주보고오 이있네에…."

김동구 부장이 '왐메 노래 좋고 박자 좋고잉. 뚜뚜 뚜우 또그닥 똑—' 어설픈 전라도 사투리를 흉내내며 맞장단 쳤습니다.

또 어머니를 부르려다가 말았습니다. 새벽2시에 강남땅 역삼동 골목에서 감히 공인엽이의 등짝을 도닥거려주며 한없이 자랑스럽게 서 있는 남자– 이런 꼬리 달린 개구리 얼뚱아기를 내 어머니께서 봤다면? …녀석은 필시 3주 진단의 상해를 입고 바퀴벌레 득실거리는 강북의 5류병원에 누워 있을 것입니다.

부러져도 똑 소리는 해야 옳습니다. 나는 녀석의 부삽 같은 손을 타악 쳐내며 말했습니다.

"이 손 좀 치우세요! 내가 개가죽으로 만든 소고야 뭐야? 당신 맘대로 도도
독 도독 치라구 십삭 채워 태어난 줄 알아?"

"누군 여섯달 만에 탯줄 끊었습니까? 저도 십삭 채워 응애응애 태어났습
니다."

"징그러워!"

"세상이 온통 징그럽죠 뭘. 징그러운 세상을 징그러운 놈이 책임 안 지면 누
가 지겠습니까? 진노를 푸시고 그만 입실 하십쇼, 네에!"

빨주노초파남보의 무지개가 쌍드레 맞줄 잡고 뜨는 환상을 경험했습니다. 말
로는 질 수밖에 없는 현실이 눈앞의 사실이었습니다. 그러게, 그러게 말입니다.
모진 체험의 구체적 실감 뒤에야 겨우 느낄 수 있는 것을 '한조상사' 인사부장
께옵서는 벌써 5분 전에 간파하셨던 것입니다.

나는 양철 양동이를 목에 건 늙은 젖소처럼 눈에 뵈는 모든 것을 용서하며 자
박자박 걸었습니다. 밀도살 장에 들어서는 늙은 젖소는 제 피를 담을 양동이를
목에다 거는 늠연함을 보이며 죽음을 맞이한다 하데요.

30대 중반의 사내가 말했습니다.

"싸모니임! 다음부터는 이러지 마십쇼. 이래뵈도 전 본 업소의 깜빵사장입
니다. 사장도 억쑤로 깔린 세상입니다만, 오직 의리 하나로 사장노릇 하는
사람들은 우리들뿐입니다. 심야영업을 걱정하시는데, 이 모든 책임은 내가
지고 형무소 직행버스 탑니다!"

"…"

"까아짓거어— 공숙. 공식 공허송세월 하고 출감하면 업주께서 영업권 일부
를 공짜로 선사합니다. …따지고 보면 의리에 살고 의리에 죽는 남자 아니

겠습니까."

나는 다별한 시련의 돌계단을 타내리며 하마터면 실족할 뻔 했었어요.

5

인사부장 김동구씨가 내 팔짱을 끼며 이른바 '깜방사장'에게 말했습니다.

"미스터 용, 차 넣구 비닐커튼 내려야지."

"네, 김부장님."

깜방사장 용씨가 김동구씨의 승용차를 잽싸게 몰아 마침 비어 있는 옥외주차장 한 곳으로 쑤셔박았습니다. 그가 너비 2미터 정도의 비닐커튼을 촤르르 내려 승용차 뒷범퍼를 완전무결하게 가려줬습니다.

나는 김동구 부장의 팔아름에 의지하며 아슬아슬한 돌계단을 타내렸습니다. 돌계단의 좌우로 촛불들이 영악스럽게 타며 주위를 밝혔습니다.

"…불이 나갔나보죠?"

"불이 나가?"

"촛불들의 사열 아닙니까."

"이거 봐. 대한민국 강남땅이야. 이 시간에 강남땅의 불이 나가고서야 어떻게 대한민국이라 하겠는가? …지금 몇시야?"

"새벽 두시 넘었다면서요."

"그러게 하는 말 아닌가. 정문 네온사인 교차로의 신호등처럼 밝히면서 어떻게 심야영업 해?… 그러니까 불이 있으되 불을 안 밝히겠다는 거 아냐?"

"그렇군요, 네에!"

나는 김동구씨의 점점 옥죄오는 팔아름의 힘이 싫어 몇 번 옥죈 팔을 풀려고 노력했습니다. 그때마다 김동구씨의 팔아름은 더욱 완력을 과시했었습니다.

"허어 이거 왜 이래?"

"겨드랑이에서 땀줄이 솟습니다."

"…참아! 나 이 김동구우- 미스 공을 부대고기찌개 끓일 맘 추호도 없어. … 자기 혼자 내려가 볼래? 그럴테야?… 못 가! 저만 잘났다고 까불다가는 열 두 계단 지옥으로 직행이야! 싫더라두 힘껏 팔아름을 껴봐. 우선 무사히 앉 고봐야 얘기고 나발이고 홍애홍애 울 거 아니겠어?"

김동구씨의 말은 하나도 틀린 데가 없었습니다. 내가 만약 그의 팔짱을 사절 했다면, 나는 틀림없이 여덟 계단쯤 밟아내리다가 복숭아뼈를 삐었을 것입니 다.

그것 참 희한한 조화지요. 김동구씨의 팔아름에서 풀려진 나는 잠시 눈이 멀 었습니다. 타내렸던 돌계단과는 달리 실내는 휘황찬란했습니다. 거진 열두 개 나 될 성부른 칸막이마다 먹이를 나눠 먹는 카나리아 자웅들이 속닥속닥 밀어 를 나누고 있었습니다.

뒤따라 허겁스레 달려온 깜방사장이 탁구공을 공중에 띄워놓고 물줄을 뽑는, 그러니까 기껏 일미터 쯤의 허공에다 탁구공 한 개를 올려놓고 홍콩식 '접시돌 리기'를 하고 있는 분수대 옆으로 나와 김동구 씨를 모셨습니다.

나는 잠시 동안, 김동구씨와 내가 이곳으로 오기까지의 만 7시간 동안을 생 각해 보고 있었습니다.

회사 근처의 낡은 중국집에서 썩은 오리알로 안주 삼으며 고량주 한 병을 마 셨었습니다. 누군 누구겠습니까. 최상모라는 털 많은 사내이지요. '그렇게 싫나?' '어디다가 반말이야?' '니가 반말 놓거로 내는 와 반말 몬놔?' '이게 증마 알 죽고 싶나?' '무신 도체비 십애리는 소리로… 내 와 죽어? 최상모 이 자스 윽─ 고레 죽을라캤으모 이팔청춘 때 고마 갔다!'…그때 갔으면 오늘 이 시점의 공인엽이가 이렇게 괴롭진 않잖아!' '오늘 이 시점엄?… 그라이까네 요샛말로 현단계가! '알았으면 됐네. 그럼, 고러엄─' '니기미 십이라케랏! 현단계 좋아하 제. 현단계에서 내 니한테 못할 짓 한기 머꼬?' '…뭐어?' '와, 와아?…고 소리는 억쑤 싫응갑다. 보라꼬오─ 현단계에서 싫다모 고마 쥐두이 사알 다물고 내는 모를따카모 됐제, 세상에 말도 안 나온다. 한 과장에게 꼭 고레 밀고해사 쏙이 풀리더나?' '밀고? 천만에! 나는 윤허해주십사 주청을 드린 것뿐이야' '한명회가 세조에게 아부하는 소리 좋고오─' '까불지맛!''시끄랍닷! 지기뿔라.' '이 남자 증 말 못 쓰겠네?' '못쓰거로 끈 달아 써라고맛! '─대체로 이런 말다툼 끝에 그녀석 과 나는 입을 다물었었나 봐요. 그 시간이 대충 2시간쯤 됐을까요.

기동수 회장님과의 약속을 그 시간 갈무리하기 무섭게 이행했었습니다.

그릴힐 카페에서 마주 앉았습니다.

"그렇게 집이 싫나?"

"…아뇨. 어차피 내편에서 그렇게 결심해버린 걸요."

"…어떻게?"

"집을 싫어하겠다구요!"

"그럼 못써! …믿을 수 없어야 자식이야! 부모님들은 자식들을 믿고 싶은 마음에서 더러더러 강짜도 놓는 거야."

"이런 말씀 드려도 괜찮을까 모르겠습니다, 회장님."

"질문 사항을 고사하고 나한테 욕을 한데도 상관없어. 미스 공과 나는 조직 세포로서만이 계급의 질서가 있어. 지금은 자네가 회장 이 자식아 하고 욕지거리를 퍼붓는다 해도 관여 안해. 솔직히 말해볼까? 가령 이런 경우를 생각해볼 수 있지. 미스 공이 오늘로서 한조상사를 그만둘 각오가 서 있었다고 쳐. 헤어지는 마당에서 무슨 말인들 못해? 그렇잖아?"

"…네에 회장님! 그러나 전 이 순간, 오히려 한조상사의 열심스러운 일꾼이 되고자 다짐하고 있습니다."

"어쨌거나아-드리고 싶은 말 아무 거리낌없이 읊어봐."

"…회장님껜 슬하에 몇 남매나 두셨는지요!"

"… 그건 왜?"

"회장님께선 자식들을 키워본 경험이 없는 것 같아서요."

"뭐어?… 한조상사 회장이 고자로 뵈던가?"

"설마 그랬을까요."

"그럼 왜 자식이 없을 것이라는 판단이 섰어?"

"회장님께선 저의 부모님들께 대한 고별사를 읽으시고 나서 '어쨌든 흔치 않은 여자야, 대단해!'

이렇게 말씀하셨었거든요."

"그게 어쨌다는 건가?"

"입장을 바꿔놓고 생각해봤습니다. 회장님의 자녀 중에 저 같은 애가 있다면, 그런 객관적 포용이 가능했을까 하구요."

기동수 회장님께서 나의 말끝에 긴 한숨을 내쉬었습니다. 샹들리에 위로 얹었던 시선을 한참 후에야 거뒀습니다.

"아들 하나에다 딸 둘이나 뒀는 걸. 첫째가 아들인데… 그걸 잘못 만들었던가. 도무지 아비를 아비로 대우해주질 않아."

"…가엾어요!"

"누가?"

"회장님이요!"

"어째서?"

"그런 불효막급한 아드님과 사사건건 토시작거릴 회장님을 생각하니 제 부모님이 생각나서요."

"누가 사사건건 토시작거린다구 했어?"

"…아버지를 아버지로 대우 않는 아들의 행실쯤 능히 상상하고도 남음이 있는데요."

"화뿔 돋쳤다 하면 아비구 뭐구 그냥 패나? …용돈 올려주, 사업자금 밀어주슈, 그동안 감춰놓은 호 스테스가 있었우-군소리 말구 결혼시켜주슈우- 이런 행실?"

"…다소 비슷할 것 같습니다."

"천만에— 한번쯤 앙탈에다 불상놈 행태라도 내봤음 좋겠네— 이 녀석은 정반대야! 용돈을 주겠다 해도 사절! 사업자금 밀어주겠다 해도 사절! …장가들 때 됐으니 아무나 붙잡아 장가가라 해도 사저얼- 그냥 외톨이로만 놀아. 아비 된 의무와 도리를 사그리 거부하는 아들놈이라아- 이것도 왠수 라면 왠수 아니겠나."

기동수 회장님은 '술맛 달아나. 이런 말 하지 말라구'하면서 맥주 두 컵을 거푸 들이켰습니다. 맥주 다섯병을 고이 넘긴 기동수 회장님께선 거진 한 시간을 앉은 채로 꾸벅꾸벅 졸으셨습니다. 그러니까 모두 합쳐 두 시간이 흘러갔었나 봅니다.

'어어? 벌써 이렇게 됐나?' 하면서 기동수 회장님이 깜짝 놀라셨습니다. 윗옷 안주머니를 더듬거리더니 봉투 한 장을 꺼내 내 앞으로 밀었습니다.

"이거 군량으로 써."

"…?"

"제아무리 정예군이라 해도 군량이 없으면 싸우고 싶어도 못 싸우지. 5백이야. 단칸셋방 보증금으로는 됐어. 모자라면 아예 몇 개월 고급하숙비로 써."

"회장님! 이거 사절하면 안 될까요?"

"절대 안 돼! 사절하려면 지금 이자리에서 사표 써!"

"…제 초봉이 기껏 50만7천원입니다. 너무 과분한 배려라서 정신이 없습니다."

"정신 똑바로 차리고 부지런히 적금 들어서 갚아! 이자는 1부야.… 나 먼저 나갈 테니 앉아 있다가 천천히 나가."

기동수 회장님께서 자리를 뜨신 지 30분쯤 흘렀을 것입니다. 나는 알로록 달로록 형상 짓는 현실의 난감한 무늬를 눈꺼풀 위에 얹고 눈을 감고 있었습니다.

그때 '이젠 나 봄 보실까. 술은 나중에 들기로 하고 가까운 다방에서 차나 한 잔 하기로' 하면서 김동구씨가 앞자리에 앉았습니다. 카페를 나와 가까운 다방에서 주스 한 잔씩 했습니다. 그리고 그의 승용차에 실려 이곳에 도착했던 것입니다. 6시30분께부터 7시간이 흐른 내역이 대강 이렇습니다.

"특별히 내릴 말씀이 없다면 앞으로 30분 안에 끝내기로 약속하세요."

"어차피 날샌 걸 뭐."

"날이 밝을라면 아직도 다섯 시간은 족히 죽여야 할 텐데요."

"그랬었나? 그렇다면 비비적거릴 시간 안에서 최대한 비비적거리지, 뭐."

김동구씨의 말본새에 어지간히 횟간이 뒤집혔습니다. 명색이 회장비서 올습니다. 인사부장 그까짓것, 까마득히 보낼려고 작심하면, 밀고 한 건에 소원성취 못 하겠어요. 그래서 볼금볼금 솟는 침을 한 방 박아 댔습니다.

"온통 반말로만 바르시는데 회장실 비서는 닭털입니까? 권투선수로 따지면 '미니멈급' 정도로 봐주시는 모양인데… 체중관리 잘 해야 될 줄 믿습니다."

참으로 기발한 일격이었습니다. 민첩한 비열성으로 길들여진 '영민한 엘리트' 근성이 비 오는 날의 피뢰침처럼 즉시 반응을 나타냈습니다.

"… 아 그랬었던가요? …전주가 삼차 있었거던. …아따아 뭘, 그러시우? 술 김엔 증조부 초상화도 졸업앨범 속의 친구라는데! 차후로는 발설을 주의 하겠소."

"책임 지세요!"

"……?"

"심야영업소에서 할짝할짝 술잔 빨다가 단속반에게 들키기라도 하면 명단 공개도 불사할 텐데 말씀입니다. 그땐 난 뭐가 되겠습니까?"

그때 주문을 받고자 다가왔던 깜방사장이 기가 막혀 못 살란다 하는 표정을 지었습니다.

"별 걸 다 염려하십니다. 제가 자료를 입수하여 면밀히 분석한 바, 단속요 원 6만2천9백53명이 60만9천5백34개소의 업소를 단속하고 있습니다. 우 선 숫자의 열세가 10대1입니다. 단속반의 전략도 어린애들 장난에 불과합 니다. 예컨대에― 빈 택시들의 밀집지역, 젊은 여자들이 덩이덩이 서성이 는 자리, 해장국집이 성업중인 곳, 주차장이 만땅인 곳―이런 곳만 집중적 으로 점검하는 수준입니다. 이미 전 건물의 소등을 실시했고, 김 부장님 같 은 단골손님들 외엔 이른바 삐끼라 부르는 본 업소의 요원들이 입질하는 고 기들을 적시에 채낚아 담아 오고 있으며, 만일의 사태에 대비하여 모든 출 입구는 안에서 열어야 열리게끔 사전 완비된 상태입니다. 대한민국은 법치 국가 아닙니까? 안 열리는 문을 부수고 들어오면 그 당장 재물손괴. 주거침

입으로 되려 뒷방을 맞는데 법을 아는 사람들이 무법 단속을 어떻게 한답니까? 푸푸 푸우—"

깜방사장의 열변이 다소 찜찜했던지 김동구씨가 묻지도 않은 말을 날름 읊조렸습니다.

"오늘, 야심한 이 시각에 미스 공과 대면한 것으은— 내가 미스 공을 위해 사력을 다한 정성과 성의를 도매금으로 매도하지 말아주십사아 하는 심정에서 입니다. …불고데 기기사를 알고 계시죠? 미스 공은 나보다 먼저 그 후배와 각별한 사이였고 나는 그 후배의 간청을 받아들여 면접시간을 의도적으로 질질 끌었던 것입니다. …은혜를 이렇게 모질게 갚는 법도 있겠습니까?"

"대강은 추리하고 있었습니다…. 한가지 궁금한 게 있어요. 그 불고데라는 자가 기동수 회장님과 성씨가 같은데 말씀입니다. 그자는 기 회장님과 어떤 관계인가요?"

"아 그거어? …글쎄올습니다. 팔촌 동생뻘쯤 될까?"

나는 뜻모를 안도의 한숨을 내쉬었습니다.

택남(擇男)의 장

6

충동은 성취의 첫걸음이라 했고 부싯돌은 맞부딪쳐야 불꽃이 인다 했습니다. 막장에 가서는 파투가 날갑세 어쨌든 화끈한 원인의 충동이 절감돼야 소원성취를 음모하며 일을 벌이고 볼 것이요, 미적지근 식은 마음들로 무슨 일을 하리- 그러니까 우선 화지작 뜨겁게 달궈져야 사랑 '애'자라도 만들 수 있는 건덕지가 마련된다 하는 뜻일 것입니다.

돌계단을 타내리면서부터 '심야영업의 불법성'을 깐깐하게 읊고, '…권투선수로 따져 미니멈급 정도로 보는 모양인데 체중관리 잘 하라'하는 시건방진 어투로 초장 분위기를 파악 김새게 만들었으려든, 영민한 엘리트 김동구씨가 어련히 앞을 훤히 내다봤겠습니까. 쌀뜨물 익혀봐야 막걸리 될 리 없고 맛 간 막걸리 삭혀봐야 식초 될 리 없다는 징조를 벌써 눈가늠했을 겁니다.

김동구씨는 돌계단을 팔짱낀 채 타내리며 '참아, 나 김동구으 미스 공을 부대고기 찌개 끓일 맘 추호도 없어' 했었던 모처럼의 야성을 차근차근 거둬들이며 참으로 시시한 훈계로 일관했습니다. 데이트 약속 거절하면 상무·전무·사장실에서 폐회사처럼 들어왔던, 그 느닷없는 충고 말입니다. 얼마나 엉뚱하고 시시한 것인지 그 내용을 잠깐 밝히겠습니다.

〈모든 성취는 자신의 의지와 정비례한다. 제아무리 불운한 여건 속에서라도 기어코 살겠다 하는 집념이 강하면 반드시 살아나게 돼 있다. 성실한 자세, 서로 간의 불화를 용서해주는 마음, 진실한 이해심, 위로와 격려를 아낄 줄 모르는 하해 같은 포용력, 회사를 사랑하는 마음, 회사에 감사할 줄 아는 마음, 회사를 이해하는 마음, 회사를 위해 노력하는 마음, 회사의 미래를 바라보는 밝은 마음, 회사를 위해 자신이 손해 볼 줄도 아는 겸손의 미덕- 왜 이런 충고를 하게 되는 것인가? 심성이 비뚤어지면 제품의 모양도 비뚤어지기 때문이다….

항상 먼저 해야 할 일과 나중에 해도 될 일을 구분하라. 업무의 완급을 구별할 줄 아는 식별력이 곧 회사의 효율적 성장에 기여하는 것이다. 따라서 완급업무와 경중업무를 구분하라. 곧바로 착수해야 할 시급한 사안이 있고 좀 더 생각해서 추진해도 될 사안이 있듯이, 일에는 또 가볍고 무거운 것이 있다. 저울에다 올려놓고 재면 파악 처지는 무게가 있고 반대로 홀라당 올라붙는 서너푼짜리가 있다. 왜 이런 충고를 하게 되는 것인가— 미스 공은 답답하리만큼 일의 완급·경중을 몰라도 한참 모른다. 미스 공을, 아니, 한조상사를 위해 썩는 진심을 왜 몰라주느냐!

무엇보다도 중요한 것이 동료들간의 인화다. 동료 간은 물론이요, 설령 상하의 수직관계에서 파생되는 어지간한 사단쯤 오히려 박수갈채와 격려로서 포용해 줘야 한다. 비판보다는 칭찬, 부정보다는 긍정의 자세가 절실하게 필요하다. 왜 이런 충고를 하게 되는 것인가— 비판과 부정으로만 매진하는 듯싶은 미스 공이 딱해서다. …안구가, 알싸해 오면서 낙루분출의 이 심사를 달랠 길 없다.〉

도무지 알쏭달쏭해서 뭐가 뭔지 잘 모를 충고들일 밖에요. 물론 격렬한 자책감과 더불어 고민합니다 그것은, 나의 머리가 어딘지 모르게 나쁠 것이라는 자숙이지요. 그렇지 않고서야 귀에 못박히도록 들어온 관행적 충고를 이렇게 못 삭일 수 있나요.

이를테면 말입니다. 데이트신청 거절 뒤의 '회사를 위해 손해 볼 줄도 아는 겸손의 미덕' '업무의 완급과 경중' '동료간은 물론이요 설령 상하의 수직관계에서 파생되는 어지간한 사단쯤 오히려 박수갈채와 격려로써 포용해줘야 한다. 비판보다는 칭찬,부정보다는 긍정!'하는 따위의 충고가 내 애사정신과 어떤 연동성을 갖는 것일까— 하는 사고분일쯤 될까요.

김동구씨는 '내 후배 불고데를 위해서라도 자알 해 주슈우-하며 기껏 한조상사기 회장님의 팔촌동생 뻘인 후배를 걱정함과 동시에 푸욱 고개를 떨궜습니다.

시간으로 따져서는 겨우 30분쯤 흘러갔었나 봅니다. 나는 사력을 다해서 심야영업소의 돌계단을 다시 타 올랐습니다. 나도 어지간히 취해 있었습니다. 가로등 불빛들이 축제마당에서 타오르는 요정들의 횃불로 보였으니까요.

때마침 빈 택시 한 대가 비칠거리는 내 걸음 앞에서 끄윽 멈춰 섰습니다. 무조건 뒷좌석에다 몸뚱이를 신고 봤습니다

초로반백의 기사가 물었습니다.

"어디로 가는지 모르겠네. …취했구먼. 데려다 주면 제 집은 찾을 수 있어?"

내가 대답했습니다

"어디가 제일 복잡다단 할까요?"

"…무슨 소리야?"

"복잡다단한 곳을 여쭤봤습니다."

"이거 보시게에- 새벽 세시 십분이야. 집에 들어 가겠다면 몰라두 이시간에 복잡다단한 곳은 왜 찾아?"

"어쨌든지 저는 승객입니다. 고객은 왕입니다!"

기사가 잠시 망설였습니다. 그리고 나서 말했습니다

"이 시간에 제일 복잡다단한 곳이라 아… 영등포 역전쯤 될까 싶은데, 그냥

그 곳까지만 가도 되겠나?"

"조옷습니다."

택시는 달리기 시작했고, 나는 생각하고 있었습니다.

〈어쨌거나 일단 깨져야 할 것. 멀쩡한 년이 별안간 깨질 자리로는 묘수와 술책들이 은장도의 푸른 날처럼 번뜩이는 곳이 왔다지… 죽지 못해서 살아가는 곳, 살겠다고 악을 쓰는 곳, 곯아빠진 지렁이 미끼로 지체 높은 '슈퍼잉어'를 낚아 보겠다고 핏발 선 눈시깔을 뒹굴리는 곳- 이런 곳이 아니면 사람들의 진짜 살냄새를 어떻게 맡아? 일단 살냄새 속에 섞여 깨져보는 거야. 환생이니 재활이니 하는 품격 높은 단어들이 별건가? 깨지는 아픔 없이는, 미래도 없다는 준엄한 논고지…. 기왕 시위를 떠나 저 무한창천 속으로 나는 분별 없는 화살이여! 내려꽂혀라, 엎드려라, 그러다가 다른 과녁을 향해 또 날아라!〉

푸웃一. 내 스스로 생각해도 가당찮습니다. 책임질 수 없는 말만 고르고, 진정으로 책임이 따를 자리에선 번연한 용기 하나 세워 볼 수 없는 무기력으로 '동원예비군'의 '핸드마이크' 악다귀를 뽑아대는 것은 아닌지….

"다 왔어."

하는 기사의 목소리에 혼몽의 가위에서 깨어났습니다.

"복잡허게 살지 마아- 말세야 말세! 곧 죽을 자리에서라도 두눈을 부릅떠
야지."

나는 기사의 각별한 충고를 들으며, 할증요금 포함해서 5천4백원을 치르고 택시에서 내렸습니다.

기대했던 상황과는 달리 복잡다단한 곳이라던 새벽 4시경의 영등포는 별로 다글다글 끓는 맛이 덜했습니다 갈짓자 걸음의 남녀 혼성 패거리들이 더러더러 방향감각을 잃고 비척거렸으며, 초겨울 문턱의 선뜩한 허공으로 김을 뿜어올리

는 순두부 즉석스낵 리어커들이 다문다문 모여 있을 뿐이었습니다.

별안간 허기가 들었습니다. 짜들대로 짜든 '쇼트닝' 냄새가 풍기는 리어커 앞으로 다가섰습니다. 〈모닝커피 한 잔 포함 짱구샌드위치 한 장에 단돈 5백원!〉하는 어설픈 광고문이 들쭉날쭉 달리고 있었고 그 단돈 5백원짜리 짱구샌드위치를 앞에 놓고 50대 후반의 아줌마 한 분이 기도를 올리고 있었습니다. '인간의 생사화복을 주관하시는 주여, 오늘 이 음식을 갈보리산상의 보혈 피공로로 받들어 먹겠나이다 저는 아무 공로 없사오나 우리 주 예수 이름 받들어 기도드렸습니다'하면서, 기도드릴 때와는 달리 오삼오삼 씹으며 후르르 들어마시며 순식간에 먹어치우고 돌아갔습니다.

나도 '짱구샌드위치'를 시켜놓고 잘금잘금 씹고 있었습니다. 그 때 고개를 푸욱 떨군 젊은이가 내 옆으로 다가섰습니다. 그도 '짱구샌드위치'를 시켰습니다.

나는 '짱구샌드위치'를 깨물다 말고 우욱 우욱 구역질을 했습니다. '쇼트닝'의 짜든 냄새, 그리고 숫제 기름으로 덧가죽을 입힌 듯한 식빵 세 쪽, 그 속에 켜켜로 앉은 계란부침들이 너무나 내 식성과 달랐던 까닭입니다.

내 옆에서 '짱구샌드위치'를 그 새 두 장이나 먹어치운 젊은이가 사뭇 걱정스럽다는 표정으로 말했습니다.

"쯧 쯔읏- 왜들 이렇게 피곤하지요? 그래 어쩌다가 그렇게 됐는지요?"

"……?"

"제 생각으로는 이렇습니다. …만약 당신이 양가집 규수라거나, 혹은 돈 많은 집 맏며느리라면, 낌새 잡자마자 하와이여행을 떠났겠지요. 그러나 당신은 불행하게도 세파에 시달리며 휘말리며, 가져서는 안될 애증의 씨앗을 품게 됐습니다. 얼마나 배가 고팠으면 짱구샌드위치 사먹겠으며, 기껏 반쪽도 못 씹다가 입덧을 하겠습니까? … 내 생각이 틀렸다면 만약에 틀렸다면 처벌을 내려주오소서!"

"…이런 형편없는 짜아식!"

"아니 왜 욕을 하십니까?"

"뭐얼 가져서는 안 될 씨앗을 품어? … 입덧?"

"그러니까 미리 부탁드렸지 않습니까? …내 생각이 틀렸다면 처벌을 내려
달라고!"

'짱구샌드위치'로 녀석의 면상에다 3도화상을 입혀 주고 싶었습니다. 그러나
잠시 후, 나는 내 잔인무도한 지성을 타일렀습니다 요샛말로 '잠재워줬다' 하
는 표현이 될는지요.

이 젊은이, 아니 같이 늙어가는 마당에서 젊은이라니— 그러니까 정확하게 따
져 기껏 서른 살쯤 돼 보이는 이 남자는 여러 가지 면에서 희귀한 종자였습니
다. 우선 말투가 그렇게 어눌할 수 없습니다. 일단 약삭빠른 미꾸라지가 되기 위
해서는 화술이 뛰어나야 합니다. 화술의 적절한 실용을 포기한 남자라 그렇다
면 본질악으로 똘똘 뭉친 시대의 악역은 아닐 것이라는 믿음이 첫째였습니다.

그리고 두번째로는 그의 외모입니다. 도수 높은 안경알 속에 묻힌 눈빛이 그
렇게 선해 뵐 수가 없었습니다. 신장이라는 게 겨우 1미터 60센티미터나 될까
요. 키가 이렇게 작고서는 일단 시대의 악역 콘테스트에 서 낙방 순위 1위를 갖
췄다 해도 과언은 아닐 것입니다. 그리고 또 있었습니다. 하악, 그러니까 아래
턱이 주걱본새로 생겼습니다. 주걱턱은 관상의 으뜸 길상에 속합니다. 주걱턱
만 갖췄다 하면 하루 아침에 세상의 판세를 바꿀 수도 있다고 들었거늘, 이 녀
석은 도대체 무슨 전생업보가 있어, 길상의 턱주가리를 가지고도 영등포의 새
벽 4시에 〈모닝커피 한 잔 포함 짱구샌드위치 한 장에 단돈 5백원!〉 하는 음식
을 순식간에 두 장이나 먹어치웠을까요.

'차라리 이 녀석한테 모질게 깨져봐?'하는 마음이 불시에 욱받혔습니다. 그래서 영민하게도 금세 표정을 바꾸며 호소반 읍소반으로 운을 떼봤습니다.

"…어쩌면 그렇게도 정확하게 짚으십니까! …댁이 짐작한 대로 한 치의 오차가 없음이외다. …어떻게 어떻게 하루 새벽만 몸 좀 녹일 데가 없을까요? 내일 7시면, 아니 기껏 세 시간 뒤면 먹고 살기 위해서 근로의 현장에 우뚝 서야 합니다!"

그는 거진 10분동안 말이 없었습니다. 그 황망중에도 '짱구샌드위치'를 또 한 장 시켜 먹었습니다.

"…나를 믿는다면…그 점을 전제한다면 있을 것 같기도 합니다."

"산전수전 다 겪은 여자입니다. 처억 보면 삼천리이— 댁 옆에서라면 세 시간 정도 맘 푸욱 놓고 몸 녹일 수 있을 거예요."

"……그럼 갑시다!"

가까운 곳에 여인숙·여관 아크릴 간판들이 깔리고 깔렸는데 그는 택시를 세웠습니다. '아저씨, 봉천시장 앞에다만 떨궈주세요'하는 말을 잊지 않았습니다. 택시에서 내렸습니다 '10분쯤 걸어야 합니다'하며 그가 걸음을 재촉했습니다.

그와 나는 시장골목을 한 5분쯤 지나, 또 너비 1미 터 남짓 되는 시멘트계단을 '무려 여섯 번이나 타올라야 했습니다.

양견으로는 일렬종대로 늘어선 움막 같은 집들, 그리고 양켠의 지붕과 지붕을 맞물며 붙은 비닐 챙들이 밤하늘마저 가리우고 뻗어간, 그쯤 이상야릇한 조형의 침침한 골목에서 그가 멈춰 섰습니다.

대문에서 딸랑딸랑 풍경이 울었습니다. 한 사람이나 겨우 통과할 것 같은 좁은 공간에 바로 눈앞으로 낡은 미닫이창이 보였고 그 옆으로 연탄더미가 자리 잡았습니다. 불그뎅뎅한 백열전구가 희붓한 빛의 산광을 펴고 있었던 탓입니다.

연탄더미 옆의 목조층계를 그가 먼저 올랐습니다.

"손을 잡으세요. 까딱했다하면 정형외과에 가야 해요."

나는 우선 무서워서 그의 손을 부여잡았습니다. 한 평쯤 될까 싶은 다락방에 마주 앉고서야 나는 내가 아직도 목숨이 붙어 있다는 현실을 실감했습니다.

택남(擇男)의 장

7

땅이 꺼져도 하늘이 내려앉아도 상황에 맞는 어엿함을 잃지 않겠다고 그처럼 다짐했었거늘, 나는 무의식중에 '옴머, 옴머!'하는 밉상스러운 신음을 내뱉아야 했습니다. 방이 너무 비좁은 탓이었습니다. 아슬아슬 엇갈리는 그의 다리가 곧 나의 허벅지 위로 얹힐 것만 같았고 조금만 옴지락거려도 삐그덕 삐그덕 몸살 앓는 마룻장이 금세 내려앉을 듯했기 때문입니다. 그러니까 나는, 그의 다리가 내 허벅지께를 툭 건드리고 나서 아랫배 위를 공중곡예하듯 비껴갈 때—그리고 그런 충돌을 피하고자 혼신의 힘으로 엉덩이를 옮겨야 했을 때 때맞춰 방정맞고 밉상스러운 옴머, 옴머!' 소리를 내지르지 않고는 배겨날 재간이 없었던 것입니다.

그때마다 그가 말했습니다.

"아니 왜 그러십니까?… 혹시 유산의 조짐이 있는 건 아닙니까?"

나는 개량종 국화의 낙화처럼 애부수수한 머리칼을 내저으며 힘겹고 진저리치는 도리질을 해야 했습니다.

눈길을 애써 모두었습니다. 그리고 그제사 사방을 두리번두리번 훑어 담았습니다. 녹슨 대못 두 개가 벽의 옷걸이 몫을 하고 있었습니다. 한쪽엔 막노동꾼들의 작업복일 성싶은 대여섯벌의 늙음늙음한 옷가지들이 걸려 있었고 다른 한쪽으로는 유일한 외출복일 성싶은 짙은 밤색 싱글이 걸려 있었습니다. 그리고 그 옆으로 사방 한 뼘 정도 크기의 쪽문이 나 있었는데, 그 쪽문은 성급한 겨울채비를 한 듯, 유통기간이 넘은 우유빛깔의 연회색 비닐이 네 겹두리를 압정으로 물려 있었습니다.

그런데 참으로 별스러운 부조화가 있었습니다. 그 비닐창문 바로 곁으로 학사모를 쓴, 바로 그가 액자 속에서 천연덕스럽게 웃고 있었던 것입니다.

한마디로 가소로웠습니다.

"그렇지, 날렵한 놈들의 작신작신 누르는 발길질을 피하고자, 날렵한 놈들보다 한참 덜 날렵한 놈들의 예습 제 일과야. 일금 6천원이면 가운에다 학사모 빌려쓰고 얼마든지 사진을 찍을 수 있어. 풋 푸웃- 아서라 아서. 이래 봬도 명문여대 심리학과를 나온 사람! 어디일?⋯⋯ 네가 어느 날 무지무지 처량했을 때 넌 사진관 앞을 지나게 됐어. 너보다 별로 나을 게 없는 짜아식이 사진관 쇼윈도 속에서 학사모를 쓰고 웃고 있었어. 뿌다귀가 솟았을 거야. '학사모에다 가운 걸치고 찍는데 얼마요?' '몇 푼 안 됩니다. 6천원이면 소명함판 네 장에다 확대사진 한 장 빼 드립니다. 그러나 어디까지 흑백액!' '좋지이-나라고 못 찍나? 한 장 박아!' '사진은 박는 게 아니라 찍습니다.' '찍든지 박든지 좁은 공간속으로 내가 들어가는 건 매한가지 아냐?' '⋯듣고보니 그 말씀도 옳네요!' -이렇게 돼서 넌 저 그럴싸한 존영을 남겼겠지. 이거 보아! 기초심리학이야. 못사는 사람은 잘사는 사람의 장례식 앞에서 발길이 멎고 잘사는 사람은 용달차에 실려가는 싸구려 관 앞에서 걸음을 멈추는 법이야. 어째서 그러냐구? ⋯ 의외의 환상앞에 한번쯤은 서고 싶은 감각충동이야. 죄를 지은 적이 없으되 경찰관만 보면 공연히 사지가 굳는 녀석, 그리고 죄를 짓고도 너 같은 놈쯤은 하며 파출소장 앞에서 겹다리를 꼬는 녀석 -예감의 현실적 자위라는 거다!"

이런 생각을 하면서 나는 순간적으로 무척 세련된 미소를 입꼬리께에다 물었을 것입니다.

"그거 뭐어 그렇게 오랫동안 쳐다보십니까? 벌써 4년 전의 흘러간 옛 노래
인데요."

그가 불퉁거렸습니다.

나는 그제야 제정신으로 돌아왔습니다. 이 남자는 이렇게 추근추근 씹어대다가 어느 쯤엔가 날벼락질로 나를 덮치리라는 예감 때문이었습니다.

그러나 그는 나의 예감과는 다르게, 엄지와 검지로 콧망울께로 흘러내린 안경을 쓸어올리며, 벽쪽에다 머리통을 묻었습니다.

"잠 잘 시간은 앞으로 두 시간 정도뿐입니다. 잡시다아-"

그 때였습니다. 다락방의 층계 아래로 덧뵈던 미닫이가 쓰르르 열리면서 발소리가 한동안 부산했습니다. 어푸어푸 스스스으-그 소리는 내 경험으로 미루어 시간이 모자랄 때의 벼락질 세수와 질 세척의 과정 같았습니다. 온전하게 미쳐보겠다는 결심이 무너져내리는 것 같았습니다. 두 무릎을 세워 책상다리를 만들고 그 무릎들의 생소한 어둠 속에다 머리통을 묻었습니다. 예감과 실감의 차이는 엄청났습니다. 한마디로, 작위적으로 미칠 수도 없고, 제정신도 차릴 수 없었습니다.

조그만 어둠은 일단 위로요, 평화였습니다. 제아무리 슬플 때라도 조그만 넓이의 어둠이 있으면 기쁨이 있었습니다. 내 자신을 잊고 싶을 때의 다행스러운 적막, 그리고 남성이 그리울 때의 그중 신속한 자위 행위… 그런데 오늘 새벽의 조그만 어둠은 불안과 공포의 빠듯한 공간일 뿐이었습니다.

다락방 아래로 덧뵈던 미닫이방 속에 밑불 같은 불이 볼그뎅뎅 켜졌습니다.

도란거리는 소리들에 이어 밥그릇들이 서로 부딪치는 소리들이 또 한동안 들렸습니다.

얼마쯤 시간이 흘렀을까요. '까딱했다 하면 정형외과에 가야 한다' 했던, 그 낡은 목조층계가 다시 몸살을 앓았었고 새벽 어시장의 어안 같은 눈을 가진 처녀 하나가 내 앞에 껴앉았습니다.

그 처녀와 그 아래턱 준수한 남자가 주고받았습니다.

"오빠. 이거 자꾸 미안해. …아버지 기침약이 떨어졌대."

"…벌써어?"

"으응."

"…얼마였었지?"

"3천원. "

"알았어. 그건 있어."

"오빠, 또오…"

"말해봐."

"쌀 들여놔야 한대."

"닷새 전에 세 되 팔았었잖니?"

"떨어졌대.'

"… 알았어."

"김씨 왔다간 거 알아?"

"어떤 김씨?"

"쓰미 김씨.."

"그랬어? 뭐래든?"

"강서구 신월동에 공사장이 있대."

"일당은 얼마래?"

"참값 포함 2만5천원이라든가?"

"뭐랬니?"

"좋다구 했지 뭐어."

"오빠 생각은 무조건 가름하고 네 생각대로?"

"…으떡해? 급한 걸…."

"알았어 나가봐."

"근데… 이 여자 누구야?"

"새벽의 길손…."

"비켜갈려다가 만났어?"

"그런 편이지."

"만난 게 아니구 숫제 부딪혔지 뭐얼."

"맘대로 생각해. "

나는 그 처녀와 눈길을 맞췄습니다. 그 처녀가 먼저 말을 걸었습니다.

"…거처는 어디세요?"

"…없어요!"

"왜요?"

"그걸 알면 이렇게 낯선 곳에 앉아 있을까요."

"어디 아프세요?"

"…네에. 아랫배가 약간."

"누구한테 맞았어요?"

"천만에요."

"…혹시 낙태수술을 받으셨나요?"

"…받을 예정으로 있나봐요!"

"병원은 찍어두셨어요?"

"…아직. "

"오늘이 마지막인가요 아니면 다시 들를 것인가요?"

"…네에?"

"우리 집에요."

"…은혜를 갚기 위해서라도 다시 들러야 하겠어요."

"그때까지 병원을 못 정하면 꼭 오세요!"

"움머 고마워요!"

"…몇살이세요?"

"서양나이로 27세 조선나이론 28세에요?"

"저보다 한 살 위군요…. 그냥 언니라고 불러도 되겠나요?"

"…편하실대루요."

"언니, 차암 예뻐요."

"옴머 부끄러워요!"

"어쩜 각선미가 이렇게 근사해요?"

"음머 부끄러워요!"

내가 맞절하는 초례청의 신부처럼 눈꺼풀을 차악 내리깔았을 때, 그가 처녀에게 명령했습니다.

"지지배배 울지 말구 어서 가! 동두천까지 언제 갈래?"

그의 여동생인 듯싶은 처녀가 '움머 벌써 이렇게 됐었나?' 하면서 나뭇가지를 타내리는 원숭이처럼 날렵하게 목조층계를 따가닥 따닥 내려갔습니다.

그와 나는 한동안 침묵했습니다. 그가 먼저 입을 열었습니다.

"통성명부터 하고 나서 자든지 말든지 합시다. 난 전우강이라 합니다."

"…전 공인엽이에요."

"제 이름 어떻습니까?"

"짝 짜악 입맛에 따라붙네요."

"어리석을 '우'자에다 큰물 '강'자 씁니다. 당신은?"

나는 이 대목에서 이마를 쌍긋 찌푸렸습니다. 남성들이라는 건 완전무결한 백치들 아닐까요. 두고두고 볼 여성이든지 단방에 화끈하게 때려치워버릴 여성이든지간에 그것이 무슨 급선무라고 꼭 이름을 알아야 할 것입니까. 남성과 조우했다고만 하면 어질 '인'자 잎사귀 '엽'자를 앵무새처럼 읊어야 했던 노역이 싫어서였습니다.

그래서 이렇게 딱부지러지게 대답하고 봤습니다.

"이름도 없어요, 성도 없습니다!"

그가 '댄서의 순정이군!'하면서 헤죽거렸습니다. 그러고 나서 말했습니다.

"난 차암 별난 종자입니다. 한 잔만 마셔도 심장이 벌근벌근 뛰고 잠을 이룰 수 없다는 커피를, 꼭 서너잔 해야 잠을 이룹니다. 커피 한잔 하시겠습니까. 아니면 잠을 자겠습니까?"

"그냥 자기로 하겠어요."

나는 그의 청을 일언지하에 거절했습니다. 그러면서도 다음과 같은 걱정을 하고 있었습니다.

"내 허벅지를 툭 건드리며 내 아랫배께를 아슬아슬 곡예하는 녀석의 발끝이 언젠가는 반드시 나의 제일 좁은 공간을 찌르고 볼 것이다. 그러면 나는 예각적 성감대의 불식간의 충격으로 나도 모르게 느낌세포 가닥가닥을 열고 말 것!… 그럴 때, 어차피 그렇게 되고 말았을 때, 그중 정결한 여성의 품위는 어떤 것인가?… 두말 할 나위 없이 투창에 뚫리는 방패가 깨끗해야 할 것! 이를테면, 퀴퀴한 냄새 따위는 풍기지 않아야 할 터인즉, 현재의 내 사정은 상당히 달라. 책상다리를 한 가랑이 새로 몰금몰금 오르는 생선아가리 냄새는 도대체 어찌된 것이며 도리질을 할 때마다 스런스런 풍기는 머리칼의 비듬냄새는 또 뭐야?… 하긴 그렇지. 샴푸로 세척한 머리칼과 질세척제로 깔끔스럽게 마무리한 그곳일 망정, 벌써 하루 가깝도록 전혀 주의하지 않았었다는 사실-날벼락질에 무참히 깨지더라도 청정한 향기와 새뜻한 신선감으로 깨지고 싶다! 비록 순간 속의 죽음일지라도 세계 수억명 여성의 명예를 간직하는 최후 말이야. 안돼, 절대 안돼! 오늘은 안돼!"

전우강씨가 담배를 태워 물었습니다. 한모금 길게 연기를 내뿜으며 말했습니다.

"좋습니다. 저도 당신도 잠이 필요한 시간입니다. 자기로 합시다… 그런데 한 가지 걱정이 있습니다. 만약 내가 깊이 잠들더라도 소변이 마려울 땐, 그럴 때는 내 집 안에서 화장실을 찾지는 마세요. 화장실은 우리가 올라왔던 시멘트계단 네번째의 왼쪽으로 트인 공터에 두 개가 나란히 서 있을 뿐입니다. 이른바 공동화장실입니다. … 화장실도 화장실이지만요 그것보다도 제일 걱정스러운 것은 이 다락방에서 외출을 시도했을 때의 목조층계입니다. 경사각이 무려 75도의 아찔한 벼랑이거든요. 아셨죠?"

나는 또 한 번 '옴머, 옴머!'를 내뱉았습니다. 그가 사뭇 놀라는 표정으로 말했습니다.

"…당장 소변이 급하십니까? 그렇다면 아예 지금 다녀오시지요. 내가 선도 보행해서 앞길을 밝혀드리겠습니다."

나는 또깍 부러지는 목소리로 말했습니다.

"처, 천만에요! 별 걱정을 다 하세요. 옴머!"

"옴머 하는 비명을 절제하기로 다짐해보시지요. 그러면 한 시간 반쯤 푸욱 잠잘 수 있을 겁니다. 그럼 먼저 잠들고자 합니다."

그가 겹가지 위로 붙는 매미처럼 능숙하게 벽쪽에다 앙가슴을 붙였습니다. 그러니까 기적적으로 서로 살갗이 안 닿아도 될 또하나의 비좁은 공간이 생겼습니다.

그는 3분도 채 안 돼서 코를 골기 시작했습니다. 그의 주걱턱이 곤한 잠을 얹고 몇 번 경련했습니다. 나는 책상다리 속의 조그만 어둠속으로 눈길을 떨구고 짤끔 눈물을 짜냈습니다.

택남(擇男)의 장

8

미닫이방 속의 기침소리가 무서웠습니다. 책상다리 속에서 익는 조그만 어둠이 내 자신을 잊기 위한 사투에 털끝만큼도 소용될 수 없음을 깨달았습니다.

차라리 어둠을 거두고, 보이는 것은 다 보는 게 광땡이라고 생각했습니다. 그래서 그를 깨웠습니다.

"이거 보세요, 혼자서만 자는 잠도 잠입니까?"

그가 입맛을 다셔대며 게슴츠레 눈을 떴습니다.

"잠, 잠이 안 와요?"

"일어나 앉으세요!"

"…잠은 누워서 잔다던데- 닭은 앉아서 졸고, 말은 서서 졸고, 사람은 누워서 자고… 오줌 마렵습니까?"

"…그래요!"

전우강씨가 화다닥 허리를 세웠습니다. '그러게 미리 부탁드렸지 않습니까. 그런 건 미리 미리 해결하자고!'하면서 희붐한 비닐덮개를 올려다봤습니다.

"저 소리 들려요?"

"…무슨 소리 말입니까."

"죽어가는 말테즈의 숨소리 같기도 하구우- 병든 꿀꿀이가 꿀꿀대는 것도 같구우— 아니, 주전자가 끓기 시작하는 소리도 같구요."

전우강씨가 잠시 귓바퀴를 종그렸습니다. 그때 미닫이방 속에서 그 무서운 기침소리가 간거르며 일었습니다.

합죽한 턱에 비해 너무 얍실얍실한 그의 입술이 야릇한 웃음을 물었습니다. 그는 그 입술로 담배 한 개비를 물었습니다. 서너모금 연기를 내뿜었을 것입니다.

그가 말했습니다.

"…왜 죽습니까. 말테즈가!"

"목숨의 끝이니깐요"

"…말테즈는 누군가요?"

"누구가 아니고 그냥 평범한 한 개의 목숨입니다."

"한 개의 목숨— 말테즈는 세익스피어 희곡의 주인공입니까?"

"개! … 애완견일 뿐입니다."

"…그렇군요! … 병든 꿀꿀이는 누군가요?"

"누구가 아니고 그냐앙…"

"평범한 한 개의 목숨…"

"잘 맞추셨어요."

"돼지 아닐까요?"

"그래요."

"아무것이나 잘 먹는, 아니지요. 아무것이나 없어서 못 먹는 돼지가 왜 병이 들까요?"

"식성이 분별없으니까!"

"…그렇군요. …끓는 주전자는 누구입니까?"

"차암 딱하시네. 끓는 주전자가 어떻게 누가 됩니까?"

"자알 나가다가 그 대목에서 실수, 실수! 이건 어디까지나 나의 실수입니다 네에. 그러니까아- 짐승 말테즈와 짐승 꿀꿀이와 광물성 주전자의 삼중창이겠죠?"

"아무렇게나 생각하세요."

"… 저 소리는 내 아버지의 기침소린데!…"

"옴머 실수했어요!"

"…괜찮아!"

"증말, 증마알 너무너무 무서워서 쫑알댔을 뿐이에요! …사실은 첨 첨이거든요."

"뭐가 말입니까?"

"…이런 곳!"

그때였습니다. 그가 무릎걸음으로 바짝 나에게 다가들었습니다.

"씨팔녀언! 살려주니까 네 맘대로 쫑알대?"

나는 이제 죽었다고 생각했습니다. 죽음이란 게 별건가요. 그저 한없이 캄캄하면 죽음일 것입니다. 나는 부지중에 '엄마'를 불렀습니다.

"엄마! 살려줘요!"

"못 살려주겠다 쌍녀언—"

그의 황토빛 주먹이 내 눈길 바로 앞에 모로 서있었습니다.

"이리 줘!"

"……?"

"네 가슴속에 품고있는 것 말야. 건네주긴 무지무지 아까워?"

"드릴께요! 살려만주세요!"

"언제 널 죽이겠다고 했어? 너 같은 거 안 죽여! 아냐, 못 죽여!"

핸드백이 그의 손으로 건네갔습니다. 그가 내 핸드백을 열고 낱낱이 점검을 시작했습니다.

나는 보고 있었습니다.

그가 '샤넬 코코 오드 퍼퓸' 향수병과 '쟌 데프레 발라 베르사이유' 향수병을 번갈아가며 냄새를 맡았습니다. 그의 우람한 주먹 속에 들린 향수병들이 애처로웠습니다. 돌잡이 어린애의 검지 같은 향수병 두 개가 내 영혼을 떠나는 마지막 생명 같았습니다.

"냄새 좋군. 이건 무슨 향수야?"

그는 '샤넬 코코 오드 퍼퓸'을 들고 물었습니다.

"샤넬 코코 오드 퍼퓸입니다."

"니기미 씨파알- 아프리카 오지의 동네 이름 같잖아. 이런 향수는 어떤 때 처바르나?"

"…여성미의 연출! 그리구요, 개성적인 사치를 긍지로 삼는 여성이 처바릅니다. 아니 처바르는 게 아니구 한두 방울 뿌립니다."

"개성적 사치의 긍지? 우아따아- 향수병 속에 실증철학이 있는 걸 왜 몰랐나?"

그가 '쟌 데프레 발라 베르사이유'를 들고 물었습 니다.

"이 향수는 장미냄새가 나는데… 이건 무슨 향수야?"

"쟌 데프레 발라 베르사이유예요."

"젠장 칠녀러어- 왕조의 부활이군! …이 향수는 용도가 어떤 때야?"

"로망과 환타지, 즈윽 베르사이유궁 정원 속에 장미가 만발하는, 찬란하고 화려함이 테마예요."

"우아따아- 발발이 좇만한 향수병 속에 역사가 있는 걸 왜 몰랐나?"

그의 손이 화장품을 건지럭댔습니다.

"아니, 비슷비슷한 것들이 뭐 이렇게 많아?"

"…미안해요. 나를 공략한 남성들이 꽃값으로 주던 걸요."

"드러운 짜아식드을— 이건?"

"랑콤입니다."

"이건?"

"에리자베스 아덴."

"이건?"

"겔랑."

그가 스카프를 펄럭이며 물었습니다.

"그거 손 안에선 한 줌 같은 게 펴니까 지랄이네… 이건?"

"에르메스."

"이건?"

"세리느"

"이건?"

"모라비또."

"생난리군. 인상파화가들의 방명록 같잖아."

그가 지갑을 열고 갈피 갈피를 뒤졌습니다.

"무슨 명함이 이렇게 많아?"

"…여자로 태어난 죄 아니겠습니까!"

"여자라고 다 당신 같아?"

"그렇기도 하겠네요."

그가 한 장의 수표를 검지와 중지로 집어올렸습니다.

"어어? …5배액?"

"……"

5백짜리 수표를 가진 사람이 짱구 샌드위치를 사 먹는다?"

"…어떤 속 빈 사내가 막무가내 주던걸요."

"막무가내?"

"네에"

"여자로 태어난 죄였겠군, 여성상위로 기똥차게 죽여줬어?"

"……"

"그렇다고 쳐두 그렇지. 개쌍노무 새끼들! … 당신 말야"

"네에"

"이 5백 가지구 무슨 계획을 세웠어?"

"전셋방 하나 얻을까 했습니다."

"미안해! …이건 내꺼야."

"막무가내 훔치겠다면 관여 않겠습니다."

'막무가내 훔치고 싶어!"

그는 수표를 두 겹으로 접어 제 지갑속에다 숨겼습니다.

거금 5백만원을 간단히 먹어치웠는데 무슨 여한이 있었겠습니까. 그는 핸드백을 내 앞으로 팽개쳤습니다. 그 바람에 시계 두 개가 떨어졌지만 눈썹 하나 까딱 안했습니다. '오데마 삐게'와 '피아제'가 이처럼 천덕스러워 보이긴 처음이었을 것입니다.

"이거 써!"

그가 뭔가를 긁적거리고 나서 종이 한 장과 볼펜 한 개를 내 앞으로 들이밀었습니다.

'이 남자는 나를 죽일 것이다. 이 종이 위에다 나는 타의적인 자살내역서를 긁적거려야 할 것이며, 그는 나를 목졸라 죽이고 나서 이 한 장의 유서와 내 시체를 음습한 곳에다 버리겠지. …미친년! 백번 죽어도 싸다 싸! 아아-엄마!'

이런 생각끝에 나는 완강히 도리질을 했습니다.

"죽음이 자업자득이라면 최후까지 떳떳하고 싶어! 볼 필요도 없구 쓸 필요도 없어!"

"반말 했어?"

"죽는 자리에서 반말 좀 하자!"

"본질적으로 드러운 여성이군."

"본질적으로 착하고 정결했으면 이따위 다락방에서 바퀴벌레처럼 죽겠니? 내 말 틀렸어?"

"까불면 정말 쥐도 새도 모르게 죽어!"

나는 그의 '정말'이라는 단서를 다시 삭혀봤습니다. '까불면 정말 쥐도 새도 모르게 죽어'하는 말은, 까불지 않으면 안 죽일 수도 있다는 즉감심리이기도 합니다.

마지막으로 나의 지식에다 운명을 걸기로 작심했습니다. 밑져야 본전- 어차피 나는 죽을 수도 있고 살 수도 있는 기로의 현실에 서있습니다. 마지막으로 한 번만 살려달라고 간청하기로 했습니다.

"꼭 죽여야 하겠습니까?"

"…알았으면 됐지 무슨 말이 그렇게 많아."

"돈은 가지되 목숨은 살려 줄수도 있지 않습니까!"

"그러니까 자알 읽어보구 쓰라는 거 아냐!"

나는 참으로 가엾게도 그 종이를 읽어내려갔습니다. 답안지를 쓰는 삼수수험생처럼-.

'귀중품은 미리 맡겨주십시오. 맡기지 않은 귀중품의 도난·훼손은 절대 책임질 수 없습니다.'

"합법적인 강탈과 살인을 준비하노라 머리 많이 썼군요."

"…뭐라구 쓸까요?"

"몸뚱이 하나만 기적적으로 잘 빠졌지 두뇌는 백치군 백치야. 뭐라고 쓰긴? … 일금 5백만원 말야!"

"… 일단 맡긴 걸루요?"

"그래. 이 백치야!"

나는 그가 시키는 대로 그 문귀 아래다 이렇게 썼습니다.

'일금 5백만원을 일단 맡겼음. 공인엽.

그가 내 손에서 종이를 나꿔챘습니다. 그가 한심스럽다는 표정을 지었습니다.

"일단이란 말은 뭐야?"

"강요에 의해서 하는 짓이니까 나의 의사와는 무관하다는 가설입니다."

"거듭 충고하겠어. 까불지 마! 나도 바보 아냐. 당신이 결코 단순한 새벽의 길손은 아니라는 사실! …단순한 새벽의 길손이라면 우선적으로 무식하고 값싸야 해. 그런데 당신은 여러가지로 유식하고 비싸! 말주변, 몸뚱이를 치장하는 소도구, 이게 다 덤턱스러워! …더 까불면 당장 숨통을 조이겠다. '일단'이란 말 지우고, 거기다가 지장 누르고 이름 석자 뒤에다도 지장 눌러."

"인주가 없습니다."

"세 벌이나 되는 화장품은 어따 쓰는 거야? 발발이도 세 개 아냐."

나는 그의 표독스러운 기세에 눌려 그가 시키는 대로 했습니다. 지나간 일 하나가 뇌리를 스쳐갔습니다. 불고데인가 뭔가 하는 녀석과 밤낚시를 가면서 그가 써준 각서에다 립스틱으로 날인했던 일 말입니다. 그 때가 참말로 행복했었군요.

그가 황급히 졸라댔습니다.

"이제 일어서세요!"

"⋯⋯?"

"그만 꺼지란 말야!"

"⋯어디서 죽일 건가요?"

"제 방속에서 살인을 하는 멍청이도 있어?"

나는 일어서다 말고 정신이 아뜩했습니다. 낮은 천장에다 숨구멍께를 모질게 쥐어박았기 때문이었습니다.

"조심조심 타내려요. 말테즈가, 아니 병든 꿀꿀이가, 아니 끓는 주전자가 잠을 깨면 일은 산통깨지니깐! 자아"

그의 억센 팔아름이 나의 허리통을 싸안고 걸었습니다.

"지금부터 눈을 감는 거요. 눈만 뜨면 끝장이야!"

나는 두 눈을 질끈 감았습니다. 그는 골목을 할퀴는 분별없는 바람처럼 사방의 미로속으로 동작했습니다. 길을 잊어먹게 하기 위한 속셈이었을 겁니다.

20여분을 그는 맹도견처럼 나를 인도했고, 나는 그의 인도에 걸음을 맡긴 채 장님처럼 캄캄한 어둠 속을 비척거렸습니다.

"잘 가시오!"

그가 바람처럼 내달아 사라졌습니다.

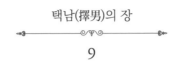

택남(擇男)의 장

9

몽환의 은빛 시야속에다 눈길을 떠올렸습니다. 눌눌한 물김이 사위를 채웠고, 그 불감의 질량만으로 빨려드는 공허한 상념들이 기적 같은 위로를 받고 있습니다. 뚝 잘라 요점만 말한다면, 그것은 황홀한 도취 같기도 했고 백치의 지순한 평화와도 비슷했습니다. '잘 가시오!'하는 황망스러운 말을 남기고 바람처럼 사라진 녀석을 뒤돌아보지 않기로 했었습니다. 어쩌면 그렇게도 늠연했었는지 지금 생각해도 알 수가 없습니다. 꼼짝없이 죽는구나 하고 와들와들 떨다가 느닷없이 방생되는 그 환희의 부활 앞에서 잠시 동안 정신이 헤까닥 했었는지도 모르겠습니다. 어쨌거나 나는 목축견의 명령에 순종하는 새끼양처럼 앞만 보고 걷다가 택시를 탔었습니다. '아저씨 추워요!' '그거 어떡하지? '난 난로가 아니라 기사인데 말씀이야.' '따뜻한 곳으로요!' '따뜻한 곳이라… 뭐니 뭐니 해도 뜨끈한 물에다 푸욱 담궈야지 뭘. 목욕탕 어때?' '좋네요!—' 대강 이런 말을 주고받았었던가 봐요.

그러니까 나는 난생 처음으로 와보는 대중목욕탕의 욕탕속에다 몸뚱이를 담그고 있는 것입니다. 불금불금 부어오른 눈두덩에다 숙취를 얹고 열심히 껌을 씹어대고 있는 30대 중반의 여인, 그리고 샤워도 하지 않고 대뜸 욕탕속으로 뛰어든 불결한 20대 셋, '르노와르'의 나부 빰쳐먹게 허벅거리는 육덕을 과시하며 짜악 가랑이를 벌리고 있는 40대의 머리칼 노오란 여인- 이렇게 다섯 명의 여성이 내 앞에 잠겨 있습니다.

실감의 현실은 무조건 도취와 평화 그뿐인 백치의 심정으로 생각해봤습니다. '시대의 악역'으로는 낙방 순위 일등감일 성싶던 녀석이 어떻게 그쯤 표독스럽게 돌변할 수 있었을까요. 내딴으로는 외통수라고 짚은게 결국은 '세상물정 시꺼멓게 모르는' 우를 범했고, 그 무작스러움이 인과응보의 화난을 자초했겠지만 그러나 녀석이 그렇게 돌변했어야 했던 이유가 전혀 없었던 것은 아닐 것이라는 생각이 들었습니다.

첫째, 녀석은 흔치 않은 효자인 것입니다. '죽어가는 말테즈' '병든 꿀꿀이의 신음' '끓고 있는 주전자' 따위의 극악무도한 비유가 녀석의 자존심을 말벌 침처럼 쏘아댔었을 것입니다. 병든 아버지를 그렇게 부르다니 나 같았어도 못 참았겠네요.

둘째, 녀석은 무뢰한 '부'에 대해서 살의를 느꼈을 것입니다. 평소에는 '잘사는 것도 사람팔자 못사는 것도 사람팔자'하는 식의 데면데면한 이해로서 자위했겠으나 막상 '부'의 빤빤스러운 여유를 실감함에 이르러 지성의 담장이 와르르 무너졌을 것입니다. 이런 이유에서 나의 실수를 '무뢰하다'고 표현하는 것이지요. 녀석의 '… 당신이 결코 단순한 새벽의 길손은 아니라는 사실! … 단순한 새벽의 길손이라면 우선적으로 무식하고 값싸야 해. 그런데 당신은 여러가지로 유식하고 비싸! 말주변, 몸뚱이를 치장하는 소도구, 이게 다 덤턱스러워!'했던 웅변이 그걸 입증하고도 남습니다.

그리고 또 한 가지-녀석은 평범한 날강도가 아니라 비범한 도둑놈일 것이라는 생각입니다. 녀석이 평범한 날강도였다면 핸드백째 들어먹고 곧장 내 목을 졸라댔을 겁니다. 그런데 녀석은 월급봉투와 두 개나 되는 값비싼 '오데마 삐게'

'피아제' 따위를 거들떠보지도 않았습니다. 그뿐입니까. '물품보관증'을 쓰게 하고 큰 길까지 호송해서 풀어주는, 치기만만한 만용을 저질렀습니다. 또 그뿐입니까. 평범한 도둑놈 같았으면 고급시계 두 개와 월급봉투를 실속있게 먹고 말았을 것입니다. 기동수 회장님께 이실직고 하면 당장 수표추적이 시작될 것이요 녀석은 은행소파에서 제까닥 쇠고랑을 찰 터인즉, 액면가에 현혹되어 휴지나 다름없을 수표만 달랑 챙기다니— 이런 '비범한 도둑놈'이 어디 있겠던가요.

어쨌든간에 나는 조금씩 조금씩 껍질을 벗어가고 있으며, 가출의 의도대로 조용히 조용히 부서져가고 있다는 믿음이 들었습니다. 인사부장을 겁없이 따라나서서 심야불법영업소에다 엉덩이를 붙인 일, 커피 포함 한 장에 일금 5백원짜리 '짱구샌드위치'의 시식, 생면부지의 초면 남성을 따라 닭장보다 불결한 다락방에 오른 일, 그리고 '만미살롱'의 코스메틱숍에서 전신마사지와 머리에서 발끝까지 풀코스를 받던, 아 그 지체 높은 육체를 대중목욕탕의 욕탕 속에다 담궜다는 사실 따위가 그렇습니다.

이제 어떻게 해야 할까요. 이 경이적 변이를 목적관철의 실익으로 거둬들이는 방법 말입니다. 일단 골머리 썩는 지성적 관조를 지양하고 감각적 시간들의 정직한 '토막'을 사랑해버리면 어쩔까싶네요. 그 녀석의 말대로 '몸뚱이 하나만 기적적으로 잘 빠졌지 두뇌는 백치'인 현상을 유지하며 감각적 시간 속에다 전신을 내던져버리겠다는 말이 아닙니다. 지성의 허영을 앞세운 밀담을 필요이상으로 질기게 행사하느니보다 절실한 감동의 시간을 위해 거추장스러운 지성의 빽빽한 사주를 초벌빨래 헹구듯 재빠르게 팽개쳐버리겠다는, 그런 뜻이지요.

토막.. 토막이라… 아 드디어 기발한 생각이 떠올랐습니다. 생선요리에 임하는 기발한 발상쯤 될는지 모르겠어요.

등푸른 아지 한 마리를 보기로 들겠습니다. 이 아지 한 마리를 가지고 '아지 두

부조림' '아지 양파조림' '아지 고추장구이', 이렇게 세 가지 요리를 만들어야 할 운명적 시점에 있다고 가정하겠습니다.

잘생긴 요리사와 들러리 탤런트가 '미미구진'의 맛깔을 내기 위해 숙련된 기량을 몽땅 떨이로 써먹는 텔레비전 프로그램을 봤던 적이 더러 있습니다.

먼저 '미미구진'이라는 생소한 말에 대해 여틈한 설명을 덧붙이고자 합니다. '미미구진'이란 '참으로 훌륭한 감칠맛을 구하다'하는 뜻으로 그 옛적 조선세월의 으뜸 '요리강습서' 책이름이라 하던 걸요.

내가 지금까지 이 '미미구진'이란 말을 외우고 있는 까닭은, 제 할아버지께옵서 입맛 버렸다싶게 숟갈을 놓으시며 늘상 불투정을 쏟으셨었거늘, 그때마다 어머니를 향해 '오사리 잡것만 가지고도 솜씨 좋은 계집은 미미구진의 맛깔을 내는 법이야! 넌 허구헌 날 신식요리를 연구헌답시구 요리강습소니 뭐니 가래톳 돋게시리 잘도 쏘다니더만은 기껏 이런 개덤덤한 맛이야? 에엥 – 처박은 밑천이 아까워!'하셨었던 말씀을 잊을 수 없어서입니다.

그건 그렇구요. 잘생긴 요리사와 들러리 탤런트의 가르침을 좇아, 이른바 '한번 눌러주기만 하면 요리는 책임지는' 갸륵한 기계 속에다 맡겨 봤었습니다. 그런데 참으로 별스러운 꼴을 번번이 경험했었던 것입니다. 만들어놓고 나면 '아지 양파조림'이 '아지 두부구이'로 '아지 두부조림'이 '아지 고추장구이'로, '아지 고추장구이'가 '아지 양파구이'로 제 성깔 제 멋대로 둔갑하더라는 말입니다.

이유가 있었습니다. 그들의 숙련된 기능은 미리 양념을 치고도 한 치의 혼동이 없음에 반해 나는 양념의 용도에서부터, 순서는커녕 사용의 목적을 상실하고 말기 때문이었습니다. 즉 목적을 위해 미리 양념을 치는 프로와 목적을 모른 채 양념을 사용하는 아마추어의 격차입니다.

이럴 때, 모방적 '미미구진'보다는 독창적 '미미구진'에 임하는 아주 간편하면서도 속 편한 방법은 없을까요.

아— 기발한 생각이 떠오릅니다. 예컨대 '목적'을 위해 미리 양념을 칠 게 아니라, 무작정 토막내어 '한 번만 눌러주면 요리는 책임지는' 갸륵한 기계 속에다 넣고, 좌우당간에 일단 푸욱 아지 먼저 익히고 보지요. 그러고 나서 푸욱 익은 아지 토막의 외형적 적성에 걸맞도록 양념을 해버리면? …그렇군요. 드디어 기적이 일어났습니다.

야바위식 땡땡이를 일단 찍고 본 것이 듣도보도 못한 희귀한 신종 요리로 탄생했습니다. 도구래야 별 거 있겠읍니까. 엄지와 검지, 그리고 한 번만 날름거리면 되는 혓바닥, 이 세가지 도구면 맛깔의 감별은 좋이 납니다. 모양새 그런 거 따져서 뭐합니까. 모양새보다는 2번씩 찍어 맛본 '질'을 선택하고 나서 요리의 원재료인 아지 토막을 '목적' 삼으면 되겠네요. 좋든지, 궂 들지 이렇게 해서 별미의 '오늘의 요리'는 선정됐습니다.

글쎄요. 썩 드문 '미미구진'의 별미는 일단 탄생했습니다만, 예쁜 이름을 뭐라고 지어야 할까요. 무엇보다도 시급한 문제는 요리족보에 낄 보편성을 얻어내야 하겠지요. 그리고 대단한 용기의 산고에서 탄생한 이상 흔치않은 상징성도 획득해야 할 것입니다.

아— 기발한 생각이 술 수울 줄을 이어 터져나옵니다. 이런게 떠올랐습니다.

바로 '아지'라는 근본적 '토막'을 불변의 성씨로 삼고 다용도적인 '양념'을 이름으로 삼겠습니다. 그러니까 성씨는 두수없이 '아지', 이름은 양파에서 '양'자만 따오고 두부에서 '두'자만 따오고 고추장에서 '고'자만 빌려오겠습니다. 그리고 섞어무침으로 줄을 세우겠습니다.

'아지— 양두고'라!… 먹어치울 요리 이름으로는 너무너무 아까운 감이 없지 않습니다. 요리 이름이라기보다는 저 광활한 지평을 향해 달리는 기마족 명장의 장엄한 성함 아닐는지요.

그렇습니다. 나는 어차피 호구지책을 위해 이런 생소한 현실을 자청하지는 않았습니다. 오로지 가열찬 투혼의 진짜 남자를 골라 시집가기 위해 소공동으로 진출했었고 가출을 단행했었던 것입니다. 내가 오늘의 필사적 각오로 소망해왔던 진짜 남자를 얻었다고 가정했을 때, 그때 나는 내 남자의 '아지 양두고' 뿐 기백과 정의와 진실을 믿을 작정입니다. 최소한 문명적 허세에 껌뻑 죽고 돈에 의기당창 사는, 그런 졸짜는 아닐 것이라 믿으면서 나 또한 한 마리 '아지'의 몸통을 얻기 위하여 양념 본새의 자잘한 기교는 여줄가리 쳐내듯 미련없이 순지름 해버릴 작심입니다.

몽환의 은빛 시야가 조금은 밝아지는 듯했습니다. 옹골찬 다짐을 한 탓이었겠지요.

그때 숙취의 몽연한 눈길로 껌을 짝짝 씹어대고 있던 30대 중반의 여자가 나를 건너다보며 말했습니다.

"거기."

"…?"

"대답 좀 해주면 입술이 부르터?"

"…나 말이에요?"

"그럼 누구야아?"

"…그런데요?"

"어쩜 그렇게 농사가 잘 됐어?"

"…네에?"

"부모 유산이야, 아니면 손봤어?"

"…무슨 말을 하는 거예요?"

"드럽게 비싸게 구네 그거어- 음모 말야 음모!"

"망칙스러운 말 거두세요!"

그녀는 까르르 웃어제끼고 나서 아랑곳않고 주절거렸습니다. 샤워도 않고 대뜸 욕탕속으로 뛰어들었던 불결한 20대 세명이 따라 웃었습니다.

"모근 옮겨다 심었어?"

"근데 이분이?"

"고냥 물밑이 꺼멓네, 시꺼매! 그거 많다구 다 좋은 거 아니래. 너무 재지 말아."

"술주정 하러 온 거예요, 목욕하러 온 거예요?"

"중국책에서 보니깐 진짜 미색은 백판이어야 한대지 뭐야아? 내가 바로 백판이야 백판!"

"어차피 흑백이 공존하는 세상 아닌가요?"

"밑농사만 잘 한 줄 알았더니 말씀도 걸찌네에?"

"알았으면 입 다무세요."

"잘못하면 연한 살 베고 못써."

"…."

"명주실이 죽순 자른다는 말 못 들어봤어?"

"…."

"시야게 좀 해야지 너무 많다아! …명주실은 뭐구 죽순은 뭐게?"

"알고 싶지도 않아요!"

"젠자앙 좀 들어두구 배워라 배워. 그렇게 잘났는데 왜 밤샘수발은 하구 목깐은 하니?"

"참는 데도 분수가 있다는 걸 명심하세요."

"못 참으면?"

"싸우지 말란 법도 없지 뭘!"

"흐응— 잘두 일어서겠다. 싸울려면 일어나봐!"

순간 고압전류에 감전된 듯 앞가슴께가 찌르르 저려왔습니다. 어쩌면 그렇게도 정확하게 짚었을까요. 그렇지 않아도 걱정했던 일이었습니다. 이 여자들이 나가기 전에는 욕탕에서 빠져나갈 도리가 없다. 도대체 언제까지 이렇게 앉아 있어야 할 것인가— 하면서.

실감의 현실 속에 섞일 줄도 알아야 제때 껍질을 벗을 수도 있을 것이라는 용기가 솟았습니다. 거추장스럽고 빡빡한 지성의 사주부터 헹궈내고 봐야 했습니다.

나는 혼연스럽게 일어나 패션모델처럼 한 차례 '빌리댄스'를 해대고 나서 샤워께로 걸음을 옮겼습니다. 방아확 속으로 공이가 떨어지는 환상을 느꼈습니다. 이윽고 껍질을 벗는 낱알의 울음도 들리는 듯했습니다.

택남(擇男)의 장

10

만미살롱 '코스메틱 숍'의 미스 양에게 임시방편으로 얹혀 지낸 지도 열흘이 넘었습니다. 내가 방을 얻을 때까지 적당히 뭉기적거릴 곳으로 그녀의 전셋방을 찍은 것은 순전히 악랄한 이기적 타산 때문이었습니다.

첫째는 '그래도 한때는 거금 15만원을 팁으로 펑펑 뿌려주었던 사람인데 오죽 충성을 다해서 잘해주랴'하는 날 시퍼런 배짱이었고, 둘째는 그녀를 통해 집안 소식을 시시콜콜 염탐할 수 있으리라는 얄싸한 믿음이었습니다.

과연 나의 짐작은 외수없이 맞아떨어졌습니다. 그녀는 거실과 6평 크기의 널찍한 침실과 '비데'까지 설치된 화장실이 딸린 고급주택의 2층을 통째 쓰고 있었으며 예나 마찬가지로 전신마사지와 머리부터 발톱까지를 날마다 손봐줬습니다. 그리고 집안소식도 자상히 전해 들을 수 있었습니다. 어머니의 만미살롱 출입은 요즘도 여전하시며 압구정동 '로데오' 거리에다 낸 수입상품전문점은 개점하자마자 단골손님들이 몰려 상품이 달릴 지경이라는 것.

그런데 아버지께서 고전 좀 하시는 모양으로 그 이유는 건축자재값의 앙등과 인건비 상승 등인데, 빌딩 건축 문제를 놓고 어머니와 아버지께서 불화하는지 어머니가 아버지를 헐뜯는 말을 자주 하더라 하는 따위였습니다.

그때마다 미스 양에게 물어봤습니다.

"엄마가 내 말은 안하셔?"

"움머, 언니가 나와 함께 있는 건 언니하고 나하고 둘만의 비밀인데 어머니께서 어떻게 아시고 나한테 언니 안부를 묻겠어요?"

"바보 같으니 그런 의미가 아니구 집 나간 인엽이년 보고 싶다구 눈물 같은 거 안 짜드냐 이런 말씀이야."

"전혀요!"

미스 양의 완강한 대답을 들을 때면 공연히 허전해서 밤잠을 설치곤 했었습니다.

어쨌거나 나는 미스 양과 화목했습니다. 물론 낚시 밑밥 본새의 치밀한 성의를 다한 결과일 겁니다. 그동안 '오데마 삐게' 시계 한 개와 '에르메스' 스카프 한 장, 그리고 '겔랑' 화장품세트를 사은품으로 진상했었거든요.

이런 생각을 하고 있는데 기동수 회장님이 어렵게 말을 걸어왔습니다.

"미스 고옹!"

"네 회장님."

"…내 이런 말 안하려구 했었는데 말씀이야. …자칫 잘못 삭히면 저 냥반 되게 생색내네 할 것 같기도 하구 해서…."

나는 기동수 회장님의 말뜻을 대강 어림짐작할 수 있었습니다. 방 얻는 데 보태 쓰라고 준 일금 5백만원에 대해 단 한 번도 달착지근한 답례를 해본 적이 없었으니 무척 궁금하고 서운하기도 했을 것입니다. 그럴 수밖에요. 이실직고 했다가는 나의 철부지한 행동 내지는 상상할 수도 없는 화냥기가 단숨에 들통날 것이요, 그 새벽과 연계되는 인사부장 김동구씨의 심야 유흥업소 출입이 필연적으로 거론될 것인 바, 공인엽·이는 고사하고 직장의 상사까지 타래묶음으로 산지박 운세를 맞게 할 수는 없었기 때문입니다.

"…조금 보탬이 되었나?"

"진즉 말씀드렸어야 했는데, 정말 죄송스럽습니다. 네 회장님, 무척 큰 도움이 됐습니다. 회장님의 은혜는 잊지 않겠습니다."

"뭘 그런 생각까지…방을 얻었어?"

"네에."

"다행이군. 어디에다?"

"…잠실에다요."

"잠실? 잠실에 그런 값싼 방이 있어?"

"…친구하고 둘이 보태서 얻었걸랑요."

"…그거 잘 했군."

기동수 회장님은 흡사 맞선보는 총각처럼 어색하게 손바닥을 부벼댔습니다.

"대강 어딘지 약도를 그려줘!"

"…네에?"

"그렇게 놀랄 건 없네. 머지않아 크리스마스인데… 그 때 크리스마스트리나 보내줄까 하구."

순간 눈앞에서 오색찬란한 불티가 날았습니다. 그러나 어쩔 수 없었습니다.

"에라 모르겠다. 죽을 때 죽더라도 우선 살고보자!" 하는 엉뚱한 생각으로 미스 양의 전셋집 약도를 얼렁뚱땅 그려 기동수 회장님께 건넸습니다.

"고마워요…그리구 토요일인데 빨리 퇴근하도록."

기동수 회장님이 회장실을 떴습니다. 회장님을 현관까지 배웅하고 다시 자리에 앉았습니다. 등허리로 선뜩한 식은땀이 흘렀습니다. 시계를 봤습니다. 오후 3시가 다 돼가고 있었습니다.

전화의 파상신호음이 울렸습니다. 나는 수화기를 들려다가 그만뒀습니다. 틀림없이 사내들의 목타는 하소연들일 것입니다. 오전 11시부터 데이트신청이 꼬리를 물었었거든요. 막무가내 무뢰한 언사로 일관하는 '불고데' 기기사를 선두로 해서 '정신과 전문의' 심한백, '강남땅 여인숙사장' 구만식, '총무과' 말석 최상모가 그들이었습니다.

그런데 참으로 예상밖의 한 사내가 가세했습니다. 다른 사람들의 전화는 '호의는 감사하오나 오늘은 사절할까 하옵니다. 선약이 있어서!' 하며 느긋하게 나불거렸지만, 그 사내의 전화만큼은 그렇게 쫑을 낼 수가 없었습니다. 다름아닌 '홍수무역' 조 사장님의 맏아들 조성묵으로서 나는 작년 내 생일잔치를 그의 '가평별장'에서 초호화판으로 치른 적이 있습니다.

"… 아니 제 직장을 어떻게 아셨어요?"

"댁의 황기사한테 겨우 정보를 입수했습니다."

"그럼. 우리 집에서도 제 직장을 알고 있겠네요?"

"아직은 모르실 겁니다."

"어떻게 자신하세요?"

"황 기사가 그러던 걸요. 자기만 알고 있다고."

"… 정보 고맙습니다!"

"드릴 말씀이 있는데 커피 한잔 하실 수 있겠습니까?"

"오늘은 안 되겠네요.."

"그럼 다시 전화드리겠습니다."

전화는 이쯤 시시하게 끝났지만 영 마음이 편치 않았습니다. 보글작 보글작 끓는 심사도 달랠 겸 해서 좀 데데한 생각을 해보면 어떨까 싶었습니다.

〈차례 차례 부딪쳐봐? 정밀심사를 위한 과정으로, 화끈하게!〉

나는 이 다섯 사내들을 하나 하나 떠올려가며 '택남법'의 덩바람을 재봤습니다. 나라고 사내꼬다리들의 점수를 못 매길 이유가 어디 있을까요.

내가 다소 어거지수작으로 '택남법' 어쩌구 흰소리를 하는 데는 그럴 만한 이유가 있습니다. 저 지긋지긋한 이씨조선 적의 '택녀법'이 생각나서입니다. 알량한 염소수염을 배배 꼬아가며 저들 멋대로 여자들의 점수를 매겼으니, 자그마치 1백8가지 형의 여자가 탄생됐었고, 그것이 바로 '백팔여상 택녀법'이었습니다.

죽도 아니고 밥도 아닌 열구자탕 감별법 중 몇 가지만 보기로 들겠습니다.

오밀조밀 섬세하게 생긴 여인은 '선인'이요, '오목 조목하게 생긴 여인은 '췌인'이니라…환하고 쾌활한 여인은 '명인'이요 밝고 쾌할한 여인은 '장인'이니라 연약하게 간들거리는 여인은 '묘인'이요 세류처럼 하늘거리는 여인은 '요인'이니라.

해놓고는 심사 틀렸다 하면 "어허 아깝도다 '선인'기에다 '췌인'기가 덮쳤으니 어디다 쓸꼬!…… 아깝도다. '명인'기는 족하거늘 '장인'기가 불급 아니더냐! 그거 참 절통한지고, 그 '묘인'기에다 '요인' 기만 화합하면 금상첨화일터, 아무리 봐도 '요인'기가 승하니 어찌할꼬!"

이러고 나섰군요. 아니, '선인'기에 '췌인'기가 덮쳤다니 그 적에 이리 여성이 존재했단 말입니까?… '명인'기에다 '장인'기마저 겹쳐야 한다면 때와 장소도 가림않고 깔깔대는 미친년이어야 한단 말입니까? …'묘인'기와 '요인'기가 따악 물려야 한다구요? 그렇다면 무말랭이를 데리고 살겠다는 말입니까?…이런 제에길.

너무 흥분한 탓이었을 거예요. 관자놀이께가 욱신욱신 쑤시고 고막 속에서 디젤기관차의 경적이 울었습니다.

사내들에게 각각 이씨조선의 '택녀법'뽄 별호를 붙일 양으로 골머리를 썩이는데 하필이면 그때 전화벨이 울었습니다. 옥내전화가 되서 마지못해 수화기를 들었습니다.

"회장실입니다."

"여기 경비실인데요. 마침 계셨군요.

"손님이 찾아 오셨습니다."

"…손님이라뇨?"

"일단 바꿔드리겠습니다."

잠시 후 귀에 설익은 여자의 음성이 낭랑하게 수화기를 울렸습니다.

"언니세요?"

"…도대체 누구세요?"

"저 민옥이에요."

"… 민옥이가 누구에요?"

'왜 언젠가 새벽에 우리집에서 봤잖아요. 그래도 모르겠어요?"

"네에?… 아니, 전우강씨 동생이란 말입니까?"

"맞아요! 오빠 심부름 왔는데요. 저 지금 상당히 바빠요. ……가만있자 어떻게 한다? … 아, 이 빌딩 옆 골목에 '재회'라는 다방이 있던데 거기로 나오시겠어요?"

"그, 그렇게 하세요! 금방 내려갈 거예요!"

수화기를 놓고 나서 나는 잠시동안 부들부들 몸뚱이를 떨어댔습니다. 스무번 넘게 심호흡을 하고 나서야 겨우 도어를 밀쳤습니다.

민옥이 앞에 엉덩이를 붙이자마자 나는 야젓하게 겹다리를 꼬았습니다.

"도대체 여길 어떻게 알고 찾아왔죠?"

민옥이는 태연히 맞받았습니다.

"왜 못 올 곳을 왔나요?…… 오빠가 언니 명함 한 장을 간수했던가 보던데…
이 선물 풀어보시고요… 그 속에 편지도 있나봐요."

커피 두 잔을 시켰습니다. 민옥이가 커피를 마시는 동안에 나는 꽤나 덩이가
큰 직사각형 선물상자를 풀었습니다.

나는 선물을 보고말고 정신이 혼미해갔습니다. 그 것은 완구세트였습니다. '
재롱이 곰' '꼬끼오 전화기' '아트 폰' '미용세트 1000번' '미용가방세트' '신데
렐라 화장대' '캔디 전화기'-이렇게 일곱가지 완구들이 차곡차곡 들어 있었습
니다.

커피를 마시다말고 민옥이가 깜짝 놀랐습니다.

"옴머 오빠 좀 봐!…… 세상에— 아니 숙녀한테 어린애들 장난감은 또 뭐야
아? 이런 부조화가 어디 있어! 아니 왜 이런 짓을 해?"

나는 짐짓 태연함을 가장하며 상자 밑바닥에 놓인 하얀색 봉투를 집어들었습
니다. 봉투를 뜯고나서 나는 또 한 번 제 정신이 아니었습니다. 5백만원권 자기
앞수표가 얌전하게 접은 편지속에 껴있었기 때문이었습니다. 민옥이가 마침 샹
들리에를 올려다보며 이마를 찡그리고 있었습니다.

나는 그새, 재빠르게 자기앞수표를 핸드백 속에다 감췄습니다. 편지를 읽어
내렸습니다.

〈공인엽씨에게 몇 자 적습니다.

탐색과 변모를 위해 자행하는 의도적인 방황처럼 메스껍고 가소로
운 것도 없을 것입니다.

그 치기만만하고, 대단히 위험스러운 자학의 여로에서, 나를 만나
게 된 우연을 고맙게 생각하세요. 아니 나보다 영등포 역전의 새벽과

짱구샌드위치에게 경의를 표하세요.

　내가 판단컨대, 공인엽씨의 정신상태는 유아의 그것과 대등한 수준이며, 정서 또한 이유기 정서에 해당됩니다.

　완구를 선물로 드리는 내 심정을 이해하시겠습니까? 우선 무럭무럭 자라시도록 하세요.〉

민옥이가 커피잔을 비우고 나서 나를 빤히 건너다봤습니다.

"그 날 잘 가셨어요?"

나는 그저 정신나간 여자처럼 새들새들 웃어줬습니다.

"우리 오빠 언제부터 알았어요?"

"…그날 새벽부터요!"

"바른대로 말해봐요.'

"…바른대로 말하고 있어요!"

"어쩜 그렇게 죽이 자알 맞아요?"

"…?"

"프로 연극인들도 그런 연기들은 못할 거예요."

"오빠는 거짓말 잘해요?"

"거짓말에는 지진아예요. 흉내도 잘 못 낼 걸요?"

"… 나도 그런 편입니다!"

"그만둡시다! …저 이젠 가봐야겠어요. 언니 안녕."

민옥이가 황급히 자리에서 일어섰습니다.

"지금 급해요?"

"아까 말씀 드렸잖아요. 상당히 바쁘다구."

"…일 보구 나서 만나면 안되요? 난 시간이 남는데."

"심부름 턱이라도 내실려구?"

"그래요"

"나중에 하기로 하죠."

민옥이는 매정하게 자르고 나서 휑 다방을 나가버렸습니다. 나는 몇 발짝 종종걸음으로 따르다 말고 멋적게 굳어서고 말았습니다.

탈피(脫皮)의 장

1

차창 밖으로 흑백사진의 원판 같은 겨울이 떨고 있습니다. 나는 사계절 중에서 겨울이 으뜸 좋습니다. 이런 나를 두고 어머니는 늘상 '모질고 독한 계집애라서 계절도 광막설한풍 광란하는 겨울을 좋아한다'고 언턱거리 잡았었지만 그것은 답답할 정도로 꽁꽁 막힌 어머니의 살벌한 정서 탓입니다.

내가 유독 겨울을 좋아하는 이유를 쉽게 풀어보지요.

봄은 일단 간지러워서 싫습니다. 사내의 진지한 숫기- 다분히 양성적 요소를 우선순위로 점수를 매겨야 할 이 사내다운 숫기를 깡그리 사절한 남자 같지도 않은 남자의 녹작지근한 수작을 경험해 보셨나요 정작 가려운 곳을 피해가며 가렵지도 않은 엉뚱한 곳에서 바람이 되는, 그 무개성의 비열한 미풍과 넌덜머리 나도록 추근거리는 섬세한 충동질 - 소생과 부활의 축제는커녕 절명의 광기로 너나없이 일단 간지러워서 미치고 보는 봄은 내 체질에 우선 맞지가 않습니다.

여름은 무작정 짜증스러워서 싫습니다. 여성으로 태어났음에 여성의 불편스러운 신체적 구조를 원망해 본 적이 있으리라 믿습니다. 씻고 닦고 발라도 그새 새척지근 쉬어꼬부라지는 땀냄새며, 하필이면 오목조목한 굴곡부만 골라서 더욱 기승떠는 땀줄들- 예컨대 겨드랑이께나 여타 굴곡부의 굽도리를 파대며 송살송살 피어오르는 원초적 인류의 체취 말입니다. 나는 일단 향기를 선호하고 악취를 증오하는 체질인고로 금세 씻고 금세 닦고 다시 한 번 발라도 운명적 원죄를 탕감받을 수 없는, 그 비문명적인 여름이 싫을 수밖에요.

가을도 싫군요. 녹취빛 하늘과 단풍들의 화염, 그리고 오로지 그리움 하나만을 장만하여 파르르 떨며 뜨는 별무리가 문득 좋아지다가도 사내꼬타리라면 너나없이 영바람 재고 여자들은 여자들대로 '…시몬, 너는 듣느냐' 어쩌면서 감성의 노예를 자청하는, 그 누구라도 가지려고 작심만 하면 가지는 소유의 공유성이 싫걸랑요.

아, 겨울이 좋아요. 40년대 카메라가 잡았음 직한 흑과 백의 완벽한 태초며 그 문명이전의 꺼칠한 정직성- 나목의 인동과 함께 꽁꽁 얼어 있는 빈 까치집만 올려다 봐도 사람이 그립거든요. 사람을 그립게 하는 계절, 37도의 체온 한 줌이 불화로처럼 절실한 으스스 한 추위가 얼마나 좋은가요. 뿐인가요. 계절의 성깔마저 어쩌면 그렇게도 또깍 부러지게 선명한지…. 아니 무엇보다도 겨울이 좋은 까닭은 '너나없이 좋아서 미치거라!'하는 공유의 번연함을 맵게 거절할 줄 아는, 그 사유의 필연성에 홀딱 반해서입니다. 모든 사람들이 갖는 공유의 보편성도 윤리적으로는 아름다움의 댓방일 수 있겠지만, 그래도 나 혼자만이 간직할 수 있는 사유의 철저한 아름다움을 어찌 따를까요.

대강 이런 분석으로 하여금 겨울은 예술적 성과마저 거두는 계절이라고 감히 결론짓는 것입니다. '봄' '여름' '가을'이 노래라면 겨울은 작곡의 발상이요, 봄과 여름과 가을이 명곡의 '음자리표'라면 겨울은 명곡의 '악보'라고 믿고 싶네요.

나는 지금 구만식씨의 승용차 앞자리에 앉아 '방배동'을 향해 달려가고 있습니다. 내가 다른 사내들을 다 제쳐놓고 구만식씨를 우선순위 일위로 낙점한 데는 그럴 만한 이유가 있습니다. 어차피 나는 신랑감을 찾기 위해 정탐의 수색전에 나선 것입니다. 그렇다면 길들여져온 내 후천적면역성에 부담없이 먹힐 남자를 일차적 대상으로 삼는 것이 지혜로울 것입니다. 그는 우선 부자에 속합니다. 적어도 그의 행동거지나 취향이 나와 유별스럽게 다를 바 없으려니-하는 믿음이야말로 정탐전의 필수요건인 자신감을 확보한, 유리한 고지를 선점해버린 전세이니깐요. 다음으로 '조성묵'…전혀 면역성이 없는 시대의 이단아 '불고데 기기사'와 비범한 도둑놈 '전우강'…정신과 전문의 '심 한백'은 내가 수색전의 와중에서 헤까닥 했을 때를 예비해서 극약처방감으로 남겨 두겠습니다.

그동안에 괜히 죄만스럽고 찝찝한 사건이 있었습니다. 최상모와 강수남 상무·김기천 전무, 이렇게 세 사람이 '회사발전에 아무런 도움이 못 될, 한조상사와 영원히 격리되어 마땅할 자들'이라는 덤턱스러운 선고를 받고 우수수 목이 잘린 것입니다. 기동수 회장님의 처가쪽 멀고 먼 끈줄로 거진 구호대상격 의전절차를 겨우 지탱해왔던 상무와 전무의 권고사직은 그렇다 치더라도 최상모의 실직은 꽤나 가슴이 아팠습니다. 세 사람들은 저들 나름대로 나에게 결별의식을 치렀었던가 봅니다.

최상모는 구내전화로 밑도 끝도 없이 '미스 공이요? …이자 떠나는 마당이니까네 말도 차악 깔고 하자! …당신 디게 불행한 여자라고 생각 안하나? 나캉 사랑 했으모 최신 카이저식 신병기로 고마 지기줄라캤는데 그 은총도 못 받고 우쩨 고레 못났노? …카이저식 신병기가 먼 줄 알아? 포경 신시술법이다카이! 끄끄 끄으— 좁은 땅에서 서로 어데 가겠노? 다시 만나게 될끼다. 자알 있그라!' 했고, 강수남 상무님은 '적막강산에 설한풍세가 완연헌디 내 귀뚜래미를 요렇고럼 한데다 내싸두고 워딜 가겠다고 허능감! 명추 추야장 짚디짚은 밤에 또 만나겄지… 이것은 워디까정 선의루다 허는 원청인디,거 뭐시냐아- 석별의 의미루다 내 볼태기에다가 키스 한 방만 혀주어. 입술끼리 닿자능 것이 절대 아니구… 따라서 그런 징그라운 과정을 펼쳐자는 사욕이 절대 아니여. 워디까정 순수극치의 석별징표루다 볼태기에다만 살짝 한 방!' 했었으며, 김기천 전무님은 태연히 '쫄쫄했다 하면 언제든지 만나세. 미스 공의 보신은 팔도별미로다가 수발한 테니깐! 이럴 때는 여천 농어사시미에다 히레사께 몇 잔이 보약이지. 잘 있어'하며 여전히 '식보타령'으로 미련을 남겼었습니다.

이런 생각들을 떠올리며 나도 몰래 실미적지근한 웃음을 물었었던 모양입니다. 운전에만 열중하며 한마디 말도 없던 구만식이 흘끔 살피고 나서 말했습니다.

"웃음이 심상치 않습니다.“

"…"

"대충 추리하건대, 연몽의 행복했던 순간을 떠올릴 때의 미소 같지 않습니까?"

"… 연몽이 뭐예요?"

"꿈속에서의 사랑이라고 할까아- 워낙 표현이 서툴러서 해놓고 나면 꼭 어색하단 말입니다."

"글쎄요. 뭔지는 잘 몰라도 다소 어색한 바 다대하네요."

"그건 그렇구요… 내 말 맞습니까?"

"심리학을 전공하실 걸 그랬어요. 정확히 짚으셨어요"

"…오호? 연몽의 내용 좀 관람합시다."

"어떤 남자의 볼에다 입을 맞췄습니다."

"행운의 주인공이 누굽니까?"

"60대 초의 지순한 남성이었습니다."

"아니, 왜 하필이면 그런 쭈구리 볼에다 입을 맞춥니까?"

"… 쭈구리가 뭐예요?"

"직설적으로 노인이죠 뭘. 안 그렇습니까!"

"그러니까 꿈이죠!"

"그 말씀, 말 되네요!"

그가 차창밖을 내다보며 '눈이 제법 오는 걸. 이러다가 길바닥에서 날 새는 거 아냐?' 했습니다. 과연 흰나비들의 낙화 같은 눈송이들이 조밀한 땡땡이무늬처럼 사위를 수놓고 있었습니다.

루비빛 정지신호등이 좀처럼 바뀔 줄 모르고 켜 있었습니다.

그는 '목캔디'를 따그르 따그로 빨아대며 불투정을 쏟았습니다.

"선진구욱? 참으로 좋아하시지! 불과 삼사센티 적설량에 도시 전체가 종렬주차장이군. 아니 근데, 비싼 달러 퍼붓고 사온 제설차는 언제 쓰겠다는 건가? …참 그럴 테지. 그건 적설량 이십센티 이상의 상황용도라지? 질주차량이 번잡한 도심에서 적설량 이십센티가 언제 쌓일 거야? 이거야 원!"

그는 화뿔이 돋쳤다 하면 '목캔디'를 먹는 모양이었습니다. 한번에 세개를 입속으로 털어넣고 나서 또 볼멘소리를 했습니다.

"바로 이럴 때 민방위훈련을 하면 좋을 걸. …볼 만 할 거야 고거! …예비훈련의 근본목적이 뭐야? 예고 없는 위난상황에 대처하는 전국민적 자구능력을 단련시키자는 거 아닌가. 정해놓고 하는 게 무슨 훈련이야? 에너지절약 어쩌구 그냥 말로만 뻥뻥 쏘아 대구 말씀이지, 차량 정체시에 태우는 휘발유량이 얼마나 되는지 전국적 통계나 내봤는지 몰라!"

결국 예정시간보다 두 시간 가량 늦게 '방배동' 카페촌에 도착했습니다. '웅장한 분위기에 복고풍 장식의 단골카페'라는 그의 말대로 '르노뜨르의 정원'이란 이름의 카페는 과연 돈을 쏟아부은 듯 화려했습니다.

시쳇말로 분위기 한번 펄펄 끓는 외진 자리에 그와 내가 마주 앉았습니다.

"이런 데 많이 출입해 보셨습니까?"

"…주로 압구정동 · 서초동 · 역삼동을 팠습니다. 방배동은 처음인 걸요."

"카페야 방배동이 제일 낫죠. 작으면 작은 대로 현대적 감각을 충분히 살린 곳이 있고, 이곳처럼 웅장한 분위기에 복고적 장식으로 꾸민 곳이 있고… 술은 뭘로 하실까요?"

"아무거나요."

"칵테일로 할까요?"

"그게 좋겠네요."

"브롱스칵테일 어때요?"

"…글쎄요."

"일천육백사십일년, 서인도회사를 뉴욕의 브롱스에다 세운 사람이 바로 조나스 브롱크라는 화란인 입니다. 그러니까 뉴욕의 브롱스를 따서 붙인 이름이죠."

"…또 읊어보시지요."

"그럼 기믈렛은 어때요?"

"역사학 강의부터 먼저 듣고요."

"그거 뭐 역사학강의라고까지 비웃으실 필요는 없습니다. 술을 즐기다 보니까 술의 내력도 함께 익힌 거지요. 의사 기믈렛경이 스트레이트 진을 즐겨 마시는 해군장교들의 건강을 위해서 라임주스를 섞은 소프트한 진을 창안한 것입니다. 그때가 일천팔백구십년이었습니다."

"…또 없나요?"

"맨해턴 칵테일은 어떨까요?… 일천구백팔십오년, 뉴욕 맨해턴클럽의 랜

돌프 처어칠부인에 의해서 창안된 칵테일입니다. 위스키와 버무드 맛을 조합한 칵테일이죠."

"맨해턴 칵테일로 하겠습니다. 우선 시대적 친근감이 있어서요."

"과연 미스 공입니다!"

나는 두 손바닥을 펴 턱을 바치고 구만식씨를 빤히 건너다봤습니다. 빤히 건너다봤다는 말보다 적당히 잡기를 희석시킨 눈길이었다는 게 더 걸맞을 것 같습니다.

"행복하세요?"

"…?"

"저와 함께 이런 곳에 앉아 있는 거 행복하시냐고 물었습니다. "

그가 칵테일 잔을 주욱 들이키고 나서 대답했습니다.

"행복합니다."

그가 술잔을 놓고 나에게 물었습니다.

"미스 공은 어떠십니까?"

"뭘 어쩌겠어요?"

"네에? 대답이 빙점이하입니다. "

"그러니까 구체적으로 물어보셔야죠. …나처럼 구체적으로 물어보세요."

그가 손수건으로 손바닥의 땀줄을 닦았습니다.

"… 행복하십니까?"

"…."

"저와 함께 이런 곳에 앉아 있는 거 행복하시냐고 물었습니다. "

"결코 불행하진 않습니다."

구만식씨가 칵테일잔을 권했습니다. 우리들은 주거니 받거니 칵테일을 맥주 마시듯 했습니다.

"진즉부터 여쭤보고 싶었는데요… 도대체 제 생일을 어떻게 아셨어요? 인사부에서 사원명부를 열람 하셨었나요?"

"…그랬습니다!"

"왜 하필이면 저였을까요?"

"찍었으니까!"

"옴머, 말씀도 걸찌게 하셔!"

"찍는다는 걸 너무 천박하게 생각들 하는데, 제 생각은 결코 그렇지 않습니다. …찍는다아– 이건 목적에 대한 날인입니다! 목적을 위해 날인할 수 있는 자! 바로 실천적 남성의 보기 아니겠습니까?"

"머리가 좋으시네요. 논리가 그럴듯해요!"

"그거 별 거 아니지요. 물질만능 사고가 어차피 시대의 배경이라고 전제할 때, 그 배경에 적응하고 활성을 띠는 삶의 형태는 어차피 두 가지로 양분됩니다. 본능적 사고와 정신적 사유– 이 두 가지를 공유하고 활용할 줄 알아야 이 시대를 살아남게 돼 있잖습니까?"

구만식씨가 내 옆자리로 껴앉았습니다.

"미스공! 당신이 필요하오!"

그의 팔아름이 가만히 내 허리를 싸안았습니다. 나는 가만히 그를 놔뒀습니다.

탈피(脫皮)의 장

2

골막하게 차오르는 술기 탓만은 아니었습니다. 나는 구만식씨에게 허리를 맡긴 채 그의 능숙한 손길이 연출하는 촉감의 희열을 경험하고 있었습니다. 그것은 마치 산릉을 따라 번지는 산불처럼 한치도 수차없는 밀밀한 탄주로 내 전신을 태워갔고, 뜨끔한 불씨가 떨어질 때마다 놀라 깨어나는 감명의 환희는 내 자제력을 싱거웁게 무너뜨리기에 족했습니다.

아무리 '실감의 현실을 얻기 위해 껍질부터 벗어야 하리!' 하고 다짐했었다 치더라도 명치끝에 걸리는 뻐근한 흉통이 나를 슬프게 했습니다. 일종의 자책감이라고나 할까요. 그래서 가능한 한 자위 명색의 현실적 당위성을 만들고자 노력했습니다.

그래서 그로부터 자수정 목걸이를 선사받았었던 날을 떠올렸습니다. 그날 나는 '이만한 미남, 이만한 지성, 그리고 사장체면 불고하고 몸소 섭외용으로 뛰는 이만한 근로정신이 어디 그리도 흔할소냐! 찍어봐! 이 남자를!' 하며 의뭉스러운 음모를 꾸며봤음은 물론, '따지고 보면, 첫눈에 홀딱 반하고 땡기는 이성관계야말로 사랑의 그중 정상적인 시발이 아니겠더냐!" 하는 나의 연애철학을 다시 한 번 다졌던 적이 있습니다.

내가 이런 생각을 하며 철딱서니 없게 벌근거리는 가쁜 숨을 다스리는데, 허리통을 조몰락거리던 그의 손이 스르르 둔부께로 타내렸습니다. 그의 손바닥이 모래톱을 잘근잘근 핥으며 찰싹대는 만조의 잔물살처럼 간지럽게 놀아댔습니다.

"…어딜요? …이 손 치우세요."

나는 마음과는 달리 엉뚱하게 투정부렸습니다. 그가 여전히 내 엉덩이를 쓸어내리며 말했습니다.

"심리학을 전공하셨다지요?"

"…그래서요?"

"어떤 심리학자의 지론인데, 예컨대 할머니가 손자의 엉덩이를 다독거려주거나 고추를 만져주며 애정을 표시하는 것은 자신의 젊음에 대한 향수를 촉감적 만족으로 대치시키는 수단이라고 했습니다. 들어 보셨습니까?"

"심리학이라기보다는 극히 상식적인 추리에 불과합니다."

"어쨌거나아— 맹목적으로 추하게 생각할 일은 아니지요."

"맹목적으로 추하게 생각하진 않습니다. 그러나 아주 거북하고 짜증스럽습니다."

그는 아랑곳 않고 열도삼매경의 가야금 탄주자처럼 내 엉덩이를 가지고 놀았습니다. 엄지와 검지로 살큰 찝었다가 놓는가 하면, 꾸욱 눌렀다가 토옥 튕기고, 그래서 내 엉덩이는 숫제 가야금 열두 줄 팔자로 몸살을 앓아야 했습니다.

"나는 일찍이 여성의 둔부를 세상에서 가장 아름다운 것이라고 믿어왔습니다. 그러나 불행스럽게도 정말 아름답게 생긴 둔부를 봤던 적이 없었죠. 그런데 미스 공의 둔부를 보고 그제야 눈이 뒤집히데요. 지상에서 단 하나인 둔부!"

그것 참 야릇하데요. 사람 마음이라는 게 그쯤 약을 수도 있는 건지, 나는 그 '

지상에서 단 하나인 둔부!' 라는 그의 탄성과 함께 머쓱 굳고 말았습니다. 구체적으로 말하자면 그의 손길에서 엉덩이를 빼려고 노력했던 동작을 그 순간 포기했다는, 이런 말입니다. 괜히 어색해서 헛기침 서너 번 억지로 콩코옹 쥐어짜고는 칵테일잔을 할짝할짝 빨아댔습니다.

"둔부 형태와 관련된 근육은 크게 세가지로 대별된다 할 수 있습니다. 대둔근·중둔근· 소둔근 대둔군은 엉덩이의 중앙과 외하방을 덮고 있는 두꺼운 근육으로 천골과 치골에서 시작하여 대퇴골에 부착돼 있습니다. 중둔근과 소둔근은 대둔근 속에 있으며 주로 둔부의 중앙부를 덮고 있죠. 이 근육들이 바로 골반부의 쿠션역할을 하고 각선미를 좌우합니다. 미스 공의 둔부를 보면 대둔근 · 중둔근 · 소둔근의 완벽한 조화를 꾀한 조각품을 대한 기분입니다! 그렇게 생각해보시지 않았습니까?"

"……"

"거기다가 척추의 장축과 천골의 접합각도라니! 이거 완전무결한 예술이야 예술! 천추의 후방돌출, 즉 후굴각도 또한 끝내줍니다. 마릴린 먼로의 육체미가 바로 천추의 후굴각도에서 비롯됐다는 걸 아십니까?"

"…그걸 몰랐었네요."

"저러언! … 아름다운 둔부의 형태는 체위에 대한 위치적 조화뿐만이 아니라 그 자체의 모양이 더 중요합니다. 지상에서 단 하나인 미스 공의 둔부는, 근골의 음영이 약간 나타나는 정도의 적당한 피부두께며 허리로부터 다리로 이어지는 부드러운 곡선이 가위 1세기 만에 하나 날 정도의 명품입니다. 수태와 분만의 기능이 여성의 둔부라고 그 누가 말했던가요? 이런 생동하는 예술품을 모독하다니!"

"…여성둔부학을 전공하셨군요."

"삭막한 직업을 가지면 긴장의 이완이 절대 필요하죠. 그래서 취미삼아 연구해본 겁니다."

그가 '소변 좀 보고 오겠습니다' 하며 자리를 떴습니다. 그는 뒤를 한번 흘끔 살피고 나서 낮은 아치형 간막이를 돌아나갔습니다. 소변을 보겠다던 그가 구석 자리의 어떤 여성과 마주 앉는 것이 보였습니다. 나는 앞만 내다보는 체 하며 가재미 눈길로 그를 살폈습니다.

그가 5분쯤 지나 자리로 돌아왔습니다. 그는 분명히 화장실 출입을 하지 않았었는데도 손수건을 꺼내어 손바닥을 닦는 시늉을 했습니다.

나는 모른 체 물었습니다.

"… 볼 일 시원하게 보셨나요?"

"나오다가 동업자 한 사람을 만났어요."

그는 내 물음에 어벌쩡 대꾸하고 나서 쇼핑백 하나를 들이밀었습니다.

"이거 잘 어울릴 겁니다."

"…뭐예요?"

"옷입니다."

"옷이라뇨?"

"입는 거지 뭐겠습니까?"

"자수정목걸이는 몰라도 이건 정말 난처한데요. …입다가 실밥 터지면 어떡하죠?"

"아니 왜 실밥이 터집니까."

"자그마치 56킬로그램이에요."

"미스 공답지 않게 무슨 말씀을. 둔부미학에 대한 소생의 탁견을 듣고서도 그런 말씀을 하시다니! 재 보지 않아도 훤언 합니다."

"……."

"미스 공 같은 글래머에겐 타이트한 슬림실루엣 룩, 즉 사이렌 룩이 어쩔까 싶기도 했습니다. 인어와 같이 매혹적이라서… 그러나 페닌풍의 로맨틱한 무드를 강조한 프루이드 룩을 골랐습니다. 미스 공은 매혹적인 생동미에 앞서 청강의 완류처럼 흐르는 지적 율동미를 먼저 갖췄지 않습니까?"

"도무지 부끄럽네요!"

"도무지 부끄럽지 않아도 됩니다. "

"…구선생님을 만나고자 한다면 필히 이 옷을 입어야 하겠네요."

"당장 내일 입으실 겁니다!"

"……?"

"말씀드렸지 않습니까. 당신이 필요하다고!"

구만식씨가 담배를 태워물고 나를 의미심장하게 건너다봤습니다. 그의 눈길을 맞바로 받아들일 수 없도록 공연히 미안한 마음이 들었습니다. 왜 그런 거 있죠. 고스톱 판을 쓰리고에 피박까지 씌워 대여섯 차례 연장했을 때, 죄 지은 것도 없이 무담씨 불편해진 마음이 불현듯 한두 판쯤 먹은 것 절반은 게워내고 싶은 충동― 섯다판으로 예를 들어도 마찬가지입니다. 땡족보로만 독주한 나머지 한두 판쯤은 망통끗발로 푸욱 꿇어 주고 싶은 심사 말입니다. 그러니까 더 넘찬 이득의 10분의 2 정도에 해당하는 손해쯤 그리워할 줄도 알아야 만물의 영장이라는, 이런 뜻입니다.

그래서 내 딴으로는 무척 용기를 내어 말했습니다.

"청강의 완류처럼 흐르는 지적 율동미를 프루이드 룩으로 감싸고 내일 어딜 갈 건가요?"

"파티에 갑니다."

"무슨 파티인데요?"

구만식씨가 한동안 골똘한 생각 속에 잠겨 있었습니다. 그가 쩝 쩌업 쓴입맛을 다셔대고 나서 입을 열었습니다.

"그 전에 해야 할 말이 있습니다. …… 사실은 내 형님께서 꽤 큰 호텔을 경영하고 계십니다. 부산에서 영업하고 있죠."

"좌우당간에, 형제는 용감하셨군요."

"형제뿐이 아닙니다."

"…"

"부친께서도 호텔 업주이십니다. 그러니까 당연직으로 호텔가문의 회장이십니다."

"오머 무서워라! 백만원권 수표로 팔층금탑을 쌓고도 남을 재력이군요."

"기왕 쌓을 바에야 십오층금탑을 천만원권 수표로 쌓아야죠!"

"그건 그렇다치구요, 파티 건부터 밝혀보세요."

"오늘날의 호텔경영, 이거 보통 어려운 게 아닙니다. 호텔운영의 급선요건은 예약고객의 상시확보에 있지 않겠습니까?"

"…그걸 제가 어떻게 알아요?"

"그러니까 들어보세요… 더구나 겨울철은 극심한 비수기에 해당됩니다. 말이 좋아 비수기이지 까놓고 말하자면 깜깜한 막장이죠 막장!"

"봄 행락철이다, 여름 바캉스다, 가을 단풍철이다. 겨울 연말연시 휴가다 뭐 사시사철 호텔에 손님 끊길 때가 언제 있어요? 그 때마다 전국 호텔예약이 일백프로 아니던가요?"

"뭘 통 모르시는구면. 그러게 내가 예약고객의 상시확보라는 단서를 달지 않았습니까! 감빡하고 마는 성수기 그까짓 것으로는 호텔운영 못하게 돼 있습니다."

"…구선생님 소원을 이루자면 4천만이 순번제로 호텔에 드러누워야 하겠네요?"

"근데 철없는 말씀만 자꾸 하셔! 인내심을 가지고 들어보세요. 벌써 25프로의 고객이 격감되고 있는 실정입니다. 크리스마스, 연말연시 휴가, 민속의 날 이것들만 지나갔다 해보세요. 그냥 막장이라니 깐 그러시네! …사활을 건 변칙 방편으로 호텔들마다 겨울 '패키지'를 걸곤 객실요금 대폭할인에다 식사·음료 무료제공, 헬스클럽·수영장·디스코테크 무료이용… 그야말로 거저 주는 경쟁들로 몸살 앓습니다. 형님은 '윈터 드림 패키지' 부친께서는 '윈터 패키지플랜'으로 피땀 나는 홍보전을 벌이고 있어요."

"구선생님도 피땀나는 악전고투를 하시겠네요."

"나야 기껏 6층짜리 여인숙 가지고 뭐얼…문제는 부친과 형님입니다. 그래서 바로 내일 파티 같은 행사를 벌이는 것입니다."

"그냥 놀러가는 게 아니라 모종의 비즈니스가 있다는 뜻인가요?"

"일단 들어보시구… 믿을 만한 통계에 의하면, 전국 호텔객실 예약의 60프로 이상을 차지하고 있는 비즈니스맨들의 호텔예약이 거의 전적으로 여비서들에 의해서 이뤄지고 있습니다. 여비서들을 어떻게 관리하느냐에 따라 2억 내지는 3억의 매출증가를 볼 수 있다는 말이 됩니다. 바로 고객의 상시 확보를 위해 여비서님들을 공양하자는 발상! 이것이 바로 '프라이비트 라인'입니다!"

"…그게 뭘 하는 모임이에요?"

"쉽게 말해서 여비서들의 친목모임이 됩니다."

"아주 더 쉽게 까놓구 말씀해보시죠."

"…그러니까아 미모의 여비서님들에게 호텔은 견마지예를 다하고, 여비서님들은 상시 고객을 호텔에다 물어다 주고…"

"…여비서들에 대한 견마지예는 도대체 어떻게 하나요?"

"인간적인 예우로서는 여비서의 생일 등 경조사를 입력, 결코 결례되는 일이 없도록 하며… 경제적으로는 후한 사례금의 지출 등 호텔시설 사용시 30프로의 할인혜택… 이것을 한 예를 들어 설명을 가하자면, 예약횟수가 24회 이상인 회원님께는 2박3일짜리 무료숙박권을 제공하는 그런 특전도 있습니다."

"생일날의 자수정목걸이도 그런 용도였겠네요?"

"천만에! 순수한 열모의 표현이었을 뿐입니다."

"그만하면 부담스럽도록 거부가문인데 그렇게 피땀 솟도록 축재해야 되나요?"

"목숨이 붙어 있는 한 하늘 끝까지 벌고 싶소!"

"어쨌든간에 내가 먼저 치를 절차는 프라이비트라인에 가입해야 옳겠죠?"

"그렇습니다!"

"난 어떤 면에서 백치 기질이 있습니다. 한 건수도 못 올리면?"

"그럴 리가 있겠습니까."

구만식씨가 내 손을 끌어다가 새끼손가락 깍지를 꼈습니다.

"미스 공! 이 짧은 오늘을 길고 긴 미래로 연계합시다!"

그의 손이 흔들거릴 때마다 내 가엾은 새끼손가락도 따라 흔들리고 있었습니다.

탈피(脫皮)의 장

3

파티장은 기대했던 것과는 달리 숫제 '뛰고 비틀고 꼬아대는' 아수라장이었습니다. 호텔 전속악단의 디스코음악이 귀청 아프도록 실내를 울렸고 거의 2백여 명을 헤아리는 발랄한 여성들이 탄성의 율동으로 군무하고 있었습니다. 그 여성들의 차림새가 파티의 성격을 웅변해주고 있었습니다. 시대의 전위성을 강조한 펑크룩 스타일의 '시티룩', 진 사파리 슈트의 '유니섹스 룩'에다, 풍성한 볼륨의 스커트와 페전트풍의 블라우스를 입고 귓불이 처질 정도로 큰 이어링을 한댕거리는 '집시룩'들이 그야말로 난잡스러운 열기를 만들어내고 있었습니다. 그 여성들의 군무 속을 '댄디 룩'의 미남청년들이 종횡무진 누벼대며 뻘뻘 땀줄을 짜냈습니다

"성황을 이뤄주신 여러분 대단히 감사합니다. 사장 위의 사장, 아니 회장 위의 회장이신 여러분! 오늘도 우리 섹시클럽의 발전과 친목을 위해 이처럼 만당을 이뤄주셔서 재삼 재사 경의를 표하는 바입니다… 다음 주부터 시작되는 '스키 강습회'와 3월 중순 예정인 '명사와의 만남'에도 더한 성원을 보내 주시길 바랍니다. 거듭 거듭 감사를 올립니다."

나는 구석의 테이블을 지키고 앉아 꺼렁꺼렁 우는 이런 쇳소리를 듣고 있었습니다.

구만식씨가 다가와 주스 한잔을 갈수병 든 돼지처럼 꾸르륵 넘겼습니다.

"어디 불편합니까?"

나는 반사적으로 내쐈습니다.

"그럼 불편하지 않고 어떻게 배겨납니까?"

"어어?…… 아니 왜요?"

"진즉 파티의 성격을 말씀해주셨어야죠. 도무지 최소한의 상식적 절차도 무시한 오류급 난장입니다!"

"…그럼 일류급 파티는 어떤 것입니까."

"뭐 개회사 비슷한 거라도 있고 해야지 입장순으로 그냥 디스코로 매진하는 파티가 어디 있어요?"

"아까 말씀드렸을 텐데… 미스 공이 10분이나 지각해서 그렇지 그런 건 초장에 벌써 마감했어요."

"그야말로 벼락질 진행이군요!"

"그렇다 치구요 …가서 나하고 춤이나 춥시다."

"춤도 못 추지만 먼저 음악부터 바꿔야겠네요."

"………"

"페미닌풍의 프루이드 룩 차림으로 디스코를 어떻게 추겠어요? …… 참 보기 좋을 거예요. 청강의 완류처럼 흐르는 지적 율동미로 디스코라! ……차라리 석사가운을 입고 곱추춤을 추는 게 더 낫겠는걸요."

구만식씨가 검지와 중지로 이마를 빗질하며 몹시 마뜩찮은 표정을 지었습니다. 나는 그의 불편해진 기분을 전환시켜줄 양으로 눈치 빠르게 말머리를 돌렸습니다.

"저 많은 인어들은 모두 비서들인가요?"

"…그렇게 되겠습니다."

"잔치상에 놓인 간장종지처럼 드문드문 섞인 댄디 보이들은 누구예요?"

"잔치상의 간장종지라아— 멀쩡한 미남들이 그냥 간장종지로 가는군요 가!… 여비서들을 효과적으로 관리하는 전담 매니저들입니다."

"…그렇군요오.."

내 말이 다소 비양스러웠던지 구만식씨가 정색을 했습니다.

"시시콜콜 흠만 잡을 게 아니라 기왕의 형상을 시대적 이해력으로 관용할 줄도 알아야 합니다. 어차피 이 파티는 부의 게임입니다. 빈곤의 친목회는 아니잖습니까?"

"……당연합니다."

"바로 그겁니다. 빈곤의 형상은 숙명적으로 동일할 수밖에 없지만 부의 형상은 속성상 의외성을 지니게 돼 있습니다. 아주 막말로 해버립시다. 가난에 무슨 층상층하가 있겠어요? 그러나 부에는 층상층하의 구도적 사투가 불길같습니다. 따라서 부를 행사하는 부의 양태는 운명적으로 백태여일할 수 없는 것입니다!… 내 말 많이 틀렸습니까?"

나는 야릇한 모멸감마저 느끼면서 입을 앙다물고 말았습니다. 그의 말이야 백 번 천번 옳고 말고요. 그러나 이런 자리에 불려와서 아무 쓸모없이 '풍년거지 쪽박' 본새로 그의 훈계를 듣고 있는 처지가 문득 처량하게 느껴졌던 까닭입니다.

명치 끝에서 시작하여 숫구멍께로 뻗지르는 뿌다귀만 같다면 앞뒤 재 볼 염사없이 자리를 박차곤 밖으로 내달았을 것입니다. 그러나 '오로지 껍질을 벗기 위해 이곳에 앉아 있노라'하는 배리착지근한 다짐으로 그런 울화를 고자누룩하게 잠재웠습니다.

구만식씨는 내가 이 파티에 전혀 흥미를 느끼지 못하는 낌새를 짐작잡은 것 같았습니다. 그가 먼저 자리에서 일어났습니다.

"그만 나가실까요?"

"잔무가 있을 텐데 더 있다 오세요. 오늘은 저만 먼저 나가겠습니다."

"안됩니다! 아 배고파."

그가 앞장을 서며 사뭇 게접스럽게 입맛을 다셔댔습니다. 우리는 엘리베이터 속에 마주 섰습니다. 그가 지하1층의 버튼을 꾸욱 누르고 나서 말했습니다.

"전혀 다른 분위기에 젖어봅시다."

그를 따라 들어간 곳은 엉뚱하게도 민속식당이었습니다. 가로 2미터 길이의 절개식단표가 붙어 있었고 '추억의 보릿고개 꽁보리밥 개시!'하는 선전문귀가 씌어있었습니다.

"꽁보리밥 어때요? 옛날 굶주리고 헐벗었던 정한에 젖으면서 파티건은 잠시 잊읍시다."

구만식씨가 다짜고짜 꽁보리밥 두 상을 시켰습니다.

"여기 꽁보리밥 두 상에도 문배주 가져와요."

나는 팔짱을 낀채 그를 찬찬히 건너다봤습니다. 속절없이 배실배실 웃었습니다.

"이제야 먹구름이 걷히시나 봅니다. 그렇습니까?"

"왜 그렇게 생각하시죠?"

"그렇게 저기압이더니 환하게 웃고 있지 않습니까."

"남자는 심신이 건강한 엘리트 선호의, 이른바 '여피모드 슈트'! 여자는 지적 율동미가 넘실대는 페미닌풍의 '프루이드 룩'! …이렇게 최첨단 유행의 입성으로 싸바른 부유층 남녀가 추억의 보릿고개를 떠올리며 꽁보리밥을 씹는다는 것- 도무지 희극 아니겠습니까?"

"……웃음의 진의가 그것입니까?"

"대강 그런 것 같네요."

"참 딱한 실상입니다. 왜 그렇게 꽈배기처럼 비비 꽈대시기만 합니까."

"전혀 비비 꼬아댈 의사가 없습니다. 단지 상당한 수준의 희극을 관람하고 있는 듯한 착각에 빠졌고, 그런 경우의 웃음은 필연적일 수 있지 않을까요?"

"흐음… 계속해 보시지요."

"밑천이 바닥난걸요 뭘. 더 드릴 말씀은 없구요… 솔직히 말씀드려서, 부담스러운 부에서 잠시 탈출하는 방법으로 꽁보리밥을 접합시키는 기민성이 다소 유치합니다. 구 선생님은 이 꽁보리밥을 먹을 요량으로, 전혀 다른 분위기에 젖어보자고 말씀하셨거든요."

"…그랬습니다. …그래서요?"

"막말로 요즘 꽁보리밥이 빈곤의 상징인가요? 부자들의 식도락이죠! … 옛적의 굶주리고 헐벗었던 정한에 젖으면서 파티건을 잊자고 말씀하셨는데요. 구 선생님께서 과연 얼마나 굶주리고 헐벗었었는지요?"

"……솔직히 말해서 헐벗고 굶주려본 경험이 없습니다."

"이건 정말 죄송한데요… 전 아직 꽁보리밥을 먹어 본 적이 없습니다. 체면 살리겠다고 꼬약꼬약 퍼먹었다간 틀림없이 위경련 앓을 겁니다."

"못 드시겠다는 말이군!"

"호박죽도 있네요. 전 호박죽을 들겠습니다."

"좋으실대로!"

구만식씨는 편육안주에다 문배주를 거푸 들이켰습니다. 내가 호박죽을 먹는 동안 그는 두 병의 문배주를 간단하게 비웠습니다. 종업원이 우리 좌석을 지나가면서 '이 선생님 야단나셨네. 40도 독주를 그새 두 병이나! 끄악—'하며 질겁

하는 표정을 지었습니다.

구만식씨의 눈동자가 초점을 잃기 시작했습니다.

시쳇말로 헤까닥 가는 듯한 징조가 역력했습니다.

그가 애써 정신을 모으며 한참만에 입을 열었습니다.

"미스 공, 부탁 하나 합시다."

나는 대답 대신 고개를 끄떡여줬습니다.

"…이거 오해하면 곤란한데… 오해 않을 자신 있죠?"

"글쎄요. 부탁의 질에 따라 좌우될 문제입니다."

"어디까지나 서로 신뢰하기로 하고 오– 이거 정마알 오해 않기로 해야 하는
데… 그럼 나 부탁 하나 주저없이 드리고자 하오!"

"일단 부탁을 해보세요."

"좋습니다아— 난 이 호텔의 객실 하나를 언제나 예약해놓고 있습니다. …
어디까지나 업무상!"

"………"

"가령 만취 상태라거나… 비즈니스가 길어져서 귀가가 어려울 때, 그럴 때
그냥 드러눕지… 아니지. 그런 때뿐만이 아니고 다분히 업무의 의전절차상
손님을 접대해야 하는 용도, 혹은 마음맞는 친구녀석들과 벽돌을 쌓는다든
가… 마작 말야 마작! …뭐 그런저런 용도로 말씀입니다."

"……그래서요?"

"거기 가서 따악 맥주 두 병만 깝시다!"

"따는 게 아니고 깝니까?"

"깐다구 그랬었나? 그거 뭐 까는 거나 따는 거나… 어떻게 하겠습니까?"

"따는 건 분명히 맥주뿐이죠?"

"여부 있겠습니까, 병마개를 따야 맥주를 마시지…. 이런 부탁을 왜 하는고 하니 아— 왜 하는고 하니…."

"…… 말씀해보세요."

"어째 불길한 예감이 들더라 하는 이런 말입니다. …오늘 이 자리에서 헤어지면 미스 공과는 영 쫑이 날 것 같다는 말입니다. 다시는 못 만날 거야 아마."

"……선의로 생각하면 이런 뜻이 되겠네요. 석별의 정이 사무쳐서 조금이라도 더 이 공인엽이를 보고 싶은 소망!"

"그렇죠, 바로 그겁니다! 유행가야 유행가."

"아무렴요. 유행가처럼 절실하고 순수한 게 어디 있습니까."

참으로 별난 일이었습니다. 내 스스로 생각해도 놀라울 정도로 도무지 그가 무섭지 않았습니다.

"부탁을 들어주시는 겁니까?"

"들어드리겠습니다."

구만식씨와 나는 다시 엘리베이터를 탔습니다. 나는 엘리베이터 속에서 생각했습니다. 생각이라기보다는 이렇게 다짐했을 것입니다.

'설령 내 자신이 스스로 들떠 간다 할지라도 판별력에 의존하는 소원보다는 단순한 열정을 택할 것! 다시 말해서 신중한 사려에 연연하지 않을 것이며 오로지 시급한 이해에 충실하면 되는 거다!

그러나 이런 다짐은 밀실에 들어서면서부터 와르르 무너졌습니다. 당황하는 전신의 피가 차갑게 식으면서 죽음처럼 무력한 의지가 내한의 나목처럼 모진 추위를 타기 시작했습니다. 그럴 수밖에요. 나는 불행스럽게도, 이런 경험을 쌓은 적이 단 한 번도 없었기 때문이었습니다.

냉장고에서 맥주 두 병을 꺼낸 그가 어금니로 병마개를 땄습니다.

"아니 왜 그렇게 벌벌 떠십니까? …추워요?"

"취한 줄 알았는데 별 걸 다 보시네요. 다리에 쥐가 나서 좀 거북할 뿐입니다."

나는 짐짓 태연한 체했습니다.

"…… 한 가지 물어봅시다. 마음을 어떻게 정했습니까?"

"………"

"다른 게 아니구, 그거 뭐야… 맞아, 프라이비트 라인 말씀인데 끝내 사절입니까?"

"그렇게 감을 잡으셨다면 그 짐작이 옳을 줄 압니다."

"못하시겠다. 이 말씀이군요."

"못하겠다는 게 아니고, 않겠습니다. 아무리 생각해도 생리가 맞지 않아요. …… 맥주 한 잔 주세요. 얼른 마시고 퇴족하겠어요."

"고풍스러운 말도 쓰시구…"

"할아버지에게서 배웠어요."

구만식씨가 내 옆으로 껴앉았습니다.

"미스 공! 카마 수트라의 의학적 고찰에 의하면… 나 이 구만식이는 수말이고 미스 공은 암사슴입니다."

"……맥주잔을 비웠으니 이제 물러가겠습니다!"

그가 완강한 악력으로 내 팔을 움켜쥐었습니다.

"기왕 꺼낸 말입니다. 이 구만식의 성의를 봐서라도 끝까지 들어주셔야지 …수말과 암사슴— 이 비유가 궁금하지 않습니까?"

"구선생님 신사답게 행동하세요!"

"지금 신사답게 행동하고 있는 중입니다."

그가 '아 답답해 미치겠다 '하며 넥타이를 느슨하게 풀었습니다.

탈피(脫皮)의 장

4

구만식씨는 넥타이를 헐겁게 풀자마자 돌변했습니다. 그의 입술이 나의 귓불을 덥석 물며 끈끈한 타액을 덧칠했습니다. 실로 전광석화 본새의 기습전이었습니다.

"이런 치한 같으니!"

내가 생각해도 섬뜩한 막말이 기세좋게 튀어나왔습니다. 그러나 말과 느낌은 서로 달랐습니다. 그의 뜨거운 입김이 목언저리를 간지를 때마다 해빙의 습윤한 물이랑처럼 굼슬굼슬 동요하는 나의 젖가슴이 탄성의 첨예한 부르짖음을 감추고 있었습니다.

구만식씨는 '치한?… 다소 과하다싶지만 관여않겠소'하며 팔아름을 더욱 조여갔습니다.

"제발 이 목좀 풀어주세요!"

"풀어주면 도망갈 겁니다."

"절대 도망치지 않겠습니다!"

"못한다면 죽어도 못합니다."

"도대체 절 어떻게 보시는 거예요?"

"한 톨의 현미!"

"…"

"이런 비유는 어떨까싶군… 모이주머니가 텅 빈 공복의 수탉 한 마리가 잉여농산물하치장에 푸다다닥 날아올랐소. 이 수탉의 식욕은 석탄더미처럼 쌓인 강냉이들을 보는 순간 싹 가셔버립니다. 왜, 왜에?… 까놓구 까발려서 너무 많기 때문이지 뭐얼. 너무 많은 건 식욕의 대상이 아니야! 그런데 그 흔한 강냉이 속에 한 톨의 현미가 박혀 있습니다! 드디어 수탉은 공복을 다스릴 식욕에 앞서 진지한 미식성을 발동합니다. 한 톨의 현미를 쪼기 위해 수탉은 부리를 아끼지 않아!"

그는 데억지게 읊으며 팔아름을 부르르 떨어댔습니다. 나는 그의 튼튼한 팔뚝 사이로 겨우 얼굴을 내놓고 콧구멍을 발씸발씸 가쁜 숨을 내쉬었습니다. 그의 장성센 앙가슴이 츱츱한 장마를 다스리며 짓누르는 먹장구름이라면 나는 그 먹장구름의 중심을 향해 가쁜 숨을 퍼득대며 나는 가엾은 제비새끼나 진배없었습니다.

나는 탐욕의 열망을 우려내는 그의 입술을 눈앞에 보며 몸서리를 쳤습니다. 맞닿은 가슴끼리 풀무질하는 본능의 분화가 현훈의 아찔한 환각을 만들었습니다. 그것은 마침내 흔들리기 시작하는 강심의 은빛 물비늘 같기도 했고, 눅눅한 쾌락의 합의 속으로 번지는 써늘한 달빛 같기도 했고, 아니면 여명의 호수를 싸덮는 금빛 빛무놀 같기도 했습니다.

그러나 나는 자제의 맵디매운 이성과 물근물근 부피를 늘려가는 본능의 치열한 대류 속에서 이를 악물었습니다.

"도대체 이런 식으로 몇 타스나 다스렸습니까?"

"…타스라니! 그러나 전혀 이런 경험이 없었다고 거짓말할 맘은 없소."

"…신사와 숙녀로서 약속합시다!"

"가능한 것만 고르시길!"

"제발 유혹하지 마세요. 그렇지 않아도 팔자기압골에 빠져 있습니다."

"팔자기압골이 뭐야?"

"언제 어떻게 돌변할지 모르는 예측불허의 기상상태를 그렇게 부르지 않던가요?"

"살인이라도 하겠다는건가?"

"푸웃- 그런 뜻이 아닙니다.… 내가 뭐 병신인 줄 아세요? 경험이 없을 뿐! 본능의 활달스러움이 지극히 정상적인 여성입니다."

"나 역시 본능의 활달함이 정상치를 웃도는 맹렬양기의 소유자야!"

"그러니까 서로 자존심을 걸고 맹세하자는 거예요. 본능의 발화는 어차피 필유곡절이라 제껴놓고 그 발화시간을 조금만 늦추자는 겁니다."

구만식씨의 핏발 선 눈이 만만한 취기로 이글대며 나의 전신을 느실난실 핥았습니다. 그의 눈길은 마치 적요한 심야를 골라 밀탐의 눈을 뜬 달팽이가 풋무른 꽃가지를 배회하듯 나의 젖무덤과 허벅거리는 복부를, 타내리며 기어오르며, 사물사물 움직였습니다.

"…맞부딪쳐 불붙으면 근사할거야!"

"나 이래뵈도 미호남이란 소리 많이 들었어."

"…미호남이 뭡니까."

"미남 플러스, 호남!"

"…몰라 뵈었습니다."

"알랑 들롱의 속눈썹… 그레고리 팩의 턱… 로버트 테일러의 목소리에다 리처드 버튼의 볼…찰스 브론슨의 엉덩이에다 빅터 마츄어의 앞가슴!… 뭐 이런 것들의 조립품이라고 하던데 미스 공의 눈에도 그래?"

나는 그의 표정을 찬찬히 살폈습니다. 짐작대로 그는 만취의 늪속으로 빠져들고 있었습니다. 조금만 더 잘 야지랑떨어주면 내가 음모하고 있는 계략이 먹혀들 것 같았습니다. 그래서 얼른 고개를 끄덕거려줬습니다.

"아까 카마수트라의 의학적 고찰에 대한 얘기를 하다 말았었던가요?"

"수말과 암사슴!"

"맞아, 수말과 암사슴!…혹시 애들의 팽이놀이를 본 적이 있어?"

"…어릴 때 몇 번 봤었나 봐요."

"카마수트라의 의학적 고찰에 의하면, 여성의 성감을 팽이와 같다고 했어. …애들의 팽이 놀이를 자세히 관찰해 보면, 그냥 팽이채를 놀리고 있는 것 같죠. 그러나 천만에 말씀! 막무가내 휘두르고 있는 것처럼 보일 뿐 사실은 팽이를 돌리기 위해 다양한 동작과 정교한 트릭을 구사하지.… 어때? 감이 잡혀요?"

"천천히 돌다가 점점 빨라지나요?"

"그렇지, 바로 그거야! 팽이를 세우기 위해선 거세게 몰아치구, 팽이가 돌기 시작하면 강약의 적절한 혼합타가 계속되구, 팽이가 완전히 빠른 속도로 회전하면 팽이채는 치는 듯 마는 듯 찰싹 차알싹-."

"…"

"카마수트라의 의학적 고찰에 의하며언- 구만식이는 수말이요 공인엽씨는 암사슴이야!…수말형의 남성과 암사슴형 여성과의 결합을 최고급 결합이라고 피력했는데, 수말형 남성의 특징은 이 구만식이가 샘플이니까 재론할 여지가 없고 단지 암사슴형 여성의 특징을 들자며언-얼굴은 연꽃처럼 환하고 살결은 아카시아꽃처럼 부드러우며, 유방은 둥글고 단단하며 피부색은 선백이며, 코는 날씬하고 이빨은 진주 같고 걸음걸이는 백로 같다고 했습니다."

구만식씨가 입술을 가까이 가져왔습니다. 나는 또 한번 아찔한 현훈속으로 빠져들었습니다. 전신으로 파괴의 염농한 화문이 새겨지고, 지성의 목소리는 죽음처럼 무기력해지고 욕정의 뜻은 명령처럼 준엄하기만 했습니다.

더 큰 것을 지키기 위해 입술쯤은 죽었다 셈치고 빌려주기로 했습니다. 눈을 똑바로 뜨고 샹들리에를 올려다봤습니다. 천장이 하늘이 되고, 샹들리에가 번개가 되고, 사면의 벽은 강풍을 몰아치는 풍벽이 됐습니다. 하늘이 별안간 먹장구름의 누더기를 입었습니다. 번갯불의 시퍼런 서슬이 허공을 두 쪽으로 동강내면서 모진 회오리바람을 몰아쳤고 나는 절명하는 맘모스의 목소리로 울부짖었습니다.

그의 손이 내 허벅지 위를 스르르 기어댔습니다. 나는 자제할 수 없는 충동으로 몸뚱이를 떨었습니다. 자제의 튼튼한 빗장이 덜크덩대며 풀리는 듯했습니다. 그것은 마치 무게를 실을 적마다 열리는 자동문처럼 빠꼼히 틈을 보여줬습니다.

구만식씨의 입술이 허연 버케를 하글하글 물고 경련했습니다. 나는 그제야 정신을 차렸습니다.

"정말 왜 이러실까아?"

나는 엄살궂은 실소까지 곁들이며 화다닥 자리를 차고 일어섰습니다. 발맘발맘 창가에로 걸음을 옮겼습니다. 상록의 정원수들이 눈을 얹은 채 여틈한 사슬에 잇대어 섰고, 앙증맞은 조형의 연못이 꽁꽁 언 채로 오색 점멸등의 불빛들을 보듬고 있었습니다.

"어어?… 아니 이러기요?"

그가 제풀에 어색했던지 데면스럽게 내쐈습니다.

"신사와 숙녀로서 자존심을 걸고 약속하자던 부탁 잊으셨나요?"

"다시 한번 부탁해보지."

"본능의 발화시간을 조금만 늦춰달라고 부탁했었어요!"

"그거 좋습니다… 얼마쯤?"

"그보다 먼저 간단한 문답고사가 선행돼야 하겠네요."

"…좋소."

"결과에 승복한다고 약속할 수 있겠죠?"

"그것 또한 좋소!"

"신앙이 있으세요?"

"…맹신도는 아니오."

"있다 없다만 말씀하세요."

"있소!"

"불교?"

"나 그런 중생 아니오.."

"기독교신자군요."

"그렇소."

"그럼 결과에 승복한다고 하느님께 맹세하세요."

"이거 미치겠군 그것 또한 좋소."

"그럼 문답고사를 시작하겠습니다…우주창조 억조창생을 주관하시는 하느님의 입장에서 보면 10년세월이 얼마나 될까요?"

"5분쯤이나 될까?"

"그렇게 길어요?"

"…더 짧다?"

"난 종교를 안가진 사람이라서 잘은 모르겠지만 상식적으로 생각해도 그건 언어도단입니다."

"......"

"우주창조를 불과 엿새만에 해치우신 하느님이십니다! 그런데 10년이 5분에 해당된다니 말도 안됩니다."

"참 그렇겠군… 기껏 일초나 될까?"

"그러면 그렇겠죠! 인생칠십도 광음인데 하느님의 입장에서야 10년쯤 영점일초나 되겠어요?"

"맞아요!"

"그럼 하느님의 이름으로 약속하십시다. 본능의 발화! 그 필유곡절의 우리들 본능발화 시간을 단 1초만 늦춥시다!"

"그거 좋습니다. 아니 고맙기 그지 없습니다!"

그가 모처럼 껄껄 웃었습니다.

"그럼 안녕히 계셔요. 덕분에 좋은 파티 구경했고 추억의 보릿고개도 넘어 봤습니다."

구만식씨가 허접스럽게 내 앞을 가로막았습니다.

"아니 왜 이러십니까. 단 1초만 연기한다고 약속했던 사람이 이럴 수 있단 말요?"

"하느님께선 10년이 1초일 뿐입니다! 더불어 구선생님께선 하느님의 이름으로, 또 신사의 자존심을 걸고 약속했었습니다. 일초만 연기 하자고!"

"…시, 십녀언?"

"그렇게 되겠습니다!"

나는 호텔 객실을 나와 엘리베이터를 타는 순간부터 흠찔흠찔 눈물을 짜냈습니다. 구만식씨의 마각은 명료하게 드러난 것이 아닐까요. 자수정목걸이를 밑 밥으로 실리만을 노린 계략이며, 그 무서운 계략을 실행 하면서도 '…이 짧은 오늘을 길고 긴 미래에로 연계시킵시다' 했던 치밀한 잔인성이며, 1천만원 수 표로 15층 금탑을 쌓고 싶다는 황금만능에의 노예근성이며, 꽁보리밥에다 편 육안주 곁들여 문배주 두병에다만 6만원을 버리고도 대단한 중산층인 양 위세 재던 문명적 치기며, '프라이비트 라인' 가입을 사절하자마자 밀실에다 가둬놓 고 '밑천은 뽑겠노라'식의 저질추태를 끈질기게 자행한 속물근성 따위 – 이미 구만식씨 편에서 나를 버린 것 아니겠습니까. 생각하면 그럴수록 분하고 처량 해서 한없이 흠찔거렸던 것입니다.

〈기다림이 미덕이었던 시대는 이제 지났습니다. 일찍 일어나는 새
가 먹이를 찾듯 이젠 직접 찾아나서야 됩니다!
적극적인 사람, 용기있게 원앙허니문의 문을 두드를 수 있는 사람만이 자신
이 원하는 상대를 만날 수 있습니다. 좋은 사람을 만나 사랑을 나누고 싶은
분! 결혼 적령기에 홀로 고민하시는분! 더 이상 기다리지 마시고 원앙허니
문의 문을 두드리십시오!〉

나는 이 광고문을 보며, 미친년처럼 웃다가 새둥거리곤 했습니다. 그만큼 웬 지 모르게 쓸쓸하고 삭연했었다 할까요.

그때 전화의 파상신호음이 울렸습니다. 이런 심정일 땐 헛소리도 보약이니라 하는 마음으로 재빨리 수화기를 들었습니다.

"네에 한조상사 회장 비서실입니다."

"어이구 귀에 대못 박히네 이거! 누가 한조상사회장비서실 아니라고 했어?"

"말씀이 무례하십니다!"

"무례 안하게 됐냐?"

"뭐라구요?"

"뭐 그렇게 모르는게 많냐?"

"아니 이거 보세요!"

"아니 저 보세요!"

"…"

"군소리 말고 오늘은 세상 뒤집어져도 나왔!"

불고데 기기사였습니다.

탈피(脫皮)의 장

5

불고데 기기사의 악지센 불호령을 거역했다가는 무슨 난리가 터질지 모른다
는 불안감이 일었습니다. 어쨌든간에 나는 그로 하여금 '한조상사'에 몸을 담게
됐고, 따라서 최소한의 예절을 내편에서 지켜야 한다는 일종의 의무감마저 싹
텄던 까닭입니다.

그가 가르쳐준 대로 약속장소를 겨우 찾은 나는 잠시동안 문치적거려야 했습
니다. '실내낚시터'라는 우유빛 아크릴간판 앞에 인사부장 김동구씨가 30대초
의 웬 청년과 함께 서 있었기 때문이었습니다.

그들을 피할 양으로 슬며시 등돌아 서던 나는 옴싹 없이 김동구씨의 눈안에
들고 말았습니다.

"오셨구만. 미스터 기를 만나기 전에 나하고 차 한잔 합시다."

김동구씨가 다방의 계단을 앞장서 오르는데 옆의 청년이 아는 체를 했습니다.

"이거 철 바뀌고 처음 뵙습니다. 안녕하셨어요?"

나는 잠시 면목부지해서 바보처럼 맞바라다보고 있었습니다.

"기억이 안 나세요?"

"글쎄요… 누구신지?"

"황선건!"

"……?"

"광릉에서 뵙잖습니까. 불고데하고 우리 낚시터에서 오붓이 밤낚시 하시구선."

그제야 나는 반색을 했습니다.

"죄송했어요, 못 알아봐서. 그동안 안녕하셨어요?"

"아무렴요, 그동안 안녕했습니다. 요샌 불고데 이 따아식 사업 좀 거들어주고 있죠. 차 마시고 내려오세요. 나 먼저 들어갑니다."

그가 황급히 지하계단을 타내렸습니다. 내가 다방에 올라갔을 때 김동구씨는 쌍화탕에 동동 뜬 잣 서너알을 티스푼으로 조리질 하고 있었습니다.

"원규 저놈 되게 뿔났던데."

"…원규라뇨?"

"이런 제길. 저 자식이 원규지 누군 누굽니까?"

"저 자식이 누군 줄 알 수 없으니까 묻고 있는 거예요."

"…뭐어? 아직까지 불고데 이름을 모른다?"

"불행스럽게도 몰랐습니다."

"이거 환장하겠군. 얼마 안 가서 결혼할 사이라던데?"

"푸 푸웃— 이번엔 제가 환장하겠습니다."

"이거야 도무지… 다시 한 번 환장하겠군!"

김동구씨가 물컹한 콧물을 귀접스럽게 패앵 풀어쳤습니다. 손수건을 접으며 나를 흘끔거리는 꼴이 '시치미 떼지 말고 이 콧물이나 빨아라!'하는 뜻 같았습니다.

"원규야말로 이 시대의 최후의 신랑감이지 뭐얼."

"…그거야 저하고는 별 무상관입니다. 그건 그렇구요. 그 원규씨가 뭔가 왜 뿔났대요?"

"약혼자가 시간관념이 없다고 그러던걸요."

나는 눈꼬리께에다 눈물을 얹을 정도로 한동안 웃어댔습니다. 김동구씨가 진지한 표정으로 목소리를 가라앉혔습니다.

"진담입니다. 원규만큼 당차고 늠연하고 정직한 남자 없습니다.

"......"

"그렇게 생각 안해봤습니까?"

"글쎄요. 흔치않은 총각이란 건 알고 있습니다. 이를테면…"

"이를테면?"

"별종남성쯤 될까요?"

"평점이 너무 박하구만!"

"중매쟁이로 나서셨나봐요."

"중매쟁이까지는 아니구… 바른 말로 원규 같은 신랑감에 무슨 중매쟁이가 따로 필요해?"

"…?"

"미스 공!"

"말씀하세요."

"내 그동안 모른 체 얼버무렸었는데 말씀이지, 원규가 누구인 줄 알고 있습니까?"

"들은 대로죠 뭘… 회장님의 친척뻘 된다는 정도."

"친척뻘이라?… 원규가 바로 회장님의 외동아들입니다!"

"…뭐라구요?"

별안간 관자놀이께가 욱신욱신 쑤셔왔습니다. 나도 모르게 오줌재린 벙추처럼 놀란 눈망울을 반득거렸었나 봅니다. 그러나 곧 정색을 했습니다. 가능한 한 데면데면 굴어야 그다지 놀랄 것도 없다는 뜻을 강조할 수 있으니까요.

"놀라셨지?"

"약간요."

"미스 공이 과연 여걸은 여걸이야"

"왜요?"

"까무라칠 줄 알았거든."

"그렇게 섬약한 애로 보셨나요?"

"그런 뜻은 아니구… 그럼 내려가봐요. 난 더 앉았다가 가겠소."

나는 다방을 나와 '실내낚시터'의 비좁은 계단을 타내렸습니다.

'실내낚시터'의 사위는 문자 그대로 깜깜절벽이었습니다. 하마터면 발을 헛딛고 나뒹굴 뻔했습니다. 5분쯤 그렇게 서 있었더니 차츰 눈앞이 트여왔습니다. 대중목욕탕 욕탕의 세 곱만한 크기에 담긴 남청색 물이 보글보글 기포를 뿜어올리며 비릿한 해감내를 만들어내고 있었고, 연초록 캐미라이트 여나문 개가 번듯한 침묵을 안고 떠있었습니다.

30촉짜리 스탠드가 밝히는 책상 앞에 미스터 황이 앉아 있었습니다. 그가 '저쪽에 잠깐만 앉아계십쇼'하며 의자 넷 딸린 식탁을 가리켰습니다.

"불고데씨는요?"

"저쪽 가두리에 있습니다."

그 때 실내의 구석진 곳에서 그의 목소리가 났습니다.

"어이 황가, 불 켜!"

미스터 황이 때깍 스위치를 올렸습니다. 네 벽의 전구들이 점등되며 실내를 대낮처럼 밝혔습니다. 불고데씨가 무척 큰 물고기를 손바닥으로 안아들고 장터의 쥐약장수 뺨쳐먹게 읊었습니다.

"오늘도 본 원엽실내낚시터를 찾아주신 고객여러분 대단히 감사합니다. 이렇게 점등함으로써 조도삼매경에 빠지신 여러분을 잠시나마 당황케 하여 무척 송구스럽습니다만, 이것은 금반지를 방류할 때 고객 여러분들께서 직접 확인해주십사 하는 뜻이니 잠시만 불편스러움을 참아주시기 바랍니다. 본 원엽실내 낚시터에서는 매일 다섯마리의 금반지를 방류하고 있습니다. 한 마리는 보시다시피 미터급 잉어에, 나머지 네 마리는 향어 금반지들입니다. 한 가지 부탁 드립니다만, 금반지의 행운을 아차 실수로 놓치시지 않기를 간곡히 바라는바, 보시다시피 금반지는 고기의 윗지느러미에 매달려 있는 관계로 뜰대 사용을 능숙하게 하지 못하면 포획어의 요동 때문에 상품이 수중 침전돼버리는 경우가 종종 발생합니다. 각별히 유념해주시길 바라겠습니다."

"그리고 또 한 가지. 챔질을 잘못해서 낚시대 초리가 위쪽의 형광등을 벼락치는 수가 많습니다. 고객 여러분들은 그때마다 면구스러움을 금치 못하시는 것 같은데, 이 점은 절대 미안해하실 필요가 없습니다. 형광등이 하루에 두 개씩 부서져도 좋으니 그저 고기만 많이 잡아주십시오. 자아~ 그럼 오늘의 다섯번째 금반지를 방류합니다! 풍더엉— "

그가 또 소리쳤습니다.

"어이 황가, 소등!"

미스터 황이 '소등 실시! 옘병헐' 하며 쓴입맛을 다셔댔습니다.

불고데씨가 어둠 속으로 어적대며 걸어왔습니다. 나를 발견하고 다짜고짜 손을 덥석 잡고 흔들어댔습니다. 나는 미끈덩거리는 손바닥 냄새를 맡다말고 기절 할 뻔 했습니다. 역한 비린내가 금세 올각거리는 토악질을 부를 것만 같았습니다.

　"나 몰라! 이게 뭐야?"

　나는 그의 손등을 야멸지게 쥐어뜯었습니다.

　"어어? 꿈쩍 죽네 죽어!"

　"이게 뭐예요? 이걸 어떡하면 좋아요?"

　"그렇게 좋아?"

　"무슨 소리예요, 지금?"

　"마음이야 그냥 내 가슴 속에 파묻혀 펑 펑 울고 싶겠지. 그지?"

　"…옴머?"

　"그럴수록 지성인답게 참아야지 이러면 쓰나!"

　"…옴머?"

　"에엥 쯧 쯔읏- 장희빈 요살 다 떨지. …어이 황가, 커피! 이러다간 공인엽씨 숨넘어 가겠다. 오랜만에 보니깐 그냥 미치겠나봐. 커피라도 우선 처방으로 먹여야지 제 정신 들 모양이야 이거."

　그는 연신 낄낄거리며 계란망울이를 꺼득꺼득 떨어 댔습니다.

　"이 쨔샤, 황가 황가 하지 마."

　"그럼 뭐라구 불러주랴?"

　"뭐 째구 쌨잖아 쨔샤. 미스터 황, 형님, 백씨… 짜아식이 꼭 황가 황가 어렴 상없이 놀아. 내가 너 고용인이냐?"

　"고용인 아니면?"

　"내가 왜 네 고용인이야?"

　"벌써 8만원 가져갔잖아."

　"아이고 죽갔네에!"

자판기에서 커피를 빼 온 미스터 황과 불고데씨가 토시작거렸습니다.

불고데씨가 장난기 섞인 목소리로 종달거렸습니다.

"황가, 공인엽씨 접수품목은 뭐야?"

"없어."

"뭐어?"

그가 나를 향해 얼굴을 돌렸습니다.

"아니 빈 손으로 왔어?"

"시간 내서 온 것만도 고맙게 생각하세요."

"이런 제에길. 화분 하나, 하다 못해 양초나 세척제라도 들고 와야지 빈손으로 어떻게 와?"

"거듭 강조합니다. 시간 내서 온 것만도 무쌍의 영광인 줄 아세요."

"아이고 죽겠네!.. 그건 그렇다 치고, 빚이나 갚아."

"빚진 게 없는 걸?"

"어어? 개사돈 지참금에서 뚝 잘라 준 거 있잖아."

"아휴 꼼씨! 그게 언제 적 일인데 그래요?"

"우아따아 이거 미치겠네! 월급만도 몇 번 타먹었는데 흰소리야?"

"빚진 게 없습니다!"

"내놔. 운전자금 달려서 미치고 경끼들게 생겼어."

"한조상사 월급이 얼마나 한주소금인지 모르시나?"

나는 이렇게 내쏘아붙이고 나서 그의 표정을 은밀히 살폈습니다. 그는 몇 번 헛기침을 해대며 어벌쩡 넘겼습니다.

미스터 황이 실웃음을 물고 말했습니다.

"어쩌다가 이렇게 끈질긴 녀석을 만났습니까?"

"실내낚시터 상호에서 무슨 냄새 안 납니까?"

"비린내 때문에 숨 넘어가겠어요."

"봐라, 이 짜샤. 이렇게 순진무구하신 미스 공 앞에서 죄책감 같은 거 안 느껴?"

"까불지 마!"

불고데씨가 담배를 태워 물며 볼에 밭이랑이 지도록 입을 앙다물었습니다.

"비린내밖에 안 납니까?"

"…?"

"조금만 더 맡아보세요. 요란망측한 음모의 냄새가 숨어 있습니다."

"이른바 원엽실내낚시터입니다! '원'자와 '엽'자에 대해 관심을 가져주시길 바랍니다."

"…글쎄요."

"이 짜아식 해석을 그대로 옮기고자 합니다!… 원규라는 제 이름에서 '원' 자를 따고 공인엽씨의 이름자에서 '엽'자를 스리살짝 겹붙여 지었다는 겁니다. 뭐어 영원불멸하는 동생동락의 상징이라나?"

"옴머!"

그때 그가 내 손목을 잡아 끌었습니다.

"갑시다!"

"어딜 가자는 거예요?"

"손 씻어야지."

"좋습니다… 따라 갈테니 이 손놓으세요."

"군소리 말아. 잘못하면 발모가지 부려져. 내가 충실한 맹도견이 되겠소!"

나는 그의 손에 이끌려 비좁기 이를 데 없는 주방으로 인도됐습니다. 그가 내 손을 수도꼭지에다 대고 쏴아 수도물을 틀었습니다.

"제발 이러지 말아요. 내가 씻을 테니 빨랑 나가세요!"

"빨랑 못 나가!"

"이게 무슨 짓이세요?"

"손 씻어주는 거야!"

그는 한 손으로 비누를 들어 내 손에다 거품을 일궈댔습니다.

"보고 싶어 죽다가 겨우 살아났어!"

그가 별안간 내 허리를 껴안고 늘어졌습니다.

"이거 이거 제발 놔요!"

그는 밖의 미스터 황에게 명령했습니다.

"황가, 주방등 임시 소등!"

불이 나갔습니다. 그의 입술이 내 입술을 덮어왔습니다.

탈피(脫皮)의 장

6

그는 민물고기 매운탕을 포식하고 나서 양치질도 하지 않은 모양이었습니다. 가쁜 숨마디에 실리는 비린내가 매스꺼움을 부추겼습니다.

그가 내 입술을 잘근잘근 씹다 말고 말했습니다.

"손은 뒀다 어디에 쓰는 거야?"

"......"

"최소한 흉내라도 내줘야 옳잖어? 이 손 갖다 내 가슴 안아!"

아등바등 허비적거려봐야 헛일이었습니다. 그의 완력이 내 팔을 끌어다가 가슴께로 옮겼습니다. 그리고 내 팔목의 이음매를 자기 겨드랑이 속에다 옴싹할 수 없도록 얽었습니다.

"힘을 줘!"

"…싫어요!"

"이거 정말 한데구먼, 현단계에서 싫고 좋고를 함성할 땐가? 짝수끼리의 당연한 평화냐, 아니면 데데한 홀수의 비장한 죽음이냐. 이 두 가지 중에서 한 가지만 선택해!"

"…무슨 말을 하는 거야, 지금?"

"전세는 이미 판가름 났어. 당당하게 사랑하겠어 아니면 강간을 당하겠어?"

"둘 다 싫어요!"

"아휴 곧 죽어도 쫑알대는 것 좀 봐 요거어! …한 번만 더 기회를 주겠어. 둘 중에서 하나만 골라잡아. 시간 없어!"

"… 말했잖아요."

"고집부리지 말고 딱 30초만 생각해 보라구."

나는 잠시 동안 생각했습니다. 그의 욕망은 어차피 물양장의 선언처럼, 완강한 목숨의 곤업으로 몸부림치고, 나는 그 목숨의 충족을 위해 정직한 피 한 방울을 제단 위로 뿌려야 할 입장임을 절감하고 있었습니다.

'정직한 피 한 방울!' 그 섬뜩하리만치 차겁고 매운 빛깔의 눈부신 죄를 떠올리며 나는 몸뚱이를 떨어야 했습니다. 왜냐구요. 나는 완벽한 도덕률로 사육된 이른바 '숫처녀'였던 까닭에 그 눈부신 죄의 실행은 결코 참담해서는 안 된다는 본능적 자긍심 탓이었습니다.

그래서 '홀수의 비장한 죽음'보다는 '짝수끼리의 당연한 평화'를 택하기로 마음 먹었습니다.

그의 겨드랑이 속에 갇힌 팔아름에다 힘을 줬습니다. 그리고 더욱 힘을 줘 그의 허리통을 싸안았습니다.

"한 손은 휴일이야?"

"……?"

"오른손은 놀고 있잖아! 그 손으로 내 모가지 감아, 빨리!"

나는 그가 시키는 대로 했습니다.

"힘을 줘야지!"

"… 이 이상 어떻게 더 해?"

"말 많고요. 목뼈 부러져서 기브스 해도 상관없다 이거야. 감으라면 감아"

나는 또 그의 명령에 복종했습니다.

"야아 이거 정말 좋구나야."

그가 탄성 했습니다. 실내가 너무 비좁은 탓이었습니다. 사랑의 원인들이 모두 천둥치는 먹구름을 향해 피뢰침처럼 예민해졌습니다. 느낌세포들의 치열한 반란을 위해 듣기세포들은 숨죽여 녹느스러지고, 사랑의 원인들이 묻힐 자리들은 밀착의 빠듯한 소용돌이 속에서 깜짝깜짝 놀라고 있었습니다.

그때 노크소리가 화급스러웠습니다.

"쨔샤, 금반지!"

미스터 황의 목소리에 그가 옥죘던 팔아름을 스르르 풀었습니다.'

"김 파악 새는군… 알았어. 지금 나가."

나는 또 그의 손에 끌려 밖으로 나왔습니다.

"꼼짝 말구 있어어? 착하기도 해라"

그가 유치원 원아 구슬리듯 나를 그뜩그뜩한 말로 달랬습니다. 미스터 황과 눈빛이 마주치면서부터 일기 시작한 볼따귀의 불이 미적미적 밑불을 살구는 통에 잠시 내 정신이 아니었을 것입니다. 넋뺀 채 발치만 내려다보고 앉았던 나는 그제야 흠칫 놀랐습니다. 그가 의자 다리와 내 장딴지를 선홍빛 포장사로 꽁꽁 타래묶음 하고 있었습니다.

"…이거 뭐하는 짓이에요?"

"알아맞춰 봐."

"…?"

"도주의 우려가 있어서."

"뭐예요. 당장 못 풀겠어요?"

"시꺼?"

그는 아랑곳않고 너덕부렸습니다. 펄쩍펄쩍 뛰는 잉어를 에머럴드빛 뜰대 속에다 받쳐들고 온 손님에게 '그냥 도사시구만 도사! 이것까지 벌써 두 개 빼 잡수시는 거유?'하며 쫑달거렸습니다. 그가 잉어 등지느러미에 물린 앙증스러운 금반지를 뽑아 케이스에 넣었을 때 여기저기서 고함질이 터졌습니다.

"이거 보슈 사장, 매일 몇 마리에다 금배지 단다구 했어?"

"다섯마리라고 말씀드렸습니다."

"좋아하시지."

"그럼 지금 몇 개 남았어?"

"아직도 두 마리 남았습니다."

"말이 틀리잖소 이거?"

"…뭐가 틀립니까?"

"매일 다섯 마리 방류라… 아직도 두 개 남았다… 그렇다면 세 개는 뽑아냈어야 하잖아?"

"당연합니다!"

"못 당연하니깐 이러잖아 이거. 오늘 몇 마리 뽑혀 나왔소?"

"이것까지 세 개째입니다."

"자신 있소?"

"있다마다요."

"지독하게 끈질긴 양반이구면?… 이거 보슈. 내가 지금까지 몇 시간 공치고 있는 줄 알아?" "…몇 번이십니까?"

"17번! … 두 눈으로 시간 똑똑히 재봐요."

미스터 황이 뒤통수를 북부욱 갈퀴질 하며 '옴매 나 죽어. 6시간 넘네 이거'했고, 그가 '그러니까 잡으면 될 거 아냐 짜샤아' 낮게 투덜거렸습니다.

시비를 걸어온 손님이 뿌다귀를 세웠습니다.

"재봤으면 말을 해줘야지."

"6시간 30분 넘어가네요."

"그 여섯시간 동안에 아까 처음으로 금반지 나온 기야! 그런데 내가 처음 들어왔을 때도 똑같은 말 했어…. 그러니까아― 금반지는 둘밖에 없어, 남은 걸 얘기하는 게 아니구 방류 금반지 말야! 장사 똑똑히 합시다."

"…충고 고맙습니다."

"뭐 충고라고야?… 입어료 와리깡만 잘해주면 쎄임 게임이야."

"입어료 할인은 못합니다. 아직까지 그런 손님은 단 한 분도 안계셨구요."

"한 시간에 5천원씩 도합 3만원 바쳐라?"

"삼만원이 아니라 삼만 오천원입니다. 계산이 그렇잖습니까?"

"씨부러얼! 화 끓어 못하겠네 이거. 당신 지금 손님하고 싸우겠다는 거야?"

'싸우지 않으렵니다!"

"당신한테 충고 한 가닥 읊지.… 장사 때려치워! 당신은 장사할 체질이 아냐!"

"어쨌거나 충고 고맙습니다."

그가 번듯한 이마 위로 겹주름을 잡으며 가두리 쪽으로 사라졌습니다. 미스터 황이 뒤따르며 그 악스러운 손님을 향해 '진정하십쇼. 나가실 때 향어 두 마리 서비스 하겠습니다' 했습니다.

그가 별안간 측은해 뵈서 동동거리던 장딴지를 쉬는데 전화가 울었습니다. 전화의 신호음이 여덟차례 나 숨가빴을 때 그가 어둠 속에서 소리쳤습니다.

"미스 공 전화 안받구 뭘 해?"

심사대로라면 빠락 악을 써대야 울화가 가라앉을 듯했습니다. 그러나 꾹 눌러

참았습니다. 거진 울먹거리는 목소리로 수화기를 들었습니다.

"네에… 실내낚시터인가 봐요."

"…실내낚시터인가 봐요?… 거기 원엽실내낚시터 아닙니까?"

나는 하마터면 '옴머 회장님!' 부르짖고 말 뻔했습니다. 수화기 속의 목소리는 기동수 회장님의 음성이었거든요. 나는 겨우 여짓여짓 목소리를 이어 나갔습니다.

"네, 원엽낚시터 맞는데요."

"누구신가? … 새로 근무하는 종업원이신가?"

"…그, 그럴듯도 싶구요."

"이거 봐요!"

"네에!"

"종업원이라면 전화 그렇게 받으면 안 되지요. 내 말 무슨 뜻인지 알겠소이까?"

"…네에!"

"네에 네에 대답만 할 게 아니지. 치열각박한 경쟁사회에서 그런 식으로 세 번만 전화 받아봐요. 종업원이 손님을 놀린다고 할 거야 아마."

"…명심하겠습니다."

"그럼, 그러엄— 종업원의 목소리는 바로 그 사업체의 내실음이기도 합니다. 사업의 내실이 쫀쫀하면 종업원의 목소리도 활달스러우면서 동시에 예절 바른 법이고 사업체의 내실이 전무하면 우선 종업원의 목소리부터 무례하구 강팔진 법!… 내 말에 기분상했나요?"

"아, 아닙니다! 마음깊이 새겨듣겠습니다!"

"그럼, 그래야지… 그리구우 기사장 어디 갔나요?"

"아닙니다. 계십니다."

"그럼 기사장. 좀 바꿔 주실까?"

"네 잠깐만 기다려 주십쇼."

"나부터 잠까안! 사업체의 장을 찾는 전화일 때는 반드시 누구신가를 먼저 확인 해야지. 사업 형편상 못 받을 전화도 있지 않겠소?"

"네, 구구절절 지당하십니다. … 누구시라고 전할까요?"

"나 기사장 애비 되는 사람이오."

때맞춰 그가 다가왔습니다. 수화기를 그에게 건네면서 나는 기어코 참았던 눈물을 찔끔 짜댔습니다. 그가 손바닥으로 수화기를 막곤 '어어? 웬 청승이야? 울긴. 바보같으니!'했습니다. 아무리 풀려고 애써봐도 풀리지 않는 포장사며, 의자다리에 얽동인채 바들바들 떨고 있는 장딴지며가 무담씨 가엾어 보였기 때문입니다.

"네 전화 바꿨습니다… 아버지세요?… 뭐 매일 그렇죠 뭘. 그런대로 30만원 가깝게 올랐나 봅니다… 사업성격상 오후 한 시 넘어서부터 손님이 드는데 이만하면 됐죠 얼마나 긁어모으겠습니까?… 죄송합니다. 긁어모은다는 시체말을 써서… 기껏 총사업 자금 5천만원 받는데 이만한 실속이 또 있겠습니까?… 그냥 주욱 밀고 나가겠습니다. … 아니 왜요? 무슨 일이 있으셨습니까? 아닙니다! 그냥 친구일 뿐입니다! 종업원도 아닌데 얼마나 예의범절 차려주겠습니까?… 네에. 명심하겠습니다. 그럼 끊겠습니다."

그가 전화를 끊고 나서 의자다리에 묶인 내 장딴지를 풀어줬습니다. 그러면서 중얼거렸습니다.

"우왐메에 경끼들다 겨우 깼잖나. 부친께옵서 웬 종업원이 그렇게 무식하구 되바라졌냐구 난리시라 이거야. 그냥 알고 지내는 친구라고 했더니, 그런 싹수머리 노오란 친구 당장 절연하라구 엄명하셨어. 이거봐 미스 공. 미우나 고우나 군소리 않고 보살펴 주는 자! 오직 이 기원규밖에 누가 있어?"

나는 벽시계를 올려다보고 나서 느긋하게 겹다리를 틀었습니다.

"몇 시에 문 닫을 작정이세요?"

그가 놀랐습니다.

"웬일이지?"

"뭐가요?"

"기회는 찬스다 하구 줄행랑칠 줄 알았거든."

"문 닫는 시간만 말씀하세요."

손바닥을 비비적대며 그의 눈치를 할금할금 살피던 미스터 황이 대신 입을 열었습니다.

"사실은 오늘부터 올 나이트로 영업할 계획이었죠. 그런데 이 따아식이 손님 재롱에다 괜히 휘발유를 끼얹었지 뭡니까. 낌새가 오늘은 철야영업 못할 것 같습니다."

"그거 섭섭하네요!"

"…어떡할래?"

미스터 황이 그를 쳐다봤습니다.

"벌써 열시 다 돼가. 내일부터 하기로 하지."

그가 나를 내려다봤습니다. 눈길 속에 심각한 물음

이 담겨 있었습니다.

"공인엽씨 어떻게 하면 좋겠소? 황가한테 잔무 맡기구 난 아주 퇴근하고 싶은데."

"어떠한 사정이든지 개의치 않겠습니다."

"거 차암 오늘은 별나네!"

"별난 일도 많네요!"

"그럼 나하구 나가?"

"나간다는 게 아닙니다!"

"…그러면?"

"이곳에서 한 발짝도 뜨지 않겠습니다!"

"어어?"

"당하고만 있으라는 법도 없죠."

"…칼을 가는군."

"쌍날칼을 갈고 있는 중입니다!"

"…좌우당간에 밥부터 먹구."

"술부터 마십시다!"

미스터 황이 담배를 태워물며 '까불더니 너 오늘 죽었다!'했습니다.

탈피(脫皮)의 장

7

11시가 넘을 때까지 나는 아무 말없이 죽쳐앉아 소줏잔만 비웠습니다. 기원규씨나 미스터 황도 마찬가지였습니다. 그들은 살몃살몃 술잔을 주고받으며 내 눈치만 밀탐했습니다.

마지막까지 버티던 낚시꾼이 '에이 드러워서! 뭐 이런 실내낚시터가 다 있어? 향어 입질 기다리다가는 구레나룻 세겠네, 우라질!'하며 일만원권 한 장을 홱 뿌리고는 나가버렸습니다.

미스터 황이 자리에서 일어났습니다. 꿀럭꿀럭 술잔을 비우고난 기원규씨가 마땅찮은 표정을 지었습니다.

"어디 가는거야?"

"가슴이 통개통개 뛰어서 더는 견딜 수가 없어 임마!"

"앉아 임마!"

"못 앉아 임마. 가운데 껴선 칼춤 장단에 코 베라구?"

미스터 황이 도어를 밀면서 '오늘은 네가 야간당직 서. 눈꼽 털자마자 새벽같이 달려올거야' 했습니다.

"어어? 취부사 임마!"

도어 밖에서 '오늘은 네가 취부사까지 다 해. 용접봉 죠오시 좋은데 뭐어?' 하는 미스터 황의 비양질이 멀어져갔습니다.

그가 담배를 태워물며 '그럼 셔터 내려?'했습니다.

"말 했잖아요. 여기서 한 발짝도 안뜨겠다구?"

"…… 이거야 원. 정말 날 죽일 생각이야?"

"죄를 지었으면 마땅히 벌을 받는 게 형법상의 평형논리 아니에요?"

"내가 죄를 졌다구?"

"……안 졌으면?"

"비린내 가시게 손 씻어줬구… 남들은 관심도 없는 그 입술에다 성은을 베풀어줬구……죄는커녕 공로 표창을 받는대두 양이 안차, 이거어."

"뭐야?"

내가 빠락 악을 쓰자 그가 어린애처럼 도어밖으로 내달았습니다. 도어 틈새로 얼굴을 내밀고 '이래뵈두 용접계의 혜성이야. 국가기능사자격증에다, DMV, 6GR 현장자격증까지 싹쓸이 했지롱. 더 까불면 키이홀 한 번 야무지게 뚫어놓을 거야!' 장난스러운 표정을 지었습니다.

드르륵 쓰르르르- 셔터를 내리는지 굉연한 쇳소리가 울렸습니다. 그 때 전화 신호음이 몸살을 앓았습니다.

"네 실내낚시터예요."

"그 따아식 옆에 있으면 잠깐만 부탁합니다."

"……누구세요?"

"섭섭해서 눈물이 나올려구 합니다. 미스터 황이에요 화앙!"

"옴머, 전화 목소리가 너무 딴판이라서 잠깐 헤까닥 했습니다. …… 일언이 폐지 하고 작전회의 한 번 유치하구 껄끄럽다고 생각되는 바입니다."

"……무슨 말씀인지?"

"왜 슬쩍 자리를 뜨셨습니까?"

"심판이 필요한 싸움이라면 기껍게 꼽살이 껴겠거니와, 보아한즉 전혀 심판이 필요없는 싸움들을 계획하는 것 같은데, 마땅히 물러나야지요. 안 그렇습니까?"

"그 따아식 좀 바꿔주십쇼."

"지금 셔터를 내리고 있는 중이라서 곤란한데요."

"그럼 할 수 없죠."

"잠깐만요! 뭐 좀 물어봐도 됩니까?"

"수준높은 질문은 곤란합니다. 시대의 마지막 무식한이라서, 속문속답을 전제로 어디 시작해 보시죠."

"아까 원규씨가 미스터 황보고 취부사라고 하던데요, 그 취부사란 말이 뭐예요?"

"아 그거? …… 용접에 필요한 철판을 도면대로 자르고 조립해 주는 사람을 뜻합니다. 내가 용접봉을 들면 원규 그 따아식이 취부사구 원규가 용접봉을 들면 내가 취부사가 되는거죠."

"용접봉이 바로 불고데입니까?"

"맞습니다. "

"그리구 또요…… 키이 홀이 뭐예요?"

"아니, 그 말이 왜 나왔어요?"

"불고데씨가 날더러, 까불면 키이 홀 한 번 야무지게 뚫어놓겠다구 그랬걸랑요."

"쿠아쿠아 크하아앗 - 이거 배꼽 찢어지네 이거! 크 크 크웃~"

"웃지만 말고 고견을 들려주셔야죠. 불고데씨가 금방 들어올 거예요."

"예를 들어 간단히 설명 드리겠습니다. 가령 파이프 두 조각, 혹은 쇠막대 두 개를 불고데로 지저댄다 합시다. 이 두 조각을 잇는 용접을 맞대기 용접이라 합니다. 그런데 맞대기용접 때에는 반드시 두 이음새 뒷면에 백 비이드가 생기게 됩니다. 바로 이 백 비이드를 내기 위해 뚫는 구멍을 키이 홀이라 하죠. 그러니까아- 용접공의 경력이나 기능은 이 키이 홀을 얼마나 잘 뚫느냐에 따라 결정되고 좌우됩니다. 그 따아식 그거, 키이 홀 뚫는 데는 단연 일인자죠 일인자!"

"……그냥 쇳조각을 이으면 되지 못한다구 구멍은 뚫어요?"

"쿠아 쿠아 쿠하하핫- 이거 배꼽 다 나갔네 이거! 구멍을 뚫어야 녹은 쇳물이 차구, 쇳물이 차야 두 개가 하나로 붙을 게 아닙니까? 크 크 크웃-"

"……국가기능사자격증에다 디 엠 브이, 씩스 지 알 까지 싹쓸이 했다구 되게 떠드는데, 그게 그렇게 대단한가요?"

"대단하고 말구요! 기능사자격증은 국가가 인정하는 거니까 웬만한 불고데들은 다 갖고 있다 치구요 그러나 디엠 브이나 씩스 지 알은 현장자격증이에요. 그러니까 원규 그 따아식은 쉽게 말해 이론과 실전의 능력을 겸비한 맹장 중의 맹장입니다!"

"어떻든지 고맙습니다."

"미스 공!"

"네에."

"꼭 싸움이 필요하다면, 오늘 밤 꼭 싸울 수 밖에 없다면, 미스 공이 이길 수 있는 필승전략을 가르쳐 드리겠습니다."

"……"

"용접봉이 그 따아직 손에 쥐어졌다 하면 그놈을 이길 여성은 세상에 없습니다."

"……내가 뭐 쇳조각이라고 용접봉을 들고 싸웁니까?"

"순진도 하셔! 불고데를 연장으로 생각할 게 아니라 정신적 차원으로 이미지 업 해보세요!"

"…도무지 어빨빨한데요."

"미스 공이 먼저 용접봉을 드는 겁니다!"

"……그래서요?"

"그 따아식이 쇳조각이라고 생각하고 집중화력으로 기선을 제압하는 겁니다! 화력을 일시에 분사하여 따아식이 벤딩현상에 이르도록 맹공 하는 겁니다. 알아들으셨습니까?"

"… 듣고보니 재고해볼 필요가 있는 전략 같습니다. 그런데 벤딩현상이라는 건 뭔가요?"

"용접용어인데… 영광굴비나 오징어를 석쇠 위에 놓고 굽습니다!"

"…맛있겠네요!"

"울릉도 오징어는 석쇠 위에서 과연 어떤 모습으로 구워질까요?"

"몸통과 팔 다리를 슬로우 모션으로 무도하며 구워집니다!"

"바로 그겁니다"

"뭐가 바로 그걸까요?"

"슬로우 모션으로 구워질 수밖에 없는 바로 그 곳에 화력이 집중되고 있다는 사실은 알고 있겠죠?"

"그거야 당연한 일 아니겠어요? 열을 많이 받는 부분이 먼저 휘어감기지 않겠습니까!"

"똑똑할사!"

"고시조 첫 귀 같군요."

"그랬던가요? … 너무 흥분했던 탓이라고 배려해주십쇼. … 궁금해하시는 벤딩현상에 대해 말씀 드리고자 합니다."

"물컵을 올리지 못 하는 현단계 시점이 원망스러워요. 대신 침이라도 삼키시고 시급히 하교해주시길 빕니다!"

"벤딩현사앙 …도대체 고것이 뭣이냐아?"

"…뭣이냐?"

"용접의 불꽃이 튑니다!"

"…튑니다!"

"열을 집중적으로 받는 철판 부분이 휩니다!"

"아아…휩니다!"

"바로 그겁니다! 용접봉의 불꽃이 일시에 화력을 집중하면 집중화력을 받는 철판의 중심이 울릉도 오징어처럼 휩니다!"

"그게 바로 벤딩입니까?"

"그렇습니다. "

"의미 차원의 용접봉을 제가 먼저 들고 기선을 제압한다고 했을 때, 그 사납고 무례한 도사견을 어떻게 옴싹 못하게 하면 될까요?"

"… 자알 나가다 웬 딴소리입니까, 지금?"

"기원규씨가 가만히 앉아서 집중화력의 맹공을 받을 사람이에요?"

"제에길… 그런 난점이 있군!"

"있다마다요. 미스터 황의 광능낚시터에서 나 혼자 달랑 남겨놓고 자기만 부르릉 떠난 사람이에요!"

"그렇군요!…한 가지 방법이 생각 났습니다!"

"발짝소리가 들려요. 원규씨가 내려 오는 모양이야. 빨리, 빨리요!"

"…아까 원규 따아식이 미스 공을 의자에다 꽁꽁 묶었었죠?"

"…보셨지 않습니까?"

"이제 역공이지 뭐얼."

"…역공?"

"그 따아식을 이번에는 미스 공이 묶는 겁니다."

"고분고분 잘도 묶이겠네요!"

"그러니까 머리를 써야죠 머리를! …얌전하게 묶여서 앉아 있으면 입술 주지? 이러면서 묶으세요."

"잘 될까요?"

"실내낚시터 이름이 원엽입니다! 그 따아식 지금 정신 없어요."

"명령 준수하겠습니다. 정말 고마워요!"

내가 수화기를 내려놓자마자 기원규씨가 실내로 들어섰습니다. 그는 웬 앞치마를 두르며 산소통을 굴려 대기 시작했습니다.

"술 맛 달아나게 지금 뭐 하는 거예요?"

내가 그를 바짝 몰아세웠습니다.

"파이프 터진 데가 있어서 화다닥 때울려구."

"잠까안!"

"오늘은 정말 왜 이래?"

"퍼넣은 소주가 두 병이야!"

"…누군 안 마셨어?"

"잠깐만 앉으실까?"

나는 의자를 끌어다 그의 앞에 놓고 호령했습니다.

"뭐가 그렇게 급해?"

"혼자 떡치구 고물 입히세요! 하나도 급하지 않아서 이러는 거야."

"…나도 묶을려구?"

"의도는 같은데 상황이 달라요."

"기원규씨는 비겁하게도 도주의 우려 때문에 족쇄를 채웠지만, 난 달라!"

"글쎄 잠시만 기다려!"

"안돼."

"까불지 마!"

서분서분 굴었다간, 산통 깨질 판이었습니다. 그의 저항은 예상했던 대로 완강했습니다. 그래서 미스터 황의 충고를 따랐습니다.

"얌전하게 묶여 앉아 있으면 먹고 싶은 거 주지?"

그 말에 기원규씨가 '가만, 가만 앞치마 좀 벗구!' 하며 길 잘 들인 발발이처럼 의자에다 엉덩이를 붙였습니다.

나는 내 발을 묶었던 선분홍빛 포장사로 그의 두 팔을 꽁꽁 묶어나갔습니다.

"이거 왜 이래?"

"뭐가 잘못됐어요?"

"손을 왜 묶어? 손이 있어야 주는 떡을 받아먹지, 안그래?"

"나는 발, 기원규씨는 손! 이래야 법집행의 형평이 이뤄진다는 사시일!"

"아이고 내 팔짜야!"

내가 그의 두 손을 의자등받이에다 꽁꽁 묶고나서 명령했습니다.

"눈 감아요!"

"…눈은 또 왜 감아?"

"계속 깽깽대면 유두를 물려버릴까 보다!…군소리 말구 감아요!"

"아이고, 드럽고 치사해서!"

그가 포르륵 한숨을 내쉬며 눈을 감았습니다.

나는 속으로 '하낫, 두울, 세엣!'세고 나서, 이내 그의 가지런한 허벅지 위로 냘름 올라앉았습니다. 그가 몸뚱이를 두어 번 부르르 떨었습니다.

나는 어분. 떡밥. 지렁이를 가리지 않고 호옥 빨아들이는 잡식성 민물고기처럼 그의 입술을 덥썩 물었습니다.

"아얏!"

그가 허리께를 둥글게 휘어대며 비명을 질렀습니다.

"이거 왜 이러시나아? 이까짓 불에 벌써 벤딩이야?"

"어어? …뭐어? 벤딩? …야- 이거 임자 만났군. 도대체 모르는 게 없어어?"

그의 눈이 화등잔만 해졌습니다.

탈피(脫皮)의 장

8

나는 그의 입술을 해방시키며 그의 허벅지 위로부터 원위치에 달랑 섰습니다.

기원규씨가 선고받는 죄수인 양 나를 멀끄러미 올려다봤습니다.

"공청회라는 말 들어보셨나요?"

내가 물어봤습니다.

"들어봤다! 왜에?"

그의 입술이 모멸을 참는 듯 잠시 파르르 떨렸습니다.

"기원규씨!"

"말해."

"자기는 입후보자야. 알겠어?"

"…… ?"

"자기, 공인엽이를 사랑해?"

"그렇다면?"

"대답이 너무 무엄해요. 가타부타 핵심만 대답해요."

"그렇다. 왜에?"

"말 버릇, 사는 버릇, 정말 더럽게 들었어. 반말에다 막마알! 나도 할까?"

"맘대로!"

"야, 기원규!"

"왜? 따샤!"

그를 호되게 몰아붙이리라던 다짐이 무색하게, 나는 그 순간 등돌아서서, 한동안 웃음을 참고 있었습니다. 숫기 더넘찬 사내들의 경진대회가 열린다면 기원규의 숫기를 이길 남자는 없을 것이라는 생각 때문이었습니다.

'이래서는 안되지! 요걸 아주 폭삭 가라앉게 하고 말리라!

나는 부러 '나 못 참아!'하는 표정을 지으며 그를 향해 돌아섰습니다.

"기원규씨는 자중하세요. 지적 대화로 이 싸움이 판가름 되길 빌겠어요. 자기는 공인엽이를 차지하겠다고 치열각박한 경쟁전에 입후보 했죠?"

그가 '그랬다. 왜?' 하며 엉두덜거리고 나서 이내 말본새를 바꿨습니다.

"예에, 그랬습니다."

마침 내 옆에 두 조각난 낚싯대가 버려져 있었습니다. 손잡이일 성싶은 반토막을 집어들고 그의 무릎을 찰싹 내려쳤습니다.

"공청회를 시작합니다!"

"…멋대로 노십니다. 그려!"

그가 '담배 한 대만 피우고 싶습니다' 하면서 장터의 쥐약장수처럼 느닷없이 칵 카악 카악 헛기침을 내 뱉었습니다. 내가 담배 한 개비에다 불을 붙여 그의 입술에다 물려줬습니다.

"입후보자는 기원규! 패널리스트는 공인엽입니다. 숙지하셨나요?"

"아이고 미쳐어!…네 숙지했습니다!"

나는 자판기에서 커피 한 잔을 빼먹기 위해 원엽실내낚시터에서 캐시박스를 어렴상없이 따르릉 열었습니다. 동전 3백원을 꺼내 커피 한 잔을 빼들었습니다. 그가 말했습니다.

"이거 보슈. 공청회라며?"

"그렇습니다."

"내가 알기로 공청회는 이렇지 않아. 좋은 결과를 위해 다수의견을 수렴하는 게 공청회 아니겠수?"

"…뭐가 잘못됐습니까?"

"질문에만 의무적으로 답해야 한다는 거… 이건 청문회 아닙니까!"

"아, 그 말씀 고맙습니다. 시정하고자 합니다. 본 공청회를 청문회로 변경합니다!"

그가 '아휴 조거얼… 손만 자유스럽다면 벌써 보냈는데!' 하며, 묶인 두 손의 손마디를 우두둑 꺾어댔습니다.

내가 목소리를 가다듬었습니다.

"성명이 기원규. 맞습니까?"

"맞습니다."

"부친의 성함은?"

"…그것까지 꼭 말해야 합니까?"

"필요한 대답만 하세요!"

"기동수!"

"동녘 동자 물갈 수자 쓰시나요?"

"그렇소."

"기원규씨는 기동수씨의 아들입니까?"

"…푸웃-그렇소."

"몇남 몇녀의 어디쯤에 박히나요?"

"박혀?… 뭐가 박혀?"

"어허어…또 반말! 증인은 본 청문회의 성격을 오해하고 계시는 것 같은데…본인은 증인의 무고함을 입증해주기 위해서 기껏 3백원짜리 커피로 목을 축이며 이런 고생을 자청한 것입니다. 아시겠습니까?"

"알았다고 칩시다."

"증인의 가세는 부유층에 해당됩니까?"

"부유층에 해당될 거얼?"

"증인! 언사를 그렇게 쓰지 말라고 했지?"

"…아이고오- 알았소!"

"부친께선 기업주입니까?"

"그렇대나 봅니다. "

"그 기업체가 소공동의 한조상사 맞나요?"

"……"

"증인!"

"……"

"대답하세요!"

"그렇다고 하던걸요."

"입수한 자료에 의하면 증인은 기동수 회장의 무녀독남이라던데?"

"맞습니다. 죠리뽕은 씨말랐구 송곳 하나만 건졌습니다."

"죠리뽀옹? 그게 뭔가요?"

"웃을 수 있는 자유는 허락해주셔야지!"

"좋아요"

"끄 끄으 끄웃-보리톨로 만든 과자 아니겠습니까!"

"아 그 죠리뽀옹?… 그런데요?"

"죠리뽕을 일열종대로 늘어났다 칩시다. 양쪽으로 도톰한 살을 입고, 가운 데로는 수직선이 내리지릅니다."

"……"

"일견 흡사한 타 물체를 떠올리게 됩니다."

"…그 타 물체란?"

"여성의 상징이지 뭐얼!"

나는 들고 있던 낚시대 반토막으로 그의 무릎을 내려쳤습니다.

"증인은 도무지 반성의 기미, 혹은 개전의 정이 눈꼽만큼도 없어!"

"아이고 옴매야! 뭐 틀린 말 했습니까?"

"경고하겠어요. 한 번만 더 그런 비지성적 언사를 사용하면, 위증에다 희롱 죄까지 합쳐 고발할 겁니다."

"높으신 식견대로 하시지 뭐얼."

"좋습니다아— 증인은 공인엽이란 여성을 기억하고 있죠?"

"제에길, 눈 앞에 있잖아!"

"또, 또오?"

"죄송합니다. 차후로는 언사를 각별 유념해서 질문에 답하겠습니다."

"공인엽이란 여성과는 어디서 처음 만났던가요?"

"충무로의 페트 뷰티살롱…"

"…뭘 하는 곳인가요?"

"개새끼들이 화장하고 단장하고… 목욕하고 시집 장가들고…"

"구체적으로 설명해 보십쇼."

"까놓고 말씀드리겠습니다! 앞에서 끌어주고 뒤에서 밀며…"

"옛적 국민학교 졸업식 노래 아닌가요?"

"그렇습니다마안… 앞으로 끌고 뒤로 끌고 하는 대목을 개의 사랑싸움과 연관해서 보십쇼. "

"…?"

"개 흘레지 뭐겠습니까?"

내 손에 들린 낚싯대 반토막이 다시 한 번 그의 무릎을 벼락쳤습니다. 그가 허리통을 움찔 떨며 두 눈 속에다 불심지를 심었습니다. 이럴 때일수록 정신을 바짝 차려야 할 것입니다.

나는 일회용 커피잔을 바닥에다 내팽개치며 가능한 한 불쾌하다는 의중을 진하게 나타냈습니다.

"다시 경고합니다. 이 신성한 청문회를 조롱하는 어떤 언사나 태도는 묵과하지 않겠어요!"

"그러니까 그런 상소리를 유발할 질문은 삼가란 말 입니다. 죠리뽕이면 과자인갑다 하구 국으로 썩으면 되지 왜 시시콜콜 따지냐구!"

"좋습니다. 증인!"

"말씀하셔."

"존대어를 쓰세요! . 부친의 재력을 감안할 땐, 증인은 이런 꼬잘스럽고 청승맞은 실내낚시터를 운영할 필요가 없습니다. 그럼에도 불구하고 구태여 불효를 자청하면서 까지 왜 이런 소꿉장난을 하는 것입니까?"

"당신 눈에는 이 사업이 소꿉장난으로 뵙니까?"

"일단 그렇습니다."

"환장하고 팔짝팔짝 뛰다 미칠 일입니다. 부친의 재산과 나의 재산이 일단 무관해야 자본주의 사회를 떳떳하게 살아 버티겠지! 기원규가 한조상사의 비품이 아니듯이 기동수 회장께옵서도 원엽실내낚시터의 뜰대는 아니라는 이 말씀!"

"물질만능의 현세를 살고 있는 젊은 엘리트 치고는 대단히 진보적인 사고를 가지셨습니다. 그건 그렇 다 칩시다⋯아까 질문을 계속합시다. 페트 뷰티살롱에서 공인엽이를 처음 보는 순간 어떤 생각을 했었던가요?"

"떡으로 치면 막 빼낸 가래떡!"

"⋯가래떡?"

"조청 한 그릇만 있다면 토막 칠 필요도 없이 후르륵 통째로 들여마시고 싶었습니다."

"⋯유혹의 구체적 구상을 설명해주실 수 있을까?"

"뭐어 간단했습니다. 공인엽이라는 여성은 내가 의도하는 대로 쫄쫄 따라붙었걸랑!"

"⋯ 일방적인 해석으로 지순청결한 여성을 그렇게 매도해도 후환이 없을까요?"

"드러워서!⋯아무리 지체 높은 분이라도 그런 억지 권위를 애드벌룬처럼 부풀려도 돼?"

"⋯?"

"후환이라니요! 나중에 얻는 병이 후환이던가?"

"증인!"

"말씀하십시다아."

"증인은 피해자로 하여금 파생될 후환을 정말 염두에도 안뒀나요?"

"도대체 후환이란 게 뭐야?"

"⋯유혹의 결과! 그리고 그 결과의 참담한 불행!"

"에엥, 그러지 맙시다. 요새 세상에 그런 멍청이 여성이 어디 있겠소?"

"질문에 비해 답변의 방향이 너무 다릅니다. 공인엽이가 왜 멍청이야? 어떤 의미로 그런 말을 할 수 있어?"

"나는 공인엽씨의 지혜를 믿습니다!"

"…!"

"적어도 무책임한 결과를 도덕의 응보로 여기는 그런 멍청이는 아니라는 사실 말입니다."

"증인! 쉽게 말해보세요. 무책임한 결과를 도덕의 응보로 여긴다? 도대체 무슨 뜻입니까?"

"간단히 말해도 될까요?"

"간단할수록 좋습니다."

"피임! 피임말입니다. 설령 유혹에 대한 대책없이 지가 좋아서 날뛰었다 칩시다. 예기치 않았던 결과와 참담한 불행이라— 이건 외수없이 바라지도 않았던 임신을 의미할 수밖에 없는데, 아무러면 공연엽이란 여성이 피임에 대한 기초지식도 없는 조리뽕이겠어?"

"이런 뻔뻔한 송곳! 인면수심의 가학심리!"

"청문회 끝났으면 손 좀 풀어줘."

"못 풀어!"

나는 보름달 보고 미치는 애무당처럼 길길이 뛰어습니다.

"기원규, 너 정말 어떻게 죽을래? 응?"

"증인한테 그런 식의 무례가 어디 있나?"

나는 냉장고를 향해 걸음을 옮겼습니다. 맨정신으로는 그를 활딱 벗겨 그의 저질철학을 송두리째 응할 수도 없고, 따라서 철저히 원인에 순종함으로써만이 가능한 나의 탈바꿈 또한 기대할 수 없었기 때문이었습니다.

"어어? 지금 뭐하는 거야?"

"보면 몰라? 소주 마신다!"

"그러다간 죽어!"

"삶보다 값진 죽음도 있고 죽음보다 못한 삶도 있다는 것! 이거 알고 있어?"

"후웅- 그것뿐이야? 패배보다 못한 승리도 있고 승리를 뛰어넘는 패배도
있다더라!"

"말 잘했어!"

"..."

"지금부터 승리를 뛰어넘는 패배를 계획할 거야!"

나는 소주 반 병쯤을 단숨에 꿜 꿔얼 퍼넘기고 나서 속으로 '하나 두울 세엣!'
헤었습니다. 그리고 개전 초기의 전략대로 그의 가지런히 뻗은 허벅지 위로 나
붓 올라앉았습니다.

그의 귓불을 덥석 물었습니다.

"나쁜 놈!"

그가 머리통을 내저으며 내뱉았습니다.

"어휴 이거 미치겠네!"

"모쪼록 예기치 않았던 불행에 당당히 맞서길 빌어."

"귓불 떨어져! 이거 놓구!"

나는 그의 귓불을 물었던 입술을 거뒀습니다. 그의 상의를 벗기기 시작했습
니다.

"쌰앙, 미치지 이러다가 ! …… 손이나 풀어줘!"

"현시점에서 필요한 건 내 손뿐. 기원규씨의 손은 무능력할수록 좋아!"

그의 입술끝에 비지 같은 버케가 하글하글 끓고 있었습니다.

탈피(脫皮)의 장

9

그가 더는 배겨날 수 없다는 표정을 지으며 머리통을 내저었습니다.

나는 그의 걸자란 턱수염을 검지 끝으로 사각사각 쓸어주며 또 한 손으로는 그의 윗도리 내의를 제껴올렸습니다. 그의 속눈썹이 파르르 경련하며 천장을 향해 눈길을 열고 있었습니다. 두 볼따귀 아래로 밭두렁 같은 주름들이 잘근잘근 패이고 있었습니다. 짐작컨대 그는 모진 고통을 어금니 악물고 참아내는 듯싶었습니다.

바짝 제껴올린 내의 틈새로 그의 꽃자주색 젖꼭지 두 개가 드러났습니다. 얄미워서 검지 끝으로 또 꾸욱 눌러줬습니다. 참으로 야릇한 부조화였습니다. 내 손가락이 스칠 때마다 두 개의 팥알들이 움찔움찔 놀라며 딴딴하게 말려들곤 했습니다.

"…옴머?"

내가 검지를 황급히 거둬들이며 깜짝 놀랐습니다. 그가 꼬들대는 해삼 쪽을 씹듯 입술을 앙다물며 말했습니다.

"뭐가 잘못됐어?"

"반말 하지 말라고 했지. 청문회는 안 끝났다 이거야."

"청문회구 지랄이구!…그만 까불구 사람답게 놀자고 이거 물어봤잖아? 뭐가 잘못됐냐구.”

“…잘못 돼두 한참 잘못 됐지 않구!…”

“글쎄, 뭐가아?”

“이것들 왜 이러는 거야?”

“어떤 것들이 무슨 지랄을 치는데? 어엉?”

“…이 팥알들 말예요!”

“팥알?”

“…그래요.”

“이게 정말 제 맘대로 노네?… 존엄한 남성의 신체 일부야! 어따 대고 팥알
이래?”

“그렇다고 칩시다…왜 얌전히 못 있구 까불죠?”

“까불어?”

“보면 몰라요?”

“어쨌길래? ”

“손가락과 만나기만 하면 왜 딴딴해지구 말려들구 그러는 거야?”

“이런 제길 미치겠네!… 따샤, 실내가 춥잖아?”

“그걸 어떻게 알아?”

“아이고 부모님, 이 불효자 환장할랍니다!…따샤, 왜 모르니? 추우면 소름돋
구, 오싹 말려들구, 그러는 게 감각 아냐!”

“그걸 모르겠다는 거야!”

“…머어?”

“남자 유두, 아니 젖꼭지, 아니 팥알… 도대체 남자 팥알들에게 뭣한다구 감
각이 필요해요?”

"우아따 미치겠는 거! … 뭐가 어째? 왜 감각이 필요 없어?"

"…내 생각으론…"

"그 생각을 말해 봐!

"남성에게 있어서의 유두, 아니 젖꼭지, 아니 팥알 이란 이미 우주섭리상의 무용지물이어야 마땅하다는 게 내 지식입니다."

"그냥 놀게 놔두니깐 끝이 없구만 이거어!… 어째서 이 장엄한 유두가 무용지물이냐?"

"곧 죽어도 장엄할테지, 포 포옷 이거 보시라구요 기원규씨! 솔직히 말해서 남성의 팥알은 이미 활발한 퇴화과정에 놓여 있습니다."

"공인엽이 너 참말로 죽었다!…뭐? 퇴화아?"

"아니라구?"

"말도, 막걸리도 안되니깐 곧 죽어도 찍 소리 아냐?"

"시대는 바야흐로 여성의 유두도 무용지물이 될 판 입니다!"

"…?"

"제 기저귀 담은 룩색 메구 보행의 첫 걸음을 익히는, 돌잡이 유아의 자립 정신을 안 봤어?"

"…?"

"물통처럼 휴대용 유방을 들고 쪽 쪼옥— 식량을 자급자족하는 시대라구요. 하물며어— 어디일?"

"그럼 뭐라구 대답해야 원이 풀리겠어?"

"연민의 상흔!"

"오랜만에 말 자알 했다!"

"…?"

"바로 그 거야!…그대 말씀대로 이제는 활발한 퇴화과정을 밟고 있는 연민의 상흔! 일찍이 인류공존의 윤리와 의미를 터득한 짐승이 바로 남성이었다!"

"비록 연민의 상흔으로 날 샜다 치구우 그러나 그 어느 땐가, 위대한 남성들은 엄마 대신 자식들에게 젖꼭지를 물려주고 있었어!"

"옴머 징그러워!"

"네 맘대로 징그러워라! …그렇지 않았다면 도대체 뭣 한다고 남자가 젖꼭지를 달아? 안 그래?"

나는 이 대목에서 삐끗 했습니다. 생각해 보니까 그럴 듯도 싶군요. 존귀한 생명의 어느 것 하나도 불필요에 의해서 생성될 리는 만무하다는 상식이 가증스러운 지식을 앞서갔던 까닭입니다.

"이제 그만 까불구…이 손 좀 풀어주면 어떨까?"

아름답고 또 지극히 당연한 상식들로부터 단절된 채 철저히 다져져 온 내 정밀한 윤리들이 비로소 설잠을 깨는 듯싶었습니다. 쉽게 생각하고 정직하게 삭히면 세상은 의외로 아름다울 수 있는데 하는 믿음이 금세 그를 해방시켜주고 말 것 같았습니다. 그래서 팔을 뻗어 꽁꽁 동인 포장사를 잡았습니다.

그러나 나는 이내 고개를 내저었습니다. 그가 '삶보다 값진 주검도 있고 주검보다 못한 삶도 있다는 것! 이거 알고 있어?' 했을 때, 나는 당당히 '패배보다 못한 승리도 있고 승리를 뛰어넘는 패배도 있다더라!' 하고 맞장단쳤던 것입니다.

이제사 이 말의 뜻을 정직하게 밝히고자 합니다. 나는 평소부터 남자들이 던져주는 자양을 먹고 지극히 평화롭게 성장하는 여자들의 인습이 싫었습니다. 흡사 가을의 우시장을 위해 사육되는 비육우처럼 겸허한 순종을 운명 삼고 살쪄가는 암소들이 진저리쳐지도록 싫었다는, 이런 말입니다.

일단 껍질을 벗어야 한 마리의 매미가 될 수 있을 것이라는 믿음 혹독한 가뭄을 견뎌내며, 혹은 지겨운 장마철을 이겨내며, 내가 스스로 살아갈 숲과 만나기 위해서는 무엇보다도 먼저 껍질을 벗어야 한다는 생각이 피를 졸였던 것입니다.

　사랑의 본심을 시대적 감각으로 위장하며 남자에게 그럴싸하게 먹혀주는 것-이것이 여자들의 '패배보다 못한 승리'라면, 두 눈을 부릅뜨고 내 편에서 철저히 남자를 다스리는 용기는 '승리를 뛰어넘는 값진 패배'라고 생각을 고쳐먹게 됐었지요.

　나에게 있어, 무엇보다도 내 용기를 훼방놓는 장애물은 뭐니뭐니 해도 튼튼한 '껍질'임을 깨달았습니다. 모든 실감과 맞부딪힐 때마다 나는 꼭 '껍질'의 값을 생각하며 망설여야 했고, '껍질'의 자랑스러움을 단단히 죄고 있는 그 쓰잘데 없는 명예 때문에 자칫 고귀한 실감과 미련 없이 결별하곤 했던 것입니다.

　'안돼. 그동안 맘놓고 까분 건 당신이야! 군소리 말고 이젠 나에게 당해 보사이다.'

　이런 오기를 앞세워 나는 전신의 느낌세포들에게 돌격명령을 내렸습니다. 드디어 휘황한 불꽃들이 눈부신 꽃잎들을 그려 갔습니다. 아— 황금빛 찬란한 해바라기였습니다. 해바라기의 화엽들이 열망의 허공 속에서 폭죽처럼 불타올랐습니다. 물음표 하나로만 누워 있던 내 '껍질' 속의 속살들이 드디어 시퍼런 불꽃을 일구기 시작하는 것 같았습니다.

　"기원규씨는 팔을 잘리운 풍뎅이 신세예요!"

　"…?"

　"둥가죽이 닳도록 먼지를 쓸며 내가 시키는 대로 춤만 추시길!"

　그가 웃었습니다.

"순 엉터리야, 공인엽!"

"…어째서 그렇죠?"

"당신은 지금 되게 정직하다고 착각할 거야!"

"아무렴요."

"바른 말로, 정직은 사랑의 기초동작일테니깐, 그 말도 말되네!"

"동작뿐이야? 논리의 기초도 정직성일 걸?"

"어쭈우? 많이도 아시지!…그런 사람이 뭐 이렇게 질질 끌어?"

"…?"

"솔찍히 까발리라구! 욕정의 감각대가 당신 윤리를 앞지른다면 후닥닥 해
치우구, 철옹성 윤리가 욕정의 감각대에 대해 계엄령을 내렸다면 이런 장
난 그만 치워!"

"…?"

"안 들려? 일부러 못들은 척 하는 거야. 숫제 안듣겠다고 작정한 거야?…이
손 어서 풀어. 그만 주접 떨구!"

그의 말은 바로 화살이나 진배없었습니다. 어쩌면 그렇게도 내 속 마음을 따
악 짚고 나설까요.

바른 말로, 그 때까지만 해도 내 생각은 갈피를 못 잡고 있었습니다. 겉으론
잘난 체 까불어대고 대단한 각오라도 한 듯 어렴성없이 놀아봤지만, 사실은 뭐
가 뭔지 분간할 수 없으되 일단 시험삼아 용기를 내 본, 그쯤 설데친 장난기를
술기운에다 의탁했었던 것입니다. 이를테면 말입니다. 내 '껍질'의 명예를 단 한
순간 만이라도 손상시키지 않는다는 원칙- 그 원칙에 대 한 같잖은 맹신이 와르
르 무너지는 치열한 현실을 잠깐만 경험해 보고 싶었걸랑요. 그런데 그것도 잘
안되는 낌새였습니다. '껍질'에 대한 충성스러운 원칙을 오히려 내 편에서 굳게

지켜가며 현실을 주도하고 있다—이렇게 반성했을 때 그의 말이 응징의 화살로서 내 심장에 꽂혔던 것입니다.

숫구멍까지 차오른 술기에다 이런 반성까지 겹쳐 나는 잠시동안 정신을 못 차렸었나 봅니다.

그때였습니다.

"아얏!"

나는 방정맞은 비명을 내질러야 했습니다. 그의 역공이 초전박살 전법으로 중반전세를 완전히 장악했던 것입니다. 구체적으로 말씀 드릴까요. 그러니까 잠시 동안 무방비로 헬레레 해 있을 즈음, 이젠 그의 이빨이 잡식성 민물고기처럼 내 귓불을 물고 늘어진 것입니다.

"나쁜 녀언!"

그의 발음이 그득한 침줄에 동동 뜬 양했습니다. 그럴 수밖에요. 내 귓불을 살큰 물고 늘어진 그의 이빨 틈새로 발음의 정확성이 새어나가고 있었으니까요.

"이, 이거 못 놓겠니?"

"못, 못 놓겠다."

"내가 왜 나쁜 년이야?"

"공인엽이가 먼저 막 말 했잖아? 나쁜 놈 하면서 내 귓불을 기습 점거했었지?"

"먼, 먼저 내 귓불 놔!"

"못 놀란다아!"

"말 들으면 맛있는 거 주지?"

"싫도다아!"

그는 그 대답과 함께 이차 파상공격을 감행했습니다. 그의 두 다리가 남사당

패 공중돌기 곡예를 흉내내는 듯 하더니 순식간에 내 허리통을 악죄고 나선 것입니다.

"화이고 지랄이야아! 그걸 싸움이라고 걸었다? 프 프으 프웃―"

"숨막혀! 제발 잠시만 풀어줘요!"

나는 몸부림쳤습니다. 그러나 대세는 이미 기운 상태였습니다. 그의 철근처럼 억센 이빨이 내 귓불을 잘근잘근 씹어대며 곧 뜯어삼킬 듯 위협하고, 그의 장승목처럼 튼튼한 두 다리는 아마존의 아나콘타가 산돼지새끼 한 마리를 또아리 쳐 감듯이 내 허리통을 옴싹할 수 없도록 휘감고 있었습니다.

측은하고 창피스러운 내 몰골이라니요. 나는 옴쭉달싹 못하며 가쁜 숨만 내뱉았습니다.

"…잘못했어요!"

"과분한 말쓰음! 잘못한 거 하나도 없어."

"살려줘요!"

"나부터 살려주시압!"

"…?"

"그대의 대리석 조각 같은, 그 두 팔을 뻗어 내 손 먼저 풀어 주실까?"

"그럼…그럼 날 죽일 거야?"

"최소한 한 가지 각오는 하고 있어. 그대의 지순멍청한 전략을 위해 희생될 각오!"

"…"

"그대의, 승리를 뛰어넘는 패배를 위해 모쪼록 열과 성을 후환없이 바칠 각오 말야!"

나는 그의 명령대로 그의 손을 풀어주면서 흠찔 눈물을 짜냈습니다.

"나 정말 형편 없지?… 바보천치지?"

"아냐! 귀엽구 사랑스러워서 미치겠다!"

그의 손이 풀렸습니다. 그의 두 팔이 내 가슴을 싸안았습니다. 덜컹 하며 의자가 나뒹굴었습니다. 그가 태풍의 선바람처럼 나를 다뤘습니다.

"난 난 몰라!"

나는 매웁게 아려오는 눈을 감았습니다. 활성의 반란이 불꽃이 되고, 그 불길 속을 포복하며 후환없이 목숨을 내던지는 또 다른 나를 봤습니다. 내 손에는 순백의 눈부신 깃발이 들려있었습니다.

순례(巡禮)의 장

1

    기동수 회장님의 말씀대로 나의 운명은 '시말서' 작성의 성의 여부에 따라 좌우될 것입니다.

    생각해 보시지요. 여자 나이 스물여덟 살—이 나이테 두르고 최소한 제 앞길 제가 못 가린다면 그 또한 병신 '년'에 가깝습니다.

    기동수 회장님께서 얼마나 진노하고 계시는지는 그 동안 익힌 눈썰미 하나만으로도 훤합니다. 기업경영상의 어려움이 있을 때나 당신 나름대로의 고뇌가 있을 때, 그 적마다 기동수 회장님께선 먼저, 휠체어 끄는 중환자처럼 회전의자를 창켠으로 끌고 갔습니다. 그 다음엔 "미스 공, 커피!" 하십니다. 블라인드 커튼을 반쯤 거두고 나서 소공동의 일상을 조감합니다. 내가 끓여다 바친 커피를 홀짝홀짝 마시면서 뜻 모를 웃음을 짓습니다. 그리고 거의 20여분 동안 그 뜻모를 웃음을 즐겨했습니다.

    그 웃음이 참으로 별스러웠습니다. 다가오는 파도처럼 질서 정연한 주름들이 눈꼬리께로 물살집니다. 이윽고 생각이란 생각은 모두 걸러내 버리고 희디흰 여백만 남기며 뜻모를 웃음이 탄생합니다. 눈꼬리께로 겹겹이 물리는 실주름을 새기고 나서 비로소 입술 끝이 잠시 들리우는, 그 창백한 허열의 자유가 자그마치 20여분은 잡아먹더라 이런 말입니다.

기동수 회장님께선 '시말서 작성! 진위에 대한 성의있는 해명만이 미스 공의 운명을 좌우할 것! …운명 어쩌구 하는 말에 대해서 너무 신경 쓸 건 없구. 미스 공의 능력이라면 어디서고 값을 올려받을 수 있지. 솔직히 말하자면… 한조상 사와 결별하고 더 좋은 직장을 찾아나선다 치지. 미스 공은 우선 월급을 더 많이 받을 수 있을 걸세. …내가 말하는 운명이란, 그러니까 돈보다는 섞여 살아가는 즐거움과 믿음을 의미하는 거야. 하루만에, 단 하루만에 믿음과 즐거움 을 후환없이 배신하는 사람, 이거 못 써!' 하시고 나서, 창으로 회전의자를 옮겨놓고 예의 뜻 모를 웃음을 짓고 계시는 것입니다.

내 생각은 우선 이렇습니다. 기동수 회장님의 말씀대로 값을 더 올려받을 수 있는 곳으로 직장을 염탐한다 손 치지요. 나는 먼저 더 좋은 직장보다는 그런 직장을 얻기 위해 줄잡아 한달쯤은 고생해야 하는, 그 노역이 싫다는 것입니다. 무릇 사람이 제 앞길을 제 스스로 가린다는 것, 이게 별 건가요. 인생역정의 길고 긴 여정을 생각대로만 미리 돋우고 다진다는 뜻은 아닐 것입니다. 바로 이 순간 뒤의 한 발짝부터 천덕스럽지 않도록 자신을 간수하는 정신이 아닐지요.

그래서 마음 먹은 것입니다. 이 나이테 두르고 최소한 제 앞길을 제가 못가린다면 그것 또한 병신 '년'에 가깝다고 말입니다.

지금 나는 진위에 대한 성의있는 해명만이 내일 당장 천덕꾸러기가 안 되는 길이라는 다짐으로 기억의 갈피들을 하나도 숨김없이 써나가고 있습니다. 〈국어 사전〉까지 옆에다 두고….

초벌 시말서는 일단 짓구겨 휴지통에다 버렸습니다. 나로 하여금 공연히 손해를 볼 줄도 모르는 명칭이나 장소 따위는 우선 순위로 구제했습니다. 이를 테면 내 껍질을 벗긴 기원규란 사내의 이름 석자, 그리고 그가 먹고 살겠다며 벌인 '원엽실내 낚시터' 따위의 사업장 명함 말입니다.

〈시말서〉

〈본인은 일천구백구십일년 이월 이십삼일, 결코 본의는 아닌 자의
반 타의반의 경거망동으로 인하여, 이젠 돌이킬래야 돌이킬 수 없는
전혀 새로운 국면을 맞게 됐습니다.

그 새롭게 대두한 국면의 그때 상황을 숨김없이 기록함으로써 진위
에 대한 성의있는 해명을 삼고자 합니다.

최초이자 최후의 남성임을 자처하는 한 남자가 있었습니다. 대학교
를 졸업한 엄연한 학사로서 그는 일견 저 유명한 세르반테스의 돈키
호테를 떠올릴 수 있는 반면, 다른 측면에서는 물질만능사회를 진보
적 사고로 스스로 개척해 나가는 의지의 추진력도 지녀 보였습니다.
그러니까 통념적으로 말하자면, 이른바 지성과 야성을 겸비한 남성
이 될는지도 모르겠습니다.

저는 그의 유혹을 한사코 뿌리치고 있다는 자만심으로 심심할 때마
다 그를 만나줬습니다. 밀어붙이고 볼 것이냐 아니면 이쯤에서 멈춰
야 할 것이냐, 가느냐 마느냐, 죽어도 가느냐 살기 위해 죽을 것이냐,
하는 이지적 판별력을 앞세워 제 딴으로 무지무지 노력했었던 사실
만은 부인할 길이 없습니다.

'밀어붙이고 볼 것이냐 아니면 이쯤에서 멈춰야 할 것이냐, 가느냐
마느냐 죽어도 가느냐 살기 위해 죽을 것이냐!'하는 문귀에 대하여 미
숙한 의견을 덧붙이고자 합니다.

갈팡질팡 날짱거리는 제 의지는 어떤 면에서 사행심과 다를 바 없
었습니다. 바로 '고스톱' 화투놀이와 비슷했었다 할까요. 갈피를 못

잡곤 '에라 모르겠다. 죽어도 고다!'하는 생각이 여물었을 때, 바로 그 때, 그가 저를 불러들였습니다.

때는 바로 일천구백구십일년 이월 이십삼일의 오후 8시가 넘은 시각이었습니다.

종업원 한 사람을 내보내고 나서 그는 사업장의 셔터를 내렸습니다. 그러니까 제가 그를 포로로 삼고 뒤넘스럽게 욱다지를 때는 열한 시쯤 됐었나 봅니다.

그 진지했던 과정은 일단 생략하고자 합니다. 다만 포로로 잡혔던 그가 돌연히 저를 포로로 삼고 만, 그리고 그 상황에 의해서 시말서 모두에서 밝힌 대로 '…돌이킬래야 돌이킬 수 없는 새로운 국면'으로 진전된 상황만큼은 상세히 밝히고자 합니다.

그것은 숫제 씨름판이었습니다. 국어사전에서 풀이한 대로만 따르자면, 씨름은 원래 각력이라 했습니다.

도무지 게임이 안 될 각력장(씨름판)이었습니다. 살거리 푸짐한 저울 눈금으로 따져 씨름판에 나서야 도리겠습니다. 그런데 그런 규칙이 전혀 필요없는 희한한 경합장이었습니다.

제가 '금강급 선수'라면 그는 어김없이 '백두급 선수'일 터인데 호루라기 목에 걸고 싸움을 독려하는 심판은 커녕 구경꾼 하나 없이 진행된 야릇한 씨름판이 있던 것입니다.

샅바가 필요없는 씨름을 국어사전은 '통씨름'이라 밝혀주고 있습니다. 그러니까 저와 그의 씨름은 숫제 통씨름이었습니다.

기술적인 면을 고찰해보고자 합니다. 그는 모래밭을 어지간히 먹은 떡대처럼 저를 다루었는데, 우선 '손기술'로 초장 전세를 압도했습니다.

 오른쪽 손으로 제 무릎을 타악 밀어치는 '앞무릎치기', 자기의 뒤로 내딛긴 채 벌벌 떠는 제 무릎을 화다닥 쳐서 넘어뜨리는 '뒷무릎치기', 제 허리를 껴안고 직격탄처럼 제 허리를 꺾는 '허리꺾기', 제 허리를 껴안고 팔아름을 죄는 '허리죄기', 제 예쁜 두 다리를 걸어 투실투실한 목덜미와 몸뚱이로 사생결단 밀어붙이는 '팔걸이', 부삽 같은 손바닥으로 제 가녀린 턱을 사정없이 밀어붙이는 '턱 밀기', 제 왼쪽 손으로 저의 오른쪽 다리 무릎관절을 밖으로 걸어 당기며 널짝같은 가슴으로 밀어붙여 넘어뜨리는 '손 홀치기', 비겁하게도 제가 대책없이 앉아 있다거나 맘놓고 버둥댈 때 별안간 손으로 밀어 넘어뜨리는 '뒤 밀치기', 이제 그만 끝나겠지 하며 멀뚱멀뚱 서 있는데 갑자기 뒤로 몸뚱이를 빼면서 제 몸뚱이를 잡아채는 '다리 채기', 제 오른쪽 팔로 전혀 무방비상태의 제 뒷덜미를 덮어 씌우는 '덧걸이', 이제 그만 두자는 맘인가보다 하고 목타는 참새처럼 팔딱팔딱 새팔딱거리고 있을 때 "몰랐지이?" 하며 제 어깨죽지를 감고 있던 손에 느닷없이 힘을 줘 넘어뜨리는 '등치기' 등.

 이런 '손기술'도 모자랐던지 그는 이차 파상공세로 '다리 기술'을 또 들고 나왔습니다.

 제 오른쪽 다리로 저의 장단지를 안으로 걸어 당기는 '안 낚시걸이', 제 오른쪽 다리로 저의 왼쪽 다리를 밖으로 걸어 당기며 넘어뜨리는 '바깥 낚시걸이', 저를 바싹 당겨 얼뚱아기 강보 싸안듯 들어올리고는 이내 안 낚시걸이로 넘어뜨리는 '들 낚시걸이', 비겁하기도 하지요. 글쎄 제 오른쪽 다리를 저의 허벅지 사이에다 껴넣고는 얌전히 있기에 저는 야릇한 감각 세포의 구령을 따라 잠시 아뜩했었나 봅니다. 그러는데 순식간에 그의 오른쪽 다리가 제 오른쪽 허벅지를 벼락치며 저는 어쩔 수 없이 그의 앙가슴 밑에 깔렸었군요. 이른바 '다리낚시'라는 기법이었나봐요.

그뿐입니까 '살걸이' '연장걸이' '바로 뒤지기' '모두 걸이' '종다리 집' '발등걸이' '생덧걸이' '넉장걸이'….

이제는 어떤 공격 앞에서도 속수무책 무력할 수밖에 없는 지경에 이르렀습니다. 아무리 적이라도, 이미 기진한 적을 두고 가차없는 공격을 시도하는 개선군은 있을 수 없다는 믿음이 저를 평화롭게 만들었나 봅니다. 싸움은 그대의 승리로 끝났다, 하며 모든 것을 포기했을 때였습니다.

아, 그는 그 전술로 만족하지 않았습니다. 결정적인, 제가 어쩔 수 없이 '돌이킬래야 돌이킬 수 없는 새로운 국면'에 도달하게끔 그는 철저한 응징으로 저를 몰아세웠습니다.

'손 기술' '다리 기술'로도 모자랐던 모양이었습니다. 이른바 '들 기술'이라는 비장의 광학무기가 등장했습니다.

세상에, 회장님 생각해 보옵소서. 오른쪽으로 넘어져야 제 딴엔 평안한 죽음을 맞이한다고 턱 믿었을 것입니다. 그런데 그는 왼쪽으로 들어서며 저의 도톰한 뱃구래를 지개 지듯 지고 패대기쳤던 것입니다. 바로 '왼 배지기'였습니다. 틈만 있으면 깔아뭉개고 조금 방심했다 하면 소리도 없이 형체도 없이 퍼붓는 융단 폭격이 자행됐습니다.

저의 오른쪽 옆구리를 앙가슴 앞세워 헐씨근 들어 올리며 비듬냄새 나는 머리통으로 저의 배통이를 지고 넘어뜨리는 '오른 배지기', 달걀 같은 저의 뒤꿈치가 땅에 닿을 듯 말 듯 안쓰럽게 달싹거릴 때, 뒤꿈치가 바닥에서 떨어지자 마자 벼락칠 기세로 배지기 기술을 넣어 저를 쓰러뜨리는 '달싹 배지기', 스리살짝 엉덩이를 맞부벼대다가 재빨리 엉덩이를 돌려 다리 또아리를 껴 넘어뜨리는 '궁둥배지기', '맞배지기' '동이 배지기' '던지기' '뒤넘기기' '통다리 뜨기' '호묵 들어치기' '업어치기'… 힘으로는 도저히 견뎌낼 수 없는 현실을 직시하고 저는 순순히 백기를 들었습니다. 그러나 그는 도주의 우려가 있다는 전략을 앞세워 '퇴로 차단 무차별 공격'을 감행했습니다. 아, 회장님. 이 시말서를 쓰는 다섯 손가락의 연골 들을 모두 부숴버리고 싶어요!… 결정적인 맹공, 그 뇌성벽력 기세의 화공 앞에 저는 어쩔 수 없이 제 몸뚱이를 내맡기게 됩니다. 단독점령. 분할점령 따위를 식별할 어떤 지식도 그 순간엔 말짱 헛것이었습니다.

이른바 '절구질'이라는 기술이 예고없이 감행됐을 때, 저는 저 빛나는 르네상스 독일의 대표적 화가 '크라하나'의 〈분수 옆의 나부〉 그림처럼 속절없이 반송장 뻔 났었던가 싶습니다.

그 '절구질' 기술이란 게 여자들 한 다스쯤은 찍소리없이 해치우고도 남을 전법이었습니다.

그가 저의 허리를 팔아름으로 옥죄곤 들었다 놨다. 놨다 다시 들어올렸다. 했을 때만 하더라도 가엾은 어린애를 달래는 어른들의 자애쯤으로만 여겼던 것입니다.

그런데 결과는 너무나 달랐습니다. 그의 팔아름에 허리를 맡기고 달싹 넘겨졌을 때, 그 '절구질' 기술의 연계동작이 또 희한했습니다.

회장님! 저는 그 이상 어떻게 상황의 디테일을 읊어올려야 할까요!… 아픔과 눈부신 모험의 휘황한 핵- 그 현훈의 핵분열이 만들어내는 광염의 끝을 보며 저는 죽었습니다. 승리를 뛰어넘는 패배의 귀청 찢기는 박수갈채를 희미하게나마 기억하고 있습니다.

이마와 볼, 그리고 젖무덤과 대륙붕의 아슬아슬한 사구들… 시추의 구멍이 뚫리기 전, 늦가을의 빗발 같은 키스들이 융단폭격을 했었나 봅니다. 우리나라 국어사전은 '키스란 사랑과 우정, 그리고 존경과 감사의 뜻으로 남의 입술이나 손등에 제 입술을 맞추는 일'이라 했는데요, 글쎄요 회장님! 그런 뜻에 걸맞을 키스는 아니었다는 게 저의 솔직한 고백입니다.

이상과 여히 '한조상사'의 명예와 권위의 손실, 그리고 돌이킬래야 돌이킬 수 없는 수치의 죄과를 깊이 반성하며 사죄드리는 동시에, 앞으로는 여하한 일이 있어도 이런 경거망동은 하지 않을 것을 맹세하면서 좌히 시말서를 제출하옵니다.

서기 일천구백구십일년 삼월 이일

한조상사 회장비서실 공인엽.〉

나는 시말서를 기동수 회장님께 바치며, 병신처럼 또 훌쩍거렸습니다.

순례(巡禮)의 장

2

기동수 회장님께 '시말서'를 써서 바친 지 꼭 일주일 뒤인 오늘, 나는 강남땅의 한적한 곳에 들어앉은 '오피스텔'에 갇혀 참으로 별스러운 친국을 받고있습니다. 임금님께옵서 친히 중죄인을 신문하는 짓거리가 친국이라 하던가요.

'그놈의 키스 바이트인가 뭔가만 흔적이 없었어도! …미친년, 시말서가 무슨 이력서라고 그렇게 시사들을 까발렸었담!'하는 후회에 물컹 젖어 봤지만 모두가 허사였습니다. '시말서'는 정직하게 까발린 대로 아직 기동수 회장님의 웃옷 안주머니 속에 있고, 내 목덜미 께로는 기원규의 입맞춤들로 하여금 피멍든 흔적을 감추느라 별무늬의 반창고가 청승맞게 붙어있는 것입니다.

이따금 기업경영의 아이디어를 짜내야 할 때, 그리고 자신에 대한 심각한 반성이 드셀 때, 그럴 때 맞춰 찾는 극비밀실이라고 했습니다.

나는 책상다리를 하고 기동수 회장님 앞에 얌전히 앉아 있고 기동수 회장님께서는 사람이 할 수 있는 모든 동작을 곁들이며 당신 작심하신 대로 춤을 추네요. 어쩌면 그렇게 비슷할 수 있겠는지요.

한바탕 뼈대 무르게 원없이 춤을 추고 나서 좌우로 건장한 사내들의 호위를 받으며 내 눈밖으로 사라진 건우 오빠 말입니다. 반라의 몸에다 '노먼 허드넬' 넥타이를 느슨히 매고 '테스토니' 구두를 신고, '에구론 벨트'로 팬티를 묶고 손목엔 '파틱필립' 시계를 차고, 그리고 프랑스제 '존슨' 손수건을 나풀거리면서 뭇모를 춤을 춰대던 건우 오빠가 느닷없이 중년의 사내로 둔갑한 듯했습니다.

다른 점이 있습니다. 그 적의 건우 오빠는 술에 취해 있지 않았고 눈앞의 기동수 회장님은 몹시 취해 있습니다. 아무렴 건우 오빠처럼 철딱서니 없게 굴까요. 기동수 회장님은 우선 반라의 몸뚱이가 아닙니다.

일천팔백이십년 기특한 프랑스의 술꾼 '알프렌 드 류즈'가 만들기 시작한 '드 류즈' 코냑을 기껏 치즈 두쪽을 안주 삼아 벌써 두 병째 비웠으니깐요.

화가 이중섭의 그림이 생각났습니다. 고추머리 한댕거리며 매미 잡으러 물고기 잡으러 떼거리 짓는 어린 소년들 말입니다. 기동수 회장님은 사지의 관절이란 관절은 다 꺾고 펴 보이면서 어린애처럼 만취해 버렸습니다. 팔짝팔짝 뛰다가 풀썩 무릎을 꺾고, "미스 공, 정말로 그럴 수 있니?" 하며 어린애가 되다가 "그래! 그대가 옳아. 젊었으니까, 젊었으니까!"하며 느닷없이 어른이 되다가 도무지 실체를 짐작 잡을 수 없었습니다.

기동수 회장님의 입술에서 막 짜낸 어린 거미의 연사 같은 침줄이 질큰하게 흐르고 있었습니다. "미스 공! 손 한번만 줘!"

나는 손을 맡겼습니다. 기동수 회장님이 내 손등에 다 쩌업 입을 맞추며 말했습니다.

"향기가 좋군. 오늘은 토요일!… 태양과 섬과 바다! 자연의 싱싱한 이미지는 다 묻었군. '휘쥐 기 라로슈?'

"네, 회장님."

"맞췄어?"

"네, 회장님! 향수에 대해서 이처럼 일가견을 지니신 줄은 몰랐습니다."

"난 일찌기 냄새에 민감했어… 그렇지, 그렇지! 현대인답게 후각이래야 근사할 걸세… 후각 하나가 역사를 만들었다는 사실- 이거 아냐?"

"…모르고 있습니다."

"저 아일랜드병합의 원인 말이다! 이건 엄연한 역사야."

"……"

"12세기 일이야. 영국의 헨리 2세는 궁정의 댄스파티에서 크레브 가의 딸 마리의 손수건을 빌려 자신의 이마 위 땀을 닦는다.… 그 즉시 헨리 2세는 손수건에 밴 마리의 체취에 매료되고 말아."

"…마리의 땀냄새에 학을 뗐나 봅니다."

"… 악취?"

"네에."

"천만에 지순청아한 마리의 '휘쥐 기 라료슈' 같은 마리의 몸냄새야!"

"네에."

헨리 2세는 급기야 다른 남자와 약혼중인 마리를 무력으로 빼앗고 말아! 이게 바로 아일랜드병합의 원인이 됐었네!"

기동수 회장님은 한동안 내 손등에다 코를 파묻고 있었습니다. 그러더니 별안간 벌떡 일어섰습니다. "이거 봐, 미스 공!"

"…?"

"나 임포텐스 아냐아?"

"바른대로 말하면 말씀이야, 젊다구 끝내주구 늙었다구 황아냐아?"

"… 그 점에 대해선 저도 그렇게 생각할 수 있겠습니다."

"그럼, 그러엄- 사랑이란… 진정한 사랑이란… 진정한 사랑이란, 터미널의 오르가슴에 도달하기까지의 다양한 프로세스가 문제를 좌우할 걸세. 젊은 사람들은 쾌속질주 할 거야. 하이웨이를 달리는 '머스탱'처럼! … 그러나 난

농로 위를 구르는 달구지닷!… 비포장도로를 힘겨웁게 뒤뚱거리는 달구지!"

"……"

"그렇다고 세기에 둔해야만 하나?… 잔재주 말일세. 나도 다 알아. 겨드랑
이의 털, 혹은 음모에다 뜨거운 입김만 불어넣는 '하아르 블라아제'!' … 밀
착 부분의 압통, 즉 맥박과 압박감에만 만족하고 다른 동작은 사절하는 '게
니탈 아보지션'! …못 들어봤지?"

"… 네에!"

기동수 회장님의 전자라이터가 경망스러운 쇳소리를 내면서 대보름날의 쥐
불 같은 불꽃을 일궜습니다. 기동수 회장님께서 쥐불놀이 같은 맴돌이를 멈췄
습니다. 담배 한 모금을 길게 내뿜고 나서 간이역을 출발하는 증기기관차처럼
스런스런 제 앞으로 다가왔습니다. 기동수 회장님의 두 손바닥이 내 어깻죽지
위로 얹혔습니다.

"어떤 게임을 원하나?"

"……?"

"만족과 희열만을 얻어 낼 우리들의 사랑 말일세!"

"…그것만은 안 됩니다. 회장님! 회장니임-"

"'하렘게임' 어떤가?"

"……?"

"본능적인 자극보다는 심리적인 자극을 택한다면?
그대는 명문대학교 심리학과를 졸업했어."

"…모르겠습니다!"

"달리 석기시대 게임이라고 부르기도 하지. …문자 그대로 여성의 입장이나
처지를 철저하게 무시한 채 피동적인 여성을 강제로 함락하는 게임이야! 선

진국에선 부인이 '하렘게임'을 시도해서 남편의 임포텐스를 말끔히 고쳤다는 보고도 있더군… 내가 원시인이 될까?"

"…싫습니다. 회장님!"

"싫다아? 아무렴 그래야지. 적어도 지성인 체면에 말씀이지."

"회장님 제발요!… 저는 앵무새처럼 이렇게 노래할 수밖에 없습니다. …그것만은 안 됩니다!"

"그렇다면 이런 게임은 어떨까?"

"……?"

"역 하렘게임'!"

"…그냥 말씀으로만 가르쳐주세요."

"그래, 말로만!"

기동수 회장님의 두 손바닥이 내 어깻죽지를 떠났습니다.

"그대가 여왕이 되는 거다!"

"나는 그 궁궐의 노예!"

"회장님 당치 않습니다. 아무리 취하셨다기로 어떻게 그런 말씀을! … 그런 상황은 시대의 종말입니다!"

기동수 회장님이 소파 뒤로 숨어 고개만 댕겅 내밀었습니다.

"여왕의 까다롭고 준엄한 요구를 쫓아 노예는 이렇게 숨었네!"

"……"

"맹종하겠네!"

"……"

"천신만고 끝에 나는 여왕과 살을 섞게 돼!"

"안됩니다. 회장님!"

"…이 게임도 못 하겠다?"

"네, 회장님!"

기동수 회장님이 화병 속의 선지빛 튤립을 빼들었습니다.

"그렇다면, 그렇다면 마지마악- '워밍게임'은 어떤가?"

"……"

"꼭 가지고 싶은 여자가 있네."

"어느 날 밤. 그 사내가 드디어 여자를 가졌어!"

"…"

"미스 공의 시말서처럼… 일천구백구십일년 이월이십삼일 밤 열한시경의, 그 자식처럼 말야!"

"…드릴 말씀이 없습니다!"

"세상의 모든 남자들은 일단 의도대로 가진 여자를 등기를 마친 사유재산으로 생각하지. …그래서 대단한 자만에 빠져."

"먹이 그까짓 것, 뭣 한다구 끼니 맞춰 주겠나?"

"…그 여성이 가엾습니다."

"이미 낚은 고기인데 먹이를 뭣 한다구 줘어? 하는 배짱이지."

나는 기동수 회장님 말씀중의 이 대목에서 속으로 '기원규, 나쁜 놈!'하고 뇌까렸습니다.

"말하자며언, 이런 이기적 맹종관계를 떠난다. 이런 말씀이야."

"…네에, 회장님."

"아이디어가 떠올랐어!"

"남편이, 아니 그 남성이 그 여자를 갖기 이전의 구애시절로 돌아가는 거야."

"…재미있어요. 회장님."

"남자는 섹스를 간청하고 여자는 먹힐듯 말듯, 잡힐 듯, 안 잡힐듯, 목타게 몸을 사려!"

"그러다가 어느 때… 남자가 덫에 걸린 산돼지처럼 너커를 꿇려대며 거의 혼절 직전에 이르렀을 때, 그 때 여자가 드디어 섹스를 허락하는 거야!"

"…이 '워밍게임'은 어떤가?"

"오직 슬플 뿐입니다! …똑같은 노래만 읊을 수밖에 없어요. …그것만은 안 됩니다. 회장님!…"

기동수 회장님이 선지빛 튤립 한송이를 들고 원무를 시작했습니다. 집시의 탭댄스처럼 발짝소리를 짠득거리며 그리고 나를 향해 원무의 띠를 졸라갔습니다.

생각지도 않았던 눈물이 쪼록 솟았습니다. 건우 오빠와 기동수 회장님이 번갈으며 섞여 추는, 어지러운 군무 속에 나마저 빨려들며 춤을 춰대는 환영을 잠시 누렸기 때문이었습니다.

"회장님, 너무 슬퍼요!"

기동수 회장님이 원무를 계속하며 연꽃 본새의 샹들리에를 올려다 봤습니다.

"…누가 슬프다구?"

"…제가요!"

"그 또한 알 수 없군…내가 슬프다면 몰라도…"

"회장님, 이건 진심입니다!"

"… 또 뭔가?"

"회장님께선 절대 슬퍼하실 이유가 없습니다."

"똑똑해! …슬픔을 줘놓고선!"

"아닙니다! 어느 편이 줬고 어느 편에서 받은, 그런 슬픔은 이 자리에 없습니다. 오직 제 스스로 만들어 제 스스로 헹궈야 할 슬픔만 한가지 있긴 있습니다."

"… 그게 뭐야?"

"계절을 상관않고 무작정 벗어제끼고만 제 껍질입니다!"

"껍지일? … 어떤 이유에서, 무슨 뜻으로 그 누가 벗겨줬든간에, 어쨌든지 껄끄럽고 뒷맛 떫은 껍질을 벗겨 준 사람은 공로자야!"

"그 공로자 때문에 지금 제가 이렇게 슬프지 않나요!"

"시말서 거짓으로 썼군."

"……"

"시말서를 주도면밀하게 분석한 결과아- 궁극적으로 슬퍼야 할 사람은 그 짜아식이던걸?"

"회장님, 너무 억울합니다! 그 남자는 만족을 얻었고, 저는 바랬던 만족의 단 한가지도 못 얻어냈습니다!"

"그럴 수가? … 미스 공은 싫진 않은 남자를 담았었잖나!"

"… 담다니요? 네에?"

"그릇에다 담길 것을 담는 일… 만족 아닌가?"

기동수 회장님께서 선지피 빛깔의 튤립 한송이를 안고 비식 쓰러졌습니다. 기동수 회장님은 이내 깊은 잠속으로 빠져드는 듯싶었습니다.

그때 창밖에서 굴착기의 굉연한 쇳소리가 쿵쿵 울렸습니다. 나는 창가로 다가가 밑을 내려다봤습니다. 막노동꾼들이 일개미떼처럼 오구구 모여 땀을 흘리고 있었습니다.

무심코 그들을 내려다 보고 있던 나는 '옴머!'하고 비명을 지르고 말았습니다. 장난감 한 세트를 선물하고 난 뒤 일자 소식이 없던 전우강이 그 틈에 섞여 있었던 것입니다.

순례(巡禮)의 장

3

　먹구름장들을 입어가던 하늘이 깨죽나무뿌리 같은 섬광을 찢으며 앓기 시작했습니다. 계절을 잘못 알고 태어난 듯싶은 봄비가 내리기 시작했습니다. 봄비답지 않은 빗발이 뽕알뽕알 캐스터네츠의 단박자까지 쳐대며 거세지기 시작했습니다.

　나는 '회장님, 너무너무 착하신 회장님. 자장가를 못 불러드려 정말 죄송합니다!'하면서 오피스텔을 나왔습니다.

　나는 공사장이 바로 건너다뵈는 카페의 낮은 처마 끝에 서 있었습니다. 비에 젖은 비둘기떼가 빌딩의 가슴패기를 헤집으며 낮게 날고 있었고, 죽어서 화석이 된들 우리들은 떨어질 수 없다 하는 정신들로 똘똘 뭉친 연인 몇쌍들이 전신을 서로 조여안은 채 무량겁의 돌계단을 타오르듯 빗발속을 달려가고 있었습니다. 공사장의 막노동꾼들이 베니어합판으로 날조된 현장사무실 밑에 쭈그려 앉아 산소가 부족한 상태의 금붕어처럼 뻐끔뻐끔 담배를 피우고 있었습니다. 유독 키가 작은 전우강이 담배를 피우다 말고 김이 서린 안경알을 손바닥으로 문지르곤 했습니다. …짐작컨대, 그들은 구수회의 끝에 오늘은 더 이상 작업진행이 어렵다고 결론을 내린 듯했습니다. 한 무리의 막노동꾼들이 카페를 향해 달음질쳐 왔습니다. 그 속에 섞여 전우강의 유독 작달막한 안짱다리가 질주를 하고 있었습니다.

"이봐 전씨, 한 잔 안할거야?"

"나중에 봅시다. 오늘은 그냥 들어가야 합니다."

"지길헐 오늘 밤에 자살할 사람 같군. 내일 보자구 하면 서로 편할 텐데 나
중에 보자는 건 또 뭐야?"

"저 사람 원래 말재주가 굼적거리잖아. …전씨, 그럼 내일 봐."

"빽은 지길헐. 현장사무소 야방한테 맡기면 될 텐데 무슨 보물이 들었다구
저렇게 챙겨?"

내가 이런 말들을 듣기세포로 챙겼을 때 전우강은 벌써 대여섯 발짝 빗속을
앞서 걸어가고 있었습니다. 나는 철부덕거리며 그를 쫓았습니다.

"여보세요, 전우강씨!"

그가 나를 멀끔히 올려다보더니 휑 가는 길을 재촉했습니다.

"여보세요, 장난감의 성능이 어떻든가 하는 정도는 물어봐야 도리 아닙니
까?"

그제야 그는 내 코 앞으로 바짝 얼굴을 들이밀었습니다.

"…어어? 웬일입니까?"

그런데 그때쯤 해서 야릇한 사단이 일어나고 있었습니다. 나는 그를 잡아세우
느라 그의 팔을 나꿔챘었고, 그 바람에 그의 낡은 비닐백이 보도 위로 나뒹굴며
창자를 토해 냈던 것입니다. 페인트칠이 별자리를 이룬 작업복이며, 치수대로
여나문 개 되는 줄통이며, 그리고 손삽 두개.

그가 멋적은지 웃으면서 그 내용물들을 주섬주섬 챙기고 있을 때였습니다. 새
파란 경찰관 두 명이 우리 앞으로 지나다가 멈칫 걸음을 멈췄습니다.

암팡지게 거수경례를 올려붙이고 난 경찰관 한 명이 입을 열었습니다.

"실례합니다. 주민증 좀 보여주실까요?"

그가 무조건 막말로 맞장단을 쳤습니다.

"없어."

"뭐요?"

"뭔 뭐가아? 주민증 없다고 했잖아?"

"여보세요. 검문경찰의 주민증 제시요구에는 응하는게 의무요."

"이거 날도 궂은데 귀때기에 피도 안 마른 사람이 민주시민 붙잡아두고 왜 이래?"

"그러니까 주민증을 제시하면 될 거 아뇨?"

"아휴 시끄러워, 제발! 잊어먹구 신청중이야. 비켜!"

허우대 헌걸찬 또 다른 경찰관이 그를 훑어내렸습니다.

"너 정말 끝까지 반말로 놀테야?"

그 말에 그의 눈썹이 송충이 하품하듯 굼슬거렸습니다.

"짜아식들이 이거 정말 족보도 없이 놀아?… 짜샤! 막내동생이 말년제대 눈 앞에 둔 고참병장이야. 주민증 갖구 활보하는 사람도 민주시민이구 주민증 잊어먹구 댕기는 사람두 민주시민이야!… 부탁인데, 그만 서로 갈 길 가자 구. 땅꼬마라고 너가 뭐야. 이 개같은 새꺄."

나는 그제야 병신처럼 뜨덤거렸습니다. '이거 왜들 이래요? 제발 이러지들 마세요'라고 하면서….

"아가씨도 따라와요"

사태는 이미 험악하게 발전돼가고 있었습니다. 두 명의 경찰관과 그들 편에 가세한 두 명의 점퍼 차림 청년들이 그를 양쪽에서 팔을 꺾어 끌었고, 전우강은 합죽한 턱주가리로 '그래, 가자 가. 곱게 끌어도 갈테니깐 이러지들 말아!'하며 뜻 모를 웃음을 웃고 있었습니다.

나는 길바닥에 놓인 채 비를 맞고 있는 그의 비닐백을 들고 어쩔 수 없이 뒤따랐습니다.

파출소에 들어서서야 나는 머리칼이 쭈빗 서는 아찔한 후회에 몸서리를 쳤습니다. 괜히 구정물에다는 발목을 담갔다 싶은 자책감이었습니다. 그러면서도 영악스럽게 '못된 년'하는 자신에 대한 질책도 잊지 않았습니다.

나무의자에 나란히 앉은 짬을 이용해서 전우강씨가 내게 속삭였습니다.

"가능하면 서로 불화하십시다."

"…?"

"그게 왜 그런가 하면 말입니다. 이런 일엔 한사람이라도 날렵하게 빠지는 게 서로가 편하기 때문… 생각해 보십쇼. 아무 일도 아닌 일에 미스 공의 내일을 잡칠 필요가 없죠. 참고인, 이거 아주 귀찮구 더러운 겁니다."

"…절 보고 어떻게 하란 말씀인가요?"

"…그러니까 쉽게 말하며-언"

"…쉽게 말하면요?'

"술김에 하룻밤 풋사랑 정도 치른 사이로."

"뭐예요? 뭘 치렀게요?"

그때 파출소장인 듯싶은 사람이 그를 불러들였습니다.

"당신 이리 와봐."

전우강이 못마땅한 표정으로 일어서자 그가 다시 목소리를 높였습니다.

"소지품 같은 거 죄다 들구…"

전우강은 내 손에서 비닐백을 신경질적으로 나꿔채더니 굼적굼적 걸어 그의 앞에 앉았습니다.

전우강이 담배 한 개비를 태워물며 그 사내의 얼굴을 향해 푸우 연기를 내뿜었습니다.

　"이런 염치 봤나? 내가 언제 자네한테 담배 피우랬어?"

　"…나 담배 배울 때 당신 같은 사람한테 허락받고 태우겠다고 약속한 적 없습니다."

　"까불면 나도 성질 나가아?… 새파란 게 어따 대구 …주민증이 없다구?"

　"없소."

　"어쨌어?"

　"술 처먹구 잃어버렸소."

　"그럼 그거라도 내놔봐."

　"…그거라니?"

　"근데 이 짜식이, 분실신고원 접수증 같은 거 말야."

　"이런 형편없는 지팡일 봤나. 여보슈, 주민증이 뭐 운전면허증이라구 재발급 받을 때까지 임시증을 내줘? 분실신고원 떼어다가 파출소장 도장 받고, 곧바로 다시 동회에다 내고 나서 보름 동안 기다리면 되는 거 아냐?"

　"…그렇다치고……너 주둥이 그런 식으로 놀리다간 다쳐 임마! 대우해줄 때 고분고분 굴어?"

　"부탁이요 정말. 당신부터 민중의 공복답게 처신하라구."

　"좋아. …현주소는?"

　"봉천6동 산 89번지 일대요."

　"정확히 대!"

　"89 다시 하고 20자리 수가 있긴 한데 생각 안 납니다."

　"전화는?"

"그런 게 어디 있겠소?"

"나이는?"

"서른살쯤 먹었소."

"이거 여러가지로 형편없는 친구구먼, 말버릇이고 태도고"

그가 전우강의 비닐백을 거꾸로 들어 내용물을 책상위로 쏟아냈습니다.

"…당신 뭐하는 사람이야?"

"성실히 살고자 노력하는 사람이오."

"풍월까지 맛! 직업말야, 직업."

"노가다요!"

"이상한 노가다군, "

"왜 그렇게 생각합니까?"

"물증이 그렇잖나? …이건 뭐야?"

"보시다시피 손삽 아니오."

"…이것들은 또 뭐야?"

"줄톱."

"작업복엔 웬 페인트 벼락이야?"

"미치겠네 이거어? ……이거 보슈. 페인트 일 하다가 안 빨아 입으면 그 꼴 아닙니까?"

"내 말 똑똑히 들어 …… 당신, 노가다로 위장한 사람이지?"

"……노가다를 위장? 노가다 신세도 더러운데 위장이라?"

"전공분야 공구들이 그 신분을 웅변하게 돼 있잖나? 미장이이면 손삽이구, 배선공이면 줄톱이라든가, 뭐어…"

"배꼽 찢어집니다. 그려!……그게 왜 그렇게 혼잡스러운가에 대해서 설명하겠소. 난 닥치는 대로 일해 먹고 사는 노가다란 말씀입니다. 벽돌 세우고 붙이는 쓰미, 손고데 미장이, 페인트일, 줄톱 쇳가루 먹고 사는 배선… 막일이라면 가리지 않아요. 그러니까 공구라는 게 이꼴이오."

"아무리 그렇더라도 일에 따라 휴대공구는 따로 장만해야 하잖나?"

"한꺼번에 뭉뚱그려 처박으면 되지 그게 뭐 보물함이라고 선별 정리합니까?"

"으이그, 미치겠다!"

홧김에 전우강의 작업복을 패대기치던 사내가 '어 어? 이건 뭐야?'하면서 노트 한 권을 집어들었습니다.

"그건 당신하고 전혀 무관한 내 사물이야. 못 봐!"

전우강이 전혀 뜻밖의 기세로 길길이 뛰었습니다. 서너명의 경찰관들이 전우강을 옴짝할 수 없도록 다시 끌어앉혔습니다.

"얌전히 못 있어? 더 까불면 가스총 한방 쏴줘? 엉?"

"드러운 새끼들. 그래 너희들 꼴리는 대로 놀아봐!"

전우강이 희우듬한 모가지를 푸욱 꺾으며 발밑을 내려다봤습니다.

"철근의 사색이라아, 야 이거 제목 한번 겁주네. 쇳덩이가 사색을 한다?"

"똥창 달고 다니는 사람새끼들만 사색하란 법도 없겠지!"

"엄마, 닥쳐! 내 뭐 할 일 없어서 이 따위 돼먹지 않은 소리 끄적여는 잡기장 보고 있는 줄 알아?"

"잡사설기록장이 아니고 일기장이야, 일기장."

"일기장이건 잡사설기록장이건간에 오로지 신분숙지의 참고자료로 훑어볼 뿐이야. 내 뭐 무식해서 알겠냐만, 당신 뭐 좀 든 사람이구면?"

"고맙지 뭐야!"

"…대학 나왔어?"

"맞춰줘서 고맙소."

"위장취업 냄새가 폭 포옥 풍기는구만, 이거… 어? 이게 뭐야?"

사내의 목소리가 별안간 떨려 나왔습니다. 파출소 안의 분위기는 금세 변했습니다. 파출소장인 듯 싶은 그 사내를 향해 경찰관들이 띠를 조였습니다. 그들은 한동안 머리통들을 맞대고 전우강의 일기장을 들여다 봤습니다.

콧구멍을 오비작거리며 전우강을 노려보고 있던 그가 의미심장하게 입을 열었습니다.

"이거 봐, 고개 들어!"

전우강이 흔연스럽게 고개를 들었습니다.

"이거 뭐야?"

"뭐 말이오?"

"일곱자리 숫자들, 그리고 열자리 숫자들의 난수표가 자그마치 노트 두 장에 빽빽이 적혀 있어."

"…그래서요?"

"묻는 말에만 대답해…… 이게 뭐야?"

"그게 뭐 자랑이라고 말해야 합니까?"

"뭐어?…… 대답 못하겠다?"

"…그렇소."

"대답할 곳으로 보내주지."

"제발 그렇게 해주면 좋겠소."

사내는 여러번 대답하라고 다그쳤지만 전우강은 입술을 굳게 다문 채 꼼짝 하지 않았습니다. 그가 나에게 물었습니다.

"아가씨는 이 자와 어떤 관계지?"

전우강이 '술김에 한 밤 풋사랑 벼락같이 치른 사이 일 뿐'이라고 하지만 않았어도 나는 아마 반송장쯤 되어 눅쳐졌을 것입니다. 그만큼 나는 뭐가 뭔지 모를 아뜩한 어질머리를 앓고 있었으니까요. 그러나 나는 전우강의 그 말에 우선 똑 부러지게 대답해 놓고 봤던 것입니다.

"백골이 진토되어 넋이라도 있건 없건, 영원히 저 분을 잊을 수 없는 여자입니다!"

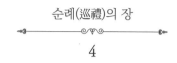

순례(巡禮)의 장

4

내 말에 '남녀혼성 또라이 합창이군' 하는 낮은 투정이 일었습니다. 날씨가 궂더니 별 미친 한 쌍을 다 본다는, 그런 비아냥질 같았습니다.

순경 한 사람이 본서로 전화를 걸고 있는 동안에 파출소 소장인 듯싶은 그가 나에게 물었습니다.

"정몽주선생의 단심가를 읊으셨는데… 아가씨는 신분을 입증할 쯩이 있겠죠?"

나는 잠시 망설였습니다. 괜히 구정물에다 발을 담갔다는 몹쓸 생각이 다시금 일어났기 때문이었습니다.

"새 옷을 갈아입는 통에 깜빡 잊고 나왔습니다."

"아가씨도 주민증이 없다?"

"없는 게 아니구. 현재는 지참하지 않았다는 말씀입니다."

"그거 이상하지 않습니까? 남자들은 대개 옷 주머니 속에다 신분증을 넣고 다니지만 여자들은 핸드백 속에다 소지하는 게 통례인데 말씀이야, 새 옷을 갈아입는 통에 주민증을 깜빡 했다?"

"……옳게 짚으셨어요. 사실은 핸드백을 갈아들고 나왔습니다."

"좋습니다… 백골이 진토되어 넋이라도 있건 말건 어쩌구 단심가를 읊으셨는데에, 이 노가다씨가 애인인가아?"

"말씀드렸잖아요! 영원히 잊지 못할 분이라고!"

"아이고 깜짝이야! 그 여자 되게 똑똑하시네."

그 때 30대초의 두 남자가 파출소로 들어섰습니다. 그 중 한 사람이 '물건들은 어디 있어?'하며 파출소의 수석에게 물었고, 그는 턱을 짜긋하게 치켜올리며 전우강을 가리켰습니다. 사람을 물건 취급했던 사내가 전우강의 소지품을 혜적이다가 예의 일기장을 집어들고 한동안 들여다봤습니다. 몇 번 고개를 갸웃거리던 그가 일기장을 둘둘 말아들고는 그 일기장으로 전우강의 머리통을 탁 때렸습니다.

"좀 가자. 아가씨도 따라와."

우리는 파출소 밖에 시동을 건 채 서 있는 곤청색의 낡은 승용차에 처박혔습니다. 뒷좌석에다 우리를 몰아넣고난 사내가 운전석에 앉은 사내에게 말했습니다.

"작은 못으로 갈까?"

운전을 하던 사내가 대답했습니다.

"5호실 비었는지 모르겠네."

그들은 우리들에게 별다른 관심이 없는 듯했습니다.

'황가 오늘밤도 날새겠데?' '그렇던걸.' '그거 뭐 껀수도 못 되겠던데, 뭘.' '어떻게든 고리를 걸어보겠다는 생각인 모양인데 내 생각으로는 맛이 갔어.' '그러게 말야. 그나저나 오늘도 미지근한 물 좀 넣다가 말건가? 짜아식들, 우리가 벌어주는 게 얼만데 경유 몇 드럼 가지고 벌벌 떨어?' '누가 아니래!' '뜨신 물에다 푸욱 담그고 나서 잠 좀 자야겠다. 오늘은…' 하는 따위의 말들을 주고 받는 새에 차는 골목길로 접어 들었습니다. 희붐한 여관 아크릴간판 앞에서 차가 멈췄습니다.

　나와 전우강씨는 그들의 손에 이끌려 여관으로 들어섰습니다. 그들과 40대 중반의 여자가 주고 받았습니다.

　"나 냉수욕 하러 안 왔어."

　"어떻게 더 따뜻해? 그만하면 됐지 뭐."

　"정 그렇게 나가면 옮길 거야."

　"아휴 제바알! 초저녁 시간손님이 장사 절반인데 왼종일 전세내구 남 장사 망치는 게 누구야아?"

　"5호실 치워놨어?"

　"벌써 이주임 팀이 들었는걸."

　"뭐어? 그럼 7호실 내놔."

　"거기두 박혔다니깐."

　"누가아?"

　"신과장 팀. "

　"황가는 쫑했어?"

　"쫑은 무신… 8호실로 옮겼어. 6호실 비었는데."

　"아휴 거긴 죽어도 싫어."

　"왜에?"

　"뒷설거지 했던 기억만 떠올리면 먹었던 삼겹살이 통째로 넘어와!"

　"……뒷설거지라니?"

　"시간 손님들 번갯불 놀던 자리 쓰레기지 뭐야?"

　"옴머 요 주책! … 말끔히 청소해 놨어."

우리들은 유치원 원아들처럼 그들의 손에 이끌려 6호실로 들어섰습니다. 방

가운데로 군데군데 덧칠이 벗겨진 낡은 앉은뱅이 책상이 놓여 있었는데, 사람을 물건 취급했던 그 남자가 그 책상을 가리키며 '거기들 앉아' 했습니다. 운전을 했던 남자가 벗은 양말로 발가락 새를 닦아내며 '어휴 꼬린내! 죽여주는구만 이거' 했습니다.

나는 몽연한 정신을 애써 가다듬으며 생각하고 있었습니다. 설령 지극히 기쁜 현실이라 할지라도 그 현상이 졸지의 감흥일 때, 나는 수없이 망설여왔던 것입니다. 이를테면 졸지의 감흥이라고 무턱대고 받아먹는 짓거리 따위, 그러니까 그 감흥이 결백하면 그럴수록, 진지하면 그럴수록, 감흥의 질적 가치를 가늠하며 슬그머니 뒷전으로 물러나 위선의 딴전을 피워야 직성이 풀렸습니다. 커피를 마시기 전에 공짜 엽차부터 거푸 두 잔 할짝대는 짓이나 음식이 나오기 전에 서비스 밑반찬을 두어 그릇 비우는 짓 따위의 예사스러운 상정에도 말로선 표현할 수 없는 부끄러움을 타야 했으며, 그래서 하다못해 기다리고 기다렸던 버스라도 내 자신의 느긋한 기다림에 때맞춰 서주는 버스가 아니라면 타지도 않고, 되려 완속의 버스를 함께 따라 달리며 굶은 떼거지들처럼 황졸한 내달음을 실행하는 승객들을 향해 섬뜩한 멸시의 냉소를 내뿜어야 했던 나로서는, 이 눈앞의 현실이 짜장 꿈일 수밖에 없었던 것입니다.

그 와중에서도 한 가지 계략이 떠올랐습니다. 이 남자는 틀림없이 내 신분을 입증할 만한 사람을 대라고 다그칠 것이며, 그 때 나는 누구를 선뜻 내세워야 옳겠는가. 두말할 나위없이 '한조상사' 기동수 회장님께옵서 맷방이겠지요. 그러나 그런 묘안은 이 시점에서 말도 막걸리도 안 됩니다. 기원규? 안 되겠네요.

부사리 성깔 앞세워 호미로 막을 일을 가래로 막고 나설 징조가 역력하기 때문입니다. '홍수무역'의 장남. 조성묵?… 그 남자 역시 이 시점에선 안 되겠네요. 너무너무 식물성의 사내라서… 생각 생각 끝에 내세운 남자가 심한백 정신과의

였습니다. 만만한 용도일 뿐 더러 정연한 논리와 해박한 지식으로 과연 누가 미쳤고 안 미쳤는가를 결론짓고 나설 사람으로는 왔다였으니깐요.

나의 이런 묘책과는 무관하게 그는 풀썩 방바닥에 엉덩이를 붙이자 마자 전우강을 물고 늘어졌습니다.

"야아, 근데 너 뭐 이렇게 똑똑하냐? 철근의 사새액, 너무 크잖아 이거어?"

전우강씨가 합죽한 턱에다 야실거리는 웃음기를 얹었습니다.

"그 또한 죄송스럽게 됐습니다."

헛기침 두어 차례로 제 성깔을 죽인 그가 목소리를 가다듬었습니다. 그 때 운전을 했던 남자가 '나 먼저 자'하면서 팔베개를 베고 모로 누웠습니다.

"난 너보다 일단 무식한 것 같아서 딴 건 관여 안해. …… 그런데 이것들이 뭐야?"

"…뭐 말입니까?"

"난수표!"

"난수표가 뭡니까?"

"암호지 뭐겠어."

"그 거 암호하고는 거리가 먼데….

"네 말이 진리라구 쳐… 집에 전화 있지?"

"없소."

"그럼 부를 친구는?"

"지금 시간에는 난처합니다."

"이 새꺄, 그럼 어쩌잔 말야?"

그가 전우강씨의 일기장을 책상 위에다 몰강스레 던지며 신경질을 부렸습니다. 무심코 내 눈안에 들어 온 깨알 같은 글씨들을 훑어 봤습니다.

〈81300707558459 3881071 6623457032524 8833 035152490
051263902…〉

　나는 전우강씨의 얼굴을 흘깃 곁눈질 했습니다. 야릇한 불안감이 내 머리속으로 거미줄을 쳤던 탓입니다. '괜히 구정물에다 발목을 담근 게 아닌가'하고 말입니다.
　"야, 제발 빨랑 해치우구 끝내자. 너는 가구, 나는 자구. 이 난수표들이 뭐야?"
　"그게 왜 난수표입니까?"
　"그 사람 차암 질기네! 이게 난수표가 아니라구?"
　"… 결코 아닙니다."
　"그럼 뭐야?"
　"그게 뭐 자랑이라구… 말하기 싫습니다.
　그가 전우강씨의 이마를 볼펜 끝으로 꾸욱 눌렀습니다.
　"따샤, 여기서 딴 데로 옮겨가면 너 아주 피곤해! …말해, 고분고분. "
　"꼭 말해야 옳습니까?"
　"말이라고 해?"
　"좋습니다… 그거 전화번호예요!"
　"전화번호?"
　"의심나면 걸어보십쇼. 맨 앞자리 숫자부터 국번· 전화번호 그대로 찍어가면 됩니다."
　그가 '좋아' 해놓고 전화버튼을 똑똑 찍기 시작했습니다. 다음은 그의 장황한 전화내용들입니다.

"여보세요. 팔일삼공공칠공 맞죠? …거 뭐하는 곳 입니까? …성로원아기집? 그 게 뭔데? …영아원? …전우강이란 사람 알아요? …일반회원? 달달이 꼬박꼬박 회비납부? …알았습니다. …칠오오팔사오구예요? 뭐 하는 곳입니까? …혜심원? …고아워원? …전우강이란 사람 알아요? …그러니까 찾아봐 달란 말 아닙니까? …일반회원? …알았습니다. …삼백팔십팔국에 일공칠일 맞죠? 뭐 하는 곳입니까? …은평천사원? …알았습니다. …공삼이에 오백이십사국 팔팔삼삼입니까? …뭐 하는 곳입니까? …삼영원? …부랑인 복지시설? …알았습니다. 공오일에 이십육국 삼구공이 맞죠? …뭐 하는 곳입니까? …예에? 다시 한 번 …알로이시오 슈왈츠? …룸살 롱입니까? 아이고 이거 실례했습니다! …부랑 소년의 집 …예에 감사합니다아."

그가 전화를 끊고 나서 방벽에다 엇비스듬히 등짝을 기댔습니다. 담배 한 개비를 태워물며 쓴입맛을 쩝 쩝 다셔댔습니다.

"일반회원은 뭐 하는 거야?"

"문자 그대로 특별회원이 아닌 일반 회원이란 뜻입니다."

"당신 노가다라며?"

"그렇습니다."

"노가다 주제에 복지사회시설에다 후원회비 낼 돈은 어디 있어?"

"……쓰고 남은 돈 몇 푼씩 모아 보냅니다.

"쓰고 남는 돈이 어디 있게?"

"마음 먹기에 따라 다르지요!"

"…냄새는 나는데에, 어쨌든간에 당신 좋은 일 하는구만."

"그런 생각 별로 해본 적이 없습니다."

그가 담배불을 비벼끄며 이마를 찡그렸습니다.

"주민증 좀 갖구다녀!"

"잠 좀 자자. …빨리 꺼져!"

"…이대로 가면 되는 겁니까?"

"왜에? 가기 싫어?"

"이렇게 싱겁게 끝날 줄은 몰랐습니다."

"물건이 싱겁잖아!"

그가 '짜아식들, 경범처리 해도 될 물건들을 꼭 신고해서 일을 시킨단 말야!' 하며 길게 누웠을 때에야 나는 발끈 황뿔이 돋았습니다. 그래서 한 마디 불퉁 거려 줬습니다.

"나한테는 왜 한 마디도 안 묻죠?"

그가 누운 채로 귀찮다는 표정을 지었습니다.

"가라고 할 때 좋게 가라구! 비도 오고 무드 좋은데, 푸욱 싸안구 노가다나 사랑해 줘."

우리들은 여관을 나왔습니다. 전우강씨가 담배를 태워물며 말했습니다.

"장난감들 성능이 어떻던가요?"

"…썩 좋던걸요."

"다행입니다. …그럼 또 봅시다."

전우강씨가 턱으로 인사를 대신하며 비적버적 걸음을 옮겼습니다.

"저런 멋대가리 없고 싱거운 놈!" 나는 이렇게 뇌까리고 나서 그의 뒤를 쫄랑 쫄랑 따랐습니다.

"커피 한 잔 하면 안 돼요?"

"새털같이 많은 날인데, 뭘."

"날만 많으면 뭘 해요?"

"또 만나게 됩니다. 오늘 우리가 기적적인 조우를 한 것처럼!"

"할 말이 너무 많아요. 돌려줬던 돈에 대한 감사의 뜻… 그 새벽의 은혜…
장난감을 선물한 저의… 이런 복합적인 의무로 내가 저녁 사면 안 될까요?"

"오늘은 그냥 헤어집시다."

그는 말을 끝마치기 무섭게 성급한 걸음을 떼어놓기 시작했습니다.

순례(巡禮)의 장

5

　조성묵씨가 전화를 걸어왔습니다. 서초동 '흥진건업' 사장실에서 꼭 만나봐야
할 일이 있다고 했습니다.

　무슨 일로 무슨 이유로 꼭 만나야 하느냐고 시시콜콜 따졌을 때, 그는 '솔직히
말씀드리자면 제 자신도 꽤나 난처합니다. 어쨌든간에 꼭 오셔야지 안오시면
저만 죄인 됩니다' 하는 오련한 말을 남겼습니다.

　그가 일러준 대로 퇴근하자마자 '흥진건업'으로 달려갔습니다.

　나는 '흥진건업'으로 가는 좌석버스 속에서도 그 전우강이란 남자만 생각하고
있었습니다. 아니 그가 생각났다기보다는 그가 내 전신의 어떤 한 구석에 숨어
들어 나의 감각을 통제하고 있는 듯한 착각속에 빠졌다는 고죄가 더 적절할는
지 모릅니다. 그는 흡사 졸음올 때의 하품처럼, 모진 추위를 느낄 때의 찬소름처
럼, 그쯤 예사스럽게 내 생명의 미감 속에까지 섞여 있었던 것입니다.

　멀쩡한 정신으로 버르적거리는 사람 편에서 보면, 그는 멀쩡한 사람의 정상
적인 사고를 순식간에 헤까닥 돌게 만드는 비정상적 잠재력을 완벽하게 갖춘
사람이 아닐는지요.

　어떤 때는 물걸레처럼 츱츱해서 내 반지빠른 시대적 비위를 상하게 해놓는
가 하면, 또 어떤 때는 그의 투박하고 덧거친 행태가 주낙에 걸린 등푸른 생선

의 몸부림처럼 너무너무 신선해서 나를 느닷없이 열광의 물보라로 출렁거리게 만들고, 어떤 날은 궂은 날 밤에 우는 타악기처럼 울어 충족의 밀어 한마디를 그립게 만들고, 그래서 드디어 완류의 굽이를 서로 위로하는 강물의 언어로 다가서면 또 선백의 가슴둘레만 남겨 놓고 떠나고, 이제는 내 앞에 있구나 하며 손을 뻗으면 어느 새 천진한 산짐승의 놀란 뒷걸음질로 저만치 사라지고….

나는 이같은 상념들을 올각거리며, 그의 일기장에 적혀 있던, 난수표처럼 어지러운 그의 모습을 애써 지웠습니다. 연보라빛 색유리로 싸바른 6층 건물이 꽤 예뻐 보였습니다. 조성묵씨가 경비실까지 내려와 나를 기다리고 있었습니다. 그는 예나 다름없이 주눅든 표정으로 나를 맞이했습니다. 입꼬리를 슬쩍 비틀며 써늘하게 웃었습니다. 잠시 들리운 입술 새로 석류알처럼 빛나는 고른 이빨들이 부끄러움을 타고 있었습니다.

"오랜만에 뵙습니다."

"저도 그렇게 생각합니다."

"오라가라 해서 죄송합니다…"

"별 말씀을요! …오라고 해서 굳이 오지도 않았을 뿐더러, 가라고 한다고 해서 또 곱게 돌아갈 저도 아닙니다."

"여전하십니다!"

"세월은 가고 사람 본때만 남게 돼 있습니다!"

"…많이 발전 하셨어요."

"…?"

"다른 뜻이 아닙니다. 딱 이거다 하고 감은 못 잡겠습니다만… 뭔가 좀 뻔뻔해지셨습니다."

"껍질을 벗었거든요!"

"…?"

"잠이 필요할 때는 잠옷을 위해서 외출복을 벗습니다… 잠에서 깨어나면 오늘을 위해 잠옷을 벗고 외출복을 입습니다!… 말씀드리자면 그런 껍질을 필요 용도에 의해 벗었을 뿐입니다."

"…일단 축하합니다."

"축하를 염치없이 받기로 하겠습니다!"

"못 말리겠습니다."

"말려주시라고 소원한 적도 없는 걸요?… 그러나 저러나 무슨 급선무인데 사람을 그렇게 겁주셨어요?"

"겁 준 건 제가 아닙니다!"

"…무슨 말씀을 하시는 거예요?"

"저는 오늘의 돌발적인 사건과 무관하다는 이런 말씀입니다."

"그럼 제가 만나야 할 사람은 누군가요?"

"올라가 보시면 압니다."

"저 그렇게 편한 사람 아녜요. 사표 쓰구 영원히 퇴근해야 할 시점에 와 있습니다."

"제 회사로 오시지요."

"흥자 돌림 좋군요."

"…?"

"부친께옵서는 홍수무역 회장님, 아드님께선 흥진건업 사장님…"

"아 그거어?"

"분가하셨나요?"

"호적상의 분가가 아니구 재산상의 분가래야 옳겠죠."

"부러워요!"

"…뭐가 말입니까?"

"나눠갖는다는 것!"

"돈은 나눠갖게 돼 있지 않나요?"

"제 교과서엔 그 해답이 없걸랑요!… 다소 가엾잖아요?"

"무슨 말씀인지 잘 모르겠습니다."

조성묵씨와 나는 이런 말들을 주절거리면서 엘리베이터를 탔습니다. 엘리베이터에 장치된 스피커에서 '요한 스트라우스'의 월츠곡이 잔잔하게 흘러 나오고 있었습니다. 엘리베이터 걸이 허파숨량 짜들게 가쁜 숨을 할딱거리며 콧마루께로 솟는 땀방울을 닦고 있었습니다.

"사장님 다 왔습니다!"

"벌써어?"

"네에. 안녕히 가십시오."

팔등신 엘리베이터걸이 훈민정음 기역자 본새로 허리를 굽혀 조성묵씨에게 인사를 치렀습니다.

조성묵씨가 복도 한켠에 서 있는 알루미늄 휴지통 앞에서 담배 한 개비를 태워 물었습니다. 하아 하고 내뿜는 담배연기 속에 눅진거리는 술내음이 배어 있었습니다.

병신처럼 서 있는 내 모습이 조금은 가엾어서 못된 성깔을 부려봤습니다.

"미스터 조께서 담배를 태우시는 동안 나는 이렇게 스페인 모델처럼 서 있어야 하나요?"

그는 '두 모금만 더 빨겠습니다'하면서 빡 빠악 담배를 빨아댔습니다. 전우강씨 같았으면 주어담을 장초를 비벼끄며 조성묵씨가 뜨덤거렸습니다.

"… 저어 미스 고옹! 한 가지만 여쭤보고자 합니다. …도대체 효란 어떤 것입니까?"

"…효라니요?"

"부모님들께 대한, 자식들의 자식된 도리 말입니다."

"충효사상 말씀인가요?"

"그렇습니다!"

"…어차피 사회는 이질적 인간들의 이질적 경합 아니던가요?"

"그 말씀 또한 일리는 있겠습니다마안- 제 생각으로는 꼭 자식이 부모 앞에서 똑부러지게 똑똑해야만 할까요?"

"…무슨 말씀입니까?"

"적어도, 적어도오- 부모 앞에서는 논리에 앞서는 비논리적 본능도 마땅히 값이 있다고 생각합니다!"

"값없다고 말한 적은 없습니다."

"…다 보약입니다!"

"…?"

"부모님들의 말씀 말입니다."

"선진 아메리카 꿀물 잡숫더니 그새 폭삭 늙으셨어요!"

"나 서른 한 살입니다!"

"그러니까아- 자식 된 죄로 그냥 살았어도 죽었다치자, 이 말씀?"

"그렇습니다!"

"생각해 보구요."

"자아 그럼 들어갑니다!"

그가 앞장서 도어를 밀었습니다. 나는 잠시 오똑 굳어 섰습니다. 실내는 사장실이라기보다 세기적 멋깔을 다 부린 룸살롱 같았습니다. '방문해 주셔서 감사합니다'하며 한복을 맵시있게 차려입은 여자인형이 큰절을 올렸습니다. 오디오가 느닷없이 '축하의 노래'를 토해냈습니다. 구석구석으로 색깔의 조화를 이룬 조명이 녹아들고, 학 모가지 본새의 스포트가 눈부신 점광을 태우고 있었으며, 그 스포트라이트를 받으며 웬 중년이 등을 보이고 앉아 있었습니다.

"저어 인엽씨 오셨습니다."

그 중년의 남자가 등을 보인 채로 실그먹해서 받았습니다.

"… 오셔?"

"네에."

"존대어를 그렇게 써야 자네 맘이 풀려?"

"죄, 죄송합니다! 왔습니다!"

"…그렇겠지."

그 중년의 남자가 뱅그르 의자를 돌려 나에게 모습을 보여줬습니다.

"아빠! 아빠아!"

나는 수평선을 향해 물살을 가르는 연안어선의 뱃머리처럼 소슴뛰었습니다. 그러나 아버님은 작전회의를 주도하는 히틀러처럼 손바닥을 펴 걸음을 멈추게 했습니다.

"잠까안!"

"아빠!"

"네가 누구냐?"

"저 인엽이에요, 아빠!"

"그래에?…너무 많이 변해서 잘 모르겠다."

"이러지 말아요 아빠! 제발요!"

"…가까이 와 봐!"

나는 무릎걸음으로 다가가 아버님 앞에 앉았습니다. 아버님께서 '어디이?' 하시며 내 턱을 받쳐들었습니다.

그것은 천둥이었습니다. 그리고 벼락이었습니다. 또 번갯불이었습니다.

아버님의 손바닥이 내 볼따귀를 사정없이 올려붙였습니다.

"나쁜 따아식!"

"…"

"미친 년!"

"아빠, 어쩌면 이러실 수가 있습니까!"

"입만 살았어 요게."

조성묵씨가 아버님의 성화를 말리고 나섰습니다.

"진정하십쇼 제발!"

"진정 못하겠어!"

"이런 약속은 아니었습니다!"

"그랬지!"

"그런데 왜 이러십니까?"

"미치지 않구 어떻게 배겨나니?"

"… 저는 뭐가 됩니까?"

"공인엽이의 신랑!"

"도무지 쑥스럽습니다!"

"내 곁에 와 앉아. 쑥스럽지 않아도 된다!"

조성묵씨가 굴림의자를 쓰르르 끌고 아버님 곁으로 가 앉았습니다. 두 사람은 다시 등돌아 앉았습니다. "우리 몇 병째 했지?"

"… 벌써 세병 아닙니까!"

"무슨 술로?"

"25년 숙성된 오타르꼬냑!"

"값이 얼마야?"

"…그것까지 말씀드려야 합니까?"

"싫다면 할 수 없지.. 크리스탈 술잔 몇 개째 깨부쉈지?"

"일곱개째 깨부쉈습니다."

"한 개에 얼마짜리야?"

"3만원쯤 되나 봅니다."

"기껏 21만원 날렸군! … 한 병 더 따."

"까뮈 나폴레온밖에 없습니다."

"술이 고플 때야 값이 어딨어?"

　나는 그제야 정신을 가다듬었었나 봅니다. 아버님과 조성묵씨가 참으로 희한한 놀이를 벌였습니다.

"카아 좋다!"

"카아 좋습니다!"

"크으 좋다!"

"크으 좋습니다."

"환장하게 좋다!"

"환장하게 좋습니다!"

　아버님과 조성묵씨가 '카아' '크으'할 때마다 파삭 파스르- 유리잔들이 깨졌습니다. 크리스탈 술잔들의 조각들이 스포트의 빛살을 받으면서 다이어몬드처럼 산광했습니다. 눈이 부셔서 다시 눈을 감았습니다.

"자네 건물 잘 올라가?"

"그런대로 올라갑니다."

"짓는 게 몇 채라구?"

"다섯 채 올라가고 있습니다."

"젊은 나이에 호시절 만났군."

"… 사장님 일은 잘 안 풀린다고 들었습니다."

"…사장니임?"

"…"

"장인! 이렇게 불러."

"… 겁이 나서요!"

"뭐가?"

"…너무 똑똑해서요!"

"상관 말게. 저 년 입만 살았어!"

"…제 판단으로는 그렇지 않습니다. …되게 찔깁니다."

"찔긴 천이 쉽게 찢어지는 법!"

"…그럴 수도 있겠습니다."

"…아버님 사업도 잘 되지?"

"그렇나 봅니다."

"얼마나 근사해?"

"…"

"아비하고 자식, 남편하고 마누라가 아구맞춰 돌아가는 세상 말야! 이끄는 대로 끌려주는 자식… 남편이 하잔 대로 해주는 마누라!…천국이 별거야?"

"…"

"그런데 이게 뭐야아? 내, 내팔자 말야! 으이그 미치겠다!"

아버님께서 머리통을 싸안고 목을 떨궜습니다.

"… 술잔이 한 개씩 남았습니다. 마저 깨버리시지요"

조성묵씨의 말이 끝나기 무섭게 크리크탈 술잔들이 벽을 받으며 다시 한번 팍삭 죽었습니다.

순례(巡禮)의 장

6

아버님이 판사님처럼 위엄을 배불리며 돌아앉았습니다. 조성묵씨가 변호사처럼 많은 사연을 애원하는 표정으로 내 옆에 서 있었습니다.

나는 그 때까지도 뭐가 뭔지 몰라 알싸근한 볼따귀만 빗질하며 앉아 있었습니다. '눈물이 앞을 가려' 어쩌구 하는 유행가 말이 떠올랐습니다. 유행가를 속으로 가만가만 읊으니까 정말 슬픔의 진득거리는 앙금이 쌓여가는 듯했습니다. 유식한 말로 드럼 두들기고 통기타 뜯는 잡소리보다 허망하고 끝간 곳 몰라 읊조리는 유행가가 훨씬 절실하다는 것도 그제야 느꼈습니다.

다른 표현이 필요 없었습니다. 지금의 내 심정은 오직 '눈물이 앞을 가려…' 본새로 모든 것이 아물아물 흐렸습니다.

그 눈을 들어 다시 한 번 정황을 살폈습니다. 옛날의 그림 한 폭이 생각났습니다. 육각관 쓰고 가죽초리만 안 들었지 아버님은 동헌상좌에 앉은 사또요, 그 옆으로 두 손 모아 섰는 조성묵은 영락없이 이방이었습니다. 아버님이 입을 열었습니다.

"가출 이후의 현재에 대해서 논술하라!"

"……"

"말을 않겠니?"

"말이라면 해 올리겠습니다. …그러나 논술하라고 말씀하시니깐 종이와 볼펜이 필요할 것 같아서요!"

"나쁜 녀언– 그래도 입은 살았어! …… 이 공간이 종이구 네 목소리가 볼펜이야. 읊엇!"

"…다시 한 번만 말씀해주세요."

"가출 이후의 현재상황 말이다!"

"… 보신 대로 상위 없습니다!"

"그게 아니지."

"……?"

"만족하는가 후회하는가? 그걸 말해 봐."

"…후회는 않고 있습니다!"

"어물쩡 넘길 생각 말고 똑똑히!"

"만족하고 있습니다!"

이 대목에서 아버님은 '조군, 냉수 한 컵!'하시며 잔째로 벌컥벌컥 냉수를 들이켰습니다.

"크아아– 술이 깨는 것 같군… 그렇다면 가출의 원인에 대해서 먼저 논술하라."

"…그 무렵, 아버님께 말씀드렸던 적이 있습니다."

"터무니 없이 많아서, 남아도는 풍요에 질렸었다구 했었니?"

"그런 뜻과 비슷했습니다."

"어디, 네 기억력 한 번 테스트해 볼까아? … 그 때 이 졸부가 뭐라고 했었지?"

"… 송충이가 솔밭을 버리구 왕겨죽을 먹겠다는 것이냐– 이렇게 말씀하셨던 것 같습니다."

"입만 산게 아니구 기억력도 살아 있어… 좋아! 그렇게 해서 고뇌의 울안을 탈출했었다 치구, 이번엔 가출의 결과에 대해서 단문단답식으로 논술하라."

"많은 것을 배웠습니다!"

"그래? … 어쨌거나 앎은 소중한 거야. 됐어. …다음 질문… 네 천성에 맞는 그 울안이 왜 그토록 싫었을까?"

"윤곽만 가지고는 구체적으로 설명드릴 수 없습니다."

"그런거 염려 안해도 돼. 구체적으로 시시콜콜 읊을수록 좋아."

　나는 무거운 중량에 눌리는 스프링처럼 스르르 모가지를 떨궜습니다. 그리고 신열의 강안에 올라 산란하는 민물거북이처럼 '나는 이곳에서 죽을지도 모른다'하는 환상에 기진하는 몸뚱이를 잠시 떨었습니다. 그 환상이 지워질 무렵 내 정신이 다소 맑게 트여옴을 느꼈습니다. 설령 이 자리가 죽을 자리라 해도 체념마저 앞서 보낸 낙화의 소롯한 묵상으로 두 무릎을 꿇으리ー.

"일상의 아침이 밝았습니다."

"…그렇지. 밤은 아침을 위하여 밝는다!"

"부모님께선 헐것이나 다름없는 프라테시 타월로 세수를 갈무리 하셨습니다."

"어쩌면 그렇게도 정확히…."

"아침식사를 끝내신 아버님께서 먼저 외출하십니다."

"그거야 여부 있겠니? 레디 퍼스트는 아무래도 아직은 비려."

"그렇게 잘 아시면서도요!"

"말 많고! ..다음!"

"조르지오 아르마니 싱글을 입으셨습니다."

"한 벌에 80만원짜리지."

"조르지오 아르마니 세트로 셔츠 · 넥타이 · 구두— 이렇게 1백40만원의 외출을 시작하셨습니다. 먼저 구두를 닦으셨습니다. 모라비토 악어피 구두를 키위 구두약으로…."

"가만, 가마안— 키위 구두약은 2만원, 모라비토 구두는 6백만원… 맞지?"

"저도 그렇게 기억합니다!"

"…네 말대로 상위없군. 또?"

"바체론 콘스탄틴 손목시계를 차십니다."

"1억30만원짜리!"

"가방을 드십니다."

"모라비토 악어피 가방!"

"6천6백만원짜리 가방입니다.

"…알고 있다."

"나가셨습니다. …아침 겸 이른 점심을 '티파니'에서 드십니다. 정식 2만5천원, 바닷가재 한 접시 3만 원, 싸구려 프랑스 포도주 8만원짜리로 목을 축이십니다."

"대강 한 끼니 식사비가 13만원쯤 됐었지."

"이발소에 앉으셨습니다."

"밥을 먹고 나면 나른하거든."

"이마께의 제비머리를 면도로 잦다듬으시며 풀코스 5만원짜리 이발을 끝내십니다."

"어휴 개운해!"

"…아버님 한 끼니 식사비가 대졸 근로자 초임의 반 달분 월급입니다."

"알고 있다. "

"더블 이글스 사우나에서 땀을 빼셨습니다."

"음료수 몇 잔 걸쳤더니 풀코스 7만원이 들던걸"

"오후가 됐습니다. 재화의 실용에 대한 구상이 필요하십니다."

"…아무렴. 강바람은 보약이야!"

"워터바이크와 레이스용 모터보트를 타십니다."

"워터바이크, 그 수상오토바이는 9백만원짜리구 레이스용 우리 '트라우트 호'는 5천7백만원짜리야."

"허니문 룸살롱에서 귀가 전의 몸을 푸십니다."

"……"

"이탈리아제 응접세트와 페르시아 카펫, 대리석 탁자에다 벽에 걸린 값비싼 미술품, 그리고 바닥이 수족관인 연초록 물 속에서 악어가 쩍쩌억 아가리를 벌립니다."

"아가리?"

"아버님 죄송해요! …수정하겠습니다. 턱을요!"

"임마, 입이야 입!"

"네 아버님."

"그 특실 꾸미는 데 얼마 든 줄 알고 있어?"

"만미살롱 미스 양한테서 들었던 것도 같구요."

"…얼마래?"

"2억3천만원 박았다나요?"

"박아? …뭐어?"

"아버님 죄송해요! 수정하겠습니다. 그쯤 들었대요. 실내장식비가요!"

"죽일 년들! 007 시리즈로 나섰으면 벌써 나라 하나 구했겠어. 무슨놈의 정보가 그렇게 정확하냐?"

"…죄송해요."

"그래서어— 이젠 네 부친께서 귀가하실 참인데?"

"네. 스왈롭스키 샹들리에를 올려다보시면서 술을 드십니다."

"스왈롭스키, 그거 현란해! 별떨기야 숫제!… 어느 나라 상품이고, 조형적 볼륨은 어떻고, 값은 얼마 인지 알고 있니?"

"할아버지께서 가르쳐주셨었어요."

"어디 네 할아버님 기억력 좀 구경하자."

"호주산! … 직경이 3미터! … 값이 5천7백만원이라고 가르쳐주셨습니다."

"좌우당간에 기억력은 내림이군 내림! 그래, 네 아비가 그 다음엔 뭘 하나?"

"샤워를 끝마치시고 침실로 통하는 문을 여십니다."

"그 중문의 내역에 대해서 말해 볼까?"

"한 짝에 1천만원짜리 나무 문입니다."

"맞아. …가끔 부모님의 침실을 청소한 적이 있었지?"

"…네에."

"침실의 소도구에 대해서 말해봐."

"4천만원짜리 가죽소파가 왼쪽으로 앉아 있습니다."

"한 소파 여기, 또 그 곁에?"

"1억원대의 카시나 장롱이 서 있습니다."

"그것뿐이야?"

"…?"

"침실벽에 걸려 있는 거!"

"전원풍경의 태피스트리가 걸려 있었던가요?"

"몇 점?"

"두 개."

"점당 가격은?"

"3천만원, 맞나요? …기억이 아리송송해요."

"… 맞다. 저명한 장인들의 작품이란 말이 빠졌어."

"그래요. 아빠! … 돈보다는 정신이 중요한데요!"

"왜 갈수록 나사가 풀려?"

"…?"

"계속해서 아버님이라고 해. 아빠가 뭐야 징그럽게! …네 엄마 말이다…"

"…네에."

"한 건 해서 억대 챙기면 영감님 하구, 한 건수 조몰락거려 기천만원대 남기
면 서방님 하구, 3백그램 한 접시에 70만원 하는 곰발바닥요리 먹고 밤을
화려하게 해주면 여보 하구. 건수는 붙잡은 것 같은데 징조가 맛이 갔다 싶
으면 아빠 하구. 기분 잡쳤다 하면, 자기야!"

이 대목에서 조성묵이 심각한 변호사답지 않게 '꺄아 꺄아'하며 웃었습니다.
아버님이 버럭 목소리를 높였습니다.

"조군! 지금 노래를 부르는 거야 아니면 인간답게 웃은 거야?"

조성묵씨가 뒤통수를 긁적이며 대답했습니다.

"… 제 딴으론 인간답게 웃는다고 노력했습니다마안— 제가 생각해봐도…"

"… 생각해봐도?"

"다소 방정맞았던 것 같습니다!"

"그래. 한참 방정맞았어."

"명심하겠습니다."

아버님께서 입꼬리께로 끓는 허연 버케를 쓰윽 손등으로 닦으셨습니다.

"너, 하던 말 다 쏟아나봐."

"… 인제는 드릴 말씀이 별로 없습니다."

"지금까지는 주로 아비에 대한 성토였구… 네 엄마한테 대해서는 할 말 없어?"

"보고싶어요!"

"저런 나쁜 따아식! 목전의 아비는 벌집 만들어놓구 네 엄마는 그렇게 그립기만 해?"

"…그게 뭔지 저도 잘 모르겠어요! 엄마만 생각하면요… 엄마만 생각하면 만사 제껴놓고 우선 보고 싶걸랑요!"

"아이고 내 팔자야! 딸자식 이게 뭐야? 제년 키우겠다고 사내새끼가 말야, 사내새끼가 말야, 별 더러운 짓 다 했겠지?… 그런데 이 나쁜년 좀 보라구."

조성묵씨가 또 껴들었습니다.

"그러게 말씀입니다! 저도 항상 그게 불만입니다!"

"… 역시 자네는 사내야. 겉보기로는 떨이상치잎 같지만, 어느 한구석에선 불이 타거든!"

"말씀이 너무 지당하십니다 …아닙니다! 상치잎? 그건 너무 하셨습니다! 저는 장작이라고 스스로 믿어왔걸랑요."

"피곤해! 서울뚝배기 작작 끓이구 그 불만이나 말해 봐."

"어머님날은 있는데 왜 아버지날은 없습니까?"

"…"

내가 묵묵히 참고 견디게 됐습니까. 그래서 빠락 악을 썼습니다.

"어버이날은 뭐예요? 그래서 어버이날이 탄생한 거 아녜요?"

조성묵씨가 기민하게 속삭였습니다.

"미스 공! 제 저항을 그렇게만 생각하십니까? …그럼 이 상황에서 어떻게 처신해야 옳습니까?… 어떻게든지 이 상황을 탈출해야 편하십니다. 그래서, 그래서 제가 빠삐용 스티브 매퀸을 탈출시키는 더스틴 호프만이 돼 봤던 것입니다."

아버님이 느닷없는 명령을 했습니다.

"뚝 그쳤! 그리고 자네! …용기 있으면 내 딸을 업어봐!"

조성묵씨가 말이 끝나기 무섭게 나를 업고 나섰습니다. '진즉 체중관리에 신경을 쓰셨어야 옳습니다!'하며 두 번이나 피식 무릎을 꿇으면서요.

순례(巡禮)의 장

7

조성묵씨가 나를 업은 채 비틀거리면서 가능한 한 아버님으로부터 멀어지려고 애썼습니다. 귀엣말을 주고받기 편해서 그런 것 같았습니다.

아버님이 의자 팔걸이에다 팔베개를 하고 깜빡깜빡 졸으셨습니다.

조성묵씨가 '아버님 조시는 것 같은데 그만 내리실 까요?' 했을 때 아버님이 억지로 모가지를 추세우시며 '천만에, 나 안자!' 했습니다.

조성묵씨가 사뭇 애원했습니다.

"아버님 이러다가 제 허리 부러지겠습니다."

"사내 따아식이!"

"힘만 부치는 게 아닙니다. 갈비짝에 불벼락이 입니다."

"…무릎이 꺾인다면 몰라도!"

"좋게 안 내려놓으면 죽을 줄 알라고 하면서 사정없이 꼬집어 뜯는 걸 어떡합니까?"

조성묵씨가 숨가쁘게 속삭였습니다. '그냥 주저앉는 수밖에 없습니다! 지금 주저앉습니다. 가능하면 그럴싸하게 넘어지십쇼.' 꽈다당 꽈당, 조성묵씨와 내가 넉장거리로 퍼졌습니다.

그 바람에 아버님의 졸음이 가시는 것 같았습니다.

"조군! 너 그렇게 형편없었냐? 동여매주는데도 못 업어가겠다?"

조성묵씨가 유난히 긴 속눈썹을 답죽답죽 떨며 멋적어했습니다.

"제가 언제 힘써 볼 짬이라도 있었겠습니까. …부모님 덕택에 너무 편하게만 큰 죄가 이렇습니다. 도무지 힘을 써야 할 일이 있어본 적이 없었거든요!"

아버님께서 뜻 모를 웃음을 웃었습니다.

"… 자네 말도 일리는 있지… 너, 인엽이!"

아버님의 목소리가 아까보다는 훨씬 부드러워졌습니다. 나는 손등으로 두 눈두덩을 훔치며 울먹였습니다.

"네, 아버님."

"네 아비는 그랬다치구… 네 엄마한테는 아무 불만 없었어?"

"…어떤 면으로는 더 많은 불만이 있었는 줄 압니다."

"아비를 성토했듯이 엄마도 성토해봐. 내 경우처럼 구체적으로! 엄마라고 어물쩍 봐줄 맘 먹지 말아."

나는 엽차 한 잔 마시고 다시 열변을 토하는 연사처럼 떳떳해 봤습니다.

"일상의 아침이 밝았습니다."

"네 엄마의 일상이야, 지금은?"

"네에. …'일기예보 들어봤니?' 하시면서 옷가지 점검을 하십니다."

"일기예보가 쾌청이면?"

"한 벌에 1백80만원짜리 스팽글 티셔츠를 입으셨습니다."

"구름 다소 정도의 알싸한 무드 좋은 날엔?"

"1백40만원짜리 니나리치 원피스를 입었습니다."

"뭉개구름 양떼처럼 볶음머리로 피는 날엔?"

"뭉개구름과의 하모니를 위해 4백50만원짜리 레오나르드 실크 블라우스를 걸치셨습니다."

"… 집을 나가면?"

"엄마는 아침식사를 주로 야채즙으로 때우시는 관계상 랑스호텔 레스토랑에서 이른 점심을 드십니다."

"네 엄마가 좋아하는 음식 있지. 기억 못해?"

"한 상에 5만원짜리 랑스 수라상 아니었나요?"

"잘도 외웠다… 뭐 특별한 것도 없는데 네 엄마는 왜 그 식사를 좋아하지?"

"수라상을 받으면 왕비가 되는 것 같아 즐겁다고 말했습니다."

"…다음!"

"만미살롱 출근 마치면 로스호텔 헬스클럽으로 출근했습니다."

"…무슨 출근이 그렇게 바빠?"

"순전히 사업정보를 얻기 위해서입니다."

"로스호텔 헬스클럽 회원권을 얼마 주고 산지 알아?"

"1천1백50만원, …맞나요?"

"기특해, 내 딸. 그런데 그 전의 과정에서 한 가지 빼먹은 게 있다."

"손가락 단장 말이다!"

"아, 반지 말씀이세요?"

"그래."

"엄마 패물들은 거의 세트들인데…"

"이런 바보놈. 손가락 단장이라고 하니까 반지만 생각하니? 여자들의 패물 자랑은 일단 손가락에서부터 시작되는 거 아냐? 그러니까 손가락부터 모가지, 귓불, 팔목까지 주욱 다 꿰라는데."

"…대강 다섯 종류가 기억납니다."

"주욱 읊어봐."

"아스프레이… 티파니 부세롱… 모부신…"

"됐다. 값어치들은?"

"4천만원대부터 3억대까지로 기억됩니다."

"그렇게 외출했다 치고… 네 엄마가 귀가하셨다. 그 상황을 설명해봐."

"아버님께선 엄마의 귀가와 함께 은연 힘이 솟는 듯 했습니다."

"뭐어? 그건 또 무슨 뚱딴지야? 내가 왜 네 엄마의 귀가와 더불어 은연 힘이 솟니?"

"이건 솔직한 제 느낌입니다만… 아버님의 귀가에 비해 엄마의 귀가는 언제나 실속이 있었습니다."

"도대체 무슨 소리야?"

"아버님께선 대개 아침과 저녁에 따라 기압의 등락이 현저했습니다. 이를테면… 이를테면, '오늘 한 건수 올리게 돼 있어', 하시면서 보무 당당히 집을 나서셨지요. 그러나 저녁에 이르러 아버님께선 맥이 풀리셨습니다. 믿었던 일이 빙퉁그러짐으로 해서 생기는 우울증 같았습니다."

"…그 반면에 네 엄마는?"

"엄마는 '보나마나 파투날 걸. 내 맘대로만 되는 세상이어야 말이지' 하면서 나가십니다. 그러나 귀가 때는 우리집 식구들의 불안을 말끔히 씻어줬습니다. 반드시, 반드시 한 건수 성사시켜 돌아왔으니깐요."

"…그렇다고 치자. 아니 사내대장부가 그깟 일로 은연 힘이 솟을 건 뭐야? 내가 네 엄마를 껴안고 덩실덩실 춤이라도 췄단 말야?"

"아버님께선 한동안 손마디를 꺾어대며 멋적어하십니다. 겉으론 무척 자중

하시지만 얼마 안 가서 눈초리에 웃음이 얹힙니다. …그 다음에 환연한 징조가 나타납니다. 말씀드리기 좀 쑥스럽지만요… 아직 한참 이른 초저녁인데도 아버님께선 꼭 잠을 서두르셨습니다."

"…너 지금 소설 쓰는 거야? 어디까지나 피곤했겠지! 안 그래?"

"제 생각은 그렇지 않던 걸요. 말하자면… 말하자면 자상스러운 아내와의 취침을 서두시는 것!"

"저런 앙큼스러운 년 봤나! 그래서?"

"엄마가 숙달된 감지능력을 발휘했습니다. 아버님께서 '나 피곤해! 당신도 피곤할 텐데 자도록 하지' 하시면 엄마가 느닷없이 눈등을 손등으로 비비면서 억지로 하품을 짜대기 시작했습니다. 그러면서 4백 60만원짜리 46인치 소니 텔레비전을 또각 끄십니다. 그 때면 할아버지께서 제 손목을 끄셨습니다. '인엽아 할아버지하고 산책 않겠니?' 하시면서요."

"…근데, 저게 제 할 일나 할 것이지 별걸 다 시시콜콜 봐줬어? 그래 뭐가 또 남았어?"

"엄마가 몸을 씻는 동안 아버님께선 침실 중문을 밀고 사라지십니다. 잠시 후 침실에서 은은한 음악이 새나옵니다. 1천5백만원짜리 인피니트 스피커, 음이 여섯가지로 분리돼 나오는 9천만원짜리 마크 레빈슨 앰프, 1천3백만원짜리 토랜스 리퍼런스 턴테이블로 조립된 오디오의 음향은 가위 천계의 옥음에 버금갔습니다."

"네 방의 오디오에 대한 불만이 쌓였을 줄 알고 있다. 그러게 그쯤 이를 갈고 외웠겠지… 빨리 마무리하지 않겠어?"

조성묵씨가 내가 말을 잇는 동안 간간이 깊은 한숨을 토해냈습니다. 떨궜던 고개를 들고 아버님께 말했습니다.

"그렇게 다그치시고 급하게 몰아가실 일이 아닙니다!"

"자넨 가만히 있어."

아버님이 버럭 역정을 냈습니다.

"인엽씨가 느끼고 있는 불만을 시시콜콜 구체적으로 말하라고 명령하시지 않았습니까?"

"시끄럿. 자넨 뭐야?"

"솔직히 말씀드려서 뭐가 뭔지 잘 모르겠습니다. …그냥 끝까지 듣고 싶을 뿐입니다."

"그렇다면 잠자코 듣고나 있어."

"…노력하겠습니다!"

아버님께서 '또 할 말 남았나?'하면서 나를 노려봤습니다.

"…엄마가 욕실에서 나와 7백9리터짜리 웨스팅하우스 냉장고를 열고 무드에 알맞는 술을 골랐습니다."

"…?"

"한 잔은 로즈베리 브랜디… 사랑의 미약이라 불리는 술로서 남성이 여성에게 권하는 술이며 또 한 잔은 '미망인은 마시지 못하게 하라!'고 하는 속담이 붙은 크램 드 카시스입니다."

아버님께서 잠시 눈을 감고 있었습니다. 나는 막심한 후회에 잠겼습니다. 부모님들에 대한 불만이라는 게 결국은 내 흠집을 스스로 까발린 짓이나 진배없었기 때문이었습니다. 나는 흐느꼈습니다. 관습의 상흔들이 현란한 위선을 만들고 있었고, 그 위선의 채찍에 찢기는 내 자신의 가혹한 항변이 울음을 만들기에 충분했었습니다.

아버님이 넥타이를 느슨하게 풀며 푸우 하고 긴숨을 토해냈습니다.

"풍요에 대한 성토는 다 끝난 거야?… 기껏 그거야?"

"성토라기보다는 불만의 편린들을 대강 기억해냈을 뿐입니다.

"그거 경악할 일 아닌가, 너는 그런 관습의 보편성을 안도로 삼고 그 나이 되도록 아무 불만없이 살아왔다고 믿는데?"

"…살아왔다기보다는 견뎌왔다고 말씀드리고 싶어요."

"…맘놓고 쫑알대지 말앗! 그래, 나는 로즈베리 브랜디잔을 네 엄마에게 바치구, 난 네 엄마의 손에 들린 크렘 드 카시스를 나눠 마신다…. 오디오가 스페인교향곡 제1장을 토해내! …그거 이상하지? 난 스페인교향곡 제1장 같은 음악을 들으면 내 자신도 모르게 강렬한 성적충동을 느끼게 되더란 말야. 좀더 솔직하게 말하자면 사정욕이지, 사정욕!"

"어때? …넌 어때?… 네 침실에서 라벨의 〈볼레로〉 리듬을 들으면?"

"….."

"슬라스트가 고무됐지?"

"….."

"슬라스트도 몰라? 적절한 충격이 아니면 진정시킬 수 없는 허리운동말야, 허리운동!"

"그런 느낌을 경험해본 적이 있습니다!"

"…어렵게 생각하지 말아. …우리들은 우리들의 일상을 음악처럼 변주하면서 화목하게 살아왔잖니? …안단테에서 알레그로로… 알레그로에서 프레스토로! … 풍요의 보장에서 얻어내는 환희의 무게, 그거 대단히 뿌듯하고 미덥고 다행스럽지 않던가 말야!"

아버님이 '조군 물, 물을 줘! 나몹시 취해!' 하셨고, 조성묵씨가 거푸 두잔째의 물을 갖다 바쳤습니다.

"조군! 나 이거 미치겠다! 저 년은 말야 이 아비를 졸부상좌로만 매도하는데, 아니 나 정도가 정말 졸부상좌야? 그래?"

조성묵씨가 고개를 내저었습니다.

"결코 그렇지 않습니다. 상 중 하로 구분 짓는다면 중류층에 해당된다고 생각합니다."

"저 똑똑한 계집애가 알아듣도록 구체적으로 해명을 가해봐."

"…70평정도의 빌라쯤은 신혼부부 수준! …80평짜리 아파트 삼동쯤은 터서 살아야 중류 수준!…"

"그럼 난 중류층도 못돼! 안 그런가?"

"80평짜리 아파트 삼 사동을 확 터서 살지 않고 계신다면 그 말씀이 옳겠습니다."

"기껏 신혼부부 수준의 하류층이야. 그치이?"

"그런 뜻도 되겠습니다."

"강남 상류층은?"

"…적어도 난방풀장과 에스컬레이터가 설치된 저택의 주인공들입니다!"

조성묵씨가 내 표정을 할기족족 살피고 나서 '잠깐 자리를 비우겠습니다'고 했습니다. 그가 밖으로 나갔을 때 아버님이 B&B 소파에다 덜썩 등을 눕혔습니다. 목소리가 가늘가늘 떨렸습니다.

"인엽이, 너… 한 사나흘만 내 옆에 있어주겠니?"

"엄마 돌아오면 다시 가출해도 된다. 가출을 보장하겠어!"

"네 엄마, 주부도박단으로 잡혀들어갔어! …미친 사라암—"

〈끝〉

천 승 세 (1939.2.23~2020.11.27)

1939년   전남 목포 출생

1958년   동아일보 신춘문예에 〈점례와 소〉 당선.

단편 〈내일〉(현대문학.10월)이 1회 추천.

1959년   단편 〈犬族〉(현대문학.2월) 2회 추천완료. 단편 〈운전수〉(대중문예.5)

〈예비역〉(현대문학.7월) 발표.

1960년   단편 〈四流〉(현대문학.10월), 〈解散〉(현대문학.3월),

〈姉妹〉(학생예술.3월), 〈쉬어가는 사람들〉(목포문학.3월) 발표.

1961년   단편 〈矛와 盾〉(자유문학.9월), 〈花嶋里 숫례〉(현대문학.11월),

〈살모사와 달〉(소설계) 발표. 성균관대학교 국어국문학과 졸업.

1962년   단편 〈누락골 이야기〉(신사조.3월), 〈春農〉(토픽투데이),

〈째보선장〉(신사조) 발표.

1963년   단편 〈憤怒의 魂〉(자유문학.2월), 〈물꼬〉(한양.12월) 발표.

1964년   단편 〈봇물〉(신동아.10월), 〈村家一話〉(한양), 〈麥嶺〉(한양.6월) 발표.

1월 경향신문 신춘문예에 희곡 〈물꼬〉(1막) 입선, 3월 국립극장 장막

극 현상모집에 〈滿船〉(3막 6장) 당선.

1965년   희곡 〈등제방죽 혼사〉(農園.11월) 발표.

1월 한국일보사 제정 제1회 한국연극영화예술상 희곡상 수상.

1968년   단편 〈맨발〉(신동아.6월), 〈砲大領〉(세대.10월),

희곡 〈봇물은 터졌어라우〉(농원), 중편 〈獨湯行〉(현대문학.9월) 발표.

1969년   단편 〈분홍색'(월간문학.1월) 발표. 한국일보사 입사.

1970년   단편 〈從船〉(월간문학.4월), 〈그날의 초록〉(월간문학.10월),
         〈感淚練習〉(현대문학.12월) 발표.

1971년   단편 〈돼지네집 경사〉(월간문학.4월), 〈貧農〉(신상.9월),
         〈主禮記〉(신동아.10월) 발표. 제1창작집《感淚練習》(문조사) 출간.

1972년   제2창작집《獨湯行》출간. 한국일보사 퇴사.

1973년   단편 〈누락골 보리풍년〉(독서신문),〈배밭굴 청무구리〉(여성동아.4월),
         〈달무리〉(한국문학.11월), 〈불〉(창작과 비평.겨울),
         중편 〈落月島〉(월간문학.1월) 발표.
         3월~5월 북양어선에 승선하여 북양어업 실태 취재.

1974년   단편 〈朔風〉(문학사상.3월), 〈雲州童子像〉(서울평론.5월),
         〈暴炎〉(월간중앙.8월), 〈黃狗의 비명〉(한국문학.8월) 발표.
         소년장편소설 〈깡돌이의 서울〉(학원1974.7~1976.3) 연재.
         한국문인협회 소설분과위원장 被選.

1975년   단편 〈산57통 3반장〉(전남매일), 〈義峰外叔〉(전남매일),
         〈種豚〉(독서생활.12월) 발표. 3창작집《黃狗의 비명》(창작과 비평) 출간.
         8월 창작과 비평사 제정 제2회 만해문학상 수상.

1976년   단편 〈백중날〉(뿌리깊은 나무.창간호), 〈토산댁〉(월간중앙.2월),
         〈돈귀살〉(한국문학.11월) 발표. 장편소설 〈四季의 候鳥〉(전남매일) 연재,
         장편소설 〈落果를 줍는 기린〉(여성동아1976.10~1978.3) 연재.

1977년 단편 〈방울 소리〉(여원.12월), 〈인천비 서울비〉(독서신문), 〈뙛불〉(소설문예),
        〈梧桐秋夜〉(문학사상.6월), 〈斜鼻先生〉(월간중앙.10월),
        〈쌍립도 可絶이여〉(기원) 발표. 중편소설 〈李次道 福順傳〉(소설문예),
        〈神弓〉(한국문학.7월) 발표. 4창작집 《神弓》(창작문화사) 출간.

1978년 장편소설 〈黑色航海燈〉(소설문예.2,3월) 2회 연재되고 중단.
        〈奉棋士의 다락방〉(월간바둑.1977.5~1978.7) 연재,
        단편 〈혜자의 눈꽃〉(문학사상), 〈細雨〉(문예중앙),
        〈꿈길밖에 길이 없어〉(월간중앙.9월) 발표.
        장편소설집 《깡돌이의 서울》(금성출판사), 《四季의 候鳥 상.하》(창작과 비평),
        《落果를 줍는 기린》 출간.

1979년 단편 〈青山〉(독서신문) 발표. 산문집 《꽃병 물 좀 갈까요》(지인사),
        5창작집 《혜자의 눈꽃》(한진) 출간.

1980년 단편 〈不眠의 章〉(음양과 한방.2월), 중편 〈天使의 발〉 발표.

1981년 장편소설 〈船艙〉(광주일보1981.1~1982.10.30.) 연재.

1982년 제4회 聲玉文化賞 예술부문 大賞 수상.

1983년 꽁뜨집 《대중탕의 피카소》(우석) 출간.
        국제 PEN 클럽 한국본부 이사 被任.

1984년 단편 〈彈奏의 詩〉(예술계.12월),
        장편소설 〈氷燈〉(한국문학1984.8~1986.2) 연재.

1985년 단편 〈滿月〉(동아일보) 발표. 국제 PEN클럽 한국본부 이사 重任.

1986년 단편 〈耳公〉 발표. 꽁뜨집 《하느님은 주무시네》 출간.

        자유실천문인협의회 상임고문 被任.

        대표작품선 《砲大領-상》, 《이차도 福順傳-하》(한겨레) 출간.

1987년 꽁뜨집 《소쩍새 울 때만 기다립니다》(장백) 출간.

1988년 수필집 《나무늘보의 디스코》(삼중당) 출간.

1989년 시 〈丑時春蘭〉 외 9편(창작과 비평.가을) 발표.

1990년 장편소설 〈순례의 카나리아〉(주간여성1990.6.15.~1991.4.28.) 연재.

        장편소설 〈黑色航海燈-氷燈 2부〉(옵서버1990.5~1991.3) 연재.

1993년 에세이집 《번데기가 자라서 하늘을 난다》(열린세상),

        낚시에세이집 《하느님 형님 입질 좀 봅시다》(열린세상) 출간.

        중편소설집 《落月島》(예술문화사) 출간.

1995년 시집 《몸굿》(푸른숲) 출간.

2007년 소설선집 《黃狗의 비명》(책세상) 출간.

2016년 시집 《山棠花》(문학과 행동) 출간.

2020년 암으로 투병중 전신으로 암세포가 전이되어 약 2개월 와병 후

        11월 27일 영면.